HÅKAN NESSER

Die Schatten und der Regen

Roman

Aus dem Schwedischen
von Christel Hildebrandt

Büchergilde Gutenberg

Die schwedische Originalausgabe erschien 2004
unter dem Titel »Skuggorna och regnet«
bei Albert Bonniers Förlag, Stockholm.

Lizenzausgabe für die Büchergilde Gutenberg,
Frankfurt am Main, Zürich, Wien
Mit freundlicher Genehmigung
der Verlagsgruppe Random House, München
www.buechergilde.de

Satz: IBV Satz- und Datentechnik GmbH, Berlin
Druck und Bindung: GGP Media GmbH, Pößneck
Printed in Germany 2005
ISBN 3-7632-5639-3

DAVID

Ich verließ Uppsala und meine Familie gegen halb vier an einem Nachmittag im September. Ich hätte es vielleicht nicht getan, wenn da nicht der Brief meiner Schwester gewesen wäre. Aber zwei billige Gründe wiegen mindestens doppelt so schwer wie einer.

Es war ein sonniger Tag nach einem der schönsten Sommer seit Menschengedenken; als ich mit meiner Reisetasche über den Markt ging, sah ich, dass die Leute immer noch in kurzen Hosen herumliefen.

Der 15. September. Ein Montag. Ich war gerade dreiundfünfzig Jahre alt geworden, auf dem Weg zum Bahnhof machte ich einen kurzen Abstecher in den Systembolaget und kaufte mir eine kleine Flasche Grant's. Es gehört nicht zu meinen Gewohnheiten, Whisky zu trinken, aber es gab eine Stimme in mir, die sagte, dass ich eine Art Sicherheitsnetz bräuchte.

Ich habe schon immer auf meine innere Stimme gehört.

Draußen auf dem Bürgersteig stieß ich auf Henry Unger.

»Herzlichen Glückwunsch«, sagte er. »Ich habe gehört, dass du unterrichtsfreie Zeit bewilligt bekommen hast.«

»Schönes Wetter«, erwiderte ich. »Sicher an die fünfundzwanzig Grad, oder was meinst du?«

»Ich verstehe«, sagte Henry. »Du willst nicht darüber reden. Gehst du auf Reisen?«

Er deutete auf meine Tasche. Ich nickte. Registrierte, dass er ein Pflaster am Hals hatte, schräg unter dem rechten Ohr, und fragte mich, ob er vielleicht wieder mit irgendeinem Liebhaber Streit gehabt hatte. Henry war auf seine alten Tage homosexuell geworden, hatte aber bis jetzt noch nicht die richtige Harmonie und Sicherheit in seinem Liebesleben gefunden.

Aber vielleicht ist es auch gar nicht das, was er will, dachte ich, als ich ihn in den Bus steigen sah, der in die Vororte fuhr. Lieber ein wenig Blut und Feuer und die Erinnerung daran, dass man immer noch am Leben ist. Ich kann nicht leugnen, dass ich ihn in dieser Hinsicht verstehe.

Ansonsten trafen seine Vermutungen ins Schwarze. Sowohl, dass ich unterrichtsfreie Zeit bewilligt bekommen hatte, als auch, dass ich nicht darüber sprechen wollte.

Das lag natürlich in der Natur der Sache. Die zehn so genannten Freistellungen waren von unseren vorausschauenden Kommunalpolitikern vor einigen Jahren eingerichtet worden, doch ihre genaue Zielrichtung lag ein wenig im Dunkeln. Aus pädagogischen, aber auch praktischen Gründen. Die Formulierungen waren alles in allem vage gehalten – aller Wahrscheinlichkeit nach, um den geschätzten Betroffenen die Möglichkeit zu geben, von Fall zu Fall zu entscheiden.

Sich zu bewerben, war auf jeden Fall allen freigestellt, die seit mindestens zehn Jahren als Lehrer in der Kommune arbeiteten, man behielt sein Gehalt und brauchte nicht zu unterrichten oder auch nur an irgendeiner Form von schulischer Arbeit teilzunehmen. Aber höchstens ein Jahr lang, so lautete die Abmachung. Das Ganze konnte sowohl als eine Art Belohnung nach langen treuen Diensten gesehen werden – ein freies Jahr in der Mitte des Lebens – als auch als eine Möglichkeit, einem müden, ausgebrannten Pädagogen die Möglichkeit zu geben, wieder zu Kräften zu kommen. Nach Ansicht einiger Leute gab die Freistellung Schulleitern auch die Möglichkeit – zumindest zeitweise –, hoffnungslose Lehrer loszuwerden. Solche, von denen es immer dreizehn in jedem Dutzend gibt und die mehr Schaden anrichten als Nutzen bringen.

Aus welchem Grund genau ich meinen Antrag im März eingereicht hatte – und aus welchem Grund ich einer der Auserwählten unter Hunderten von Bewerbern wurde: das war nichts, worüber ich weiter nachzudenken gedachte. Nicht einmal abwägen wollte ich es, jedenfalls nicht an so einem Tag, aber auf jeden Fall kannte ich Henry Unger lange genug, um zu wissen, dass er es nicht böse meinte.

Sicher hatte er auch sein Päckchen zu tragen. Pflaster am Hals und was es da sonst noch so gab. Das war kein Tag, um sich tiefer in diese Dinge zu vergraben.

Ich schaute auf die Uhr. Mein Zug sollte in zwanzig Minuten fahren. Ich packte meine Tasche und ging weiter in Richtung Bahnhof.

Meine Ehefrau heißt Liv.

Sie ist vierzehn Jahre jünger als ich, wir leben seit acht Jahren zusammen und haben insgesamt drei Kinder. Ich bin für zwei zuständig, einen Sohn und eine Tochter, die ich während meiner ersten Ehe mit einer Frau namens Lois bekam. Alle drei sind aus meinem Leben verschwunden. Liv hat eine Tochter von vierzehn Jahren, die jede zweite Woche bei uns wohnt.

Wohnte. Ich vergesse bereits, dass ich sie verlassen habe. Liv und Linnea. Ich schreibe das hier im Zug, vermutlich haben sie noch gar nicht gemerkt, dass ich fortgegangen bin. Linnea ist bei ihrem Vater, da es eine gerade Woche ist, und ihre Mutter hat Abendschicht in der Bibliothek, wie an jedem Montag.

Nun ja, zur rechten Zeit wird es allen Beteiligten klar werden. Ich gehe auf die Toilette, pinkele und trinke einen Schluck Whisky. Setze meinen Weg fort zum Speisewagen. Wie immer bin ich voller Unruhe, aber sie hat schärfere Konturen heute, was natürlich nicht besonders verwunderlich ist.

Obwohl natürlich auch die Umgebung irgendwie frischer und schärfer wird, wenn man eine entscheidende Veränderung dieser Art beschlossen hat. Ich spüre es an den Menschen um mich herum. An den Gesprächen, denen ich mit halbem Ohr lausche, und an den Überschriften der Zeitungen. Ich merke, dass ich bereit bin, mich auf die Welt und ihre Aktionen einzulassen, plötzlich sind Dinge und Sachen wieder wichtig, und der vorsichtige Blick, den mir die große, blonde Frau schenkt, die mir direkt gegenüber sitzt, könnte sicherlich eine Öffnung hin zu ganz neuen Spielplänen bedeuten, das ist deutlich zu spüren.

Aber mir ist klar, dass ich langsam vorgehen muss. Natürlich ist es Marias Brief, der die nächste Zeit, die nächsten Tage bestimmen wird. Ich weiß nicht, was mit ihr los ist. Ich war seit Vaters Beerdigung vor dreizehn Jahren nicht mehr zu Hause, und wenn das wirklich stimmt, was sie behauptet, so will ich mich nicht ablenken lassen. Von nichts, es wird Zeit und Kraft kosten, sie hat mir zugesagt, dass ich in meinem alten Zimmer unterm Dach wohnen kann, genau wie früher, und mit einem pervertierten Teil meines unterstimulierten Gehirns freue ich mich direkt darauf.

Ich trinke meinen Kaffee aus und kehre an meinen Platz zurück. Lese einige nicht besonders interessante Seiten in Klimkes Betrachtungen und falle bald in den Schlaf.

Ich träume von meiner Geliebten Sofia. Das habe ich seit Juni immer mal wieder getan, seit sie mir erklärt hat, dass sie schwanger ist, und ich Schluss mit ihr machte.

Ich träume davon, wie wir ab und zu miteinander schliefen, von ihrem Klammergriff um meine Hüften und ihrem Muttermal unter dem linken Schulterblatt. Es ist ungefähr so groß wie eine Handfläche und zeigt detailliert eine Karte von Island. Natürlich ohne Orte, Straßen und Wasserläufe, aber mit so deutlich gezeichneter Küstenlinie, inklusive Buchten und Landzungen, dass einem klar wird, dass Gott tatsächlich mit Landkarte und Millimeterpapier dagesessen haben muss, als er Maß nahm für Sofia und ihre Details. Ich habe es mit Paulsson-Forsbergs Schulatlas verglichen, ich weiß, wovon ich rede.

Sofia Ilmari Jonsson. Wir begegneten uns vor drei Jahren in einer Kneipe in München, stellten fest, dass wir im gleichen Land und gleichen Ort lebten, und betranken uns nach und nach. Wir beschlossen ziemlich schnell, dass wir einander nur zur Freude und zum Zeitvertreib dienen wollten, niemals zusammen leben und keine Kinder in die Welt setzen wollten.

Folglich habe ich Sofias Existenz meiner Ehefrau gegenüber mit keinem Wort erwähnt. Es hat keinen Anlass dazu gegeben, und als Sofia mich dann im Juni in Ofvandahls Café treffen wollte, ahnte ich bereits Böses, wie ich sie da mit einem ganz neuen Ernst im Blick sitzen sah.

Ich bekomme ein Kind, sagte sie und löffelte den Schaum von ihrem Cappuccino, wie sie es immer tat.

Die meisten Frauen hören auf, Kaffee zu trinken, wenn es so um sie steht, erwiderte ich.

Ich nicht, erklärte Sofia. Ich bin nicht wie die anderen Frauen.

Wie weit bist du?, fragte ich.

In der achten Woche, antwortete sie.

Ich dachte eine Weile nach, dann erklärte ich, dass sie unsere Vereinbarung gebrochen habe und dass es mir in Anbetracht dessen nicht möglich sei, unsere Beziehung weiter fortzuführen.

Sie saß da, rührte einige Sekunden lang mit dem Löffel in ihrem Kaffee herum, dann schaute sie mich mit funkelnden Augen an und bat mich, zur Hölle zu fahren.

Ich spürte, dass wir uns nichts weiter zu sagen hatten, betrachtete meinen unberührten Kaffee und verließ sie.

Genau von dieser Episode träume ich, sowohl jetzt im Zug als auch schon früher im Laufe des Sommers, hin und wieder, und im Traum stolpere ich jedes Mal in der Tür auf dem Weg hinaus. Ich trete schräg auf die Türschwelle, falle kopfüber die kurze Treppe hinunter, die es in Ofvandahls realer Welt nicht gibt, nur in der des Traumes, und lande auf dem Bürgersteig. Der ist nass und schmutzig und voll mit Hundescheiße und einer Art kurzer, fetter Würmer, die vielleicht Leichenmaden sind, wobei ich nie Leichenmaden gesehen habe und mir nicht sicher bin, ob man eigentlich einen Gegenstand träumen kann, auf den man im wachen Zustand noch nie gestoßen ist. Doch, das kann man natürlich. Aber sind es nicht eigentlich Larven, Fliegenlarven?

In Wirklichkeit bin ich niemals gefallen. Ich trat problemlos hinaus in den Regen, spannte meinen Regenschirm auf und schaute nicht zurück.

Irgendwo hinter Gävle halten wir. Über Lautsprecher wird mitgeteilt, dass an der Lok ein technischer Defekt eingetreten ist, wir aber weiterfahren werden, sobald der Fehler behoben sein wird.

Ich schaue aus dem Fenster. Eine frühe Dämmerung will sich über das Land legen. Rechts haben wir Nadelwald mit Birkeneinschlag, links haben wir Nadelwald mit Birkeneinschlag. Nach einer halben Stunde kommt ein Schaffner vorbei, und ich frage ihn, wie es steht. Er erklärt mir, dass es wohl noch so fünfundvierzig Minuten dauern wird, allerhöchstens eine Stunde.

Ich frage, wie es mit meinem Anschlussbus in Y. aussieht. Er zieht einen Block aus der Brusttasche und studiert ihn eine ganze Weile. Blättert hin und her, wobei er schwer atmet und besorgt blickt. Er ist ein wenig übergewichtig und hat offensichtlich zu hohen Blutdruck, eine Einschätzung, die ich auf Grund seiner Gesichtsfarbe und seiner leicht hervorstehenden Augen treffe. Dann stopft er seinen Block wieder in die Tasche und sagt, dass es nicht klappen wird, leider, leider. Es sind verschiedene Gesellschaften, die die unterschiedlichen Linien betreiben, und man stehe nicht in der Pflicht, auf verspätete Züge zu warten.

Ich bedanke mich für die Information und lege den Klimke weg. Denke, dass es dann wohl ein Hotel in Y. werden wird, und versuche Maria mit dem Handy zu erreichen, aber wir befinden uns in einer Gegend, in der es keine Verbindung gibt, so dass ich es aufgebe. Ich gehe auf die Toilette und nehme einen Schluck Whisky sowie ein paar Halstabletten. Kehre zu meinem Platz und meinen Betrachtungen zurück.

Einen kurzen Moment lang stelle ich fest, dass ich mich nicht an meine Personenkennziffer erinnern kann, aber als ich die Augen schließe und ein paar Mal tief durchatme, taucht sie wieder vor meinem inneren Auge auf.

Sicherheitshalber gehe ich in meinem Kopf noch einige weitere Ziffernkombinationen durch, an die zwanzig europäische Flüsse und die Nobelpreisträger für Literatur von 1950 bis heute. Nirgends kann ich eine Lücke feststellen. Ich schüttle die Unruhe ab. Gleichzeitig bemerke ich, dass da etwas ist. Eine Bedrohung. Oder etwas, das mir demnächst zustoßen wird, ich weiß nur nicht recht, was.

Während ich dasitze und der Nadelwald rund um den still stehenden Zug immer dunkler wird, versuche ich zu verstehen, was es bedeutet, dass Viktor zurückgekommen ist.

Und ob es tatsächlich stimmen kann.

Er »war zu sehen«, schreibt Maria, aber auch wenn sie diese vage Formulierung benutzt, erscheint es, als wäre sie felsenfest überzeugt von der Sache.

Viktor soll also am Leben sein.

Er ist es die ganze Zeit gewesen, die ganzen dreißig Jahre, und jetzt ist er zurückgekehrt.

Er war zu sehen?

Es geht nicht daraus hervor, wo, und nicht, wer ihn gesehen haben soll.

Es geht überhaupt nicht besonders viel aus Marias Brief hervor, denke ich. Obwohl er über vier Seiten lang ist. Größtenteils handelt er von Rune und Skröppel. Rune ist jetzt seit fast vier Jahren arbeitslos, was ihm ganz offensichtlich auf die Nerven geht. Skröppel hat etwas mit den Nieren. Vielleicht muss man ihn einschläfern lassen, er ist ja mittlerweile auch schon elf Jahre alt, wie Maria schreibt. Eine Operation ist teuer, und wenn es nicht klappt, bekommt man das Geld nicht zurück. Außerdem sind elf Jahre ein stolzes Alter für einen Hund.

Ich denke, dass ich am liebsten vorschlagen würde, Rune statt des armen Hundes einschläfern zu lassen. Rune hat Marias Leben zerstört, und es ist ihm noch nicht einmal gelungen, sie zu schwängern. Sie hätte ein Kind gebraucht, Maria, das hätte alles andere ausgeglichen, und da sie es nun einmal auf natürlichem Wege nicht geschafft haben, hätten sie zumindest eines adoptieren können. Es gibt Menschen, für die ich mehr Mitleid habe als für Rune.

Aber jetzt ist mir Rune scheißegal. Es geht um Viktor.

Ich versuche die Fragen um ihn herum zu formulieren, aber es will mir nicht gelingen. Sobald ich sie stelle, muss ich erkennen, dass sie bereits eine Antwort enthalten, die ich nicht akzeptieren kann. Unangebrachte Antworten, in gewisser Weise dem gesunden Menschenverstand widersprechend.

Ich habe Schwierigkeiten zu verstehen, was Maria wirklich mit dem meint, was sie im Brief schreibt. Ich versuche in den Nadelwald zu schauen, aber jetzt ist das Licht im Abteil eingeschaltet, und ich sehe nur die Spiegelung der Einrichtung und mein eigenes Gesicht. Die wenigen Menschen, die vereinzelt im Wagen sitzen, sind bis zur Unbeweglichkeit erstarrt. Einem jungen Mann mit rasiertem Schädel ist sein Kinn so weit heruntergefallen, dass ich sein Gaumenzäpfchen sehen kann, nur sein rasselnder Atem verrät, dass er noch am Leben ist. Eine ältere, große, krumm gewachsene Frau liegt über den kleinen ausklappbaren Tisch gebeugt, ihr Kopf ruht auf den nackten Armen. Ein halb gelöstes Kreuzworträtsel lugt unter ihrer Wange hervor.

Nichts geschieht, nichts außer dass die kleine Menge Alkohol, die ich zu mir genommen habe, in meinem Körper verbrennt und dass wir alle in stetem Takt altern. Das bilde ich mir zumindest ein. Ich schließe die Augen und beschließe, dass der Zug sicher gleich weiterfahren wird, wenn ich nur langsam und unbemerkt bis achtundzwanzig zähle.

Es klappt nicht. Ich versuche es noch einmal.

Und noch einmal.

Als ich bei meinem vierundzwanzigsten Versuch bei sechzehn angekommen bin, kommt der Schaffner erneut vorbei. Ich begegne seinem Blick, und er nickt ernsthaft.

Es ist jetzt geklärt, sagt er. Wir werden in wenigen Minuten weiterfahren.

Ich bedanke mich bei ihm. Ich habe das Gefühl, als hätte ich nicht mehr sehr lange ausgehalten. Wenn es mir nicht schon vorher klar gewesen wäre, würde ich jetzt endgültig begreifen, dass es ein durch und durch besonderer Tag ist. Eine besondere Dämmerung. Die inneren Bruchflächen, die wir im hellen Tageslicht freilegen, kommen in der nachfolgenden Dunkelheit am besten zu Tage, so ist es immer gewesen, so wird es immer sein. Das wahre Gewicht einer Bewegung und ihre Bedeutung kommen erst im Stillstand zum Ausdruck.

Und es fällt mir schwer, das mit Viktor zu glauben.

Außer mir steigt nur noch ein weiterer Fahrgast in Y. aus. Es gibt irgendwelche Probleme mit den Lampen auf dem Bahnsteig, sie brummen laut und verbreiten nur so viel Licht, dass man mit Mühe und Not in den Tunnel findet, der unter dem Bahngleis hindurchführt, hinaus zu dem geschlossenen Bahnhofsgebäude. Mein Mitreisender, ein hochgeschossener Jüngling mit Lederjacke und Pferdeschwanz, verschwindet in die andere Richtung, quer über das Bahnhofsgelände, ich gelange mit meiner Tasche auf den ebenso spärlich erleuchteten Bahnhofsvorplatz. Es ist Viertel nach zehn, insgesamt hat die Verspätung also genau zweieinhalb Stunden gedauert. Ich sehe nirgends einen Bus stehen und auch keine Taxis.

Überhaupt keinen Menschen. Aber auf der anderen Straßenseite – die parallel zu den Schienen verläuft und wo es noch vereinzelt ein erleuchtetes Schaufenster gibt und hier und da ein Auto parkt – entdecke ich ein Hotelschild. Zwei der fünf vertikalen Neonbuchstaben sind zwar außer Funktion, aber es erscheint doch ziemlich wahrscheinlich, dass sich hinter H-TE- nichts anderes verbirgt als eben eine Herberge für gestrandete Zugreisende.

Ich schlage meinen Jackenkragen hoch und lenke meine Schritte auf den Eingang zu. Hier ist die Luft kälter, offensichtlich ist vor kurzem ein Herbstregen niedergegangen, und als ich die hellgrüne, schwach erleuchtete Nachtklingel drücke, denke ich, dass es ebenso gut schon November sein könnte.

Ich werde von einer Frau um die fünfundzwanzig hereingelassen. Sie hat sich ein dickes Buch unter den Arm geklemmt und die Brille auf die Nasenspitze heruntergeschoben; vielleicht verbringt sie die Nachtstunden in der Portierloge damit zu studieren, das würde ich jedenfalls tun. Sich eine Berufsausbildung beschaffen, die es einem ermöglicht, diese Gegend zu verlassen und in die Welt hinaus zu kommen. Sie fragt mich, ob ich mit dem Zug gekommen bin, erklärt, dass neunzehn von zwanzig Zimmern frei seien, und bittet mich, mir eine Nummer auszusuchen.

»Nummer acht«, sage ich.

Sie lacht auf. Legt ihr Buch hin und nimmt die Brille ab. Sieht plötzlich richtig niedlich aus. Warme, nussbraune Augen und diese sanften Schatten unter den Wangenknochen, die ich einen langen Zeitraum meines Lebens mehr oder weniger unwiderstehlich fand.

»Wie konnten Sie das wissen?«, fragt sie. »Das ist das einzige Zimmer, das belegt ist. Vor einer Stunde ist eine Frau angekommen, die unbedingt die Nummer acht haben wollte. Sie hat mit ihrem Mann dort gewohnt, vor vierzig Jahren, hat sie behauptet.«

»In Nummer acht?«

»Ja. Deshalb seien Sie doch so gut und suchen Sie sich ein anderes Zimmer aus.«

»Sechs?«, schlage ich vorsichtig vor.

Sie überreicht mir einen Schlüssel mit einem schweren, herzförmigen Metallklumpen, erklärt, dass das Frühstück zwischen sieben und neun Uhr serviert wird, und wünscht mir eine gute Nacht.

Das Zimmer ist grau und voller Wehmut. Ein Doppelbett, ein kleiner Tisch, ein Stuhl, ein Fernseher. Ein freistehender schiefer Schrank, Toilette, Dusche.

Ein Wandbild mit dem Foto eines Treckers, der über ein offenes Feld fährt. Eine deutlich südlichere Landschaft, wie ich annehme, die Erde ist rötlich.

Ich stelle meine Tasche ab. Hole die Whiskyflasche hervor und nehme einen ordentlichen Schluck.

Ziehe mir die Kleider aus. Pinkele und bürste mir die Zähne.

Gehe zu Bett.

Bevor ich einschlafe, lese ich noch einmal Marias Brief. Den letzten Abschnitt zweimal.

Doch das Wichtigste zum Schluss, David. Viktor war hier in der Gegend zu sehen. Ich begreife nicht, wie das möglich ist oder was es bedeutet, aber ich fühle mich unruhig und aufgewühlt. Ich kann diese Sache natürlich nicht mit Rune diskutieren, der Einzige, mit dem ich darüber reden könnte, wärst du. Bitte, kannst du nicht herkommen, ich habe das Gefühl, dass etwas Schreckliches passieren wird. Manchmal des Nachts bekomme ich fast keine Luft mehr.

Mit freundlichen Grüßen
Maria

Ich lege den Brief auf den Nachttisch. Plötzlich taucht Kommissar Malander in meinen Gedanken auf.

Seine lange, magere Gestalt und seine traurigen Augen.

Gibt es ihn noch?

Natürlich muss er inzwischen pensioniert sein, aber lebt

er noch? Wäre es möglich, ein Gespräch mit ihm zu führen?

Ich versuche mich daran zu erinnern, wie alt er wohl zum Zeitpunkt des Mordes gewesen sein kann, doch es scheint, als wollte er sich dieser Einschätzung entziehen.

Vielleicht so um die fünfzig. Aber es könnten gut und gerne auch zehn Jahre mehr oder weniger gewesen sein. Ein merkwürdiger Mann, dieser Kommissar Malander, der Meinung waren damals alle.

Alle, mit denen ich gesprochen habe. Ich selbst war ja nicht vor Ort, als es passierte.

Ich lasse Klimke liegen. Lösche stattdessen das Licht und rolle mich zusammen, die Hände zwischen den Knien. Es ist kalt im Raum. Das blaulila Hotelschild schimmert schwach durch die Gardinen. H-TE-.

Ich erwache mit einem Ruck. Ein schiefes, Schwindel erregendes Gefühl im Körper, ich muss geträumt haben, dass ich falle. Die Zunge klebt am Gaumen, ich bin in kalten Schweiß gebadet und spüre einen kräftigen Druck von innen auf die Schläfen.

Ich öffne die Augen und sehe nur Dunkelheit. Irgendwo läuft die Wasserspülung, es singt in einem Rohr.

Wo bin ich?

Was ist das hier?

Es dauert einige Sekunden, bevor ich diese Fragen zufriedenstellend beantworten kann.

Es ist der Schicksalstag.

Der bedeutungsschwangere Nachmittag, an dem Viktor Vinblad Fermats letzten Satz beweisen soll.

Ein Dienstag am Monatswechsel August/September 1965 genauer gesagt. Die Realschule ist in ihrer zweiten Woche im Halbjahr, und eine gnadenlose Sonne brennt auf die viereckige Lehrburg. Solide und kubistisch steht sie da in ihrer prägnanten Selbstverständlichkeit, ein Ziegeleigeschöpf des Stadtarchitekten Mendelberg, ausgeführt zwischen den Jahren 1910 und 1912 und zweifellos eines der Denkmäler der Stadt. Eigentlich das Einzige, wie böse Zungen behaupten, aber die haben dann das Rathaus, das Barin-Denkmal und den Glockenturm neben der Kirche vergessen.

Ein verirrter Uhu hockt dösend auf dem First des steilen, schwarzen Daches – direkt in der unbarmherzigen Sonnenhitze –, doch nur ein gewisser alter Ornithologe, Hjalmar Augustin Löwenhielm, bemerkt von seinem Balkon an der weißen Holzvilla auf der anderen Seite der Palmyragatan aus den ungewöhnlichen Vogel; er macht sich eine Notiz und schickt sie an die Länstidningen, aber dort wird sie nie veröffentlicht, und das hat so wenig mit der Erzählung hier zu tun, dass wir es dabei bewenden lassen.

In dem Schulgebäude, da findet die Erzählung ihren Platz, und auch hier wird geschlummert. Besonders auf der Südwestseite ist es heiß wie in den Hosen eines Feuerschluckers, und es ist der Geographielehrer Uhrin, der diese anschauliche Feststellung macht, während er sich die Stirn mit einem karierten Taschentuch abwischt und ausgewählte Teile der Ulmanderschen Gesteinssammlung den Neuankömmlingen der 1b präsentiert. Die Wissensaufnahme muss vom Grunde her anfangen, Ulmander war zwischen 1926 und 1949 der stellvertretende Rektor der Schule, ein ergebener Sammler und Amateurgeologe, und das Gesamtgewicht seiner Quarz-, Granit-, Feldspat-, Glimmer-, Bergkristall- und Beryllschenkung macht, wie jemand gewissenhaft errechnet hat, gut und gern zweitausendsechshundert Kilo aus.

Die Neuen haben natürlich im Erdgeschoss ihre Räume, so ist es immer gewesen, und so soll es auch bleiben, und die Gesteinssammlung befindet sich unglücklicherweise ganz oben unter dem Dach. Das sind viele Treppenstufen, aber es sind zweiunddreißig Schüler in der Klasse, zwei pro Kiste macht sechzehn Kisten, und die Anschauung ist das A und O des Geographieunterrichts. Wie jeden anderen Unterrichts auch.

Im ersten Stock, direkt über den Steinstudien, findet zur gleichen Zeit, die Uhr nähert sich an diesem historischen Nachmittag der Drei, Deutschunterricht mit dem zweiten Jahrgang, der 2b statt, eine ziemlich mittelmäßige Versammlung, wenn man bei der Wahrheit bleiben soll, und das wollen wir ja – aber unter autoritärer Leitung von Studienrat Stille. Es ist eine Einzelstunde, man hat gerade erst angefangen. Der Studienrat hat einen Matrizenabzug mit Präpositionsübungen verteilt, sowohl Dativ als auch Akkusativ, während er den Clou des Tages vorbereitet. Hausmeister Underström war in der Pause im leeren Klassenraum und hat letzte Hand an die Elektrizität gelegt und Stille das Startzeichen gegeben. Natürlich muss es während des laufenden Unterrichts stattfinden, es gibt keinen Grund, es im Geheimen zu tun und auf den Effekt zu verzichten, und um drei Uhr ist laut allgemeinen Wissens der heißeste Zeitpunkt des Tages. Auf Stilles Initiative hin wurde die Innovation eingeführt, die Installationsarbeiten haben den ganzen Sommer über gedauert, auf Grund unvorhersehbarer technischer Probleme zogen sie sich ein paar Wochen länger als gedacht hin, aber jetzt ist alles im Kasten. Stille reibt sich die Hände, er ist Junggeselle und eine Koryphäe im Lande, nicht nur, was die deutschen Präpositionen betrifft, sondern auch in Bezug auf Modelleisenbahnen, besonders der Marke Fleischmann.

Draußen auf dem heißen, in den letzten Wochen der Sommerferien frisch asphaltierten Schulhof, läuft eine einsame Gestalt mit einem dicken Notizblock herum. Das ist Nervöser Persson, ein gebrochenes Genie in einer der Klassen des dritten Jahrgangs, er ist dabei, den Fahrradbestand zu inventarisieren. Warum, das weiß niemand, aber das stört NP nicht. Jeder hat so seine Aufgabe, ob es nun nach Gottes Wünschen geht oder nicht; er untersucht Fabrikat, Farbe, Anzahl der Gänge, Geschlechtszugehörigkeit sowie vier oder fünf andere Variablen, und er notiert sich alle Angaben in den dafür mit dem Lineal sauber gezogenen Kästchen auf seinem Block. Es gibt an drei der vier Wänden des Schulgebäudes Fahrradständer, eine Unendlichkeit von Drahteseln, wie es scheint. Aber Nervöser Persson wird von Unendlichkeiten angezogen, und morgen ist auch noch ein Tag. Er hat sich nach dem Mittagessen – Labskaus mit Roten Beeten und Petersilie in der neuen Kantine des Bürgerhauses – abgesetzt, mit Einverständnis des Klassenlehrers Martelius und aller anderen Betroffenen. Nervöser Persson nimmt am Unterricht teil, so lange er es schafft, er besteht ja sowieso alle Prüfungen mit Glanz und Gloria, eigentlich ist er ein ebenso fremder Vogel wie der Uhu auf dem Dach, und bald soll er Zeuge eines Geschehens sein, dessen Nachwirkungen noch viele, viele Jahre später zu spüren sein werden. Gott weiß, wie viele.

Aber im zweiten Stock, dem vorletzten – denn ganz oben liegen natürlich Lehrerzimmer und Materialraum sowie Werkraum und Musiksaal, der Raum mit der Ulmanderschen Sammlung sowie das Atelier des wild-genialischen Zeichenlehrers und Künstlers Rubandersson und seine Unterrichtsdomäne; eine Wand mit einer Feuertür in der Mitte trennt diese beiden Größen voneinander, und wirklich begabten Schülern, möglichst weiblichen und ein wenig rotgelockten, Rubens-artigen, ist es gestattet, ab und zu im Atelier selbst zu arbeiten, um das richtige Gefühl für Öl, Acryl und das innerste Wesen der Kunst zu bekommen, wie man vermuten darf, und wenn Rubandersson mit einer Extraportion Schaffenskraft erfüllt wird, schließt er oftmals die Tür hinter sich und lässt Krethi und Plethi, so gut sie können, im korrekt von links einfallenden Licht Arzneiflaschen skizzieren und malen, vita brevis ars longa – aber darunter, im zweiten Stock wie gesagt, da sind die dritten und vierten Jahrgänge am Arbeiten, und im südwestlichen Bereich – über Uhrin und über Stille mit anderen Worten –, im Saal 303 links vom Treppenhaus, da hat Viktor Vinblad soeben seinen Vortrag über Fermat und die angekündigte Beweisführung, die mehr als drei Generationen von Mathematikern auf den Pott setzen soll, begonnen. Es ist unglaublich.

Ja, bemerkenswert ist es wirklich, und es war Oberstudienrat Christoffersson höchstselbst, der von dem großen Fermat erzählt und Viktor auf die Fährte gesetzt hat. Er tat es als eine Art Schluss- und Höhepunkt im ersten Halbjahr, und jetzt hat der junge Viktor seine Sommerferien damit verbracht, das Rätsel zu lösen, über dem Mathematiker auf der ganzen bekannten Welt seit 1637 brüten. Pierre de Fermat war sechsunddreißig Jahre alt, als er in Paris sein großes Rätsel komponierte, Viktor Vinblad ist fünfzehn, wird bald sechzehn. Es sind 328 Jahre vergangen. Fermat schrieb in den Marginalen von Diofantos Arithmetica, dass er einen wunderbaren Beweis für seine These gefunden habe, aber nirgends Platz finde, um ihn aufzuschreiben. Vinblad hat seinen Beweis in ein dunkelgrünes, zerlesenes Schreibheft der Marke Skrivrit gekritzelt.

$$x^n + y^n = z^n$$

steht auf der rechten Seite der schwarzen Tafel. Auf der linken befinden sich Zahlen, die, wie Viktor soeben der Klasse erklärt hat, aus den dritten Potenzen der positiven ganzen Zahlen bestehen.

1 8 27 64 125 216 343 512

Viktor ist rot im Gesicht und fummelt ab und zu an der gepunkteten Fliege herum, die ihm meine Mutter zu Ehren dieses Tages heute Morgen umgebunden hat und die er aus irgendeinem Grund nicht wieder abgenommen hat. Sein langer, schiefer Pony hängt ihm über die Augen, und er ist gezwungen, ihn zur Seite zu streichen, um nicht den Kontakt mit seinem Auditorium zu verlieren. Er ist offensichtlich nervös. Er hat auf seinem hellblauen, kurzärmligen Hemd Schweißflecken unter den Achseln.

Das Auditorium umfasst die ganze 3b, aber in erster Linie Christoffersson und Lena Ljung-Ljungkvist. Ersterer sitzt auf der Fensterbank des mittleren der drei hinteren Sprossenfenster. Die Sonne brennt ihm auf den Rücken, den Nacken und die einsetzende Glatze, aber das stört ihn nicht. Im Lichte dessen, was sich in dieser Versammlung abspielt, stört ihn nichts. Das ist ein großer Augenblick, ein Wendepunkt in der Geschichte der Mathematik, etwas, das in dreihundert Jahren in den Büchern stehen wird. Es ist erregend und äußerst selten, schwer, es wirklich zu glauben, denn gleichzeitig erscheint es fast wie immer. Man darf sich in den Arm kneifen und sich konzentrieren, und der 47jährige Oberstudienrat hat tatsächlich seine gesamte Aufmerksamkeit, sein gesamtes Wesen auf den begabten, frühreifen Jüngling dort vorne am Pult gerichtet. Was schreibt er jetzt? ... Eine neue Zahlenreihe in den Zwischenraum unter die Dreierpotenzen.

7 19 37 61 91 127 169

Viktor legt die Kreide hin und wendet sich der Klasse zu.

»Das sind die Differenzen zwischen den Zahlen, die wir in der oberen Reihe sehen«, erklärt er. »Acht minus eins ergibt sieben, siebenundzwanzig minus acht sind neunzehn und so weiter. Ein charakteristisches ... ein charakteristisches Merkmal für diese Zahlenreihe ist, wie alle sehen können, dass die Zahlen, wenn man eins von ihnen abzieht, immer durch die Zahl Sechs teilbar sind. Also sechs, achtzehn, sechsunddreißig, sechzig, neunzig und so weiter ...«

Er schiebt den Pony zur Seite und wirft einen Blick schräg nach links. Da sitzt Lena Ljung-Ljungkvist. Sie trägt heute eine dünne weiße Bluse, und ihr dickes rotbraunes Haar ist mit einem Band, Ton in Ton mit ihren Augen, zusammengebunden. Diese sind schräg, grün und auf ihn gerichtet, auf niemanden sonst, und sie hat den Mund einen Zentimeter weit geöffnet, gerade so viel, dass ihre blitzend weißen Zähne die Spur einer Ahnung zu sehen sind.

Viktor Vinblad kommt aus dem Konzept, und es herrscht ein paar Sekunden lang ein absolutes, etwas schicksalsschweres Schweigen im Klassenzimmer. Wie eine Prophezeiung.

»Ähum«, sagt Oberstudienrat Christoffersson.

Viktor zuckt zusammen und fährt fort.

»Jahaja ... hrrm. Wenn wir also die Differenz zwischen zwei Kuben berechnen, das heißt, zwischen zwei dritten Potenzen, die nebeneinander liegen, so bekommen wir auffallend oft eine Primzahl ...«

Er dreht sich erneut zur Tafel um.

»... in dieser Folge sind nur einundneunzig und hundertneunundsechzig keine Primzahlen ...«

Er räuspert sich und schreibt auch diese Ziffern an die Tafel. Aber währenddessen geschieht etwas anderes. Etwas ganz anderes und Unerwartetes. Ein gewisser Bert-Åke Bertilsson, ein hoch aufgeschossener Junge von Åbytorp, heute in ein neues, pepitagemustertes Hemd verpackt, mit Pomade im Haar und einem Zigarettenstummel elegant hinter das linke Ohr geklemmt, findet die Zeit gekommen, einen Schachzug zu wagen. Er ist der Banknachbar von Lena Ljung-Ljungkvist, schließlich ist man eine moderne Lehranstalt und setzt deshalb möglichst Mädchen/Junge, es ist so heiß im Klassenzimmer, dass er den Duft ihrer Haut und ihres Körpers spüren kann, und als er die Augen schließt, überfällt ihn eine Art inneres Schwindelgefühl, er hat seit dem Vormittag einen Ständer, es fühlt sich wie die reinste Zementsäule an, und während er die Luft anhält und die Augen schließt, schiebt er die rechte Hand über den Tisch und umschließt mit seinen Fingern die ihren, es ist eine zufällige Bewegung, so kann es scheinen, bewusst zufällig, entsprungen der Gedankenabwesenheit und dem heißen Tag und Gott weiß, welchen geheimnisvollen Mechanismen und hormonellen Löchern, es vergeht eine Zehntelsekunde, es vergeht noch eine, und sie lässt ihre Hand dort liegen. Lena Ljung-Ljungkvist holt einmal extra tief Luft, so dass sich ihre Brust zu ungeahnten Höhen erhebt, und akzeptiert das Faktum. Das Faktum, dass Bert-Åke Bertilsson seine Hand auf ihre gelegt hat. Ein Beben durchläuft die Klasse, so erscheint es Bert-Åke. Es ist magisch. Lebendig, gefährlich und unbegreiflich.

»... wenn wir stattdessen umgekehrt vorgehen, das heißt, die Kuben addieren, die nebeneinander liegen, dann erhalten wir folgende Reihe ...«

Die Tafel füllt sich mit weiteren Rechenschritten, das Publikum ist abwechselnd verblüfft und ermüdet, Viktor wischt die Tafel ab, um Platz für die neue Zahlenreihe zu bekommen.

$$\underline{9 \quad 35 \quad 91 \quad 189 \quad 341 \quad 559 \quad 855}$$

Er unterstreicht sie.

»Das Bemerkenswerte an diesen Zahlen ist, dass jede Dritte

durch neun teilbar ist, die dazwischen sind durch neun teilbar, wenn man eins hinzuaddiert oder abzieht ...«

Er wirft Christoffersson einen fragenden Blick zu und erhält ein aufmunterndes Nicken zurück. Eine Weile wischt er mit eifrigen Gesten, wendet sich dann erneut der Klasse zu. Fummelt an der Fliege.

»Wie ihr wisst, besagt Fermats letzter Satz ja, dass es unmöglich sein soll, einen Kubus in zwei kleinere Kuben zu teilen ... oder potenziell ausgedrückt ...«

Irgendwo hinten aus den letzten Reihen ist ein Kichern zu hören, und Viktor kommt erneut aus dem Konzept.

»Äh ... und alle wissen, dass dem so ist, aber niemand hat bisher sagen können, warum. Und das betrifft vermutlich nicht nur die dritten Potenzen sondern alle Potenzen, die größer sind als zwei. Wenn wir uns jetzt einmal die letzte Reihe anschauen, also die Kubensumme ...«

Meine Potenz ist größer als zwei, denkt Bert-Åke Bertilsson, und er vermittelt diesen Gedanken mittels eines leichten Händedrucks an seine göttinnenähnliche Banknachbarin. Sehr viel größer.

Viktor fällt die Kreide zu Boden, er beugt sich hinunter und hebt sie auf, aber im gleichen Moment kommt erneut Lena Ljung-Ljungkvist in sein Blickfeld. Vielleicht sucht er den Kontakt zu ihr, vielleicht ist es auch gar nicht gewollt. Das kann man nicht wissen. Auf jeden Fall ist es schicksalhaft.

»Ja aber, was um ...«, sagt er.

Dann verstummt er. Es vergehen drei Sekunden.

»Mach ruhig weiter!«, ermuntert ihn der Lehrer hinten von dem mittleren Fenstersims.

Aber Viktor Vinblad kann nicht weitermachen. Er ist stehen geblieben und starrt auf zwei Hände, die ineinander verflochten auf Lena Ljung-Ljunkvists und Bert-Åke Bertilssons Bank liegen, und ein starkes Gefühl der Übelkeit schießt in ihm auf. Plötzlich kann man sehen, wie ihn Würgekrämpfe schütteln, es scheinen Wogen durch den Körper des armen Jünglings zu fahren, die Blutadern am Hals sind angespannt, er hält sich die Hand vor den Mund, während sein gesamter Körper schwankt. Plötzlich sind sämtliche Schüler der Klasse 3b ungemein aufmerksam, sogar Valter Efraim Stålberg bekommt einen wachen Blick, man richtet sich auf den Stühlen auf, man streckt den Hals, will mitbekommen, was im nächsten Moment geschieht.

Was aus Viktor Vinblads Mund herauskommen wird, genauer gesagt. Wird der berühmte Beweis für Fermats letzten Satz herauskommen, oder etwas ganz anderes? Das Schulmittagessen beispielsweise?

Es steht offensichtlich auf der Kippe, jetzt zupft der arme Junge ganz verzweifelt an seiner Fliege und am Kragen, allem Anschein nach ein Versuch, mehr Luft zu bekommen, er klappt die Kiefer auf und atmet plötzlich mit offenem Mund, keucht geradezu. Zwei Mädchen in der ersten Reihe ducken sich, offenbar Schutz suchend, altes Labskaus ist nun nicht gerade etwas, das man an einem heißen Spätsommertag wie diesem gern über sich ausgegossen bekommen möchte.

Dann kommt der Anfall. Ein letztes Würgen, eine Wellenbewegung von unten den Bauch herauf über Brustkorb und Hals, und die Wangen füllen sich. Aber es gelingt ihm den Mund zuzuhalten. Er sieht plötzlich wie wahnsinnig aus, wie ein richtiger Verrückter, und schon sprintet er quer durch den Klassenraum, entscheidet sich für das rechte Fenster, nicht für das mittlere, in dem Oberstudienrat Christofferson sich befindet, beugt sich über den Rand und spuckt direkt in den Sonnenschein hinaus.

Aber der Anlauf war zu schnell, niemand begreift so recht, wie es zugeht, jedenfalls fährt Viktor Vinblad in der Bewegung fort, durchs Fenster hindurch. Er kann sich nicht mehr bremsen, versucht zwar noch mit einer Hand den mittleren Fensterbalken zu packen, versucht noch rechtzeitig zu bremsen, aber es gelingt ihm nicht. Das junge Mathematikgenie purzelt aus dem Fenster; es sind mindestens acht Meter Fallhöhe bis zu den Fahrrädern unten auf dem Hof. Er macht in der Luft eine halbe Salto-mortale-Drehung, landet mit dem Rücken auf einem Herrenfahrrad der Marke Ferm und bricht sich das Rückgrat auf der Stange. Innerhalb einer halben Minute ist er tot.

Nein.

Nein, so lief es nicht ab. Das ist nur ein Gedankenspiel, eine alternative Geschichtsschreibung. Ein Hintergrund, vor dem das, was tatsächlich passiert ist, scharf hervortritt und sich deutlich abzeichnet – es hätte so ablaufen können, aber es ist nicht so abgelaufen. Viktor Vinblad hätte zu Tode stürzen können, doch er überlebte.

Und die Kreise auf dem Wasser wurden größer, gerade weil er nicht starb. Gerade weil Studienrat Stille im Raum 203 – in exakt der gleichen Sekunde, in der Bert-Åke Bertilsson seine Hand auf die der schönen Lena Ljung-Ljungkvist im Raum darüber legte – beschloss, den Knopf zu drücken.

»Darf ich um einen Moment Aufmerksamkeit bitten. Achtung, aufgepasst!«

Die Schüler schauen von ihren Präpositionen auf. Wischen sich den Schweiß von der Stirn und begreifen zunächst nicht, worauf sie die gewünschte Aufmerksamkeit eigentlich richten sollen. Aber dann hört man ein leise quietschendes Geräusch von der Rückwand, und hier hat auch Studienrat Stille Aufstellung genommen, und es dauert nicht lange, bis man sehen kann, was gerade geschieht. Mit angenehmer, langsamer Ruhe fällt Schatten in den Klassenraum. Schatten, der genau durch die Innovation zu Stande kommt, die Stille initiiert und ausgeführt hat und die sogar gegen das Büro für Stadtplanung durchgeboxt werden musste. Und Mendelberg hat aus seinem Grab auf dem alten Friedhof Beifall gezollt, da gibt es keinen Zweifel. Die sengende Sonne soll in ihrer Gedanken lähmenden Besinnungslosigkeit gebremst werden.

Und wie? Mit Markisen natürlich! Markisen sind die moderne Lösung! Alle haben sie an den Tagen, als das zweite

Halbjahr begonnen hat, an der Außenseite eingerollt sehen können, aber erst jetzt öffnen sie sich in voller Blüte.

Schön dunkelrot sind diese Markisen, bordeaux heißt die Farbe, die sich so hübsch von den graubraunen Ziegeln abhebt, die Montagearbeiten haben den ganzen Sommer über auf der Südwestseite der alten Burg stattgefunden. Über alle vier Stockwerke natürlich, aber nur in 203 wird das Wunderwerk jetzt eingeweiht. Nicht zu glauben, und ist es nicht, als sänke die Temperatur sofort um zehn Grad im Raum? Die Markisen sind noch gar nicht richtig ausgefahren, als die Schüler bereits in spontanen Beifall ausbrechen. Das nennt man Fortschritt!

»Super!«, ruft beispielsweise der vielversprechende Tennisjunior Baltasar Lundblom, der mitten im Sonnenschein gesessen und von einem kalten Pommac in Sveas Konditorei geträumt hat. »Echt super!«

Studienrat Stille räuspert sich, kommt aber nicht dazu, das Wort zu ergreifen, bevor dort draußen etwas Unerwartetes geschieht, und gerade weil es just in diesem Moment geschieht, können neunundzwanzig Zeugen bestätigen, dass Viktor Vinblad tatsächlich geradewegs in eine dieser schönen Markisen gedonnert ist, in die westlichste. Sie können es bezeugen und bestätigen, dass die Konstruktion seinem Körpergewicht ungefähr zur Hälfte widersteht, die Geschwindigkeit soweit bremst, dass ihm das Leben gerettet wird – und was am wichtigsten ist: dass die Fallrichtung soweit verändert wird, dass er nicht auf die Fahrradständer prallt.

Obwohl eigentlich nur Nervöser Persson dieses Ergebnis sieht. Zunächst sieht er, wie drei elegante Markisen sich problemlos über den Fenstern im ersten Stock entfalten, das lenkt ihn von seiner Inventarsarbeit ab, er bleibt bei einem Hermes 61 a mit leicht offenem Mund stehen, und dann wird er Augenzeuge, wie ein Mensch durch eines der Fenster im Stockwerk darüber rauscht und direkt in eines dieser blutroten Segel fällt. Das dämpft die Geschwindigkeit und lässt den

Körper sozusagen ein wenig von der Wand abprallen, so dass er anschließend einen Meter von ihm entfernt auf dem Boden aufschlägt.

»Hoppla!«, sagt Nervöser Persson. »Oioioi. Was ist denn mit dir passiert?«

Aber Viktor Vinblad antwortet nicht.

Zum einen, weil er ohnmächtig geworden ist.

Zum anderen, weil er die Fähigkeit zu sprechen verloren hat. Er wird in den folgenden acht Jahren kein einziges Wort mehr von sich geben.

Der Tag ist der Fötus der Nacht.

An diesem tot geborenen Morgen frühstücke ich in einem engen, grün tapezierten Speisezimmer, in dem sich die Gerüche und Gegenstände die Waage halten. Alter, erkalteter Zigarettenrauch, Putzmittel älteren Datums. Ein düsterer Elchkopf und eine Standuhr, die auf Viertel vor fünf stehen geblieben ist. Drei Tische sind gedeckt, ich sitze allein an dem hintersten. Mit dem Rücken zur Wand. Kaffee, ein hart gekochtes Ei, Saft und ein Käsebrot. Ich blättere in der Länstidningen, die ich nicht mehr gelesen habe, seit ich erwachsen bin. Sie scheint sich nicht verändert zu haben.

Ein asiatisches Mädchen deckt auf und fragt, ob alles in Ordnung ist. Ich erkläre, dass alles in Ordnung ist. Sie füllt meine Kaffeetasse und verschwindet. Ich frage mich, wo sie wohl geboren wurde und wie sie in diesem abgelegenen Winkel gelandet sein mag. Aus einem verborgenen Lautsprecher ertönt ein klassisches Musikstück, das ich wiedererkenne, doch es gelingt mir nicht, es zu identifizieren. Nur Klavier, Cello und Geige. Vielleicht ist es Pärt.

Die Frau an der Rezeption ist gegen einen jungen Mann ausgetauscht worden. Er hat einen Schnurrbart, so groß wie der Schmutzrand unter einem Daumennagel, und scheint aus irgendeinem Grund nervös zu sein. Er teilt mir mit, dass der erste Bus nach K. bereits um sieben Uhr abgefahren ist. Der nächste fährt um Viertel nach elf.

Das täte ihm Leid, wie er sagt.

Ich lege mich noch für eine Weile aufs Bett in meinem Zimmer und ruhe mich nach dem Frühstück aus. Mein Körper prickelt, die Nerven liegen bloß, vielleicht ist es der gestrige Whisky, der sich bemerkbar macht und raus will. Ich fühle, dass ich gut noch ein paar Stunden Schlaf vertragen könnte, aber ich will nicht noch einen Bus verpassen. Überlege, dass ich mein Handy einschalten sollte, um nachzusehen, ob meine Frau von sich hat hören lassen. Ich hatte es für eine kurze Zeit an, bevor ich gestern ins Bett ging, nachdem ich Maria angerufen hatte, aber da war keine Mitteilung eingegangen.

Maria klang müde. Doch sie sagte, sie sei dankbar, dass ich herkommen würde. Wir sprachen nicht einmal eine Minute miteinander, sie sehe sich gerade zusammen mit Rune eine amerikanische Komödie an, hat sie behauptet.

Ich verzichte dann doch darauf, mein Handy an diesem Morgen anzustellen. Ich habe keine Lust.

Den Busfahrer, mit dem ich fahre, kenne ich tatsächlich. Er heißt Lindberg oder Lundborg oder so, ich habe ein Bild von ihm, wie er vor fünfunddreißig Jahren aussah. Er fuhr bereits damals Bus, ein fescher Jüngling, der mit allen weiblichen Fahrgästen im richtigen Alter und mit dem richtigen Körperbau flirtete. Jetzt flirtet er nicht mehr, er sitzt wie eine große, etwas wässrige Birne hinter dem Steuer, es kann nicht mehr viel bis zur Pensionierung fehlen. Trotzdem sieht er sich immer noch so weit ähnlich, dass ich ihn wiedererkenne. Ich meine mich zu erinnern, dass er sich mit einer älteren Schwester eines Mädchens aus meiner Klasse verheiratet hat, sie wurde auf Grund ihres Körperbaus Busen-Inga genannt, meine Klassenkameradin, meine ich, das aber ist ein wie aus dem Nichts aufblitzendes Erinnerungsbild, das mich ein wenig beunruhigt.

Wie wenig wir doch unsere Gedanken und Empfindungen steuern können; was da alles nach Aufmerksamkeit schreit, sobald man seine eingefahrenen Wege verlässt. Sicher wird jede Menge altes Gerümpel in den nächsten Tagen auftauchen, das schon lange entsorgt sein sollte. Solche Dinge, die man tatsächlich gern los wäre. Ich habe den Verdacht, dass es sich hier um so eine Reise handelt.

Ich setze mich in dem halb leeren Bus auf die vorletzte Bank – vermeide natürlich die Plätze über dem Rad, daran erinnere ich mich noch. Da poltert es so schrecklich, wie mein Vater immer zu sagen pflegte, da sitzen nur Idioten und Leute, die eine Darmverschlingung heilen wollen.

Ich schaue durch das unerwartet schmutzige Fenster hinaus, auf das jetzt auch noch der Regen prasselt, und versuche die Fragen zu formulieren, die mir wirklich am Herzen liegen, aber es gelingt mir nicht viel besser als gestern. Es gelingt mir überhaupt nicht. Ich beschließe, es aufzuschieben, bis ich angekommen bin. Bis ich ein vernünftiges Gespräch mit Maria geführt habe, sind das alles doch reine Spekulationen.

Stattdessen denke ich über die acht Jahre mit Liv nach – ein Zeitraum, der jetzt, in Nullkommanichts, zu einem Nichts zusammenzuschrumpfen scheint. Und das führt mich logischerweise zu der fast traurigen Einsicht, dass mein ganzes Leben so aussehen wird, wenn ich eines Tages mit einem Fuß im Grab stehen und nachdenklich zurückschauen werde.

Eine leere Hülse in der Ewigkeit.

Aber so ist nun einmal die Lage, und wenn man durch einen verregneten Nadelwald rutscht, in dem der Sommer seinen letzten Seufzer macht, dann lohnt es sich nicht, dazusitzen und zu prahlen. Man ist einfach der, der man ist.

Wir haben uns zufällig kennen gelernt, Liv und ich. Das tun vielleicht acht von zehn Menschen, aber in unserem Fall pflegten die Leute zu sagen, dass es doch etwas ganz Besonderes war.

Ich hatte beschlossen, mir einen besseren Fernseher zu kaufen, und das tat ich auch. Ich fand in dem Laden in der Bangårdsgatan einen Apparat, der mir gefiel, und danach setzte ich eine Anzeige in die Zeitung, um meinen alten loszuwerden.

An dem Samstagvormittag, als die Anzeige erschien, erhielt ich einige Anrufe, und zur Mittagszeit kam eine Frau und kaufte den Fernseher. Sie bezahlte wie verabredet fünfhundert Kronen dafür, und ich half ihr, das Gerät die Treppen hinunterzutragen und es auf dem Rücksitz ihres Autos zu verstauen. Ich versicherte ihr, wie bereits mehrmals zuvor, dass er in all den Jahren, in denen er in meinem Besitz gewesen war, perfekt funktioniert hatte, aber dass sie sich natürlich sofort bei mir melden sollte, wenn irgendein Problem auftauchte.

Ein paar Stunden später klingelte das Telefon, und eine wütende Frauenstimme sagte: »Der Mist funktioniert nicht. Kommen Sie sofort her und regeln Sie das oder geben Sie mir mein Geld zurück.«

Ich nahm an, dass sie technisch ein Idiot war, deshalb erschien es mir sinnlos zu versuchen, sie per Telefon zu instruieren und fragte also nach ihrer Adresse. Bekam sie und versprach ihr, innerhalb einer Stunde bei ihr zu sein.

Fünfundvierzig Minuten später parkte ich meinen Wagen vor einem Reihenhaus in der Nypongatan draußen in Årsta. Ich läutete an der Tür und wurde von einer Frau um die dreißig hereingelassen, die ich nie gesehen hatte. Sie entschuldigte sich, erklärte, dass sie im Nachbarhaus wohne und schnell herbeigerufen worden sei, um mich zu empfangen. Wanda, die Tochter der Frau, die mich angerufen hatte, habe sich beim Eiskunstlaufen den Arm gebrochen und sei jetzt mit ihrer Mutter auf dem Weg ins Krankenhaus.

»Aber kommen Sie doch herein und sehen zu, ob Sie den Apparat in Ordnung kriegen.«

Sie führte mich ins Haus hinein in ein Zimmer, das offensichtlich ein Arbeitsraum war. Schreibtisch, Bücherregale mit Ordnern und Büchern, ein hoher Ablageschrank. Dünne, rote Gardinen vor dem Fenster. Ich sah keinen Fernsehapparat und schon gar nicht meinen alten Sony.

»Bitte schön«, sagte die Frau. »Ich nehme an, dass es das Beste ist, wenn ich Sie in Ruhe lasse.«

Ich schaute mich erneut im Zimmer um.

»Entschuldigung«, sagte ich. »Wo ist der Apparat?«

»Da natürlich«, sagte die Frau und zeigte auf einen Computer, der nicht angeschlossen auf dem Schreibtisch stand.

»Das ist ein Computer«, sagte ich.

»Äh ... ja«, sagte die Frau.

»Aber es ging doch um einen Fernsehapparat«, sagte ich.

»Nein«, widersprach die Frau. »Es geht um einen Computer. Um den hier.«

Ich sah sie verwirrt an.

»Das stimmt nicht«, erklärte ich. »Ich bin hierher gekommen, um einen Fernseher zum Laufen zu bringen. Nicht einen Computer.«

Sie versuchte zu lächeln, aber ihr Lächeln wurde zu einer Art Grimasse, die zwischen Beunruhigung und Wut hin und her pendelte.

»Denken Sie ... denken Sie, ich bin ein Idiot? Glauben Sie, ich könnte nicht den Unterschied zwischen einem Fernseher und einem Computer erkennen?«

»Das können Sie sicher«, warf ich freundlich ein.

»Meine Freundin hat mir erklärt, dass ein Typ kommen soll, um einen Computer in Ordnung zu bringen, den sie gerade von ihm gekauft hat. Sie glauben bestimmt, wir Frauen wären zu blöd, um den Unterschied zwischen ...«

Die Situation wurde langsam absurd, und ich unterbrach sie.

»Einen Moment mal«, sagte ich. »Wir sind ja beide der Meinung, dass das hier ein Computer ist, aber ich kann mich nun einmal ausgezeichnet daran erinnern, dass ich Ihrer Freundin einen Fernsehapparat verkauft habe. Einen Sony. Ich bin auch kein Idiot.«

Jetzt sah die Frau plötzlich ganz nervös aus. Ihr Blick begann zu flackern, und sie ging einen Schritt auf mich zu, näher zur Türöffnung.

»Ich verstehe das nicht«, sagte sie. »Machen Sie sich über mich lustig?«

»In keinster Weise«, versicherte ich ihr. »Wenn sich da jemand über Sie lustig macht ... über uns ... dann muss das Ihre Freundin sein. Macht sie häufiger solche Scherze?«

»Nie. Und Beate ist eigentlich nicht meine Freundin. Wir sind nur Nachbarinnen.«

»Das ist mir schon klar«, nickte ich.

Einige Sekunden lang schwiegen wir. Ich sah ihr an, dass sie jetzt ernsthaft beunruhigt war.

»Vielleicht sollten wir nachsehen, ob der Fernseher in einem anderen Zimmer steht?«, schlug ich vor. »Vielleicht haben Sie ja etwas missverstanden?«

»Ich habe gar nichts missverstanden.«

»Dann vielleicht Ihre Freundin«, versuchte ich es. »Sie kann Sie falsch informiert haben, da sie wohl leicht unter Schock stand. Wenn die Tochter sich den Arm bricht, dann muss sie das ja beeinflussen, ich meine, ihre Urteilsfähigkeit.«

Ich hörte selbst, wie unlogisch das klang. Plötzlich begann die Frau zu weinen. »Warum muss das passieren?«, schluchzte sie und lehnte sich an den Türpfosten. »Warum müssen immer mir solche Sachen passieren?«

Ich fühlte mich hilflos. Umfasste vorsichtig ihre Schultern und führte sie zu einem Stuhl.

»So, so«, sagte ich. »Das ist einfach nur ein merkwürdiges Missverständnis gewesen. Ich verstehe es ja auch nicht. Ich weiß, dass ich heute einen Fernseher verkauft habe und keinen Computer. Sie warten jetzt hier, dann gehe ich und sehe nach, ob mein Apparat in einem anderen Raum steht.«

Schnell ging ich durch die Räume. Es dauerte höchstens eine Minute. Mein alter Sony befand sich nicht in dem Haus – wenn er nicht gerade versteckt in irgendeinem Schrank oder einem Kellerabteil stand, aber warum sollte er? Ich ging zurück ins Arbeitszimmer. Die Frau saß noch immer auf dem Stuhl und sah noch immer ganz unglücklich aus.

»Was … was sollen wir tun?«, fragte sie mit leichtem Zittern in der Stimme.

»Ich weiß es nicht«, antwortete ich. »Das Beste ist wohl, wenn ich wieder nach Hause fahre.«

Sie zuckte mit den Schultern.

»Können Sie nicht hier bleiben, bis Beate zurückkommt, und dann die Sache mit ihr klären?«, fragte sie.

Ich überlegte kurz. Ich hatte keinen Termin einzuhalten. Hatte eventuell geplant, ins Kino zu gehen, aber das konnte ich auch aufschieben.

»In Ordnung«, sagte ich. »Es wird ja wohl nicht so lange dauern, oder?«

»Ich denke nicht«, sagte die Frau.

Wieder schwiegen wir. Nach ein paar Sekunden begann sie zu strahlen.

»Vielleicht könnten Sie sich ja mal den Computer angucken, wenn Sie sowieso schon hier sind? Ich meine, wenn Sie sich mit Computern auskennen?«

»Nun ja …«, zögerte ich.

»Warum nicht? Vielleicht handelt es sich ja nur um eine Bagatelle, die geändert werden muss. Aber vielleicht haben Sie ja …«

»Ich habe fast den gleichen«, stellte ich fest.

»Na, dann.« Sie stand auf. »Wissen Sie, ich hole inzwischen ein Glas Wein für uns, und dann probieren Sie es einfach.«

Ich musste lachen, dann willigte ich ein. Sie lachte auch, ging zu sich hinüber und kam nach einer Weile mit einer Flasche Rotwein und zwei Gläsern zurück. Einen kleinen Teller mit Keksen, Käse und Birnenscheiben hatte sie auch dabei. Plötzlich war sie gut gelaunt und schien sich fast über die Situation zu amüsieren.

Es dauerte zehn Minuten, den Computer zu installieren. Die Nachbarsfrau hieß Liv, wie sich herausstellte, und da es drei Stunden dauerte, bis die Eisprinzessin mit dem gebrochenen Arm und ihre Mutter heimkamen, gelang es uns, die ganze Flasche zu köpfen und eine zweite anzufangen. Zu der Zeit waren wir bereits an Livs Küchentisch umgezogen und hatten einen Salat gegessen.

Liv hatte auch eine Tochter, Linnea, aber sie war an diesem Wochenende bei ihrem Vater, und als Liv und ich später miteinander ins Bett gingen, erschien uns das als die natürlichste Sache auf der Welt.

Aber wie hing das mit dem Fernseher und dem Computer nun zusammen? Das fragen die Leute immer, wenn ich so weit erzählt habe.

Sie hat die falsche Nummer gewählt, erkläre ich dann immer. Ich habe ja gesagt, dass es ein Zufall war, aber in diesen billigen Samstagsanzeigen werden halt alle möglichen Apparate verkauft.

Manchmal frage ich mich, ob ich nicht eventuell Beate geheiratet hätte, wenn ihre Tochter nicht gerade zum rechten Zeitpunkt hingefallen und sich den Arm gebrochen hätte.

Kann sein, kann auch nicht sein. Jedenfalls war sie eine alleinstehende und ziemlich elegante Frau, das will ich gar nicht leugnen.

Und alle beide hatten einen so vertrauensvollen Blick, dass man in ihm versinken zu können meinte, deshalb ist dieser Gedanke im Rückblick nicht vollkommen absurd.

Der Bus hält in Armbäcke, Syssanåker und Jutterbäcken – und an drei oder vier anderen Punkten mitten im Nichts, wo Leute am Straßenrand stehen und mit den Händen winken.

Nun ja, es gibt Felder und üppige Wiesen mit schön gelegenen Bauernhöfen, und als wir vor dem Rathaus auf dem Markt von K. halten, ist der Regen durch eine bleiche Herbstsonne ersetzt worden. Ich bekomme heftiges Herzklopfen, als ich die altvertrauten Häuserfassaden wiedersehe, Barins Denkmal und die Birken, die entlang der Storgatan gelb leuchten.

Und das Saga-Kino und Sveas Konditorei. Und Björnssons

Herrenausstatter, wie um alles in der Welt hat so ein Laden überleben können, frage ich mich. Fünfzehn Prozent Rabatt, wenn man Mitglied der Freien Christengemeinde ist, zehn, wenn man einem nahe gelegenen Radikalenverband angehört. Zumindest war das früher so, ich nehme mir vor, herauszufinden, ob es sich auch heute noch so verhält.

Beim Aussteigen versuche ich Landborg-Lundberg ein paar freundliche Worte zu sagen, mich zumindest für die Fahrt zu bedanken, aber ich bin mir nicht sicher, ob er es richtig versteht. Ich stelle meine Tasche auf den Bürgersteig, und im gleichen Moment entdecke ich Maria, die vor der Sparbanken auf mich wartet. Sie hat eine Einkaufstüte in der Hand. Ich habe sie seit sieben Jahren nicht gesehen und finde plötzlich, dass sie genau aussieht wie meine Mutter damals, kurz bevor sie gestorben ist. Etwas schiefe Züge und den Kopf vorgeschoben wie ein Geier. Schwerer Körper, Gefahr laufend, in der Erde zu versinken. Ihr dünnes, ergrautes Haar flattert im Wind.

Sie ist sechsundfünfzig, denke ich. Meine Mutter wurde neunundfünfzig.

Sie geht ein paar Schritte auf mich zu und zeigt ein unsicheres Lächeln.

»Willkommen, lieber Bruder«, sagt sie.

»Danke, liebe Schwester«, antworte ich.

Wir vereinen uns in einer schnellen Umarmung und gehen dann den Hagendalsvägen hinauf.

Rune sitzt im Wohnzimmer und sieht sich ein Fußballspiel an, als wir ankommen. Sie haben sich eine Digitalbox angeschafft, und offensichtlich werden tagein, tagaus Fußballspiele übertragen. Er steht nicht vom Sessel auf, als er mich sieht, nickt aber als Zeichen des Wiedererkennens und streckt die rechte Hand vor. Er sieht schlaff und übergewichtig aus, würde sich gut im Rollstuhl machen. Es ist zu sehen, dass er niemals im Leben wieder einen Job finden wird.

Skröppel wirkt ebenfalls schlaff. Im Gegensatz zu Rune

kommt er jedoch zu mir auf den Flur, um mich zu begrüßen, legt sich dann aber wieder auf den Boden vor den Bildschirm. Abgewandt vom Fernseher, mit wehmütigem Blick.

»Aston Villa«, sagt Rune. »Scheißteam. Und die Reise?«

Ich nehme an, dass das seine Art ist zu fragen, ob die Reise angenehm verlaufen ist.

»Ja, danke«, sage ich. »Musste nur in Y. übernachten. Lokschaden.«

»Y.«, sagt Rune. »Scheißkaff.«

Ich verlasse ihn. Gehe zu meiner Schwester in die Küche. Skröppel folgt uns. Ich setze mich auf die alte, blau angestrichene Holzbank. Die Farbe ist hier und da abgewetzt, ich erkenne bestimmte Zeichen aus meiner Kindheit wieder. Maria puzzelt mit dem Essen herum und hat einen Lokalsender eingeschaltet. Eine Art Diskussionsprogramm offenbar, bei dem die Zuhörer anrufen und ihre Meinung zu tagesaktuellen Fragen äußern können. Im Augenblick redet eine Frau darüber, wie man alte Viehställe restaurieren kann.

»Ich habe Kartoffelpuffer gemacht«, sagt Maria. »Für dich. Rune mag die nicht, aber das ist mir egal.«

»Du sollst aber nichts extra machen, nur weil ich …«, will ich einwerfen.

»Quatsch«, unterbricht sie mich. »Geh lieber hoch in dein Zimmer und mach dich frisch. Das Essen ist in zehn Minuten fertig.«

Auf der Treppe werde ich von einer jäh einsetzenden Atemnot überrascht. Und einem leichten Schwindelgefühl im Kopf. Ich rufe mir schnell Brasiliens fünf Stürmer von 1958 ins Gedächtnis, meine Personenkennziffer sowie die unterste Reihe des Sehtests bei meiner Musterung.

Übrigens, sie lautet: CUXLPECKDANRM. Es lässt sich natürlich nicht kontrollieren, ob ich mich tatsächlich recht erinnere, aber ich weiß, dass dem so ist. Gewisse Dinge kann man einfach nicht vergessen. Woher jedoch Maria die Idee hat, ich wäre ausgerechnet in Kartoffelpuffer vernarrt, bleibt mir ein Rätsel.

Im Dachbodenzimmer stelle ich mich an das Giebelfenster und schaue über den Waldrand. Die Stadt liegt in der anderen Richtung; als Viktor und ich zusammen ein Zimmer hatten, war es nicht dieser Raum. Hier oben hauste ich in den späteren Jahren allein. Man sieht tatsächlich nur Wald und Himmel, es ist wie eine Art Nullpunkt, und ein Hauch von Wehmut durchfährt mich. Aber es beruhigt mich auch, in einer Art, wie es sonst kaum etwas tun kann.

Ich bleibe stehen und denke über die verflossenen Jahre nach. Darüber, ob Liv wohl von sich wird hören lassen oder ob sie ganz einfach die Tatsachen akzeptiert. Wir lernten uns Hals über Kopf kennen, wir trennen uns Hals über Kopf. Vielleicht ist es an der Zeit, diesen Einschub zu beenden.

Es sind noch nicht einmal zwei Tage vergangen, seit sie mir erklärt hat, dass sie schwanger ist. Ich habe einen Abend und eine Nacht lang darüber nachgedacht. Habe einen Brief geschrieben und sie verlassen. Wir hatten eine Übereinkunft. Während ich hier stehe und durch das altmodische vom Regen gestreifte Fenster hinausschaue, bilde ich mir ein, dass sie sich genau dazu entschlossen hat. Den Einschub zu beenden. Was sie mit dem Kind macht, das ist natürlich ihre Sache, aber sie wird mich damit nicht belasten.

Was Sofias Zustand betrifft, so ist die Sache natürlich ein wenig dubios. In mehrerlei Hinsicht. Vor meinem inneren Auge kann ich ein paar dicke, vorchristliche Götter sehen, die sich im weichen Himmelsgras wälzen, prustend vor Lachen. Sie kippen das Spielbrett mit den Figuren darauf um und prosten einander mit Met aus gekrümmten Hörnern zu. Es ist ein sonderbares Bild.

Ich fange an, meine Tasche auszupacken, und überlege, wie lange ich wohl bleiben werde. Ich sehne mich danach, Maria Aug in Aug gegenüberzusitzen, aber solange sich Rune in der Nähe befindet, werden wir nicht zum Zuge kommen, das ist mir schon klar.

Denn es geht um Viktor. In allererster Linie um Viktor.

Valfrid Vinblad wurde in Savolax geboren und arbeitete wie die meisten dort in einer Schuhfabrik. In seinem Fall war es die AP Johanssons hinten in Väster. Er war irgendwann nach dem Krieg in der Stadt eingetroffen, es gab Arbeit, und er war nicht der Einzige, der über den Bottnischen Meerbusen gekommen war, um ein neues Leben anzufangen.

Er konnte schwedisch sprechen und sah gut aus. Ein stattlicher Bursche mit blondem Haar und großen, ehrlichen Händen. Wo er seine dunkeläugige Olga fand, das wissen die Götter; als die Katastrophe eingetreten war, stellte sich heraus, dass niemand genau wusste, woher sie eigentlich kam. Sie stammte aus dem Südosten, darin waren sich die meisten einig. Es gab einen leichten, exotischen Akzent in ihrer Sprache. Aber nicht stark, nur der Hauch etwas hellerer, offenerer Vokale, eine leichte Verschiebung der Tonart, und in Anbetracht dessen wurde es für wahrscheinlich gehalten, dass sie ihr Vaterland in relativ zartem Alter verlassen hatte. Wann immer das gewesen sein mochte und wie immer es wohl zugegangen war.

Auf welchen Wegen und warum sie sich gerade bis K. durchgeschlagen hatte, auch das blieb im Dunkeln. Bei ihrer Beerdigung tauchten keine unbekannten Verwandten auf, keine alten Dokumente kamen zu Tage, und jemand meinte, sie sei ein Irrlicht gewesen.

Ich hörte diesen Ausdruck zum ersten Mal, und es schien mir das schönste Wort zu sein, das ich je gehört hatte.

Ein Irrlicht.

Vielleicht begegneten sie einander im Vallispark, Valfrid und Olga, das war so üblich. Wenn ja, dann jedenfalls an einem Sommerabend in den Vierzigern. Viktor wurde im Juni 1950 geboren, da waren sie bereits verheiratet und wohnten in einer kleinen windschiefen Holzhütte in der Magasinsgatan. Direkt hinter der Meierei, im Volksmund hieß das Haus Köttmans kyrka, die Kirche des Metzgers, nach dem strenggläubigen Schlachter Skörtman in den zwanziger und dreißiger Jahren, aber der Name starb langsam aus.

Nach 1958 nannte es niemand anders als das Mörderhaus.

Unser Haus lag auch in Norr, aber auf der anderen Seite, sowohl in Bezug auf die Meierei als auch auf den Sportplatz. Ich kannte Viktor nicht, als wir in der Norra folkskolan in der gleichen Klasse anfingen, aber ich war einmal vor dem Mord bei ihm zu Hause gewesen.

Wir aßen Supermarkt-Brot mit Kaviar und tranken blassen, selbst gemachten Stachelbeersaft. Viktors Eltern waren damals nicht zu Hause, ich kann mich daran erinnern, dass ich fand, es röche in der Küche ein wenig merkwürdig oder zumindest fremd, und dass er sein Bett nicht gemacht hatte. Das war übersät mit Westernheften und voller Brotkrümel, wir saßen zusammen darauf und lasen eine Weile Westernhefte mit den Helden Salasso und Käptn Miki. Es gab noch eine magere gelbe Katze, die uns Gesellschaft leistete, aber die gehörte dem Nachbarn, wie Viktor erklärte – und an einer Wand hing ein eingerahmtes Bild von jemandem, der Paavo Nurmi hieß und weiße kurze Hosen trug.

Aber es gab keine Geschwister und keine Gardinen vor dem Fenster. Zumindest in Viktors Zimmer nicht.

Olga Vinblad und meine Mutter waren Arbeitskolleginnen bei Schneidermanns. Alfred Schneidermann war ein Jude, der den Krieg überlebt hatte und mit den weißen Bussen nach Schweden gekommen war. Er war die emsigste Person in der ganzen

Stadt und hatte mit bloßen Händen eine ganze Schnürsenkelfabrik aufgebaut.

Meine Mutter kümmerte sich im Büro um die Rechnungen, Olga arbeitete im Lager. Sie hatten nichts miteinander zu tun, ich glaube, dass sie sich nur einmal im Jahr wirklich begegneten – dann, wenn Direktor Schneidermann seine Angestellten zum Essen einlud.

Immer am Freitag vor Pfingsten, immer um drei Uhr nachmittags. Dann wurde auf der Südseite der Fabrik ein langer Tisch gedeckt, dort hatte eine prächtige Hängebirke gerade rechtzeitig ihr Laubkleid entfaltet. Zwei Sorten Hering gab es, Kartoffelsalat, Pellkartoffeln, Frikadellen, eine Art deutsche gewürzte Wurst, Sauerkraut, Bier und Erfrischungsgetränke. Ein Schnaps für die Männer. Gegen sieben Uhr war meistens alles aufgegessen. Und ausgetrunken, Schneidermann war als großzügiger Mann bekannt, aber verschwenderisch war er nun nicht. Der Fabrikleiter Egon Jupin spielte Ziehharmonika, und es kam vor, dass Alma zur Belohnung ein Liedchen trällerte.

Aber nach 1958 wurden keine Betriebsfeiern mehr veranstaltet, das verstand sich von selbst.

Rojne Tott war Reisender in Schnürsenkeln.

Bis zum Alter von siebenundzwanzig Jahren war er außerdem ein gefeierter Mittelstürmer in der Fußballmannschaft des Bollklubben, aber während eines verregneten Herbstspiels gegen Kareby stieß er mit dem eigenen Torwart zusammen und brach sich das Bein. Die Karriere hätte wohl nicht unbedingt damit ihr Ende finden müssen, aber Rojne hatte schon zuvor nur selten richtigen Trainingseifer an den Tag gelegt und kam nach der Zeit im Gips nie wieder so richtig in Form.

Es gab Stimmen, die behaupteten, er hätte einen schlechten Charakter, aber auf jeden Fall hatte er dichtes dunkles Haar, und die Frauen lagen ihm zu Füßen. Sowohl in der Gegend von K. als auch sonst im Land, wenn er seine Schnürsenkel verkaufte.

Was genau an jenem 23. Mai 1958 passierte, ist unklar, und es liegt gar nicht in meiner Absicht, sämtliche Details zu erkunden. Aber ungefähr folgendermaßen hat es sich abgespielt:

Sowohl Olga Vinblad als auch Rojne Tott waren bei dem Festessen dabei. Das Wetter war gut, das Essen auch, und es war bereits nach sieben Uhr, als die Tafel aufgehoben wurde. Es war ein Freitagabend, und da es sich um das Pfingstwochenende handelte, war der Samstag frei. Die Fabrik blieb geschlossen, so war es immer gewesen.

Meine Mutter war eine der dreiunddreißig Zeugen, die von der Polizei vernommen wurden, und sie konnte wahrheitsgemäß berichten, dass sie so gegen zehn nach sieben die Versammlung in Begleitung ihrer Freundin Doris Marklund verlassen hatte, letztere arbeitete auch im Büro. Zu diesem Zeitpunkt waren die meisten noch dort, wie etwa Direktor Schneidermann selbst, der Harmonikaspieler Jupin und Löne-Alma, die nicht weniger als vier Liedchen geträllert hatte, weil doch das Wetter so schön und die Stimmung so gut war.

Rojne Tott und Olga Vinblad waren auch dort. Sie waren bei der obligatorischen Losziehung der Sitzordnung zusammengekommen und danach den ganzen Nachmittag beieinander sitzen geblieben. Ansonsten war es üblich, die Plätze zu tauschen, wenn man bei Kaffee und Kuchen angelangt war.

Da sie beide in der gleichen Richtung wohnten, verließen sie auch zusammen das Fest. Es war inzwischen fast acht. Zu diesem Zeitpunkt waren noch elf Zeugen unter den Fliederbüschen anwesend, und sie gaben sehr divergierende Beschreibungen von sich, was die Situation zwischen den Tischnachbarn Tott und Vinblad betraf.

Frau Danielsson aus der Telefonzentrale meinte, sie hätten schon stundenlang dagesessen und liederlich ausgesehen, besonders diese Russin, oder was immer sie nun war, und dass es weiß Gott nicht verwunderlich sei, dass es so gekommen war.

Ecko Lindberg von der Packabteilung behauptete, Rojne Tott wäre in der letzten Stunde ziemlich angeschickert gewesen, und Olga Vinblad hätte ihn nur begleitet, um ihm auf dem Nachhauseweg eine Stütze zu sein. Sie sei ein anständiges Frauenzimmer, die niemals solch zwielichtigen Schürzenjägern wie Tott verfallen wäre.

Der Harmonikaspieler Jupin, der ein Stück den gleichen Weg wie das Paar gegangen war – zum gleichen Zeitpunkt, aber fünfzig Meter hinter ihnen –, behauptete, dass Olga diejenige gewesen wäre, die betrunken war und jemanden brauchte, auf den sie sich stützen konnte.

Und so weiter und so weiter.

Aber vollkommen außer Zweifel ist, dass Olga Vinblad Rojne Tott in dessen Einzimmerwohnung in der Prästgårdsgatan – zwischen Missionskyrkan und Betesda – folgte und dass sie dort ein paar Stunden mit ihm verbrachte. Niemand sah sie das betreffende Mietshaus wieder verlassen, und niemand sah sie nach Hause in die Magasinsgatan kommen.

Der achtjährige Viktor schlief zu diesem späteren Zeitpunkt in seinem Bett zwischen Brotkrümeln und Comicheften, und erst um neun Uhr am nächsten Morgen stand er auf und fand seine Mutter erschlagen in der Küche.

Valfrid Vinblad war verschwunden und wurde insgesamt zwölf Tage lang gesucht. Am Nachmittag des 4. Juni betrat er das Polizeirevier in Ängelholm und stellte sich.

Wie er diese Tage verbracht hatte, wie es ihm gelungen war, bis nach Ängelholm zu kommen – und welches Motiv er gehabt hatte, seine Ehefrau zu töten –, das erzählte er nie. Er gab nur an, er sei verzweifelt gewesen und dass er seine Strafe auf sich nehmen wolle.

Diese Aussage wurde mehrere Male in der Länstidningen

wiederholt, wo man auch erfuhr, was der Mörder über die Lage seines hinterbliebenen Sohnes sagte.

Wo immer er auch landen wird, sagte er, so wird er es auf jeden Fall besser haben, als er es bei uns hatte.

Diese traurigen Worte las meine Mutter uns eines Morgens laut vor, als wir uns alle um den Frühstückstisch versammelt hatten. Ich. Mein Vater und meine Mutter. Meine Schwester Maria. Viktor.

Das stimmt, sagte sie. Du wirst es gut bei uns haben, Viktor.

Sie hatte ihn bereits am gleichen Vormittag, als der Mord entdeckt worden war, bei der Polizei abgeholt.

Wir kümmern uns um ihn, hatte sie dort mitgeteilt. Er wohnt ab jetzt bei uns.

Der Rest der Familie wurde später am selben Tag informiert. Ich sah meinem Vater an, dass er wohl den einen oder anderen Einwand gegen dieses Arrangement hatte, aber ein Blick von meiner Mutter genügte, damit er sich auf die Zunge biss.

Viktor sollte ein neues Zuhause im Granvägen haben. Und zwar umgehend. Das war eine Selbstverständlichkeit.

Er war im Tal des Todesschattens gewandert, jetzt brauchte er Sauberkeit und Ordnung.

Meine Mutter, so habe ich herausbekommen, war eine Frau, die ihre Kräfte nur für ganz bestimmte Dinge in ihrem Leben einsetzte. Um den Alltag konnten sich andere kümmern.

Natürlich wirst du bei uns wohnen, mein Junge, sagte mein Vater und strich Viktor über den Kopf. Jetzt vergessen wir all das Schlimme und schauen stattdessen in die Zukunft. Heute Abend ist ein Spiel im Park.

Mein Vater war psychologisch nicht gerade gewitzt, aber auch mit fünfzig hatte er sich immer noch eine Art naiven Optimismus bewahrt, der ihm hin und wieder gut zupass kam.

Valfrid Vinblad, geboren in Savolax, bekam niemals sein Urteil verkündet. Er erhängte sich in seiner Zelle drei Wochen, nachdem er seine schöne Ehefrau getötet hatte. Zu diesem Zeitpunkt tat er ziemlich vielen leid, und bevor er noch unter die Erde gebracht worden war, hatte auch Rojne Tott die Stadt für immer verlassen. Es hieß, dass er einen Job in einer Fabrik für Damenstrümpfe in Sundbyberg, das in der Stockholmer Region liegt, bekommen hätte. Alle waren der Meinung, das würde ja wie die Faust aufs Auge passen, und bei Schneidermann hätte er unter keinen Umständen weiter arbeiten können.

Wenn ich an diese Dinge zurückdenke, dann überrascht mich, wie banal das alles war. Ich glaube, das erschreckte mich bereits damals und scheint im Fahrwasser dieser Erkenntnis auch die traurigste aller Schlussfolgerungen zu sein.

Das Böse ist banal. Das Leben selbst ist banal.

Ich schiebe es beiseite. Man muss derartige Einsichten beiseite schieben. Ich sitze auf der Lästerbank vor dem Holzschuppen und rauche eine Zigarette, während ich auf Maria warte. Es ist früher Abend, aber selbst für hier oben ist es ungewöhnlich warm. Wir wollen spazieren gehen und uns unterhalten, endlich. Vielleicht drehen wir eine Runde durch den Ort, es ist aber eher anzunehmen, dass wir uns zum Wasser hinunter begeben.

Bei Tisch wurde nicht viel gesagt. Ich weiß nicht, woran es liegt, dass jedes Gespräch unmöglich wird, sobald Rune mit im Bild ist. Unmöglich und sinnlos.

Ist das eine andere Art von Banalität? Der Anblick seiner schweren Gestalt führt dazu, dass die Worte zu Kies zerbröseln und in dem Moment, in dem sie aus meinem Schädel rinnen, vergessen werden.

Ist das ein Mensch?, denke ich, während ich ihn betrachte. Ist das Gottes Abbild?

Er rülpst und meckert über das Fernsehprogramm.

Er rülpst und meckert über die Kommune.

Er rülpst und meckert über das Wetter.

Er rülpst und schweigt.

Rune hat schon seit ein paar Jahren Probleme mit dem Magen, erklärt Maria.

Die Ärzte sind doch nur Scheiße, sagt Rune.

Liebe Schwester, denke ich. Was hast du aus deinem Leben gemacht?

Ich kann nicht weiter in diesem Brackwasser waten, denn sie steht vor mir.

»Gehen wir?«, fragt sie.

Sicher, wir gingen in die gleiche Klasse.

Sicher, ich hatte Kaviarschnittchen auf seinem Bett im Mörderhaus gegessen.

Aber man kann nicht behaupten, dass ich ihn kannte, als er ohne Vorwarnung – von einem Tag auf den anderen – bei uns im Granvägen ein Familienmitglied wurde. Absolut nicht.

So einfach verläuft das Leben nicht.

Plötzlich einen gleichaltrigen Bruder zu bekommen, das ist schon ein merkwürdiges Gefühl. Das ist fast, als bekäme man funkelnagelneue Schlittschuhe oder ein Fahrrad, und ich näherte mich ihm und dem Unaussprechlichen mit respektvoller Vorsicht.

»War er wütend auf sie?«, fragte ich.

»Was?«, erwiderte Viktor.

Er hatte blaue Turnschuhe. Einen roten Schnürsenkel in dem einen Schuh, ich fragte mich, warum. Ich trug Sandalen.

»Dein Vater. War er wütend auf deine Mutter, als er sie totgeschlagen hat?«

»Ich denke schon«, sagte Viktor.

»Ich denke es auch«, sagte ich. »Wo ist er jetzt?«

Das war, bevor Valfrid bei der Polizei in Ängelholm auftauchte. Nur zwei Tage nach dem Mord, am Vormittag des Pfingstsonntags, wir waren auf dem Weg zum See hinunter, um dort zu versuchen zu angeln. Maria, die drei Jahre älter und vernünftig war, ging mit einem Picknickkorb zwanzig

Meter vor uns. Es war nur noch eine Woche bis zu den Sommerferien, und die Sonne schien.

»Ich weiß nicht, wo er ist«, erklärte Viktor. »Er hat es nicht gesagt.«

»Warst du wach, als er sie totgeschlagen hat?«

»Nee, aber er ist zu mir gekommen und hat kurz mit mir geredet, nachdem er es gemacht hatte. Aber ich war nicht richtig wach, ich kann das auch geträumt haben.«

»Ach. Magst du Fisch?«

»Iih, nein«, sagte Viktor.

»Würg«, sagte ich.

»Hoffen wir, dass keiner anbeißt«, sagte Viktor und wedelte mit seiner Angelrute.

»Wir können ja vergessen, einen Wurm an den Haken zu hängen«, schlug ich vor.

»Hihi«, kicherte Viktor.

Aber manchmal überraschte ich ihn, wenn er weinte. Das war, als die Sommerferien wirklich angefangen hatten, nachdem sein Vater sich erhängt hatte, zu einer Zeit, in der wir den ganzen Tag nichts anderes zu tun hatten, als uns dreckig zu machen, Baumhäuser zu bauen oder Fußball mit Bosse und Lennart Leander und dessen Cousin Tok-Villy zu spielen und uns Schürfwunden an den Knien zu holen. Es kam manchmal vor, dass Viktor einfach verschwand. Ich fand ihn jedes Mal, denn er ging immer an die gleiche Stelle. Aber ich ließ ihn oft eine Weile dort sitzen, es schien, als bräuchte er das.

Hinter dem Holzschuppen – der gleichzeitig Waschküche und Werkzeugbude war – gab es einen Garten mit hohen Lupinen und Bauernrosen, und dort suchte Viktor Zuflucht. Vielleicht, weil es dort schön warm war. Vielleicht, weil er wusste, dass ich ihn nach angemessener Zeit dort finden würde. Er bahnte sich seinen Weg durch den Garten, trampelte eine Stelle herunter, wo er gefunden werden konnte, ohne gesehen zu werden, und ließ sich dann dort nieder. Als ich ihn das erste Mal fand, lag er schluchzend auf dem Bauch, aber meistens saß er mit übergeschlagenen Beinen wie ein Schneider da.

»Bist du traurig?«, fragte ich jedes Mal.

Er antwortete nie.

Dann setzte ich mich neben ihn. Vorsichtig, damit ich mich nicht brannte, denn es gab hier ab und zu Brennnesseln.

»Liegt es daran, dass dein Vater deine Mutter totgeschlagen hat?«

Auch darauf antwortete er nicht. Ich überlegte, wie ich ihn wieder in bessere Laune versetzen könnte.

Ich könnte sagen: »Wollen wir uns Larssons Welpen angucken?«

Oder: »Du brauchst nicht traurig zu sein, Viktor. Heute Mittag gibt es Pfannkuchen mit Blaubeermarmelade.«

Manchmal reichte das, damit er aufhörte zu weinen, manchmal nicht.

Übrigens konnte es ganz gut für ihn sein, ein wenig zu heulen, das hatte meine Mutter mir erklärt.

Eine Frau schaute bei uns herein. Sie war groß wie ein Erdkeller und kam immer mit dem Fahrrad angefahren. Es war ein ziemlich steiler Hügel zu unserem Haus hoch, aber sie fuhr ihn immer ganz hinauf, und die ersten fünf Minuten brachte sie kein Wort heraus. War gezwungen, mit den Ellbogen auf den Küchentisch gestützt nur dazusitzen, nach Luft zu schnappen und zwei Gläser Wasser in sich hineinzukippen. Sie kam von etwas, das hieß Kinderfürsorgeamt.

Jedes Mal sagte sie:

»Das war ein großes Unglück für den Jungen, aber wir dürfen nicht tatenlos bleiben.«

Meine Mutter, die ihr immer gegenübersaß, die Hände vor sich gefaltet, nickte nur schweigend dazu.

»Das Leben muss weitergehen, und wir müssen sehen, was für den Jungen das Beste ist.«

»Er hat es gut hier.«

Die Frau trank noch mehr Wasser und holte eine Mappe mit Papieren hervor.

»Wir müssen dafür sorgen, dass es nach den Buchstaben des Gesetzes zugeht.«

»Viel müssen auf einmal«, sagte meine Mutter.

Der Erdkeller blätterte eine Weile in ihrer Mappe, bat dann Viktor sehen zu dürfen, worauf sie zu uns in unser Zimmer kam, wo wir uns die Zeit vertrieben.

»Guten Tag, Viktor«, sagte die Frau.

»Guten Tag«, antwortete Viktor.

»Wie ich sehe, geht es dir gut.«

»Ja«, sagte Viktor.

»Du hast einen Freund in deinem Alter?«

»Ja«, sagte Viktor.

»Und du möchtest hier bleiben?«

»Ja, gern«, sagte Viktor.

»Na, es gibt wohl auch keine andere Lösung«, sagte die Frau.

»Nein«, stimmte meine Mutter zu, die sich inzwischen hinter ihr eingefunden hatte und gegen den Türpfosten lehnte. »Und es ist auch keine andere Lösung nötig.«

»Dann belassen wir es bis auf weiteres erst einmal dabei«, sagte die Frau.

Worauf sie uns in Ruhe ließ. Es lief jedes Mal exakt gleich ab, und mitten im Sommer hörten ihre Besuche ganz auf.

Zum Herbst wurden wir Banknachbarn in der Klasse. Wir waren das einzige Jungspaar, ansonsten saß man Junge/Mädchen, aber da wir dreizehn Jungen und nur elf Mädchen waren, ließ sich das nicht anders lösen, wie Fräulein Fintling uns erklärte, und da wir jetzt schon in die zweite Klasse gingen, konnten wir uns fast schon als erwachsen betrachten.

Wir stellten schnell fest, dass dieser Aufstieg keine größeren Veränderungen mit sich führte, abgesehen vom religiösen Bereich. Fintling war sehr fürs Christliche und konnte die Orgel spielen, dass sie in vier Klassen gleichzeitig zu hören war.

Ein Psalm am Morgen und einer nach der Mittagspause, das war das neue Rezept. Wenn wir zu schlecht sangen, wurde wiederholt.

Vier Gebete am Tag. Vaterunser direkt nach dem Morgenpsalm. Lieber Gott, segne unsere Speise vor dem Essen, und Lieber Gott, hab Dank für die Speise nach dem Essen.

Sowie der Segen, bevor wir nachmittags rausgelassen wurden.

Die Allgemeine Stunde war die letzte am Samstag, sie lief wie vorher auch ab, und es war nicht mehr als ein Monat vergangen, als Viktor für einen richtigen Skandal sorgte. Und das Ganze ziemlich beunruhigend endete.

Eines Samstags, es war Ende September, bat er ganz einfach darum, ein paar Minuten zu bekommen, um eine heimlich einstudierte Nummer vorzuführen, und er erhielt sowohl von Fintling die entsprechende Erlaubnis als auch von dem Mädchenquartett, das an diesem Tag für die Gestaltung der Unterhaltung zuständig war.

»Und jetzt kommt Viktor Vinblad«, erklärte die kleine, dünne Vivianne, Tochter des Postbeamten Florström, als ungefähr das halbe Programm absolviert war. »Wir wissen selbst nicht, was er machen wird.«

Viktor ging zum Lehrerpult. Er wandte sich der Klasse zu und fing an zu singen.

Oder zumindest etwas in der Art. Denn es erinnerte an Gesang, aber gleichzeitig auch an etwas anderes. Die Worte waren nicht zu verstehen, es waren offensichtlich die Klänge einer anderen Sprache, aber das war nicht das Merkwürdigste. Sondern die Melodie selbst, die wie etwas vollkommen anderes klang.

Er sang mit lauter Stimme und ohne Zittern, mindestens zwei Minuten lang. Alle saßen sprachlos da, ausgenommen Fräulein Fintling, die es vorzog, sprachlos dazustehen.

Als er fertig war, verbeugte er sich, dankte und ging wieder an seinen Platz zurück.

»Danke, danke«, sagte Fräulein Fintling. »Das war schön. Und ein bisschen … ungewöhnlich, denke ich.«

Schuhmeisters Benny meldete sich.

»Was war das für ein Lied?«

»Das war ›Deine helle Sonne geht wieder auf‹«, erklärte Viktor.

Alle schauten ihn verwundert an. Fintling sah aus wie ein Geigenkasten. Deine helle Sonne geht wieder auf, das sangen wir mindestens einmal die Woche, und diese merkwürdigen Laute, die Viktor da hervorgebracht hatte, die konnten vieles sein, aber Deine helle Sonne geht wieder auf, das war es auf keinen Fall gewesen.

»Das war es ja nun absolut nicht«, sagte Kent Finell und begann den Psalm 420 so zu singen, wie er nach seiner Meinung zu klingen hatte.

»Vielen Dank, Kent«, unterbrach Fräulein Fintling ihn. »Nein, ich muss zugeben, dass ich ihn auch nicht wiedererkannt habe.«

»Hm«, sagte Viktor. »Vielleicht liegt das daran, dass ich ihn rückwärts gesungen habe.«

Ein paar Sekunden lang war es mucksmäuschenstill im Klassenzimmer.

»Das kann man doch nicht … das kann man doch wohl nicht rückwärts singen, oder?«, piepste ein kleines rothaariges Mädchen, das Rigmor hieß, aber aus irgendeinem Grund nur Cornflakes genannt wurde. Vielleicht, weil sie ein paar Flecken auf dem Rücken hatte, die man sehen konnte, wenn sie einen Badeanzug trug.

»Doch, das geht«, widersprach Viktor. »Deine helle Sonne geht wieder auf wird zum Beispiel zu Fua redeiw theg Ennos elleh enied, wenn man es von hinten liest.«

»Was?«, rief Benny. »Fua redeiw …?«

»Fua redeiw theg Ennos elleh enied«, wiederholte Viktor.

Erneutes Schweigen. Man konnte sehen, wie sich die Lippen vieler kleiner Geigenkästen bewegten.

»Aber die Melodie …?«, fragte Fräulein Fintling verwirrt. »Die habe ich auch nicht wiedererkannt.«

»Die habe ich auch rückwärts gesungen«, erklärte Viktor. »So:«

Und dann sang er die erste Strophe noch einmal.

Und jetzt, wo man wusste, worum es ging, konnte man tatsächlich hören, dass es »Deine helle Sonne« war. Nur aus der anderen Richtung.

Wir saßen vollkommen verblüfft in den Bänken. Dass es möglich war, einen Psalm rückwärts zu singen! Das war ja wunderbar!

Aber während ich mit den anderen kichernd dasaß, ganz begeistert von Viktors fantastischer Entdeckung, warf ich zufällig einen Blick auf Fintling. Das sah gar nicht gut aus.

Sie stand an der Orgel, ganz weiß im Gesicht. Sie hatte die Kiefer zusammengebissen, so dass ihr Mund nicht größer als eine Rasierklinge war. Das verhieß eindeutig Unheil, aber ich glaube, ich war der Einzige, der die Gefahr witterte.

Schließlich bekam sie doch noch den Mund auf.

»Ruhe!«, schrie sie. »Seid ruhig! Jetzt ist es aber genug!«

Ich hielt den Atem an, wie wohl alle anderen auch.

»Faltet die Hände und lasst uns beten«, befahl Fräulein Fintling.

Und dann beteten wir zu Gott um Vergebung.

Niemand verstand, warum.

Bis sie uns erklärte, dass Viktor Gott gelästert hätte. Man darf Gottes Worte nicht rückwärts singen. Das war sogar mit das Schlimmste, was man tun konnte. Wenn man es tat, dann bedeutete es, dass man den Teufel lieber mochte als Gott.

Also so etwas … Wir starrten sie alle ungläubig an.

Schon seit dem Mittelalter, fuhr Fräulein Fintling fort, und sogar seit noch längerer Zeit, haben gottlose Menschen genau das getan, um zu zeigen, dass sie Abstand nehmen von dem

Einen Wahren Gott und seinem Eingeborenen Sohn. Das Vaterunser rückwärts zu lesen, wurde beispielsweise als das Schlimmste angesehen, was einem einfallen konnte. Die reinste Todsünde. Das konnte Hexen und Dämonen und im schlimmsten Fall den Teufel selbst herbeilocken, wenn er zu dem Zeitpunkt nicht gerade mit anderem beschäftigt war.

Inzwischen war sie ziemlich rot im Gesicht geworden. Wir saßen da, klammerten uns an die Tischklappen und trauten uns nicht, uns zu rühren. Cornflakes zitterte, dass es sie fast schüttelte. Wenn Viktor jetzt den Teufel in die Klasse gelockt hatte! Schließlich konnte er sich unsichtbar machen, nach allem, was man so hörte. Das war kein Ding der Unmöglichkeit.

Fintling fuhr in dieser Weise noch eine Weile fort, und als sie fertig war, beteten wir noch zweimal zu Gott um Vergebung, und dann meldete sich die kleine, naseweise Bodil Molin.

»Was ist schlimmer?«, fragte sie.

»Was meinst du, Bodilchen?«, fragte Fintling.

»Was ist schlimmer? Ist es schlimmer, seine Frau umzubringen, oder ist es schlimmer, Psalmen rückwärts zu singen?«

Ich kann mich nicht mehr daran erinnern, was Fräulein Fintling darauf antwortete.

Wir gehen am Seeufer entlang. Der gewundene Kiesweg führt zum Schießplatz und weiter zu den Häusern an der Långviken, ich muss diese Strecke schon tausend Mal gegangen sein, aber es ist tausend Jahre her. Die Wasseroberfläche liegt glatt da, es riecht nach Rauch, jemand verbrennt Gestrüpp in der Nähe. An der morschen Brücke des Naturvereins, wo wir an einem Pfingsttag vor fünfundvierzig Jahren hockten und ohne Würmer angelten, liegen vier fette Kanadagänse und saugen die letzten Sonnenstrahlen in sich auf. Die Luft ist klar wie Kristall.

Maria ist traurig. Es ist in ihr genauso viel Herbst wie um sie herum, so scheint es jedenfalls.

»Ich bin so müde geworden«, sagt sie. »Der Sommer ist vorbei, und ich habe kein Körnchen Kraft gesammelt. Ich bin alt geworden, David.«

»Du bist sechsundfünfzig«, erkläre ich ihr. »Statistisch gesehen hast du noch dreißig Jahre zu leben.«

»Mama ist neunundfünfzig geworden«, erwidert sie. »Das ist eine andere Art von Statistik.«

»Du musst Rune verlassen«, sage ich. »Er ist ein Drecksack.«

»Das ist nicht so leicht«, sagt sie.

»Leichter, als du glaubst. Sieh mich an.«

Sie nimmt den Faden nicht auf. Früher oder später müssen wir natürlich auch darüber sprechen, aber nicht jetzt. Wir gehen eine Weile schweigend nebeneinander her. Die Sonne versinkt im Westen hinter dem Waldrand.

»Und das mit Viktor?«, frage ich und zünde mir eine Zigarette an. »Ich denke, es ist an der Zeit, dass du sagst, was los ist. Ich bin ja nicht deinetwegen oder wegen Skröppel hergekommen.«

Bevor sie antworten kann, überfällt mich ein Verdacht. Und wenn sie sich das alles nur ausgedacht hat? Wenn sie mir diese Zeilen nur geschrieben hat, um mich hierher zu locken? Vielleicht ist sie sterbenskrank und will mir von Angesicht zu Angesicht davon Bescheid geben ...?

Aber sie scheint überhaupt nicht besonders erpicht darauf zu sein, mit mir zu sprechen. Über gar nichts. Ich lege ihr den Arm um die Schulter. Das ist ein Fehler, es fühlt sich schnell angestrengt an, aber ich kann sie natürlich nicht wieder loslassen. Zumindest nicht sofort. Wir sind Bruder und Schwester, und wir möchten uns gern einbilden, dass wir eine Nähe zueinander spüren, die es nicht gibt. Die es nie gegeben hat. Es ist eine schöne Einbildung, aber sie muss in bestimmten gesetzten Grenzen bleiben. Ein Arm um die Schulter ist definitiv zu viel.

»Viktor, ja«, sagt sie. »Es gibt Zeichen, die darauf hindeuten, dass er zurückgekommen ist.«

»Zeichen?«, frage ich nach.

»Ich weiß nicht, wie ich es nennen soll«, erwidert Maria. »Ich habe von ihm geträumt.«

Ich bleibe stehen und nehme meinen Arm herunter.

»Du hast von ihm geträumt? Und das nimmst du als Vorwand dafür, dass … kannst du auf einmal hellsehen, oder was zum Teufel soll das?«

Das bringt sie zum Lachen.

»Mach dir keine Sorgen«, sagt sie. »Nein, das ist es natürlich nicht allein. Erinnerst du dich an Arvid Forselius?«

Ich denke nach.

»Den Hundezüchter?«

»Ja. Aber er hat jetzt mit den Kötern aufgehört. Abgesehen von einem alten Leonberger, den er noch hat. Er ist über achtzig, wohnt aber immer noch oben bei Stensöga. Er ist einer meiner Klienten.«

Ich weiß, dass Maria sie gern Klienten nennt, die Menschen, die ihre Dienste als Altenpflegerin in Anspruch nehmen, und ich selbst habe kein besseres Wort dafür. Es gefällt mir auch, es besitzt einen Kern an Würde.

»Der hat ihn gesehen«, fügt sie hinzu.

»Hat Arvid Forselius Viktor gesehen?«

»Das behauptet er.«

»Ist er zurechnungsfähig?«

»Normalerweise ja. Und du weißt doch, dass die vier seine nächsten Nachbarn waren.«

»Gibt es … gibt es ihr Haus noch?«

»Ja. Aber es steht seit fünfzehn Jahren leer. Ich finde das unangenehm, David. Aber ich habe gedacht, wenn er tatsächlich zurückgekommen ist, dann wird er vielleicht dorthin gehen. Das wäre doch irgendwie ganz natürlich. Aber … nein, ich weiß nicht.«

Die vier?, denke ich. Mein Gott.

»Dann glaubst du also, dass er lebt?«

Sie gibt keine Antwort.

»Ist denn … gibt es noch weitere Zeugen? Oder nur den Greis?«

Sie sieht mich mit ernster Miene an.

»Er ist bei klarem Verstand, David. Arvid Forselius fehlt hinsichtlich seines Sehvermögens oder seines Verstandes überhaupt nichts.«

»Aber sonst will ihn niemand gesehen haben?«

Sie schüttelt den Kopf.

»Nicht soweit ich weiß. Aber Forselius behauptet, dass er Viktor bei zwei Gelegenheiten bemerkt hat, ja, so hat er sich ausgedrückt … *bemerkt.* Ich kann natürlich nicht abschätzen, ob er Recht hat oder sich irrt. Er behauptet, dass er nicht mehr wie früher aussah, trotzdem hat er ihn identifizieren können … gut möglich, dass ihn noch andere gesehen, aber nicht begriffen haben, um wen es sich da handelt. Schließlich ist es dreißig Jahre her. Mein Gott, David, er war dreiundzwanzig, als es passierte … dreiundzwanzig!«

»Ich weiß«, sage ich und spüre, wie eine unmotivierte Wut in mir hochsteigt. »Ich war auch dreiundzwanzig.«

»Ich kann ja nicht sagen, ob ich ihn wiedererkennen würde.«

Wir machen uns wieder auf den Weg. Plötzlich ist mir klar, dass ich nicht will, dass Viktor noch am Leben ist. Und dass es Maria genauso geht. Da drückt der Schuh, wir haben ganz einfach keine Lust, ihm wieder zu begegnen, keine Lust, in den alten Geschichten herumzuwühlen. Wenn man es hätte klären wollen, dann hätte man es schon vor langer Zeit tun müssen … gleichzeitig fällt es mir schwer, meinen Widerwillen selbst zu begreifen. Ich habe mir doch nichts vorzuwerfen? Zumindest nichts, was Viktor betrifft. Aber Maria ist zweifellos unangenehm berührt, ihr Unbehagen ist förmlich zu spüren. Vielleicht ist es auch nicht weiter verwunderlich, denke ich. Die beiden sind nie besonders gut miteinander ausgekommen.

»Was gedenkst du zu tun?«, frage ich.

»Ich?«, wirft Maria die Frage zurück. »Warum fragst du, was *ich* zu tun gedenke?«

»All right«, lenke ich ein. »Was sollen *wir* dann tun?«

»Das ist doch wohl ziemlich klar.«

»Ach ja?«

»Ja. Du wirst dich mit Arvid Forselius unterhalten. Es würde mich nicht verwundern, wenn er auf dich wartet. Ich kann ihn heute Abend anrufen, dann kannst du morgen Vormittag mit ihm einen Kaffee trinken.«

Ich höre nicht den Ansatz eines Fragezeichens. Große Schwester, kleiner Bruder.

Das Krankenhaus ist außen gelb und innen grün gestrichen. Ich bin sechzehn Jahre alt und habe noch nie meinen Fuß hineingesetzt. War auch in der Hafenstadt nicht besonders oft zu Besuch, obwohl es nicht länger als fünfundvierzig Minuten mit dem Bus dorthin dauert. Hier liegt das Krankenhaus. Oben auf einer Anhöhe mit Blick über den Hafen und das Meer. Man geht durch eine Drehtür hinein, wie ich noch nie eine erlebt habe. Das gefällt mir, gern wäre ich eine Runde mehr gegangen, um herauszubekommen, wie sie genau funktioniert, und um das richtige Gefühl für sie zu entwickeln – aber eine Frau in roter Regenjacke ist auf dem Weg hinein, und ich will nicht unreif erscheinen.

Ich bin überhaupt von dem ganzen Eingangsbereich sehr beeindruckt, er vermittelt ein Gefühl von Feierlichkeit und Ernst, mit den ruhigen, matten Wänden ohne Verzierung, der Garderobe links mit Garderobiere hinter einem breiten Tresen aus Mahagoni oder ähnlichem und dem ruhigen Zeitungskiosk daneben. Hier kann man sich Weintrauben in einer Papiertüte und Wochenzeitschriften besorgen, um sie mit zu den Eingewiesenen hochzunehmen. Vielleicht ein Aftonblad und eine Limonade noch dazu.

Das kaufe ich alles und eine Rolle Center Schokolade und das Svenska Mad dazu. Ich lese auf einem Schild, dass Station 16 im dritten Stock liegt. Schiebe eine Schwingtür auf, die einen angenehmen Zischlaut von sich gibt, und gelange auf einen langen Flur. Man sollte Arzt werden, denke ich. Krankenschwestern huschen hin und her, und alles brodelt – aber nur auf leiser Flamme – vor lauter Effektivität. Mir wird klar, dass es unmöglich ist zu sterben, wenn man zur rechten Zeit an so einen Ort kommt.

Ich drücke auf den Fahrstuhlknopf, die Türen gleiten sofort mit einem Zischen und einem leisen Plopp auf. Hier gibt es Platz für sechzehn Personen, aber ich nehme den Fahrstuhl vollkommen allein in Besitz. Hier scheint es unendlich viele Ressourcen zu geben. Ich weiß jetzt schon, dass ich einen Aufsatz zum Thema »Ein Tag im Krankenhaus« schreiben werde.

Viktor liegt in einem Bett unter einer blassgelben Frotteedecke und sieht mitgenommen aus. Das ist noch die freundlichste Umschreibung. Sein Kopf ist blaurot und angeschwollen, er sieht aus, als habe ihn jemand mit Backpflaumen und Apfelstückchen gespickt und anschließend einige Runden Gazebinde um Stirn, Nacken und Kinn gewickelt, um alles an Ort und Stelle zu halten. Seine Hände liegen untätig auf der Decke, und auch sie sind irgendwie voller Wunden und Flecken. Einige seiner Fingernägel sind ganz schwarz. Er hat die Augen halb geöffnet, dreht aber nicht den Kopf, um mich anzusehen, als ich hereinkomme.

Ich schließe hinter mir die Tür. Werfe einen Blick auf das Bündel in dem Bett gegenüber von Viktor, ein kleiner Gnom, beide Beine eingegipst und an die Decke gehisst. Er atmet mit weit offenem Mund, und es klingt, als falle ihm das ziemlich schwer.

Neben Viktors Bett steht ein Stuhl, auf den ich mich vorsichtig setze. Jetzt richtet er seinen Blick auf mich, doch die Augen erscheinen glasig und abwesend. Ich lege meine mitgebrachten Dinge auf den Nachttisch und räuspere mich.

»Hallihallo«, sage ich. »Wie geht es dir?«

Er gibt keine Antwort. Ich überlege, dass er eigentlich ungefähr so aussieht, wie man es von jemand erwarten kann, der aus einem hoch gelegenen Fenster herausfällt und direkt auf den Asphalt knallt. Mehr oder weniger. Es sind inzwischen zwei Tage vergangen, er hat eine Fraktur im Becken, in einem Bein, und einige Rippen sind auch noch gebrochen. Außerdem hat sich eine dieser Rippen gelöst und einen Lungenflügel punktiert, aber der hat sich offensichtlich wieder aufgepumpt, nach allem, was meine Mutter berichtet hat. Ein Schlüsselbein ist angeknackst, die eine Hand verstaucht, im Großen und Ganzen ist alles verletzt, schmerzhaft und angeschwollen.

Und bis jetzt hat er noch kein Wort gesprochen.

Ich weiß nicht, warum er nicht spricht. Niemand weiß das. Meine Eltern hatten ein intensives Gespräch mit Doktor Eugenius Santesson, und er hat keine Erklärung dafür. Viktors Kehlkopf sprich seinem Sprachorgan fehlt nichts, vorläufig geht man davon aus, dass die Stummheit das Resultat einer Art von Schockzustand ist. Eine Blockierung, die sich lösen wird, wenn man ihm nur ein wenig Zeit gibt.

Und Zeit scheint er nun gerade ziemlich viel zu haben, dieser Viktor. Er liegt still auf dem Rücken im Krankenhausbett, und jetzt hat er seinen Blick wieder an die Decke gerichtet. Vielleicht zählt er die kleinen Löcher in den quadratischen Platten da oben, vielleicht findet er in diesen perforierten, graugrünen Quadraten einen neuen Beweis für Fermats großen Satz.

Ich weiß nicht, was ich sagen soll. Ich weiß nicht, was ich tun soll. Ich habe bereits gesagt, dass schönes Wetter ist, dass er überraschend gesund aussieht, dass alle in der Klasse schön grüßen lassen, vor allem Lena Ljung-Ljungkvist – und dass Oberstudienrat Christoffersson mich extra gebeten hat, Viktor zu fragen, ob er vielleicht eine Ahnung hätte, wo das grünweiße Schreibheft abgeblieben sein könnte.

Aber jetzt weiß ich nichts mehr zu sagen. Es ist schwierig, neue Worte zu finden, wenn man keine zurückbekommt. Das ist, als trainiere man Aufschläge beim Tennis und wäre gezwungen, nach jedem Schlag um das Netz herumzugehen und den Ball wiederzuholen. Ich öffne die Tüte mit den Weintrauben, nehme selbst ein paar und reiche auch Viktor eine. Eine große, glänzende, blaurote Weintraube. Viktor nimmt sie nicht entgegen, ich lege sie auf das Laken direkt neben seine Hände.

Ich blättere im Aftonbladet.

»Jaha«, sage ich. »Jetzt hat Zetterberg sein Urteil gekriegt. Zwei Jahre und sechs Monate.«

Er sagt nichts.

»Ich habe auch die Mad für dich gekauft.«

Keine Reaktion. Ich lese selbst ein paar Seiten in der Mad. Viktor starrt die Löcher in der Decke an. Der Kerl gegenüber fängt an zu reden. Es klingt, als schleife jemand einen Tresor über einen Marmorboden. Eine Krankenschwester schaut durch die Tür herein und schließt sie gleich wieder.

Ich stehe auf und gehe zum Fenster. Dort bleibe ich eine Weile stehen und schaue auf einen Parkplatz und ein weißes Gebäude mit zwei hohen Schornsteinen. Aus dem einen steigt Rauch auf. Das Meer liegt nicht in dieser Richtung.

Ich gehe zu Viktor zurück. Er hat sich nicht bewegt, aber jetzt sieht er mich wenigstens an.

»Du hast keine Lust zu reden, was?«, frage ich, und es könnte sein, dass in seinen Augen etwas aufblitzt. Aber es kann auch sein, dass ich mir das nur einbilde.

»Ne, du«, sage ich nach einer Weile. »Ich glaube, ich muss jetzt los. Mach es gut, wir sehen uns.«

Ich verlasse ihn.

Mir ist klar, dass etwas mit ihm passiert ist. Er ist zwar nicht gestorben, als er auf den Schulhof stürzte, aber das hier ist nicht der Viktor Vinblad, der acht Jahre lang mein Extrabruder war.

Ich weiß nicht mehr, wer er ist. Es ist ein etwas unheimliches Gefühl.

Am Abend trinken wir jeder unser Leichtbier und essen Fladenbrot mit geräuchertem Weißfisch; Runes Bruder Ture hat den Fisch gefangen und auch geräuchert – und ist außerdem quer über den See gerudert. Er wohnt als Einsiedler in einer Hütte hinten am Staudamm, und besseren Fisch als Tures geräucherten Weißfisch gibt es verdammt noch mal nirgendwo östlich von Island, wie Rune meint. Zumindest heutzutage nicht, wo das eine und das andere und alles Mögliche gemacht wird, igittigitt.

Dann rülpst er und setzt sich für ein neues Fußballspiel vor den Fernseher.

Nachdem Maria abgewaschen hat, kommt sie hoch in mein Zimmer. Sie will mich nach meinen Frauen ausfragen, wie sie sagt.

Ich erzähle ihr, wie es sich verhält, dass beide Geschichten beendet sind, dass Liv in der zehnten Woche schwanger ist und Sofia in der dreiundzwanzigsten, wenn ich in der Eile richtig gerechnet habe.

Maria schweigt eine ganze Weile, und mir wird klar, dass ich ein Tölpel war. Nach zwanzig Jahren fruchtloser Versuche, ein Kind mit Rune zu bekommen, erträgt sie es nicht so recht, hören zu müssen, dass ich zwei schwangere Frauen hinter mir lasse.

»Ich verstehe dich nicht«, sagt sie.

»Das hast du nie«, erwidere ich. »Komm, wir wollen uns nicht anlügen, Maria, das ist unwürdig in unserem Alter.«

Sie betrachtet mich mit einem leicht verblüfften Ausdruck in den Augen, gleichzeitig weiß sie aber selbst, dass wir nicht das Vertrauen zueinander haben, das sie sich gewünscht hätte.

Obwohl es ja niemanden gibt, dem man es präsentieren könnte, denke ich. Wer auf dieser Welt sollte daran ein Interesse haben, welche Beziehung zwei Geschwister, beide ein halbes Jahrhundert alt, zueinander haben, nachdem sie mehr als dreißig Jahre getrennt voneinander gelebt haben? Was verteidigen wir da? Was möchtest du dir gern einbilden, liebe Schwester?

»Zwei Frauen«, sagt sie und gibt sich alle Mühe, wie ein

neutraler, unparteiischer Richter zu klingen. »Du lässt zwei Frauen im Stich.«

»Im Stich?«, frage ich. »Ich weiß nicht so recht, ob ich sie wirklich im Stich lasse. Sie haben ihre Entscheidung getroffen und ich die meine.«

»Ich verstehe nicht, was du sagst.«

»Warum sollten ihre Leben schwerer wiegen als meins? Worauf willst du eigentlich hinaus, meine liebe Schwester?«

»Du warst schon immer gut darin, dich der Verantwortung zu entziehen.«

Ich spüre, dass ich kurz davor bin, wütend zu werden.

»Es liegt also an deinem Verantwortungsgefühl, dass du hier in dieser hoffnungslosen Situation mit Rune zusammenhockst? Bist du darum so bemüht? Ist das die Belohnung für deine gerechte Art und Weise?«

»Lass mich und Rune außen vor«, fordert Maria scharf. »Du hast nicht die geringste Voraussetzung, unsere Beziehung beurteilen zu können.«

»Er ist eine Katastrophe«, sage ich. »Eine rülpsende, übergewichtige Katastrophe. Er hat dein Leben zerstört, das weißt du so gut wie ich. Aber wenn Gott will und du noch ein wenig Mumm hast, dann hast du noch fünfundzwanzig gute Jahre vor dir. Vielleicht sogar dreißig. Warum kannst du dir nicht jedenfalls das gönnen?«

Sie sitzt schweigend eine Weile da, starrt auf den schrecklichen Wandbehang über dem Bett. *Eigener Herd ist Goldes wer.* Das letzte t fehlt, das war eine alte Tante, die immer zum Schluss geschlampt hat.

»Mir fehlen die Worte«, fährt meine Schwester schließlich fort. »Wie kannst du Rune gegenüber derartige Vorurteile haben, wenn du dir selbst gestattest, so zu handeln? Wissen sie, wohin du gefahren bist ... eine von beiden wenigstens?«

Ich schüttle den Kopf.

»Ich habe eine SMS oder einen Anruf von Liv auf dem Handy erwartet«, sage ich. »Aber es ist nichts gekommen. Sofia und ich, wir haben uns schon im Juni getrennt, diese Geschichte ist also bereits Schnee von gestern.«

Maria sieht mich verständnislos an.

»Warum … warum hat sie nichts von sich hören lassen? Das verstehe ich nicht. Sie kann doch nicht einfach so akzeptieren, dass du sie in dieser Lage im Stich lässt.«

Ich kann ein leises ironisches Lachen nicht zurückhalten.

»Sie im Stich lassen? Na, ich weiß nicht. Habe ich dir nicht erzählt, dass ich mich im Januar habe sterilisieren lassen? Ich war der Meinung, ich wäre zu alt, um für weitere Kinder die Verantwortung zu tragen, und … ja, es war ein äußerst einfacher Eingriff. Und hundertprozentig effektiv.«

»Sterili …?«, fragt Maria und hält sich die Hand vor den Mund. »Du meinst, du kannst nicht …?«

»Unfruchtbar wie eine Sandwüste«, sage ich. »Ich habe im März und im April Proben eingereicht und das ohne die Spur eines Zweifels bestätigt bekommen. Entschuldige, ich habe wirklich gedacht, ich hätte es dir erzählt.«

Sie unterbricht mich mit einem Schnauben.

»Das hättest du von Anfang an sagen sollen«, zischt sie.

Das hätte ich tatsächlich, gestehe ich mir selbst im Stillen ein.

»Gibt es noch etwas, was ich über Arvid Forselius wissen sollte?«, frage ich, denn es ist höchste Zeit, das Thema zu wechseln, und ich möchte morgen so gut wie möglich vorbereitet sein.

Maria schaut auf die Uhr und versucht, ihre Wut in den Griff zu kriegen. Eine Zeit lang sucht sie nach dem richtigen Ansatzpunkt.

»Er hat einmal einen Mann erschossen«, sagt sie.

»Tatsächlich?«, frage ich.

»Ein paar Jahre, nachdem du von hier weggezogen bist. Er hat eine Schrotflinte benutzt, sich jedoch auf Notwehr berufen und ist damit durchgekommen. Es war jemand, der versucht hat, bei ihm ins Haus einzubrechen. Und die Knarre hat er immer noch, man sollte doch meinen, dass sie ihm zumindest die weggenommen haben.«

Ich versuche tief in ihren dunklen Augen ein Lächeln zu finden, aber es ist nicht die Spur davon zu entdecken.

Ich begreife, dass sie beschlossen hat, mir Redc und Antwort zu stehen, und mehr wird zwischen den Geschwistern an diesem Abend nicht gesagt.

Doch, sie wünscht mir eine gute Nacht und schöne Träume, doch, das tut sie.

Wir leben unser Leben, schreibt Klimke, und wir wissen nicht, ob wir Herrscher oder Untertanen sind.

Ich lege das Buch zur Seite und sehe, dass die Uhr bereits halb zwei zeigt.

Eine gute Nacht und schöne Träume?

Liv rief ein paar Minuten vor Mitternacht auf meinem Handy an. Sie hatte ein oder zwei Gläser Wein getrunken, ich konnte es an ihrer Stimme hören.

Die Tränen waren bei ihr nicht mehr fern, auch das konnte ich hören. Ich fragte, wer er denn sei, der Vater ihres Kindes, und sie erzählte mir, dass er Staffan heißt. Er ist auch verheiratet, aber im Gegensatz zu mir hat er seine Beziehung auf Grund der unerwünschten Schwangerschaft nicht abgebrochen.

Er arbeitet auch in der Bibliothek, in einer Art leitender Funktion, sie haben sich auf einem Betriebsfest vor einem halben Jahr kennen gelernt, wie Liv erklärt. Sie haben nur dreimal miteinander geschlafen, sie weiß auch nicht, was eigentlich in sie gefahren ist.

Dreimal, weise ich sie hin. Es ist dreimal in dich gefahren.

Schweigend sitzt sie eine Weile da und kämpft mit den Tränen. Dann erklärt sie, dass sie mich sehen will, wir müssten das hier besprechen.

Ich erwiderte, dass ich wohl noch eine Zeit hier bleiben würde, ich hätte so einiges zu erledigen – aber dass wir uns selbstverständlich zusammensetzen und alles besprechen könnten, sobald ich zurück bin.

Dann legen wir auf.

Herrscher oder Untertanen?

Nach seinem Auftritt in der Allgemeinen Stunde ist Viktor der merkwürdigste Mensch in der ganzen Norra Volksschule.

Sein Vater hat seine Mutter erschlagen und sich dann umgebracht, und er singt Psalmen rückwärts. Das ist wirklich heftig. Es gibt Stimmen, die meinen, er sollte im Radio beim Frukostklubben auftreten.

Obwohl es auch wieder andere gibt, die meinen, er gehöre in eine Erziehungsanstalt.

»Aber wie, verflixt noch mal«, frage ich ihn, denn ich bin immer noch etwas ambivalent in meiner Beziehung zu den richtigen Kraftausdrücken und Flüchen, »wie, verflixt noch mal, kannst du lernen, das rückwärts zu singen?«

Wir sitzen im Holzschuppen und schnitzen. Wir haben neue Schnitzmesser, alle beide. Viktor arbeitet an einem Wikingerschiff, ich habe mir einen Totempfahl gedacht, aber bisher sieht es eher nach einem Pferdepimmel aus. Der Regen prasselt auf das Wellblechdach, wir kennen uns noch nicht so lange und haben noch keine festen Umgangsformen miteinander, aber das hier ist einer unserer Lieblingsplätze. Es ist eine Angewohnheit, hier zu hocken, vor allem, wenn es regnet. Wir arbeiten, dass die Späne spritzen, und jeder von uns hat eine Flasche Apfelsaft dabei und außerdem eine Tüte mit Semmeln zum Teilen.

»Das ist keine Kunst«, versichert Viktor. »Es gibt achtundzwanzig Töne in jeder Strophe, die muss man einfach nur rückwärts spielen. Achtundzwanzig, siebenundzwanzig, sechsundzwanzig … und so weiter.«

»Spielen?«, frage ich.

»Auf dem Klavier. Das ist saueinfach.«

Ich begreife, dass er auf Marias Miniflügel anspielt, ein kleines, rot lackiertes Ding, das sie vor ein paar Jahren von der musikalischen Tante Sylvia in Malåträsk bekommen hat. Normalerweise steht es auf dem Fensterbrett in ihrem Zimmer, und es ist uns verboten, es anzufassen.

»Ich habe gar nicht gehört, dass du darauf geklimpert hast«, sage ich.

»Ich bin in den Wald gegangen«, erklärt Viktor. »Sie will ja nicht, dass man es sich ausleiht, deshalb dachte ich, es wäre am besten so.«

»Du hast im Wald gesessen und Deine helle Sonne rückwärts auf dem Klavier gespielt?«

»Ja, sicher.«

»Oi.«

»Ach«, wehrt Viktor ab. »Es ging verdammt schnell, das zu lernen, und dann habe ich es ein paar Mal gesungen, so dass ich mir die Melodie merken konnte. Viel schwerer war es, die Worte zu lernen … besonders die letzten beiden Zeilen in der dritten Strophe.«

»Die letzten beiden …?«, frage ich. »Wie gehen die denn?«

»Tserehcseb rim ud ned gat nedej. Tuhbo renied ni hcilkcülg eräw dnu«, singt Viktor, und ich merke, wie das Lachen in mir aufsteigt.

»Hcilkcülg ist das Schwierigste«, erklärt Viktor. »Das kann man fast nicht aussprechen, aber tuhbo ist auch von vorn merkwürdig.«

Bevor ich es umdrehen kann, hat Viktor es getan.

»Obhut«, sagt er. »Was verdammt noch mal ist Obhut?«

»Keine Ahnung«, muss ich zugeben.

»Tserehcseb ist auch ziemlich knifflig. Bescherest? Was ist das?«

»Es gibt vieles in dem Psalmenbuch, was knifflig ist«, stimme ich ihm zu. »Ich glaube, einiges ist auch auf Latein, das ist eine andere Sprache. Wollen wir noch eine Semmel essen?«

Das machen wir. Wir kauen die Zimtsemmel und trinken schweigend eine Weile unseren Apfelsaft, hören dem Regen zu. Ich habe keine Probleme, mir vorzustellen, wie Viktor da draußen im Wald hockt und auf dem Klavier rückwärts spielt. Absolut keine. Er ist häufig dort draußen, manchmal kann er mehrere Stunden lang fort sein.

Meine Mutter sagt, dass er den Wald braucht, um seine Erlebnisse zu verarbeiten, und an dem Tag, als wir erfuhren, dass sein Vater sich erhängt hatte, mussten wir ihn fast bis Mitternacht suchen. Als mein Vater und der noch daheim wohnende Nachbarssohn Axel ihn hinter einer umgestürzten Wurzel oben am Skålesteilufer fanden, war er eingeschlafen, und obwohl er fror wie ein Schneider, wollte er nicht mit nach Hause kommen. Sie mussten ihn tragen, und er biss Axel in den Arm.

Der Wald ist sein zweites Zuhause, sagt meine Mutter, und ich habe mir überlegt, dass er wohl dorthin geht, wenn er an seine toten Eltern denken muss. Ich kann verstehen, dass er das macht, auch wenn ich mir nicht so recht vorstellen kann, was er eigentlich die ganze Zeit in dem Blaubeerkraut und unter dem Rauschen der Kiefernbäume treibt. Es ist ein wenig unbegreiflich.

Denn schließlich hat er nicht immer das Klavier dabei. Vielleicht macht er auch andere Dinge rückwärts, kommt mir plötzlich in den Sinn. Wenn er rückwärts denkt, vielleicht sind seine Mutter und sein Vater dann in gewisser Weise wieder am Leben, so dass er mit ihnen sprechen kann? Wenn sozusagen die Zeit in die andere Richtung vergeht.

Könnte das so sein?

Aber ich frage ihn nicht danach. Nicht jetzt im Holzschuppen und auch zu keiner anderen Gelegenheit. Es ist ein verflixt komplizierter Gedanke, den man nicht so einfach ausspricht.

Und er erzählt nichts. Ich kenne nicht den ganzen Viktor, oder ich kenne ihn nicht die ganze Zeit. Ab und zu ist er irgendwie fremd und anders. So ist es nun einmal, und wahrscheinlich muss es so sein.

Man kann nicht erwarten, dass man einen Menschen versteht, der Psalmen in der falschen Richtung singt und Eltern hat, die einander umgebracht und sich erhängt haben. Jedenfalls nicht ganz und gar, das liegt in der Natur der Dinge.

Der Nachbarsaxel bekam Probleme mit dem Arm, in den Viktor ihn gebissen hatte. Es wurde eine große Wunde, die anschwoll, und er musste zum Arzt.

»Verdammtes Zigeunerbalg«, sagte er, als er mit einem Verband zurückkam. »Es sollte ein Kopfgeld auf solche Mörderbrut ausgesetzt werden.«

Sowohl ich als auch Maria und mein Vater hörten es, aber wir sagten weder Viktor noch meiner Mutter etwas davon. Axel ist ein heißblütiger Typ, und nach ein paar Wochen war der Arm wieder wie vorher, also gab es ja wohl nichts, worüber er sich so aufregen musste!

Mörderbrut?

Das ist ein Wort, das mir nicht aus dem Kopf geht. Auch wenn ich beschließe, dass ich es niemals benutzen und niemals denken werde, so taucht es doch ab und zu in meinem Schädel auf.

Ganz von allein. Wie eine Bazille, die nicht unterzukriegen ist, ich habe lernen müssen, dass es derartige Worte gibt. Und Gedanken.

Die Grasfläche vor Arvid Forselius' Haus oben bei Stensöga funkelt vom Raureif, als ich gegen neun Uhr am nächsten Morgen dort auftauche. Die Sonne ist über dem Waldrand aufgegangen, aber es herrschen immer noch Minusgrade.

Ich stelle Runes schwergängiges Crescent an den Lattenzaun und schiebe die Pforte auf. Das Haus ist eine gewöhnliche Holzkonstruktion mit zwei Etagen. Steinfundament und Ziegeldach. Vage kann ich mich noch daran erinnern: eine kleine Glasveranda, vier knorrige Obstbäume, der Wald, der es auf zweieinhalb Seiten umgibt. Auf der Rückseite ist der alte Hundezwinger mit Drahtzaun und einem niedrigen Viehstall zu erkennen, in der gleichen ochsenroten Farbe gestrichen wie das Wohnhaus. Ich versuche mich an Forselius von früher zu erinnern, habe aber kein besonders deutliches Bild von ihm. Eigentlich überhaupt keines. Ich weiß nicht einmal, ob es eine Frau Forselius und irgendwelche Kinder gegeben hat, aber ich glaube nicht. Maria hätte das sonst sicher erwähnt, vielleicht bereitet es ihr aber auch gerade Vergnügen, mir Informationen vorzuenthalten.

Wie gesagt hatte ich nie etwas mit der Hundebranche zu tun, aber es ist mir natürlich klar, dass nur ein paar hundert Meter weiter den Weg entlang Rossvagga liegt, der Hof, auf dem die vier zwischen 1969 und 1973 als Wohngemeinschaft lebten.

Die Rossvagga-Wohngemeinschaft. Es erscheint unvorstellbar, dass es so etwas tatsächlich gegeben hat. Sowohl den Zeitabschnitt selbst als auch die Menschen, die ihn bevölkerten. Schwindelerregend abwegig, wie mir scheint. Beständig wie der Raureif auf dem Gras.

Ich sehe eine Bewegung hinter dem Küchenfenster, und mir wird klar, dass der alte Hundezüchter dort gesessen und meine Ankunft überwacht hat. Marias Erzählung von der Schrotflinte kommt mir in den Sinn. Ich weiß nicht, ob sie sich das ausgedacht hat oder ob es wirklich passiert ist. Ich habe das Gefühl, als sollte ich so einiges in Frage stellen, was Maria betrifft, es würde sicher nichts schaden.

Er ist draußen und öffnet die Verandatür, bevor ich den knirschenden Kiesweg hinter mir gelassen habe.

»Minus zwei«, erklärt er. »Wird im Laufe des Tages auf acht, zehn hochgehen. Guten Morgen und herzlich willkommen.«

Seine Stimme ist klar und sein Händedruck fest. Die tiefen

Augen sitzen nah am scharfen Nasenrücken. Das weiße Haar ist dicht. Zuverlässigkeit steht ihm auf die Stirn geschrieben. Dreiundachtzig Jahre und klar im Kopf wie ein Gebirgsbach.

»Danke«, sage ich. »Ich weiß es zu schätzen, dass ich Sie besuchen darf.«

»Arvid«, sagt er. »Wir duzen uns. Du heißt David, daran erinnere ich mich. Du bist Marias Bruder und der Freund dieses Mörderbengels. Er hat bei euch gewohnt.«

Wir gehen in die Küche. Ein riesiger dunkelbrauner Leonberger kommt heran, schnuppert an mir und legt sich dann unter dem Tisch zurecht.

»Er heißt Viktor«, sage ich. »Ich schlage vor, dass wir den Namen benutzen.«

Eine Sekunde lang betrachtet er mich intensiv.

»Viktor. Von mir aus. Das ändert nichts an der Sache.«

Wir setzen uns jeweils auf eine Seite des Küchentischs. Kaffee und Butterkuchen stehen auf der blauweißkarierten Wachstuchdecke. Die Tassen mit blauem Blümchenmuster. Eine Pelargonie. Die Lokalzeitung ist bereits gelesen und zwischen Radio und Toaster auf der Fensterbank geschoben. Er schenkt Kaffee ein und zeigt auf den Butterkuchen.

»Meine Nichte hat den gebacken. Ich war noch nie für so was.«

Ich nehme ein Stück und beschließe, die Eingangsfloskeln zu überspringen.

»Meine Schwester behauptet, du hättest hier in der Gegend Viktor gesehen.«

»Es scheint so, ja.«

»Es scheint so?«

Einen Moment lang sitzt er schweigend da, die Hände auf der Tischkante. Die Kiefer mahlen ein wenig, ich schließe daraus, dass er ein Gebiss hat, trotz allem. Jedenfalls ein Alterszeichen. Plötzlich sehe ich, dass er auch ein wenig zittert; winzig kleine, schwingende Bewegungen mit dem Kopf; vielleicht habe ich seine Gesundheit doch überschätzt.

»Ich kann dir natürlich nicht hundertprozentig versprechen, dass er es war«, erklärt er. »Aber es würde mich doch ziemlich wundern, wenn ich mich geirrt hätte.«

»Kannst du mir erzählen, wo und wann du ihn gesehen hast?«, bitte ich ihn.

»Ja«, nickt er. »Das werde ich. Deshalb sitzt du ja hier, nicht wahr?«

Ich nicke und weiß nicht so recht, wie ich diese zögerliche Einleitung interpretieren soll.

»Er war dein Bruder? Nun ja, nicht dein richtiger Bruder, ich weiß wohl noch, wie es war. Er ist nach der Sache mit seinen Eltern zu euch gekommen. Das war eine schlimme Geschichte, auch das schon.«

Er macht eine Pause und denkt nach. Ich hoffe, dass er nicht vorhat, sich noch weiter in die Hintergründe zu vertiefen, deshalb wiederhole ich meine Frage.

»Und du hast ihn also hier in der Nähe gesehen?«

»Ja, natürlich.« Er schiebt sich ein Stück Würfelzucker zwischen die Lippen und trinkt einen Schluck Kaffee. »Alle haben wohl geglaubt, dass er tot ist. Dass er auch starb ... damals, als sie gestorben ist. Das habe ich auch geglaubt, aber letzte Woche ist er aufgetaucht.« Er lutscht auf dem Zuckerstückchen im Mund, zerkaut es und schluckt es hinunter.

»Wo?«

»Hier draußen. Dahinten auf dem Weg.« Er zeigt durch das Fenster. »Ich bin ihm begegnet, am Montag letzter Woche ... morgens, ich war mit Churchill draußen.« Eine Bewegung unter dem Tisch, als der Hund seinen Namen hört. »Ich gehe immer Richtung Rossvagga und dann hinunter zum See, wir waren damals ja fast Nachbarn, und, ja ...«

Er bricht ab und scheint nachzudenken.

»Wir haben uns gegrüßt, als wir uns auf dem Weg begegnet sind. Das macht man ja immer noch in diesem Teil der Welt, auch wenn man sich nicht kennt ... es genügt ein kurzes Kopfnicken, man soll es ja nicht übertreiben.«

Er macht eine Pause, damit sich diese einfache Regel in mir festsetzen kann.

»Aber als wir uns diese Sekunde lang gesehen haben, weißt du ... ja, verdammt, natürlich habe ich ihn wiedererkannt. Ich kann mich noch daran erinnern, dass ich genau das gedacht habe: Diesen Mistkerl kenne ich. Aber erst als ich wieder zu Hause war, fiel mir ein, wer er war.«

Ich überlege.

»Es sind inzwischen dreißig Jahre vergangen«, sage ich.

»Das weiß ich auch, verdammt noch mal. Aber einiges bleibt einfach haften, weißt du. Ein Gesicht, und wie jemand sich bewegt. So ist es nun einmal.«

»Dreißig Jahre sind dreißig Jahre«, betone ich.

»Du hast gehört, was ich gesagt habe«, erklärt er.

Ich trinke einen Schluck starken, bitteren Brühkaffee und schaue aus dem Fenster. Der Raureif ist verschwunden. Ein paar Elstern hüpfen auf dem Rasen herum.

»Und du hast ihn dann noch einmal gesehen?«

Arvid Forselius lässt den Stuhl nach hinten kippen und schaut prophetisch an die Decke. Churchill schlägt zu meinen Füßen einmal mit dem Schwanz. Zwei synchronisierte Alltagsbewegungen, denke ich. Zwischen zwei Wesen, die praktisch jede Sekunde in der Nähe des anderen verbringen. Plötzlich kommt mir die Idee, mir auch einen Hund anzuschaffen. Ich schiebe sie beiseite. Forselius stützt die Ellbogen auf den Tisch und greift den Faden wieder auf.

»Es war wie gesagt letzte Woche«, sagt er. »Mittwoch. Aber da war es anders, ich hatte sozusagen Zeit, ihn richtig anzugucken.«

Ich warte.

»Es ging mir bereits im Kopf herum ... irgendwie nicht so richtig bewusst ... schon bevor ich ihn gesehen habe. Ich lief und dachte an ihn und an diese merkwürdige Bande, die da gewohnt hat, und dann kam mir die Idee, doch runter nach Rossvagga zu gehen und einen Blick draufzuwerfen. Was ich sonst nie tue. Ich kann es natürlich immer aus der Ferne sehen, wenn ich oben den Weg entlang gehe, aber ich gehe nie zum Hof hinunter. Nie. Der steht leer seit … ja, wie lange nun schon?«

»Aber da gab es doch ein Ehepaar, das dort eingezogen ist … später?«

»Ja, natürlich. Die haben da zehn Jahre gewohnt … jedenfalls fast. Nette Menschen, sie hießen Karlsson, solche Ökoheinis, glaube ich, aber sie sind nie so recht klargekommen. Und danach stand es leer. Seit mindestens fünfzehn Jahren jetzt. Dieser Ort hat etwas … etwas Verfluchtes an sich.«

Er lässt die Zunge im Mund kreisen, sucht Zuckerreste zwischen den Zähnen.

»Etwas Verfluchtes«, wiederholt er. »Keiner will da wohnen, man sollte den ganzen Mist niederbrennen, aber er stört ja nicht.«

»Aber das Land wird immer noch bewirtschaftet?«, frage ich.

»Ach was«, schnaubt er. »Die Jonssons, die es gepachtet hatten, sind tot, alle beide. Es liegt brach und wächst zu. Voll mit Birkenreisern, Brennnesseln und dem Mist. Es gibt keine Bauern mehr, das ist es, was dem Land fehlt.«

»Und Viktor?«, erinnere ich ihn. »Du bist also nach Rossvagga runtergegangen?«

Er räuspert sich und nimmt den Faden wieder auf.

»Ja, das habe ich gemacht. Hm. Wie immer hatte ich den Hund dabei, und weil mir beim Spaziergang die Begegnung zwei Tage vorher wieder eingefallen ist, kam mir die Idee, dass wir doch runtergehen und mal einen Blick drauf werfen könnten. Ja, es war einfach so eine Idee. Und das haben wir dann gemacht.«

»Und da war er«, fügt er nach einer Art Kunstpause hinzu.

»Du hast Viktor unten auf Rossvagga getroffen?«

»Nicht getroffen. Gesehen. Ich hatte ja nicht gedacht, dass er dort sein könnte, aber dann habe ich schon am Waldrand so etwas geahnt. Zwei Fenster standen sperrangelweit offen, die Tür auch, und ich meinte mich zu erinnern, dass die zugenagelt gewesen war. Und ganz richtig entdeckte ich ein paar Latten, die an der Wand lehnten. Es sah aus, als hätte jemand sie aufgebrochen. Also blieben wir lieber am Waldrand, Churchill und ich, denn ich hatte den Eindruck, dass jemand dort war. Oder jedenfalls dort gewesen war. Und als wir uns ein bisschen weiter nach rechts bewegten, der Wald bildet hinter der Scheune eine Art Zunge, da haben wir ihn gesehen.«

»Ja?«

»Er stand auf dem Landesteg. Es ist ein Wunder, dass es den noch gibt, der muss doch morsch und kaputt sein, aber jedenfalls stand er da. Ganz an der Spitze. Und starrte über den See. Ohne jede Bewegung, er stand einfach da, die Hände in den Taschen und die Schultern irgendwie gegen den Wind hochgezogen. Ich wusste nicht, was ich machen sollte, also wartete ich einfach ab, aber nach zehn Minuten hatte er noch keine Flosse bewegt. Stand da wie ein Denkmal, verdammt noch mal, also sagte ich schließlich zu Churchill, dass wir jetzt genug gesehen hätten. Dann sind wir nach Hause gegangen, um Kaffee zu trinken.«

Der Schwanz fegt über meine Füße.

»Wie weit entfernt von ihm wart ihr?«, frage ich. »Vierzig, fünfzig Meter?«

»Höchstens dreißig. Und es ist mir scheißegal, ob du mir glaubst oder nicht. Aber er war es. Es war der Mörderbengel, der da stand. Viktor Vinblad.«

Ich denke nach, während er mir einen Blick zuwirft und sich am Hals kratzt; er hat da eine Art Ausschlag, mit roten Flecken und leichten Schuppen.

»Und danach bist du nicht wieder da gewesen und hast nachgeguckt? Seit … seit Mittwoch?«

Arvid Forselius zuckt mit den Schultern.

»Nein«, sagt er. »Ich finde das Ganze etwas unangenehm, und ich bin nicht der Typ, der anderen hinterherläuft und herumschnüffelt. Ich habe das Ganze Maria einfach nur erzählt, als sie am nächsten Morgen hier war. Und sie hat dir dann wohl geschrieben. Sie hat mir gesagt, ihr beide hättet euch ziemlich nahe gestanden, du und der Mör ... du und Viktor.«

Mir kommt ein Gedanke in den Sinn.

»Weißt du, ob Maria ...?«

»Sie hat mir gesagt, sie wäre Sonntag einmal längs gegangen.«

»Und ... und da war also keiner mehr da?«

»Offensichtlich nicht.«

»Aber es war nicht wieder vernagelt?«

»Woher soll ich das denn bitte schön wissen? Da musst du sie schon selbst fragen. Ich dachte, du wohnst bei ihr?«

Ich verstehe nicht, warum Maria mir das nicht mit ihren eigenen Worten erzählt hat. Kann auch keinen Sinn mehr darin erkennen, hier bei dem alten Hundezüchter zu sitzen und von ihm angeschnauzt zu werden.

Wenn doch meine eigene Schwester alle Informationen hat, die nötig sind. *Nötig sind*?, denke ich. Wozu nötig sind? Ich schüttle den Kopf und beschließe aufzubrechen.

»Danke für den Kaffee«, sage ich. »Und für die Informationen.«

Ich schaue auf die Uhr. Es ist erst Viertel vor zehn. Es gibt nicht einen Grund auf der Welt, warum ich nicht nach Rossvagga spazieren sollte. Nicht einen einzigen.

»Grüß ihn, wenn du ihn siehst«, sagt Arvid Forselius, als ich wieder draußen bin und er mit Churchill in der Tür steht.

Plötzlich merke ich, dass mein Herz doppelt so schnell schlägt wie sonst.

Es ist der Heiligabend 1958.

Daheim bei uns im Granvägen. Wir haben gerade das Weihnachtsessen verputzt, und wir sind zehn Leute. Und zwar ich, meine Schwester Maria und Viktor. Mein Vater und meine Mutter, Onkel Knut und Tante Ingegerd, deren Kinder Tore und Ellen, sowie die Großmutter, die blind und taub ist und nicht mehr weiß, wie sie heißt.

Wir haben gegessen, bis wir fast platzen. Es gab alles, was zu einem Weihnachtsbüfett dazugehört, also Schinkenbrühe mit Brot sowie geröstete Schweinepfoten und Stockfisch mit schonischer Senfsoße. Alles andere steht natürlich auch auf dem Tisch, aber in erster Linie sind es die Brühe, der Fisch und die Pfoten, die dafür sorgen, dass es ein richtiges Weihnachtsbüfett ist, das hat mein Vater auch dieses Jahr wieder erklärt. Sicherheitshalber haben wir auch noch Reis à la Malta mit Fruchtsoße in uns geschaufelt und zwanzig, dreißig Sirupbonbons und Eisschokolade. Mir ist übel, ich kann mich kaum noch bewegen, aber mit einigen Gläsern Saft hinterm Kragen wird sich wohl alles regeln.

Wir sitzen in unserem großen Wohnzimmer auf Sessel und Sofas verteilt und keuchen, während wir auf die Verteilung der Geschenke und Ingvar Palmstjärna warten. Großmutter ist im Schaukelstuhl eingeschlafen. Es liegt ein anständiger Haufen schön eingewickelter Pakete unter dem Tannenbaum, wir haben eigentlich nicht viel zu tun, abgesehen davon, dass wir darauf warten, endlich anfangen zu können, diese bunten Geschenke an uns zu nehmen und aufzureißen. Wir haben keinen Fernseher, der kommt zum nächsten Weihnachten, und da wird sich alles verändert haben.

Mein Vater steht draußen in der Küche und macht noch ein bisschen Punsch warm. Onkel Knut trinkt einen Schluck Punsch und erzählt die Geschichte, wie Tore und Ellen einmal splitterfasernackt ins Restaurant Gondolfino auf der Piazza di Popolo in Rom gegangen sind. Tore und Ellen sind inzwischen zwanzig beziehungsweise achtzehn Jahre alt und nicht besonders belustigt von dieser Geschichte.

Aber sie müssen sie dennoch hören. Wir anderen auch. Sonst können wir nichts tun: nur Onkel Knut zuhören und das Essen verdauen. Ohne Ingvar Palmstjärna gibt es keine Bescherung, das versteht sich von selbst. Ingvar Palmstjärna ist ein Jugendfreund, sowohl von meiner Mutter als auch von meinem Vater. Er ist Junggeselle und Werklehrer und wurde 1936 Bezirksmeister im Hochsprung aus dem Stand. Er wohnt in Skacke, jeden Heiligabend trinkt er zuerst Limonade mit seinem Vater im Altersheim Solbacka und tauscht mit ihm Geschenke, bevor er zu uns kommt. Er hat vor einer halben Stunde angerufen und gesagt, dass es ein bisschen glatt auf den Straßen sei, da es getaut und dann wieder gefroren hat, und dass er mit seinem PV 444 etwas vorsichtig sein müsse. Man will schließlich nicht gerade an Heiligabend im Graben landen.

Aber er hat eine Überraschung, und er kommt, so schnell er kann.

Ich frage Viktor heimlich, ob er nicht eines der Weihnachtslieder rückwärts singen kann, dann brauchen wir für eine Weile nicht Onkel Knuts Geschichten zuzuhören, aber Viktor ist so satt, dass er kaum noch reden kann. Außerdem hat er keines eingeübt, wie er behauptet. Stattdessen setze ich mich zu Maria, die dabei ist, bei dem Puzzle, das wir traditionell immer einen Tag vor Heiligabend bekommen, den Himmel zu legen. Dieses Jahr besteht es aus eintausendzweihundert Teilen und stellt einen Fluss mit Enten irgendwo in Frankreich dar. Wir haben gut die Hälfte geschafft, und Maria will nicht, dass ich ihr helfe. Sie meint, ich würde sowieso nur alles kaputt machen und falsche Teilchen anlegen, aber sie kann nicht wirklich lautstark protestieren, denn es ist die Zeit, in der wir brave Kinder sein und in alle Richtungen strahlen müssen, was das Zeug hält.

»Hau ab, verdammt noch mal«, zischt sie. »Du kannst das Gras machen, wenn du unbedingt mitmachen und alles falsch legen willst.«

Mein Vater kommt mit einer neuen Runde Punsch herein. Er ist stark und süß, so wie Punsch sein soll, Großmutter im Schaukelstuhl wird von dem Duft geweckt, sie streckt die Hand aus und bekommt einen Becher. Sie trinkt ihn mit lautem Schlürfen aus und schläft wieder ein. Ich hoffe nur, dass sie sich nicht in die Hose pinkelt. Das hat sie Ostern gemacht, als sie bei uns war, und sie war so über alle Maßen verzweifelt, als es passiert war.

Die anderen Becher werden unter den übrigen Erwachsenen verteilt, zu denen inzwischen auch Tore und Ellen gerechnet werden; sie sind moderne Jugendliche mit Arschpiekern und hochtoupiertem Haar, und wir Knirpse haben nichts mit ihnen gemeinsam. Man nimmt sich Mandeln und Rosinen und rührt um. Onkel Knut sagt Jajajaja und pfeift laut, man solle nicht so viel essen, wenn man an all die hungernden Kinder in Afrika denkt, aber trotz allem, erst einmal Prost. Schön, dass wieder alle zusammen sind, sagt mein Vater. Plötzlich entdecke ich das Hinterteil einer Ente und drücke es gewissenhaft an seinen Platz. Meine Schwester schielt zu mir herüber, ist aber gezwungen festzustellen, dass ich ausnahmsweise einmal Recht hatte.

Ingvar Palmstjärna kommt einen Punsch später an. Tante Ingegerd ist in der Sofaecke eingeschlafen, und Viktor hat sich auch zu dem Puzzle gesellt, ansonsten ist die Lage unverändert. Onkel Knut ist immer noch am Erzählen, jetzt von einem seiner Angestellten im Möbelgeschäft, der eine fliegende Untertasse gesehen hat. Tore und Ellen sehen aus, als wären sie im falschen Film gelandet.

»Ingvar!«, ruft meine Mutter aus und eilt auf den Flur.

Onkel Knut bricht ab. Mein Vater schlägt die Hände zusammen und sagt, dass es nun aber auch Zeit wird, Großmutter und Tante Ingegerd wachen auf, die Puzzlespieler haben von Himmel und französischen Enten genug und folgen Mutter, um Ingvar Palmstjärna zu begrüßen. Er ist immer witzig, man weiß nie, auf welche Idee er gerade gekommen ist.

Dieses Jahr ist es eine Sensation, das ist sofort zu begreifen. Er hat einen großen Karton, eingewickelt in blaues Papier, dabei. Als er ihn auf den Boden stellt, um Mantel und Überschuhe auszuziehen, können wir sehen, dass im Deckel eine Reihe von Löchern ist. Zentimetergroße, runde Löcher; ungefähr zwanzig Stück, das ist merkwürdig, was zum Teufel hat er diesmal wieder angeschleppt?

Letztes Jahr war es ein Bleibausatz der Cheopspyramide in sechshundertfünfzehn Teilen, im Jahr davor eine Eule, die Schiff ahoi! rief, wenn man ihr ein Fünf-Öre-Stück in den Rücken stopfte. Als ich dreieinhalb war, bekam ich eine Knallplättchenpistole, die so laut knallte, dass meine Großmutter jedes Mal anfing zu weinen, wenn ich eine Salve abfeuerte. Da war sie noch nicht so schwerhörig wie jetzt, und das sind bis jetzt meine schönsten Weihnachten gewesen.

Aber dieses Mal ist es etwas ganz Besonderes. Es ist ein Tier.

Ein lebendiger Hamster, der Helmut Hoppe heißt.

Wir sind verstummt. Sprachlos und andächtig. Es hat in unserer Familie noch nie ein Tier gegeben, ich glaube, es hat nicht einmal den Gedanken daran gegeben. Weder an einen Hund noch an eine Katze oder einen Wellensittich. Und jetzt stehen wir hier vor einem springlebendigen Hamster.

Er kratzt ein bisschen in seinem Karton zwischen Salatblättern und Karottenstückchen, Kotkügelchen und Stroh herum; ehrlich gesagt scheint er ein wenig nervös zu sein, und wir wissen nicht so recht, wie wir uns verhalten sollen. Aber dann nimmt ihn Maria einfach hoch und legt ihn sich in den Schoß. Fängt an, ihn zu streicheln, und mein Gott, wie schön das zu sein scheint. Ich darf ihn auch eine Weile halten und anschließend Viktor, er ist so niedlich, dass einem ganz warm ums Herz wird. Er hat graubraunes, dichtes Fell, kleine braune Pfefferkornaugen, einen Mund, der die ganze Zeit kaut, und Pfötchen, nicht größer als ein kleiner Zeh. Plötzlich können wir gar nicht begreifen, wie um alles in der Welt wir je ohne Hamster haben leben können, es ist der Beginn einer neuen Ära, das ist ganz deutlich zu spüren.

»Woher weiß man denn bitte schön, dass er Helmut Hoppe heißt?«, möchte Onkel Knut wissen.

»Das haben sie mir in der Zoohandlung gesagt«, erklärt Ingvar Palmstjärna und kostet von seinem ersten Punsch. »Er stammt aus Deutschland. Braunmelierter, bayrischer Feldhamster.«

»Jetzt bin ich wieder dran«, sagt Maria, und Viktor reicht Helmut widerstrebend an meine Schwester weiter.

»Es gibt auch eine Gebrauchsanweisung für ihn«, sagt Ingvar Palmstjärna und gibt meiner Mutter einen Umschlag. »Was er fressen soll, wie man ihn sauber hält und so weiter. Jaha, nun ist also wieder Weihnachten. Prost, alle zusammen.«

Eine Stunde später ist die Bescherung beendet. Ich habe Skier bekommen, das dicke Donald-Duck-Weihnachtsbuch und ein Spiel, das Finanz heißt, aber trotz allem hat Ingvar Palmstjärna mit seinem Hamster alle anderen in den Schatten gestellt.

Er hat deutlich erklärt, dass Helmut Hoppe uns allen dreien gehört, Maria, Viktor und mir, und dass wir gemeinsam die Verantwortung dafür tragen, dass es ihm gut geht.

Anfangs ist es ein wenig anstrengend, dass er uns zusammen gehört. Ich würde ihn gern den ganzen Abend auf den Knien halten und ihn streicheln, und das wollen Viktor und Maria auch.

Aber dann kommt Tante Ingegerd auf die Idee, dass wir eine Liste machen sollen, und sofort sind alle Probleme gelöst. Zuerst darf Maria ihn zwanzig Minuten lang halten, danach ich und dann Viktor.

Zuerst gibt es dann noch einigen Streit über die Sekunden, in denen wir ihn überreichen, aber so langsam, und schließlich haben wir ja immer noch Weihnachten, wird auch dieses Detail unwichtig.

Und dann sitzen wir alle zusammen im Wohnzimmer, während sich die Weihnacht über Gut und Böse herabsenkt. Über Stadt und Land. Wir essen Obst, Nüsse, Datteln und Feigen. Noch mehr Bonbons und Eisschokolade. Hören Onkel Knut und Ingvar Palmstjärna zu, die beide ungefähr gleich gut darin sind, das Gespräch am Laufen zu halten. Wir haben ein Auge auf Großmutter und eins auf die Kerzen, damit sie kein Feuer fangen. Die Herren (einschließlich Tore) genehmigen sich einen kleinen Whisky, die Damen versuchen einen kleinen Likör (Ellen auch, aber sie läuft Gefahr, dass sich ihre kunstvolle Frisur auflöst, die aussieht wie ein Heuhaufen, der zur Seite rutscht), nur die Hamsterpfleger bleiben bei Weihnachtssaft und Limonade.

Ich glaube, es ist beim fünften Wechsel – es ist inzwischen schon ziemlich spät, meine Mutter hat Großmutter im ersten Stock ins Bett gestopft, und Papa und Ingvar rauchen inzwischen eine Zigarre –, als Viktor sagt, er möchte Helmut Hoppe mit ins Bett nehmen, um dort ein bisschen mit ihm allein zu sein. Zunächst guckt Maria skeptisch, aber dann nickt sie doch zustimmend. Ihr ist einfach nicht die Idee gekommen, und in zwanzig Minuten ist sie ja dran.

Ich überreiche Helmut Viktor. Während ich ihn gehalten habe, fühlte er sich ganz warm und schlaff an, und ich frage mich, ob es vielleicht falsch war, ihn heimlich mit Eisschokolade zu füttern. Von Schokolade stand kein Wort in der Gebrauchsanweisung.

Viktor verabschiedet sich für eine Weile und verschwindet

in unserem Zimmer. Macht die Tür hinter sich zu. Ich überlege kurz, ob ich ihm nicht Gesellschaft leisten soll, beschließe aber, mir stattdessen das Finanzspiel genauer anzusehen. Es ist wirklich ziemlich kompliziert, ich lese die Spielregeln im Deckel durch und finde, dass es da eine ganze Reihe von Worten gibt, die ich nicht verstehe. Aber dort steht, dass das Spiel für alle zwischen sieben und hundert Jahren empfohlen wird, vielleicht bin ich ja auch nur ein bisschen müde von dem Essen, den Süßigkeiten und der Kohlensäure.

Gerade als ich zu verstehen versuche, was um alles in der Welt denn mit Baisse an der Börse und Hausse an der Börse und mit Präferenzaktien gemeint ist, kommt Viktor wieder ins Wohnzimmer. Ich kann nicht sagen, wieso, aber er strahlt etwas Böses, Schwarzes aus. Ohne dass er ein Wort sagt, verstummen alle und schauen ihn an.

Alles scheint zu erstarren. Maria bleibt mit offenem Mund und einem halb gekauten Bonbon über ihrem neuen Fünf-Freunde-Buch sitzen. Ingvar Palmstjärna bläst das Streichholz aus, statt sich die Zigarre anzuzünden. Wir halten den Atem an in Erwartung, dass Viktor etwas sagen wird.

Er tritt nervös von einem Fuß auf den anderen und schluckt ein paar Mal. Starrt zu Boden.

»Er ist tot«, sagt er. »Der Hamster ist einfach gestorben.«

Es vergeht eine Sekunde. Es vergehen zwei.

Dann treffen drei Dinge mehr oder weniger gleichzeitig ein. Meine Mutter schreit auf und rennt in das Zimmer von Viktor und mir. Ich reiße die Arme hoch und fege das halbe Puzzle zu Boden. Meine Schwester Maria geht zu Viktor, der mit halb gesenktem Kopf dasteht, und verpasst ihm zwei harte Ohrfeigen.

Er hebt keine Hand, um sich zu verteidigen.

Am ersten Weihnachtstag ist schon wieder Tauwetter, und es ist kein Problem, ein kleines Grab für Helmut Hoppe auszuheben. Er war ja auch nicht besonders groß.

Es sind nur ich, mein Vater und Viktor anwesend. Die Weihnachtsgäste sind am Vormittag nach Hause gefahren. Meine Mutter macht einen langen Spaziergang mit Maria, um ernsthaft mit ihr zu reden. Am Morgen hat Viktor einen Zettel unter seinem Kopfkissen gefunden.

Ich weiß, dass du es mit Absicht gemacht hast,
du verdammtes Mörderkind.

Ich pflanze ein kleines Kreuz oben auf den kleinen Grabhügel. Einfach zwei zusammengenagelte Holzstückchen. Das sieht trotz allem ganz schön aus. Ich weine ein bisschen, Viktor dagegen beißt nur die Zähne zusammen und ballt die Hände in den Hosentaschen. Er ist ganz weiß im Gesicht.

Wir bleiben da draußen eine Weile stehen und wissen nicht so recht, was wir tun sollen. Niemand sagt etwas, aber dann fängt es an zu regnen, und wir gehen zurück in die Stubenwärme.

Eine weiße Wolkenbank hat die Sonne verdeckt, als ich unten bei Rossvagga ankomme, und genau wie Arvid Forselius bleibe ich am Waldrand stehen und betrachte den Hof aus der Ferne. Hier haben sie also gewohnt, denke ich. Vier Jahre lang. Was haben sie in der Zeit so getrieben? Welche Träume wurden in diesen Wänden gesponnen, und was hatten sie einander zu geben? Diese vier jungen ... ich suche nach den richtigen Worten ... Sonderlinge? Ich versuche mich daran zu erinnern, ob ich überhaupt irgendwann einmal bei ihnen zu Besuch war. Versuche mich zu erinnern, obwohl ich eigentlich genau weiß, dass ich nie dort gewesen bin. Ich habe keinerlei Erinnerung daran, wie es im Haus aussieht.

Obwohl ich doch noch die ersten beiden Jahre, nachdem sie diesen abgelegenen Hof in Besitz genommen hatten, in der Stadt gewohnt habe. Aber Viktor und ich, wir hatten zu dem Zeitpunkt schon seit langer Zeit getrennte Wege eingeschlagen, jetzt wünschte ich, dass es nicht so gewesen wäre; es ist diese rückwärts gewandte Reue, die mal wieder ihr bekanntes Gesicht zeigt. Es hätte anders sein sollen. Auch wenn Viktor nach dem Fermat-Fall ein anderer geworden war, hätten wir doch den Kontakt aufrechterhalten können. War es denn wirklich so unmöglich? Hätte ich nicht mehr dafür tun können?

Ich weiß es nicht.

Heute, an diesem blassen, windstillen Septembermorgen, sieht Rossvagga verlassener aus als je zuvor. Die Gebäude sind grau und windschief vom Alter und von mangelnder Pflege. Ein Teil des Scheunendaches ist eingestürzt, und die meisten Fenster sind mit Latten vernagelt, genau wie Forselius gesagt hat. Der Hofvorplatz ist zugewachsen, das Gras einen halben Meter hoch und voll mit Birken- und Erlenkraut, Brennnesseln, wilden Himbeeren und Bauernrosen. Ein Stück Schornstein des Wohnhauses ist eingesackt, aber ich kann sehen, dass es stimmt, was mein Hundezüchter behauptet hat. Zwei der Fenster sind von den Latten befreit, die Glasscheiben sind tatsächlich noch heil, und das eine Fenster ist weit geöffnet.

Warum hat man sich überhaupt die Mühe gemacht, sie zuzunageln?, frage ich mich. Gibt es jemanden, dem Rossvagga heute gehört? Ist es diesem Ökofreak-Paar gelungen, den Hof wieder zu verkaufen, oder gibt es irgendeinen Immobilienmakler, der das Grundstück auf seiner schwarzen Liste stehen hat?

Ich lasse die Spekulationen auf sich beruhen. Wie immer es um diese Dinge auch steht, so ist auf jeden Fall jemand hier gewesen. Das wird mit aller wünschenswerten Deutlichkeit klar. Vielleicht ist jemand gerade jetzt in diesem Augenblick hier? Abgesehen von den geöffneten Fenstern ist an einer breiten Spur zu sehen, dass jemand sich seinen Weg über den Vorplatz gebahnt hat. Derjenige ist vermutlich ein paar Mal hin und her gegangen, das Gras ist heruntergetrampelt. Forselius hat mehrmals betont, dass er sich nie aus dem Wald heraus getraut hat. Ich überlege, ob Maria vielleicht hingegangen sein und angeklopft haben kann, als sie am Sonntag hier gewesen ist, komme aber zu dem Schluss, dass es ziemlich unwahrscheinlich ist. Nicht meine Schwester, nein.

Ansonsten liegt er schön, der Rossvagga-Hof, ich kann nicht umhin, das festzustellen. Ein breiter Einschlag in den Wald, der sich sanft zum Seeufer hinzieht, das wiederum nur gut dreißig Meter unterhalb der Nebengebäude liegt.

Das urbar gemachte Feld, das sich laut Forselius jetzt in jämmerlichem Zustand befindet, liegt auf der anderen Seite der Straße, am Hof selbst gibt es nur ein kleines Stück Hausweide, das in ein paar Jahren nicht mehr vom anderen Land zu unterscheiden sein wird. Ich meine mich schwach erinnern zu können, dort Schafe grasen gesehen zu haben, das müssen dann die von Jonsson, dem Pächter, gewesen sein. Die Rossvagga-Wohngemeinschaft hat sich doch wohl keine Tiere gehalten, oder?

Hier gibt es kein *Jetzt*, denke ich. Nur ein düsteres, zerfallenes *Damals*, das langsam vom Wald und dem Vergessen aufgefressen wird.

Ich zucke mit den Achseln und gehe die eingetretene Spur über den Hofplatz entlang. Gelange zum Haus, der kleine Steinabsatz ist gesprungen und voll mit Löwenzahn und Quecke, aber ich meine erkennen zu können, dass die Tür erst vor kurzem geöffnet und geschlossen wurde. Die Grashalme sind im Türrahmen eingeklemmt, die Tür geht nach außen auf, das ist ungewöhnlich, es bedeutet, dass man Gefahr läuft, im Winter eingeschneit zu werden. Ich bleibe stehen und versuche mein Zögern in den Griff zu bekommen, dann klopfe ich zweimal mit der Faust gegen die Tür und warte.

Nichts passiert, ich klopfe noch einmal.

Warte wieder, dann drücke ich die Klinke herunter und ziehe die Tür auf. Sie ist unverschlossen, quietscht ein bisschen, aber weniger, als man erwarten könnte. Ich trete ein.

Drinnen ist es ziemlich dunkel, und ein dumpfer Geruch schlägt mir entgegen, fast wie in einem alten Erdkeller. Feuchtigkeit und Schmutz. Ich gehe nach rechts und komme in die

Küche, hier ist es heller. Hier sind auch die Latten vor den Fenstern entfernt worden, normales Tageslicht strömt herein, auch wenn die Scheiben käsig und grau sind. Ich schaue mich um, versuche mir vorzustellen, wie es damals wohl ausgesehen haben mag, aber das ist nicht einfach. Ich habe ja keine Erinnerungsbilder. Jetzt gibt es keinerlei Möbel. Nur die alte Kücheneinrichtung. Spülbecken, Vorratsschrank und ein kleiner Kühlschrank. Ein paar Wandschränke mit braunen Türen. Der alte Eisenherd und die gemauerte Arbeitsplatte. Ich merke, dass es hier drinnen wärmer ist als auf dem Flur, und als ich die Hände auf den Herd lege, kann ich spüren, dass jemand vor nicht allzu langer Zeit hier Feuer gemacht hat.

Aber es ist nicht allein die Herdwärme, die beweist, dass jemand tatsächlich hier haust. Es gibt deutlichere Zeichen. Auf dem Boden unter dem einen Fenster liegt ein Schlafsack zusammengerollt auf einer Unterlage. Ein dunkelgrüner Militärrucksack steht an eine Wand gelehnt, und eine zur Hälfte heruntergebrannte Kerze steckt in einer leeren Flasche.

Vor dem Herd liegen ein Bündel Reisig und dickere Äste, offenbar im Wald gesammelt, und ein Stapel Länstidningar von vor vier, fünf Tagen. Ich öffne die Schranktür, drinnen stehen eine Dose Nescafé und zwei Plastiktüten vom Konsum. Beide halb voll, aber ich mache mir nicht die Mühe, den Inhalt zu untersuchen.

Stattdessen ziehe ich mich zurück. Verlasse die Küche und kehre auf den Vorplatz, an die frische Luft zurück. Bevor ich hinunter zum See gehe, bleibe ich eine ganze Weile einfach stehen und versuche festzustellen, ob ich die Anwesenheit von jemand anderem als mir selbst spüren kann. Doch, natürlich ist da etwas.

Ich komme hinunter zum Anleger und betrete ihn mit äußerster Vorsicht. Mehrere Planken fehlen, und die, die noch da sind, knacken beunruhigend, als ich auf sie trete. Ich gehe bis ans Ende und stelle mich dort hin. Schaue auf den See hinaus.

Ein paar Nebelstreifen hängen über dem Wasser. Entlang

des bewaldeten Ufers ist so gut wie keine Bebauung zu sehen, und ich denke, dass das Bild, das sich mir jetzt auf die Netzhaut brennt, gut und gern auch dreißig Jahre alt sein könnte.

Oder hundert. Oder tausend. Ein paar verirrte Vögel schweben dort draußen in der Leere, und mir wird klar, dass es auch in Zukunft hier so aussehen wird.

Zumindest in der überschaubaren Zukunft.

Nach ein paar Minuten habe ich genug. Ich gehe zurück über den Hofplatz und durch den kleinen Waldstreifen hinauf. Auf dem Weg zünde ich mir eine Zigarette an, schwinge mich dann auf Runes Fahrrad und radle zurück zum Ort. Mir ist klar geworden, dass ich in nächster Zeit nicht wieder abreisen werde, aber es ist mir nicht klar, was ich als Nächstes tun soll. Ein Gefühl erfüllt mich, dass Sachen und Dinge nur so in meinem Kopf herumschwirren, aber es fällt mir schwer zu verstehen, warum das so sein sollte.

Unter allen Umständen muss ich so bald wie möglich ein intensives Gespräch mit meiner Schwester führen, ich hoffe, dass sie nicht weg ist und arbeitet, wenn ich zurückkomme. Allein mit Rune zu sein, das ist das Letzte, was ich jetzt brauche.

Sechs Wochen lang liegt Viktor Vinblad im Krankenhaus in Ö. Die Brüche heilen, aber warum er verstummt ist, dem kommt man nicht auf die Spur. Ich weiß nicht, wie viele Spezialisten ihn untersuchen, meine Mutter sagt, dass sie jede Woche mit einem neuen unrasierten Experten redet.

Mit Viktors Gehirn ist alles in Ordnung, zumindest lässt sich nichts Gegenteiliges feststellen. Bereits frühzeitig wird klar, dass der Patient alle Eindrücke mit allen seinen Sinnen wahrnimmt, genau wie ein normaler Mensch, und er versteht, was man ihm sagt. Außerdem kann er lesen, seit der zweiten Woche zeigt er ein deutliches Interesse an Büchern und Zeitschriften.

Eines Tages gibt ihm ein ungewöhnlich raffinierter Experte Papier und Stift, bohrt seinen Blick in ihn und fragt:

»Warum redest du nicht?«

Laut meiner Mutter, die zu diesem Zeitpunkt anwesend war, liegt Viktor zunächst mit geschlossenen Augen still da, während er mit dem Stift spielt. Es vergeht eine Weile, aber der Arzt hat viel Geduld, er ist nur wegen dieses Falles extra aus Stockholm angereist – und dann öffnet Viktor die Augen, richtet sich im Bett auf und kritzelt ein paar Worte aufs Papier.

Geht nicht.

Der Arzt nickt zufrieden, zupft sich am Bart und überlegt.

Dann fragt er mit tiefer Stimme:
»Warum geht es nicht?«
Viktor schließt wieder für eine Weile die Augen, bevor er eine neue Antwort aufschreibt.

Soll nicht.

Das ist rätselhaft. Meine Mutter und der Arzt wechseln Blicke, dann fragt meine Mutter spontan:
»Aber du erkennst mich doch wieder, Viktor?«
Viktor beantwortet diese Frage nicht schriftlich, wirft ihr nur ein schnelles Lächeln zu, das alle Zweifel auslöscht. Er ist vollkommen klar im Kopf, natürlich ist er das, ihm fehlt nur das Sprachvermögen.
Der Arzt macht mit einer neuen Folgefrage weiter:
»Warum sollst du nicht reden?«
Noch einmal die gleiche Prozedur. Viktor schließt für ein paar Sekunden die Augen, dann öffnet er sie und schreibt die Antwort auf.

Darf nicht.

Der Stockholmer Experte nickt diesmal sehr ernsthaft, als wäre ihm plötzlich etwas klar geworden. Dann klopft er Viktor auf den Arm, überlässt ihn und meine Mutter ihrem Schicksal und nimmt den Zug zurück in die königliche Hauptstadt.
Er hinterlässt einen leichten Geruch nach Zigarillo und Veilchenpastillen, wie meine Mutter erklärt.

Dabei bleibt es.
Geht nicht. Soll nicht. Darf nicht.
Viktor redet nicht, weil er nicht reden soll. Er soll nicht reden, weil er es nicht darf. Dieses *dürfen* ist dunkel. Geradezu mysteriös. Etwas hält ihn zurück. Es kann angenommen wer-

den, dass es eine Stimme in ihm gibt, die ihm sagt, dass er nicht die Erlaubnis hat zu sprechen. Dass etwas ihm das verbietet.

Warum? Was ist das für ein Verbot? Was ist das für eine Stimme?

Neue Ärzte stellen neue, listige Fragen, um diesem Geheimnis auf die Spur zu kommen; das Problem ist, dass Viktor nur antwortet, wenn er Lust dazu hat. Das heißt, fast nie.

Doch, er kann auf Fragen anderer Art durchaus eine Antwort geben.

Möchtest du Milch oder Preiselbeersaft zum Essen? beispielsweise.

Oder: Hast du heute Nacht gut geschlafen, Viktor?

Aber diese tiefgründigen Fragen, die Ursache betreffend, den innersten Kern seiner Stummheit, auf die einzugehen, vermeidet er sorgfältigst.

Geht nicht. Soll nicht. Darf nicht.

Diese Information genügt.

Die unterbrochene Beweisführung des Fermatschen Satzes fand am Dienstag, dem 31. August, statt.

Am 14. Oktober wird Viktor Vinblad aus dem Krankenhaus entlassen, und am 18. nimmt er seinen Platz in der Realschule wieder ein. Die Stimmung vor seiner Rückkehr ist geprägt von ehrfürchtiger Neugier und einer leicht angespannten Erwartungshaltung sowohl der Schüler als auch des Lehrkörpers. Während der obligatorischen Morgenversammlung im Bürgerhaus – die an diesem bewölkten Montagmorgen von der Religionslehrerin Rosa Hägerstrand, allgemein das Pferd genannt, vollzogen wird – wird auch der zurückgekehrte Viktor mittels eines fußnotenartigen Hinweises als der verlorene Sohn apostrophiert.

Für alle, die das verstehen.

Noch bevor Viktor an Ort und Stelle ist, wissen alle, dass er stumm ist. Die Kenntnis dieser Merkwürdigkeit hat sich wie ein Lauffeuer verbreitet, und es ist auch gerade dieses Phänomen – sein Schweigen –, das ihm einen neuen, erhöhten Status verleiht. Daran kann kein Zweifel bestehen.

Sich auf ein altes, vermoostes mathematisches Rätsel zu stürzen, damit sind keine Lorbeeren zu gewinnen. Zumindest nicht bei den pedantischen Teenagerpunktrichtern der modernen Sechziger.

Aus einem Fenster zu fallen und vor den Füßen von Nervöser Persson fast zu Tode zu kommen, ist natürlich schon einen bedeutenden Schritt besser, aber kaum eine Heldentat.

Anderthalb Monate im Krankenhaus zu liegen und dann zurückzukommen, ohne sprechen zu können, das ist dagegen etwas Gewaltiges.

Etwas so Gewaltiges, dass man sich plötzlich wieder daran erinnert, was dieser Jüngling sonst noch seit langer Zeit mit sich herumschleppt. Einen Vater, der die Mutter umgebracht und sich anschließend selbst aufgehängt hat.

Nicht schlecht. Wahrlich nicht schlecht.

Dass Viktor es während seines Krankenhausaufenthaltes unterlassen hat, sich die Haare zu schneiden, und sich eine so genannte Beatlesfrisur zugelegt hat, muss ihm natürlich auch zugute geschrieben werden.

Ja, zusammengenommen ist das alles schwer wie ein Cheopsbausatz aus Blei, und es ist nicht weiter verwunderlich, dass es da etwas Frischerwachtes, Klarsichtiges in Lena Ljung-Ljungkvists Blick gibt, als sie Viktor Vinblad an diesem ersten Tag lässig in den Klassenraum hereinkommen und sich auf seinen Platz sinken lassen sieht. Bereits in der Mittagspause am gleichen Tag noch gelingt es ihr, ein Gespräch mit dem Klassenlehrer Simgren zu führen. Sie versteht es, das Eisen zu schmieden, solange es noch heiß ist, das hat ihr ihre Mutter, die zu ihrer Zeit ebenfalls eine Schönheit war, beigebracht. Lebe heute, morgen kann es schon zu spät sein.

Es geht um die Sitzordnung. Lena Ljung-Ljungkvist will nicht mehr neben Bert-Åke Bertilsson sitzen, sie ist zu der Einsicht gelangt, dass er ihr Lernverhalten in unvorteilhafter Art und Weise beeinflusst. Außerdem leidet er – im Vertrauen gesagt – unter Fußschweiß, und am nächsten Morgen ist die Rochade bereits durchgeführt, Studienrat Simgren lässt sich da nicht lumpen. Natürlich sitzt Fräulein Ljung-Ljungkvist jetzt nicht neben dem jungen Vinblad, das hat sie gar nicht zu wünschen gewagt, aber direkt vor ihm. Das ist auch in Ordnung so, in der vorletzten Bankreihe – und genau genommen kann sie umgehend, nach nur wenigen Minuten, spüren, wie sie von seiner starken, schweigenden Aura umhüllt wird.

Wie eine Krabbe von einer Qualle, ja, das ist fast erotisch.

Recht schnell wird auch klar, dass dieses Schweigen in keiner Weise ein Hindernis bildet, was Viktors Lernen in der Realschule betrifft. Falls das irgendjemand geglaubt haben sollte.

Ganz im Gegenteil. Insgesamt gesehen scheint es fast ein pädagogischer Vorteil zu sein, das mit der Stummheit. Das hat man sich wahrscheinlich gar nicht vorstellen können. Zwar kann der Schüler Vinblad jetzt nicht mehr laut vorlesen und keine Frage mündlich beantworten – beispielsweise nicht beweisen, dass er wirklich die Aussprache von *tiraillements d'estomac* und *Schraubenschlüssel* beherrscht – aber das meiste kann ja in absolut befriedigender Weise schriftlich abgehandelt werden. Darin sind sich alle Lehrer einig. Vielleicht würde sogar eine ganze Klasse stummer Schüler die ultimative Unterrichtssituation bedeuten? Dieser vage Traum wird zwar niemals laut ausgesprochen, aber sicher taucht der Gedanke während lärmender Donnerstagnachmittage auf, sowohl beim Studienrat Uhrin wie bei der Französischlehrerin Billerström als auch bei dem ziemlich frustrierten Oberstudienrat Christoffersson, dem es trotz wiederholter Aufforderungen mündlicher wie schriftlicher Art nicht gelungen ist herauszubekommen, was in Dreiteufelsnamen an diesem bedauerlichen Tag, als Viktor Vinblad aus dem Fenster fiel, mit dem grünen Schreibheft passiert ist. Die Lösung von Fermats letztem Satz scheint in alle Winde verweht zu sein, oder sie hat zumindest den gleichen Weg wie Viktor eingeschlagen.

Denn das frühreife Mathematikgenie hält sich an das Prinzip, die Fragen zu beantworten, die es beantworten möchte – und ausschließlich diese. Alle übrigen sind ihm gleich. So ist es nun einmal.

Andererseits, denkt der arme Christoffersson resigniert während einiger dieser unendlich sterilen Nachmittagsdoppelstunden ... andererseits sollte man ja eigentlich ungefähr den gleichen pädagogischen Effekt mit einem stocktauben Lehrer haben. Aber auch diese verwegene Idee scheint ihm noch nicht reif genug zu sein, um sie feilzubieten.

Unabhängig davon, welche wissenschaftstheoretischen Strömungen sich in diesem Herbst in der Mendelbergschen Lehranstalt breit machen, so scheint doch das meiste bei Viktors Rückkehr auf gut vorbereiteten Boden zu fallen. Die Neuheit des Jahres, die stattlichen bordeauxroten Markisen, sind seit dem Oktobermonat in die Winterposition gebracht worden. Diejenige, die leicht demoliert wurde, als sie Viktors Körper auffing und ihm damit das Leben rettete, wurde von der Installationsfirma Bergströms & söner ohne Berechnung für die Schule repariert, und ansonsten geht alles seinen geordneten Gang. Schulleiter Bernstein nimmt eine Woche frei für die Elchjagd, wie immer, und der außergewöhnliche Geschichtslehrer Döblin ist von seinem alljährlichen Doppeltrauma befallen worden – Nebenhöhlenentzündung und Depression – und läutet bald seine traditionelle Serie von Zweiwochenkrankschreibungen ein. Das beginnt um Allerheiligen und setzt sich ungefähr bis Mitte März so fort, es hängt ein wenig davon ab, wie die Osterferien liegen.

Mit anderen Worten läuft das meiste so wie immer ab. Aber sicherheitshalber sei doch noch erwähnt, dass Viktor Vinblad bei der gemeinsamen Mathematikprüfung für die dritte und die vierte Klasse in der ersten Woche im November von 24 möglichen Punkten 25 erreicht. Den unmöglichen – und sicher einzigartigen – Sonderpunkt erhält er für die außerordentlich elegante Lösung eines Problems mit einem Parallelepiped in einem Kreis ohne bekannten Radius.

Aber reden tut er immer noch nicht.

Nicht in der Schule.

Nicht daheim im Granvägen.

Und nicht einmal mit Lena Ljung-Ljungkvist. Es ist wie verhext.

»Es gibt nur zwei Gründe, warum man hier lebt«, erklärt Maria. »Entweder man ist hier geboren, oder aber man ist vor irgendetwas auf der Flucht. Soweit ich es sehe, treffen auf dich beide Gründe zu.«

Ich habe keine Lust, das zu vertiefen. Wir sitzen in der alten Konditorei von Svea. Im ersten Stock, es sieht fast noch genauso aus, wie ich es in Erinnerung habe. Die dünnen Gardinen und die Jukebox in der Ecke scheinen seit den sechziger Jahren hier überwintert zu haben. Die Kronleuchterimitation an der Decke auch. Wir haben uns an eines der Fenster gesetzt, direkt unterhalb von uns ist der Baldachin über dem Eingang zum Sagakino zu sehen, dann der Markt mit Barin, der Würstchenbude und dem Rathaus in hellgelben Klinkern. Es ist ein ungemein hässliches Gebäude, wie ich plötzlich feststelle. Da hat der Imbiss fast noch mehr Stil.

»Hörst du mir zu?«, fragt meine Schwester.

»Ich höre«, beteure ich. »Aber es stimmt nicht ganz.«

»Was meinst du damit?«

»Ich weiß nicht. Vielleicht nur, dass man auch vor etwas fliehen kann, indem man bleibt. Vor den Möglichkeiten, die man sich nicht eingestehen will. Oder sich nicht einzugestehen traut. Ich kann dir eine Wohnung in Uppsala besorgen, wenn du dich nur entschließen könntest, von hier wegzugehen.«

Sie schüttelt den Kopf.

»Sieh mich an, David«, sagt sie.

Ich sehe sie an.

»Ich bin sechsundfünfzig Jahre alt. Ich habe mein ganzes Leben hier verbracht. Ich würde nach einer Woche in der Zivilisation kaputt gehen.«

Ich sehe sie wirklich genau an. Von oben bis unten. Plötzlich kann ich sie vor mir sehen, wie sie dasitzt und im abgewetzten Mantel und mit den Plastiktüten neben sich auf dem Boden bei Åhléns ihren Kaffee trinkt. Ich muss zugeben, dass sie Recht hat. Ob man Herrscher oder Untertan in seinem Leben ist, das hängt auch damit zusammen, wo man sich aufhält.

Aber wir sitzen nicht hier, um das zu diskutieren. Nicht deshalb sind wir für ein paar Stunden am Nachmittag vor Rune geflohen.

»Lass uns zu Viktor kommen«, sage ich. »Ich will versuchen, ein wenig Klarheit in der Sache zu kriegen.«

»Das verstehe ich«, sagt sie und senkt den Blick auf den Tisch.

»Warum ist dir das Thema so unangenehm?«, setze ich an. »Das kann ich überhaupt nicht verstehen.«

Sie zögert eine ganze Weile mit der Antwort. Ein schwarz geschminktes Paar kommt die Treppe herauf und nimmt direkt neben der Jukebox Platz.

»Ja?«

»Er hat mir Angst gemacht.«

»Dir Angst gemacht?«

»Ja. Oder mich zumindest beunruhigt. Hast du das nie gespürt?«

Ich überlege.

»Nein«, sage ich. »Das habe ich eigentlich nie bemerkt. Und das kann ich auch nicht so recht verstehen. Du warst doch so viel älter.«

»Erinnerst du dich an das Fahrradrennen?«

Ich nicke. Natürlich erinnere ich mich an das Fahrradrennen. Und an andere Dinge.

»Mir hat er keine Angst gemacht«, sage ich.

»Diese Augen, und dann dieses Schweigen«, sagt sie.

»Du hast nicht mehr zu Hause gewohnt, als er stumm war.«

Das bestreitet sie gar nicht. Sie schaut über den Marktplatz und wirkt einfach nur traurig. Es gibt eine Trostlosigkeit in ihr, die dazu führt, dass ich ihr nicht näher komme. Eine Sekunde lang habe ich die Frage auf der Zunge, ob sie nicht mal eine Therapie gemacht oder zumindest überlegt hat, eine anzufangen, aber ich halte mich zurück. Das ist nicht meine Sache. Rune ist auch nicht meine Sache. Wenn meine Schwester zu mir kommt und mich bittet, ihm eine Axt in den Schädel zu rammen, dann werde ich die Aufforderung überdenken, ja, das werde ich wirklich, aber sie soll ihren Willen auch ohne meine Hilfe bekommen.

»Ich bin dir dankbar dafür, dass du gekommen bist«, sagt sie plötzlich. »Du sollst wissen, dass ich das wirklich bin, David.«

Ich schiebe meine Kaffeetasse zur Seite und lege meine Hände auf ihre auf dem Tisch. Habe dabei das Gefühl, als würde ich sie zum ersten Mal in meinem Leben berühren.

»Hast du ihn gesehen?«, frage ich. »Hast du Viktor auch gesehen?«

Sie schüttelt den Kopf.

»Nein, aber ich habe im Rossvagga durchs Fenster geguckt. Ja, du hast es ja selbst gesehen. Da übernachtet jemand. Und wer sollte das sein, wenn nicht …?«

»Wer auch immer«, widerspreche ich ihr. »Ein Penner. Ich begreife nicht, warum es Viktor sein sollte. Ich bin immer davon ausgegangen, dass er tot ist.«

Maria zieht ihre Hände zu sich heran.

»Ich nicht«, sagt sie. »Ganz im Gegenteil. Ich habe immer befürchtet, dass Viktor noch am Leben ist. In meinem tiefsten Inneren.«

Befürchtet?, denke ich. *Im tiefsten Inneren?* Ich warte, dass sie noch mehr sagt, ausführt, was sie eigentlich damit meint, aber sie lässt es darauf beruhen. Ich wechsle das Thema.

»Die anderen?«, frage ich. »Weißt du, was aus den anderen von der Wohngemeinschaft geworden ist?«

Sie nickt mit finsterem Blick. »Bengt-Olle Farin ist tot«, sagt sie. »Hat einen Hirntumor gehabt und ist gestorben, bevor er dreißig wurde. Nur wenige Jahre nach dem Mord. Vielleicht … vielleicht hätte man es die ganze Zeit schon ahnen können.«

»Und Persson?«

»Ist weggezogen. Kurz nachdem Farin gestorben ist, so habe ich es jedenfalls in Erinnerung. Aber ich weiß nicht, wohin.«

Ich denke nach.

»Wie hieß noch dieser Kommissar?«, frage ich. »Malander? Du weißt nicht zufällig, ob er noch am Leben ist?«

Maria zeigt ein kurzes Lächeln, und für den Bruchteil einer Sekunde sehe ich meine sechzehnjährige Schwester aus ihrem schweren Gesicht hervorlugen.

»Doch«, sagt sie. »Er heißt Malander. Ich habe mir schon gedacht, dass du früher oder später nach ihm fragen würdest. Er lebt und ist bei bester Gesundheit.«

»Wie schön«, sage ich. »Und wohnt also hier im Ort?«

»Ja, im Frühling sind sie achtzig geworden, sowohl er als auch seine Frau. Aber sie brauchen keine häusliche Pflege, deshalb weiß ich nichts weiter über sie.«

Wir sitzen eine Weile schweigend da und sehen einander an. Dann trinken wir unseren Kaffee aus und verlassen Sveas Konditorei .

Helmut Hoppes Grab lag am nächsten Tag unter einer Schneedecke, und Silvester hatten wir es vergessen.

Nicht Helmut, sondern das Grab.

Zumindest was mich betrifft, aber ein paar Monate später entdeckte ich etwas. Es war an einem Sonntag im Mai, und ich war mit Viktor zum Grab seiner Eltern auf dem Neuen Friedhof gegangen. Das machten wir hin und wieder, auch wenn er meistens allein hinging; dieses Mal hatten wir Huflattich und Leberblümchen gepflückt. Besonders die Leberblümchen hatte seine Mutter so gern gehabt, wie Viktor mir anvertraute. Seinem Vater waren Blumen wohl allesamt ziemlich egal, wie den meisten Männern, aber er bekam gern Besuch.

Es war ein einfaches Grab mit einem kleinen grauweißen Grabstein. Nur Namen und Jahreszahl, kein Spruch oder so. Ein winzigkleines Beet, auf das man Blumen oder Nadelzweige legen und im Winter ein Licht stellen konnte. Und dann ein Quadratmeter Kies, den der Friedhofswärter Egonsson immer harkte.

Aber wie gesagt, dieses Mal entdeckte ich etwas. Ganz hinten rechts auf dem Beet befand sich eine kleine Erhöhung mit einem Kreuz darauf. Zwei einfache Holzstückchen, in der Größe von Bleistiften ungefähr. Ich konnte natürlich nicht beschwören, dass es haargenau das Kreuz war, das wir für Hoppes kleines Grab angefertigt hatten, aber es erinnerte mich doch sehr daran. Und es hätte mich auch nicht verwundert, wenn …

Ich sah Viktor an und stellte fest, dass er es gesehen hatte.

Dass ich es gesehen hatte, meine ich.

Und mir war klar, dass ich nicht würde fragen können. Es war merkwürdig, wir hatten diesen besonderen Draht zueinander, Viktor und ich. Wir brauchten gar nichts zu sagen, uns nur anzusehen, und schon wussten wir Bescheid.

Als würden die Worte etwas kaputt machen. Etwas, das sehr zerbrechlich, aber auch sehr bedeutungsvoll war. Ich konnte es natürlich nicht so formulieren, damals, als ich in der blassen Maisonne auf dem Friedhof stand, ich war ja noch nicht einmal zehn Jahre alt, aber ich lauschte einer inneren Stimme, die mir befahl, die Klappe zu halten, und das war das einzig Wichtige.

Das mit dieser inneren Stimme habe ich schon sehr früh verstanden.

Aber wenn denn nun meine Vermutung zutraf – und es sah ja alles danach aus –, so musste das bedeuten, dass Viktor Helmut Hoppe irgendwann im Laufe des Winters ausgegraben und ihn anschließend neben seinen Eltern auf dem Friedhof wieder beerdigt hatte. Trotz des gefrorenen Bodens und allem, das durfte nicht gerade einfach gewesen sein.

Und im Stillen fragte ich mich nach dem Grund. Warum um alles in der Welt?

Aber vielleicht war es auch irgendwie verständlich, dachte ich weiter. Vielleicht möchte er nur seine Toten alle an einem Ort versammelt haben.

Es war auch in diesem Monat, im Mai, als die Familie Salmodin in das Tyska huset, das Deutsche Haus, in unserer Straße zog.

Der Deutsche war ein Abenteurer gewesen, der Mitte der zwanziger Jahre in unsere Stadt gekommen war, um hier eine Apfelzucht aufzubauen. Er hatte nur wenig Ahnung vom Klima hier in unseren Breitengraden, aber viel vom Geld. Also kaufte er drei Grundstücke nahe bei den Eisenbahngleisen, die zu der Zeit alle nicht bebaut waren, setzte einen Riesenkasten mit zwei Balkonen und einer Terrasse auf das eine und pflanzte zweihundert Apfelbäume auf die anderen beiden.

Das Haus wurde fertig, aber die Äpfel mickerten dahin, wie mein Vater die Sache zu beschreiben pflegte, und nach vier Jahren ermüdete Herr Wincklerstroh – so hieß er – und zog wieder nach Dresden zurück. Stattdessen wurden auf den Apfelbaumfeldern zwei neue Häuser errichtet, und das Tyska huset – mit zwölf Zimmern, zwei Küchen und drei Bädern, nach allem, was so erzählt wurde – stand ein paar Jahre lang leer. Wahrscheinlich konnte es sich niemand leisten. 1931 wurde es dann jedoch für relativ wenig Geld von einem der Schuhfabrikanten der Stadt, W. F. Ström, gekauft, in dessen Besitz es blieb, bis ihm dann irgendwann in den Fünfzigern die Stunde schlug. Nachdem der vitale Zweiundneunzigjährige nicht mehr Einspruch einlegen konnte, verkauften die Söhne – zwei spekulierende und wüste Feste feiernde Taugenichtse mit Haarpomade und Cheviotanzügen – Fabrik und Haus und zogen nach Stockholm, wo sie sich zu Tode soffen und fraßen, noch bevor das Jahrzehnt zu Ende gegangen war. Der neue Fabrikbesitzer, ein gewisser Sixten Svenzohn, war ein Mann der modernen Zeit und wollte nicht in dieser großen Schabracke wohnen, die er jetzt mit am Hals hatte, die Eleganz war im Laufe der Jahre doch sehr verblasst, und nach dem, was die Leute so sagten, regnete es durch, alles in allem war es also schwer, einen ernsthaft interessierten Käufer zu finden, und erneut stand der Schuppen für fünf, sechs Jahre leer.

Bis sich die Familie Salmodin des Hauses erbarmte und dort einzog.

Und inzwischen schrieb man das Jahr 1959.

Sie stammten aus Ånge, hatten elf Kinder und waren bekannt für ihre einzigartige Religiosität.

Papa Theodor Salmodin war Pfarrer in einer Kirche, die sich Kristi Lekamen och Inri Blods Brödraskap, der Leib

Christi und die Bruderschaft des Blutes Inri, nannte, kurz KLIBB. Wenn die Gerüchte stimmten, dann existierte sie nur an zwei Stellen auf der Erde – in Ånge und in einem kleinen Ort in Utah in den Vereinigten Staaten von Amerika, wohin der zweite Gründer, Theodors älterer Bruder Fingal, einige Jahre nach dem Krieg ausgewandert war. Bei uns verlorenen Seelen in K. gab es natürlich keinen Raum von entsprechendem Kaliber, in dem man die entsprechenden Messen feiern konnte, aber da das Deutsche Haus so geräumig war, war es problemlos möglich – zumindest für den Anfang –, hier die Versammlungen abzuhalten.

Besonders wo sämtliche Gemeindemitglieder ja auch Familienmitglieder waren. Inwieweit KLIBB noch existierte, nachdem die Salmodiner weggezogen waren, das ist eine Frage, die wohl nie richtig untersucht worden ist.

Von den elf Kindern waren die zehn ältesten Jungs. Der Allerälteste war Isak, der neunzehn war, als er nach K. kam. Es gab zwei Zwillingspärchen, und die Jüngste war ein Mädchen, sie trug den Namen Sara. Die drei größten Jungs hatten die Schule bereits beendet, sie gingen bei ihrem Vater in die Lehre, um das Predigen zu lernen. Alle Geschwister trugen stets die gleiche Kleidung, die von Mama Gunnlög an langen, dunklen Winterabenden zugeschnitten, genäht und gestopft wurde. Alles schien auch vom gleichen Stoffballen zu stammen, ein graubraunes, strapazierfähiges, raues Tuch, das sommers wie winters zu benutzen war und offenbar unverwüstlich zu sein schien.

Nein, nicht alle. Nicht alle trugen diese Kleidung. Mit Sara war das etwas anderes. Für das Mädchen nähte Mama Salmodin Kleider und Röcke in Rot und Gelb. Helle, leichte Stoffe umschwangen den Körper wie ein Sommerlachen. Es war anzunehmen – so wurde zumindest bei uns in der Straße behauptet, und zwar sowohl von Frau Zetterkvist als auch von Frau Lundin –, dass der Prediger dagegen war, das Mädchen in so üppiges Blendwerk zu kleiden, aber es nützte nichts.

Sara Salmodin flatterte in ihren bunten Kleidchen herum. Vielleicht war dies Gunnlögs Chance, Widerstand zu leisten. Vielleicht sah sie es als ihr unwiderrufliches Recht an, dieses so sehnlich herbeigewünschte Mädchen zu hätscheln und zu tätscheln, wie sie wollte, nachdem sie zehn Jungen geboren, gekleidet und aufgezogen hatte.

Und vielleicht wurde auch Theodor Salmodin weich, als er sie sah. Denn sie war schon recht eigen, dieser dunkel gelockte Engel. Schön wie Ebenholz, aber anders als die anderen. Sie war sieben, als sie nach K. kam, ging aber noch nicht zur Schule. Es hieß, sie würde zu viel lachen.

Ein Kind auf der Schulbank, das zu viel lacht, das geht natürlich nicht, also bekam Sara Salmodin ein Jahr extra, in dem sie versuchen sollte, ernst zu werden.

Doch das wurde sie nicht. Sie war fröhlicher denn je, als sie in die erste Klasse der Volksschule kam. Das war, als Viktor und ich in die dritte kamen. In unserer Klasse war der jüngste Salmodin-Sohn. Er hieß Aron, war extrem schüchtern und hatte die größten Ohren von allen.

Sara Salmodin ging einen Monat lang zur Schule. Sie sang, war fröhlich und pflückte für ihre Lehrerin, Fräulein Falk, und den Hausmeister Rönngren Blumen, aber mit dem Schreiben, Lesen und Rechnen war das so eine Sache. Es wurde beschlossen, ihr noch ein Jahr zu geben, und Prediger Salmodin versprach, ihr in dieser Zeit daheim ein wenig Unterricht zuteil werden zu lassen.

So war es – anfangs – mit den Salmodinern.

Eugen Malander sitzt im Rollstuhl, wirkt aber recht munter.

Eigentlich bräuchte er das nicht, versichert er. Es liege nur an seiner Frau Gerda, die ein wenig überfürsorglich sei. So sei sie schon immer gewesen, obwohl er doch sein Leben lang bei der Polizei war.

Frauen sind nun einmal so, erklärt Eugen Malander. Da ist nix zu machen.

»Es ist achtzehn Jahre her, seit du in Rente gegangen bist«, weist sie ihn zurecht. »Du bist zu alt, um noch durch die Straßen zu laufen und Gangster niederzuknallen.«

»Deshalb hat sie mich hier reingesetzt«, sagt Malander. »Sie glaubt ernsthaft, dass ich sonst wieder auf die Jagd gehen würde. Aber jetzt rollen wir ins Arbeitszimmer.«

Das tun wir. Malander rollt, und ich gehe durch die große Wohnung in der Kvarngatan. Gerda Malander schiebt die Doppeltüren hinter uns zu. Der Raum sieht nicht aus wie ein Arbeitszimmer. Eher wie eine englische Bibliothek. Zwei bequeme Ledersessel stehen um einen kleinen runden Tisch aus dunklem Holzfurnier. Alles ist dunkelbraun und ein wenig angestoßen: der Schreibtisch vor dem Fenster mit Blick auf den Fluss und die Järnbron, die breiten Dielen auf dem Fußboden, die Bücherregale, die vom Boden bis zur Decke reichen. Mehr als tausend Bücher, wie ich schätze.

Es stehen zwei Seltersflaschen und zwei Gläser auf dem Tisch. Ich setze mich in einen der Sessel, Malander bleibt in seinem Rollstuhl.

»Ich weiß, worüber Sie mit mir reden wollen«, sagt er. »Ihre Schwester hat es mir gegenüber angedeutet.«

»Ja«, bestätige ich. »Ich weiß zwar eigentlich selbst nicht so recht warum, aber wenn Sie so freundlich wären, mir kurz zu erzählen, wie das damals war, dann wäre ich Ihnen dankbar.«

Maria hat Malander nichts von Viktors eventueller Rückkehr erzählt. Wir fanden, dazu gäbe es keinen Grund. Es ist besser, die Sache behutsam anzugehen.

»Um ins Reine zu kommen«, sagt er und macht eine einladende Geste zu den fast zusammenbrechenden Bücherregalen. »Um mit der Vergangenheit ins Reine zu kommen … nur deshalb bekommen wir diese zwanzig, dreißig Jahre am Schluss noch geschenkt. Zumindest einige von uns.«

Ich stelle fest, dass er sich irgendeiner Art von historischer Forschung widmet. Die Bücher, die mir am nächsten stehen, handeln vom Mittelalter und von den Kreuzzügen. Aber ich sehe auch den vertrauten Buchrücken mit Hitlers Gesicht auf Bullocks Standardwerk über den Nationalsozialismus, Gombrowiczs Tagebücher ebenso wie Montaigne und Samuel Johnson – also studiert er wohl das eine oder andere im Herbst seines Lebens. Plötzlich stelle ich fest, dass ich ihn ein wenig beneide.

»Gut möglich«, sage ich. »Jedenfalls möchte ich gern so viel es geht über den Rossvagga-Mord herausfinden. Sie haben damals die Untersuchungen geleitet, oder?«

»Ja, das habe ich«, bestätigt Malander. »Der Rossvagga-Mord, das war eine schlimme Geschichte.«

Damit ich mir der Bedeutung seiner Aussage bewusst werde, macht er eine Pause und gießt uns beiden Selters ein.

»Ich habe nicht mehr hier in der Stadt gewohnt, als es passiert ist«, erkläre ich. »Bin im Herbst 1971 nach Uppsala gezogen. Der Mord fand statt …?«

»Im Juni 72«, ergänzt er. »Mit größter Wahrscheinlichkeit am 25., das war ein Montag. Die Leiche wurde am 2. Juli gefunden. Also am darauf folgenden Montag.«

»Eine ganze Woche später erst?«, frage ich verwundert. Das war mir nicht klar gewesen.

»Eine ganze verdammte Woche später«, bestätigt Malander. »Wir waren von Anfang an sieben Tage hinterher, und diesen Vorsprung haben wir nie wieder eingeholt. Sie waren in dem Sommer gar nicht zu Hause, oder?«

»Ich war in England«, entschuldige ich mich. »Ich habe eine Sprachreise nach Cornwall geleitet. Ich habe erst von meiner Schwester am Telefon erfahren, was passiert ist. Als ich im August herkam, da war … ja, da schien in gewisser Weise schon alles vorbei zu sein.«

Malander seufzt.

»Ich kann verstehen, dass der Eindruck entstanden ist«, sagt er. »Wenn die Ermittlungen ins Stocken geraten, dann verlieren die Leute das Interesse. Sie entscheiden, was sie glauben sollen, und dann denken sie an andere Dinge.«

Ich überlege.

»Ich bilde mir ein zu wissen, zu welchem Schluss sie gekommen sind«, sage ich dann. »Zumindest im Großen und Ganzen. Und das stimmt also nicht mit den Schlussfolgerungen überein, die die Polizei gezogen hat?«

»Doch, doch«, entgegnet Malander. »Letztendlich schon. Da wir ja keinen Täter gefunden haben, blieben nicht viele Möglichkeiten übrig. Kennen Sie den Ausdruck Via negativa?«

»Wenn man alles andere ausgeschlossen hat, dann bleibt die Wahrheit zurück?«, schlage ich vor.

»So in etwa, ja«, sagt Malander. »Jemand hat dieses arme Mädchen ermordet, und wie man es auch betrachten mag, so muss Viktor Vinblads Verschwinden etwas mit der Sache zu tun gehabt haben.«

»Das nehme ich an«, bestätige ich.

Er nickt ein wenig nachdenklich und beugt sich in seinem Rollstuhl vor. Legt das Kinn auf die Handknöchel.

»Weiß man, wann genau er verschwand?«

»Vermutlich noch in der gleichen Nacht.« Er breitet die Arme aus. »Aber sicher wissen wir es nicht. Wir waren ja wie gesagt in dem Fall eine Woche im Verzug. Und die anderen beiden Herren ... Farin und Persson ... ja, man kann sagen, was man will, aber einfach war es nicht, sie zu verhören.«

»Stand denn keiner von den beiden irgendwann selbst unter Verdacht?«

Er schüttelt den Kopf.

»Nein. Rein theoretisch hätten sie darin verwickelt gewesen sein können, und die Alibilage war schwierig. Wir konnten den Zeitpunkt des Mordes ja nie exakt feststellen. Und die beiden hatten einander natürlich nicht dauernd im Blick. Nein, es war eher die Psychologie, die nicht stimmte.«

»Die Psychologie?«

»Ja.«

»In welcher Art und Weise?«

»In jeder relevanten Art und Weise. Der Rossvagga-Mord war ein brutaler Mord, das müssen Sie berücksichtigen. Und auch wenn es hinsichtlich Farins und Perssons Seelenleben so einige Fragezeichen gibt, so waren sie doch kaum zu Gewalttaten dieser Art in der Lage. Keiner von beiden, jedenfalls waren sich drei verschiedene Psychiater und Psychologen in diesem Punkt vollkommen einig.«

Ich nicke.

»In allen anderen Fragen waren sie sich uneinig, aber nicht in dieser hier. Nein, nachdem wir jedes Für und Wider gründlich durchgegangen waren, blieben wir mit drei Theorien zurück. Mit drei möglichen Alternativen.«

»Drei?«

»Ja, drei. Sind Sie mit den Details vertraut? Erinnern Sie sich beispielsweise noch an das verdammte Boot?«

»Das da vor sich hintrieb?«

»Vor sich hintrieb? Zum Teufel auch. Ja, es trieb wohl vor sich hin. Wahrscheinlich verschwand es noch in der gleichen Nacht – vom Anlegesteg unten bei Rossvagga –, aber Farin und Persson erzählten uns nichts davon. Wir fanden es weit abgetrieben in einem Wassergürtel unterhalb des Steilufers von Väre klint. Wissen Sie, wo das liegt?«

Ich bestätige, dass ich Väre klint kenne.

»Wie viele Tage es gebraucht hat, um dorthin zu gelangen, das weiß keiner. Vielleicht spielt es auch gar keine so große Rolle. Aber für die drei Theorien hat das Boot schon eine gewisse Bedeutung. Hm, ich glaube ...«

Er dreht sich mit dem Stuhl und zieht eine Schreibtischschublade heraus. Holt einen Aschenbecher hervor, ein Feuerzeug und ein Päckchen Camel.

»Ich rauche immer drei am Tag«, erklärt er. »Mein Arzt hat mir anvertraut, dass ich auf keinen Fall an Lungenkrebs sterben werde, also gönne ich es mir ... aber *woran* ich dann sterben werde, das hat er mir nicht gesagt, dieser Heuchler. Möchten Sie auch eine?«

Ich bedanke mich und greife zu. Wir zünden unsere Zigaretten an und rauchen schweigend ein paar Züge lang. Er ist eindeutig ein Genießer.

»Drei Zigaretten, drei Alternativen«, sage ich.

Er lacht und fängt an zu husten.

»Ja«, sagt er. »Genau. Soll ich Sie Ihnen unterbreiten?«

»Ja, bitte«, nicke ich. »Nur zu.«

»Hm, ja. Es ist nichts Fantastisches, falls Sie das glauben. Aber so ist es mit der Via Negativa. Die Wahrheiten, die übrig bleiben, sind oft Banalitäten.«

»Da bin ich ganz Ihrer Meinung.«

»Gut. Die erste Theorie weist auf einen unbekannten Täter hin. Sie ist die irritierendste, und ich ziehe es vor, sie nicht für sonderlich wahrscheinlich zu halten. Sie setzt auch mit größter Wahrscheinlichkeit ein weiteres Opfer in der Geschichte voraus. Nämlich Viktor Vinblad. Wo seine Leiche in diesem Fall versteckt wurde, das wissen die Götter. Im Wald vergraben oder im See versenkt, das darf man sich aussuchen.«

»Was spricht denn für diese Lösung?«, frage ich.

»Nichts«, antwortet Malander. »Keine Zeugen, keine Umstände, keine spurentechnischen Beweise.«

»Ich verstehe«, sage ich. »Und die beiden anderen Theorien? Dann müssen wir uns wohl auf die konzentrieren?«

»Was heißt hier müssen? Ich weiß nicht, was Sie damit meinen, zumindest weisen beide auf Viktor Vinblad als den Schuldigen hin«, stellt Malander fest und blinzelt in den Rauch. »Ihr wart doch ... sozusagen ... Brüder?«

»In gewisser Weise ja«, bestätige ich.

Nachdenklich zieht er an seiner Zigarette.

»Vielleicht hätte ich Sie auch vernehmen sollen«, sagt er. »Wegen des psychologischen Profils und so weiter. Wenn Sie in der Stadt gewesen wären, dann hätte ich es bestimmt gemacht.«

»Ich hätte nicht viel beizusteuern gehabt«, erkläre ich.

»Nein? Aber er hat doch während seiner ganzen Kindheit

bei euch gewohnt. Seit … ja, seit dieser blöden Geschichte. Wissen Sie, was das Problem ist?«

Ich schüttle den Kopf.

»Das Problem ist, dass wir hier in diesem Ort in den letzten fünfzig Jahren nur zwei richtige Morde hatten, und in beide war Viktor Vinblad verwickelt. Zuerst hat sein Vater seine Mutter erschlagen und dann das hier. Fünfzehn Jahre später. Es ist schwer, beides voneinander zu trennen, so sehr man sich auch darum bemüht.«

»Das kann ich verstehen«, sage ich. »Aber die Polizei muss da doch ein bisschen weiter denken als die Leute im Allgemeinen?«

»Natürlich«, versichert Malander und drückt seine Zigarette aus. »Ich sage ja nur, dass es ein Problem war. Wenn man ein bestehendes Problem leugnet, macht man die Sache nur schlimmer. Dass er stumm war, kam noch erschwerend hinzu.«

Ich muss zugeben, dass er wahrscheinlich Recht hat. Wenn ich meine eigenen Gedanken dazu abrufe, komme ich nicht umhin, ihm zuzustimmen.

»Und die zwei Varianten«, erinnere ich ihn. »Wie sehen die nun aus?«

»Wie die aussehen?« Er zögert eine Sekunde lang. »Das wissen Sie sicher selbst, das ist nichts Besonderes. Entweder beging Viktor den Mord und nahm sich anschließend das Leben. In dem Fall liegt er auf dem Grund des Sees … beschwert mit irgendeiner Art von Gewicht, wie man vermuten darf. Er kann natürlich auch aus irgendeinem anderen verdammten Grund nicht wieder hochgekommen sein. Der Rossen ist ein tiefer See, wissen Sie … dreißig, vierzig Meter an einigen Stellen, es hätte unverhältnismäßig vieler Ressourcen bedurft, um da flächendeckend Taucher einzusetzen. Wir haben damals nicht einmal darüber nachgedacht.«

Ich nicke. »Und die letzte Alternative?«

Er macht wieder eine Pause und betrachtet eine Weile seine

Hände. Als könne er die Lösung für dreißig Jahre alte Rätsel in diesen achtzig Jahre alten Adern und Verzweigungen finden.

»Die letzte Alternative«, sagt er langsam und mit einem gewissen Nachdruck, »diese letzte Alternative lautet natürlich, dass er weggegangen ist. Dass er das Mädchen getötet und sich danach abgesetzt hat.«

Er faltet die Hände und betrachtet mich mit ernster Miene. Er scheint auf die unvermeidliche Folgefrage zu warten.

»Und was glauben Sie?«, frage ich. »Was meinen Sie, welche Theorie wohl stimmt?«

Es ist augenscheinlich, dass er die Antwort bereits parat hat.

»Ich weiß nicht, was ich glauben soll«, sagt er. »Wirklich nicht. Aber ich weiß, was ich hoffe. Ich hoffe, dass Viktor Vinblad zwei Leben auf dem Gewissen hat. Das des Mädchens und sein eigenes.«

Ich lehne mich im Sessel zurück und schaue nach oben zur Decke. Denke eine Weile nach. Überlege, dass es natürlich eine sowohl bequeme als auch ziemlich verständliche Hoffnung ist. Vor allem für einen Ermittlungsleiter, der bei diesem Fall gescheitert ist. Ich überlege, ob es sinnvoll wäre, das Gespräch in einer anderen Richtung fortzusetzen – beispielsweise um die Motivfrage zu stellen. Warum um alles in der Welt sollte es so zugegangen sein … welchen Grund hätte Viktor haben sollen, eine so brutale und sinnlose Tat zu begehen, obwohl doch … aber bevor es mir gelingt, die richtigen Worte zu finden, gehen die Schiebetüren auf, und Gerda Malander steckt ihren Kopf herein.

»Wie wäre es mit einem Kaffee?«, fragt sie.

»Das könnte nicht schaden«, sagt Malander. »Ich denke, da stehen noch so einige Fragezeichen im Raum.«

»Oh ja«, stimme ich ihm zu. »Das eine oder andere.«

Da ist noch etwas neben dem Schweigen.

Lena Ljung-Ljungkvist hat eine Sache vollkommen richtig begriffen, obwohl das eher ungewöhnlich für sie ist. Seit seiner Rückkehr wird Viktor von einer Aura umgeben.

Aber es ist nicht direkt die Aura, auf die sie ihre Hoffnungen setzt, nicht dieser magische Raum, in dem sich eine junge, hormonstrotzende junge Frau aufhalten möchte. Eher erscheint er ihr wie ein Hohlraum – oder geradezu wie das Wartezimmer eines Zahnarztes oder Psychologen, in dem man sitzt und sich eine Weile herumdrückt in der Erwartung, vorgelassen zu werden. Bereit, einzutreten.

Nein, das ist ein schlechtes Bild. Wohin denn eintreten? Was gibt es denn da drinnen eigentlich?

Das fragt sich Lena Ljung-Ljungkvist, und das fragen auch wir anderen uns. Was ist wirklich mit Viktor Vinblad passiert? Wenn er schon nicht sprechen kann, dann kann er sich doch wohl wenigstens wie andere Menschen verhalten? Ein wenig Interesse zeigen? Einem in die Augen schauen und zeigen, dass er hört, was man sagt, und dass er am Gespräch teilnimmt?

Aber da hapert es.

Jeder Mensch ist eine Insel, doch Viktor hat keinen Hafen. Keine Stelle, an der man an Land gehen kann, ungefähr so ein Gefühl ist das.

Und trotzdem ist er nicht abwesend. Nein, das ist nicht die

Stelle, wo der Schuh drückt. Man spürt seinen Blick und ist sich seiner Nähe bewusst. Die ganze Zeit. Wenn ausnahmsweise einmal während des Unterrichts eine mündliche Frage an ihn gerichtet wird, antwortet er blitzschnell, indem er ein paar Worte auf einen Notizblock schreibt, der vor ihm auf dem Pult liegt. Dann reißt er das Blatt ab und überreicht es dem Lehrer oder Birgitta Söderman, die neben ihm sitzt, damit sie die Antwort vorlesen kann. Und sie ist immer richtig.

In zehn von zehn Fällen ist sie richtig.

Er betrachtet, das ist es, was er tut. Beobachtet alles, was um ihn herum geschieht, reagiert aber nicht. Lacht nie und wird nie wütend. Das ist schon ein wenig merkwürdig.

Ein wenig unangenehm.

Aber es geht vorüber, dieses unangenehme Gefühl. Man gewöhnt sich daran. Was anfangs, in den ersten Oktoberwochen, noch ein wenig fremd und gefährlich erschien, das wird mit der Zeit zum Alltag. Er ist da, Viktor Vinblad, allerorten anwesend, wie es scheint, wie ein Möbelstück mit einem stummen, wachsamen Auge, ja, jemand benutzt sogar das Bild eines Kameraauges. Du kannst ihm Fragen stellen, wenn du willst, aber es ist nicht sicher, dass er dir antwortet.

Oder aber er antwortet dir in so kurzen, knappen Worten, dass du es tunlichst vermeidest, ihn noch einmal zu belästigen.

»Lena, Martin und ich, wir wollen uns heute Abend im Saga den neuen James-Bond-Film angucken. Kommst du mit?«

Nein.

»Wieder alles richtig in der Geschichtsarbeit. Verdammt, wie machst du das nur?«

Ich habe gelernt.

»Christoffersson sieht langsam wie ein deprimierter Seehund aus. Kannst du ihm nicht noch mal was von diesem blöden Fermat vorführen?«

Nein.

Aber was beschäftigt ihn? Woran denkt er, und was treibt er eigentlich?

Niemand weiß es. *Etwas treiben,* das tut er nun überhaupt nicht, aber er ist nicht allein. Nicht mutterseelenallein in der Art und Weise, wie man es vielleicht im letzten Jahr auf der Realschule erwarten kann, nicht direkt dieser einsame Fels weit draußen in der Meeresbrandung. Er findet einen Kumpel.

Oder besser gesagt, der Kumpel findet Viktor, die Götter mögen wissen, wie, aber eines Tages sieht man die beiden plötzlich als ein Zweierteam auftreten. Langsam über den Schulhof schlendernd, Seite an Seite. Die Hände auf dem Rücken und eine bleiche Sonne im Gesicht.

Und genauso ist es in der nächsten Pause. Und in der wieder nächsten und der übernächsten.

Nervöser Persson und Viktor Vinblad. Das ist wahrlich ein merkwürdiges Paar. Persson ist in diesem Herbst noch unruhiger als sonst gewesen, es war schon die Rede davon, ihn vom Unterricht auszuschließen, aber mit Viktors Rückkehr und dessen unerwarteter Gesellschaft beruhigt er sich deutlich. Er nimmt häufiger an den Unterrichtsstunden teil, sie gehen zwar nicht in die gleiche Klasse, aber man sieht sie in den Pausen und zur Mittagszeit stehen und aufeinander warten.

An vorher verabredeten Plätzen, wie es scheint. An einer Ecke oder einer Treppe. Auf einer der Bänke unter der Uhr. Auch das Schulmittagessen nehmen sie hinten in der Kantine im Gemeindehaus gemeinsam ein. Wenn der Stundenplan es erlaubt, und das tut er meistens.

Und wenn dem nicht so ist, dann kann Persson immer noch Nervenprobleme anführen und damit eine Stunde überspringen. Das ist kein Problem.

Aber sie unterhalten sich nie miteinander. Zumindest kann kein Außenstehender feststellen, dass irgendeine Art von Kommunikation zwischen den beiden stattfindet. Persson murmelt vor sich hin, das hat er schon immer gemacht, und Viktor schweigt. Vielleicht hört er dem Nervösen Persson zu, wenn, dann ist er jedenfalls der erste Mensch, der das jemals über einen längeren Zeitraum hin ausgehalten hat. Der es auf irgendeine Art und Weise versucht hat, Perssons unstrukturiertem Gerede zu folgen.

Aber vielleicht ist es ja gar nicht so unstrukturiert? Wer weiß? Vielleicht ist Persson ja ein Genie, wie Einzelne behaupten? Er hat immer ein dickes Notizheft bei sich und ist die ganze Zeit mit irgendwelchen Projekten und Tabellen beschäftigt. Gestern wie heute. Es kann sich um den Zug der Vögel handeln. Oder um Autos. Um das Schuhwerk der Realschüler oder die Geschwindigkeit der Lehrer. Meistens weiß man nicht so genau, womit er sich gerade beschäftigt, aber ab und zu fallen seine Untersuchungen in eines der Schulfächer, und dann kommt es vor, dass er einen Vortrag hält.

Statistische Beobachtungen, den Autoverkehr auf der Floragatan betreffend beispielsweise (Mathematik).

Oder: *Wolkenformationen im Oktober* (Geographie in Verbindung mit Meteorologie).

Man sieht auch nie, dass Persson Viktor eine Frage stellt. Doch wie gesagt, man kann nie wissen. Beide haben stets Papier und Stift zur Hand, sie sehen meistens sehr konzentriert aus, und es gibt sowieso Dimensionen in ihrem Dasein, die wir anderen nicht verstehen können.

Oder vielleicht geben wir uns auch gar nicht die Mühe, sie zu verstehen. Denn wir haben anderes zu tun. Wir leben in den Schwindel erregenden Sechzigern. Lauschen den Stones und den Dave Clark Five auf Radio Luxemburg. Gehen zum Schultanz mit der stadteigenen Coverband The Treasures. Spielen Basketball und Fußball und Minigolf unten beim Sommarros-Ausschank.

Verlieben uns. Verlieren fast unsere Unschuld an einem kühlen Herbstabend hinten in Hugos Schuppen, zwingen unsere Eltern, karierte, ausgestellte Hosen zu kaufen und sitzen im Skitiga Bullen und rauchen. Wir leben in einer großen Zeit, und wir haben wahrlich an anderes zu denken. Persson und Vinblad sollen sich nach Herzenslust mit allem beschäftigen, was sie wollen.

Daheim im Granvägen hat sich auch einiges verändert. Wie eine Sache die andere ergibt oder zumindest in parallelen Bahnen verläuft, so sind Viktor und ich im Monat August aus unserem gemeinsamen Zimmer ausgezogen. Maria hat ihre Büroausbildung beendet, sie ist achtzehn geworden, und im Sommer ist sie von zu Hause ausgezogen. Sie hat einen Job bei der Post bekommen und wohnt jetzt zusammen mit ihrem Freund, einem gewissen Stig-Lennart Borgström, in einer Zwei-Zimmer-Wohnung in Prästgårdsskogen. Stig-Lennart ist 21, arbeitet in der Kartonfabrik und hat einen MG. Er ist Linksaußen in der Eishockeymannschaft. Er ist ein Volltreffer.

Aber wie gesagt, der Bodenraum ist evakuiert, und dort ziehe ich ein. Fünfzehn Jahre und ein eigenes Zimmer, es ist wahrlich an der Zeit. Mein Vater zerhackt das Etagenbett, das Viktor und ich uns sieben Jahre lang geteilt haben, und verbrennt es im Herd. Wir bekommen neue Betten von Zetterlunds Haushaltswaren- und Möbelgeschäft, alle beide. Von dem Geld, das ich im Sommer mit meiner Arbeit im Torfmoor verdient habe, kaufe ich mir einen Plattenspieler.

Viktor hat auch im Moor gearbeitet, aber er kauft etwas anderes für sein Geld. Bücher. Ein Fernrohr. Ein Aquarium.

Und spart einiges, wie ich annehme. Er raucht nicht, hat im Sommer aufgehört, während ich weiterrauche. Insgesamt betrachtet sind meine Kosten höher als seine, und es gelingt mir, einen Samstagsjob in Filles Kiosk in der Järnbanegatan zu erbetteln. Der bringt zwar nicht viel ein, aber so kann ich mir Zigaretten und die eine oder andere LP leisten. Und das ist die Hauptsache.

Nervöser Persson kommt nie zu uns in den Granvägen, und ich glaube auch nicht, dass Viktor die Familie Persson besucht. Die wohnt am Marktplatz, sie besteht übrigens nur aus Persson und seinem Vater.

Aber bald treffen sie sich auch außerhalb der Schule, Persson und Viktor. Doch nur auf der Straße. Soweit man das beurteilen kann jedenfalls, man sieht sie immer mal wieder hier und da. Unten am See. In der Bibliothek. In der Konditorei Pomona, in der sonst nur alte Tanten zwischen fünfzig und hundert aus der Erweckungskirche sitzen.

Ab und zu macht man sich so seine Gedanken, das ist unvermeidlich.

Was zum Teufel treiben die da? Tauschen sie in irgendeiner mysteriösen Art und Weise Gedanken aus, die wir gewöhnlichen Sterblichen nicht begreifen können? Sind sie Telepathiker? Sind sie überhaupt noch ganz bei Sinnen?

Nun ja, dumm sind sie nicht, das müssen wir zugeben. Vor Weihnachten hat Viktor fünfmal die beste Note und sechsmal die zweitbeste im Zeugnis gehabt, und Persson liegt jedenfalls deutlich über dem Durchschnitt.

Aber merkwürdig ist es. Sehr merkwürdig.

Und bald soll ein weiterer Kumpel auftauchen. Aus dem Duo soll ein Trio werden. Im Nachhinein erscheint es fast vorherbestimmt.

»Wer hat sie eigentlich gefunden?«, frage ich, nachdem Frau Malander uns den Kaffee gebracht und uns wieder allein gelassen hat.

»Eine Pfadfinderpatrouille«, sagt Eugen Malander mit einem tiefen Seufzer. »Das war auch eine Ironie des Schicksals.«

»Eine Ironie des Schicksals?«, frage ich nach.

»Oder wie immer man es bezeichnen will. Jedenfalls war es eine Horde von Zehn-, Zwölfjährigen. Sie waren im Wald, um zu lernen, wie man Knoten knüpft, Feuer macht und was weiß ich noch. Sie lag nackt unter einem Haufen Tannenzweige. Wer immer es gemacht hat, hat sich jedenfalls nicht besonders viel Mühe gegeben, den Körper gut zu verstecken. Zwei Jungen sahen einen Arm herausragen und beschlossen, sich den Rest anzugucken. Ja, so war das.«

Er bricht ab und schüttelt langsam den Kopf, als sähe er alles plötzlich wieder ganz deutlich vor sich.

»Es war kein schöner Anblick. Es war ja so schon schlimm

genug, und keine Leiche wird hübscher, wenn sie eine Woche in der Sommerhitze liegt. Zu der Zeit gab es keine psychologische Betreuung, aber die wäre schon nötig gewesen.«

»Wenn ich es recht verstehe«, werfe ich ein, »dann war das aber nicht die Stelle, an der sie ermordet worden ist?«

»Richtig«, stimmt er zu. »So weit sind wir jedenfalls gekommen. Dort, wo sie lag, gab es kein Blut oder irgendeinen Hinweis auf einen Kampf, also muss sie an einer anderen Stelle umgebracht worden sein. Wo, weiß niemand. Sie kann auch zweifellos ein oder zwei Tage irgendwo anders gelegen haben, bevor sie in diesem Reisighaufen deponiert wurde ... wahrscheinlich wurde sie aber noch in der gleichen Nacht dorthin befördert. In der Nacht vom 25. auf den 26. wie gesagt.«

»Wie weit liegt der Fundort von Rossvagga entfernt?«

»Knapp einen Kilometer. Nach Süden hin, Richtung Dalbykäret, wenn Sie wissen ...?«

»Ich weiß, wo das ist.« Mir kommt ein Gedanke. »Könnte es auch sein, dass jemand anderes als der Mörder sie dorthin geschafft hat?«

Er zuckt mit den Schultern.

»Sicher. Gut möglich. Aber wenn es sich so verhalten hat, dann haben wir noch ein weiteres Fragezeichen. Noch einen unbekannten Faktor.«

Ich spüre, wie eine Art mentaler Übelkeit in mir zu nagen beginnt, und versuche sie mit einem Schluck Kaffee hinunterzuspülen. Der Kaffee ist kräftig und gut, aber es funktioniert nicht.

»Und die Methode?«, frage ich. »Wie sie getötet wurde, meine ich?«

»Mit einem stumpfen Gegenstand«, erklärt er trocken. »Einem Eisenrohr oder etwas in der Art. Und mit deutlich mehr Gewalt, als notwendig gewesen wäre, wie es so schön heißt. Der Pathologe meinte, es wären mehr als ein Dutzend Schläge auf den Kopf und den Rumpf gewesen. In erster Linie auf den Kopf, und da hätten ein paar Schläge genügt.«

»Worauf weist das hin?«

»Natürlich weist das auf große Wut hin. Er hat die Beherrschung verloren, so muss es gewesen sein. Vielleicht war das Ganze gar nicht geplant.«

Er holt wieder sein Zigarettenpäckchen hervor, und wir zünden uns jeder eine an. Ich nehme ein paar Züge, bevor ich mich dem nächsten Aspekt zuwende.

»Das Sexuelle?«, frage ich. »Sie haben gesagt, sie wäre nackt gewesen?«

»Splitterfasernackt«, bestätigt Malander. »Aber kein Sperma und kein anderes Zeichen dafür, dass im Zusammenhang mit dem Mord ein Geschlechtsverkehr stattgefunden haben könnte.«

Geschlechtsverkehr in Zusammenhang mit dem Mord?, denke ich. Dieses holde menschliche Paarungsspiel, reduziert auf pervertierte Polizeiterminologie.

»Also eine Tat im Affekt?«, versuche ich zusammenzufassen.

»Vermutlich«, nickt Malander. »Jedenfalls ist es uns nie gelungen, ein anderes Motiv zu finden. Sie wurde von jemandem erschlagen, der richtig wütend war, wahrscheinlich war es so banal.«

Ich überlege eine Weile und nehme mir einen trockenen Keks, der nach Zimt und Zucker schmeckt. Kaue auf trockenen Gedanken herum, die aber deutlich bitterer sind.

»Und die Verhöre von Farin und Persson?«, fahre ich fort. »Irgendwas müssen die doch zu sagen gehabt haben?«

»Nicht viel«, seufzt Malander. »Sie haben festgestellt, dass sie verschwunden war. Aber keiner ist auf die Idee gekommen, es zu melden. Persson ist doch nicht dumm, er muss gewusst haben, dass da etwas im Busche war. Was Farin betrifft, so habe ich da so meine Zweifel.«

»Wie haben sie reagiert, als ihnen klar geworden ist, was da passiert war?«

Malander reibt sich eine Weile die Nasenwurzel und scheint sich die Erinnerungen wieder ins Gedächtnis zu rufen.

»Aus Farin bin ich nie schlau geworden«, erklärt er schließlich. »Wie gesagt. Er war ein Eigenbrötler und schien gar nicht zu verstehen, worum es eigentlich ging. Persson war die ganze Zeit unglaublich nervös. Aber das ist wahrscheinlich sein Normalzustand, oder?«

Das ist eine Frage, und ich bestätige seine Annahme mit einem kurzen Nicken.

»Sie sind doch mit ihm in die Realschule gegangen, nicht wahr?«

»Ja.«

»Aber nicht in die gleiche Klasse?«

»Nein. Viktor und ich, wir sind in die gleiche Klasse gegangen.«

»Ach so, ja. Nun gut, wir sind jedenfalls mit keinem von beiden weitergekommen. Weder mit Persson noch mit Farin. Und mit der Zeit bin ich zu der Überzeugung gelangt, dass keiner von beiden etwas Wesentliches weiß. Und dass einer von beiden etwas mit dem Mord zu tun haben sollte – nein, das halte ich für ausgeschlossen. Für absolut ausgeschlossen.«

Ich frage mich kurz, ob die Vehemenz seiner Aussage in sich selbst eine Unsicherheit verhüllen könnte. Aber es gibt keine weiteren Hinweise dafür. Mein Gott, denke ich, es sind dreißig Jahre vergangen. Man kann nicht erwarten, dass …

»Vielleicht könnten Sie mir auch eine Frage beantworten?«, unterbricht er meine Gedanken. »Sie kannten doch Viktor ziemlich gut.«

Ich bringe ein zu nichts verpflichtendes Achselzucken zu Stande.

»Würden Sie es für möglich halten, dass er so eine Tat begeht? Wäre das … wäre das im Hinblick auf seinen Charakter im Großen und Ganzen denkbar?«

Ich weiß nicht so recht, was ich darauf antworten soll, und sitze eine Weile nur schweigend da.

»Jeder kann wahrscheinlich einmal eine Riesenwut bekommen«, sage ich schließlich. »Wenn hier von so simplen Motiven die Rede ist.«

»Sie haben begriffen, was ich meine«, erklärt Malander kurz. »Es müssen natürlich noch andere Faktoren dahinter stecken.«

Ich fühle, dass es Zeit ist, den Rückzug anzutreten. »Ich kannte ihn, als wir Kinder waren«, erkläre ich. »Nachdem er stumm geworden war, habe ich ebenso wenig Kontakt zu ihm gehabt wie alle anderen.«

»Ach, wirklich?«, fragt Malander weiter. »Aber hat er denn nie irgendwelche Zeichen von Wut gezeigt, als er kleiner war?«

Ich denke erneut nach. Merke, dass ich Viktor am liebsten in Schutz nehmen möchte, habe aber aus irgendeinem Grund Probleme, die richtigen Worte zu finden.

»Sie spielen auf das Erbe seines Vaters an?«, frage ich.

»Ganz und gar nicht«, wehrt Malander entschieden ab. »Ich gebe mir alle Mühe, von diesem Problem abzusehen. Das habe ich im Zuge der gesamten Ermittlungen getan. Aber Ihre Schwester hat da so gewisse Andeutungen gemacht.«

Maria?, wundere ich mich und spüre eine wachsende Verwirrung.

»Nein«, erkläre ich. »Ich kann mich nicht daran erinnern, dass er jemals Anzeichen von Gewalt gezeigt hätte. Ich bin mir sicher, dass meine Schwester das falsch aufgefasst haben muss. Sie kennt ihn doch gar nicht. Noch viel weniger als ich.«

Einige Sekunden lang betrachtet er mich nachdenklich. Dann lässt er das Thema fallen. Schüttelt leicht den Kopf, und ich kann sehen, dass er müde ist. Dass es ihn anstrengt, hier zu sitzen und in alten Erinnerungen zu wühlen. In dunklen, unerklärlichen Erinnerungen; schließlich war es ja Malanders Aufgabe, einen Täter zu finden, und das hat er nun einmal nicht. Drei Erklärungsversuche stellen trotz allem eine schlechtere Alternative dar als ein Schuldiger. Der ganze Fall muss ein Ungenügen beinhalten. Einen schmerzlichen Punkt.

Was mich selbst betrifft, so fühle ich mich etwas informierter als vorher. Aber nicht sehr viel. Ich sehe meinem Gastgeber an, dass er nicht besonders viel Lust hat, das Gespräch fortzusetzen. Und ich eigentlich auch nicht. Es wäre natürlich interessant, seine Reaktion zu sehen, wenn ich ihm erzähle, dass Viktor zurückgekommen ist, aber da ich mir des Wahrheitsgehalts dieser Vermutung alles andere als sicher bin, halte ich diese Mitteilung lieber zurück. Vielleicht ein andermal, denke ich. Wenn es sich als notwendig erweisen sollte.

Ich danke ihm, dass er mir seine Zeit gewidmet hat, und frage vorsichtig, ob ich noch einmal wiederkommen dürfte, falls etwas Neues auftauchen würde.

»Etwas Neues?«, ruft er aus. »Was zum Teufel sollte das denn sein?«

Ich weiche einer Antwort aus, aber er versichert mir dennoch, dass ich jederzeit willkommen sei. Bevor wir uns im Flur voneinander verabschieden, wiederholt er noch einmal wörtlich den Satz, den er zu Anfang gesagt hat.

»Der Rossvagga-Mord, das war eine schlimme Geschichte.«

Draußen auf der Straße überfallen mich die Fragen. Fragen, die ich ihm hätte stellen sollen.

Wer hat sie als Letzter lebend gesehen? Er?

Was hatte sie an dem Abend vor, an dem es passierte?

Eine Frage stelle ich mir selbst:

Warum hat sich Eugen Malander nicht nach meinem Motiv für dieses Gespräch erkundigt? Er müsste sich doch wohl über mein plötzliches Interesse an einer Mordgeschichte wundern, die dreißig Jahre auf dem Buckel hat.

Was hat er gesagt? Um ins Reine zu kommen?

Ich weiß es nicht. Und hat er Farin und Persson nicht etwas leichtfertig abgehakt? Auch wenn sie etwas eigen waren, so waren sie doch wohl trotz allem auch sexuelle Wesen? Sie müssen Triebe wie alle anderen auch gehabt haben. Wie haben die vier eigentlich in diesen Jahren in Rossvagga zusammengelebt?

Die Fragen erscheinen mir überwältigend, ich bereue es, dass ich hergekommen bin. Wozu soll es dienen? Es ist doch nur mein eigenes verworrenes Privatleben, das mich zu dieser Reise veranlasst hat, oder etwa nicht? Eine feige Flucht, die eine bessere Ausrede brauchte? Aber jetzt, wo ich hier bin, möchte ich am liebsten sofort wieder woanders hin fliehen.

Ich schaue auf die Uhr. Noch fünf Minuten bis Ladenschluss, ich schaffe es gerade noch zum Systembolaget und kaufe zwei Flaschen herben Rotwein. Maria hat gesagt, dass es heute Abend Elch gibt, und etwas möchte ich dazu auch beitragen.

Meine Schwester, Rune und ich. Zwei Buddeln sauren Fusel und ein Elch. Manchmal muss man sich nach dem Sinn fragen.

Nach mehr als einem Jahr Quarantäne hat Viktor seinen zweiten Auftritt in der Allgemeinen Stunde.

Es ist ein kalter Januarsamstag 1960. Die rückwärts gesungenen Psalmen sind fast schon in Vergessenheit geraten, aber als wir ihn da vorn am Lehrerpult stehen sehen, in Skischuhen, Norwegerpullover und mit dem rotbraunen Haar, das ihm zu Berge steht, da fällt uns plötzlich alles wieder ein. Ganz von allein entsteht eine Sekunde atemloser Stille und Erwartung im Hinblick auf das, was er sich wohl dieses Mal ausgedacht hat. Ein schwarzer Engel huscht durch das Klassenzimmer, ich werfe Fräulein Fintling einen Blick zu und sehe, dass sie es schon bereut.

Sie bereut, den kleinen Gotteslästerer nach vorn gelassen zu haben. Er hätte sein Leben lang in Quarantäne bleiben sollen, das hätte er wirklich, aber jetzt ist es zu spät, noch etwas daran zu ändern. Sie ballt die Fäuste und beißt die Zähne zusammen. Wappnet sich und ist bereit, die Vorstellung bei dem kleinsten Zeichen von Unregelmäßigkeit abzubrechen.

»Hm, ja«, räuspert Viktor sich. »Ich möchte euch eine Geschichte erzählen. Oder eigentlich eher ein Rätsel.«

Er wendet sich der Lehrerin zu, sie gibt ihm mit einem Nicken zu verstehen, dass er weitermachen soll.

»Ja, hm, es ist also so«, sagt Viktor und tritt etwas nervös in seinen Skischuhen von einem Fuß auf den anderen. »Da war ein Mann, der ist auf einen Baum geklettert, und dann konnte er nicht mehr runterkommen. Wie kommt er doch noch runter?«

»Was?«, fragt die nervige Vivianne Pärsson.

»Da war ein Mann, der ist auf einen Baum geklettert«, wiederholt Viktor. »Er konnte nicht mehr runterkommen. Aber wie ist er dann doch runtergekommen?«

»Das ist ja ein absolut blödes Rätsel«, sagt Alf Lingonström. »Er ist einfach runtergeklettert, oder?«

»Nein«, sagt Viktor. »Das konnte er nicht.«

»Warum denn nicht?«, will Mona-Lisa Bäcklund wissen.

»Das gehört nicht dazu«, sagt Viktor. »So geht mein Rätsel, er konnte einfach nicht runterklettern, so war das.«

»Aha«, sagt Fräulein Fintling und sieht etwas verblüfft aus. Sie scheint nicht so recht zu wissen, ob sie nun eingreifen soll oder nicht.

»Dann ist er wohl runtergesprungen?«, schlägt Veikko Huovinen vor, bevor die Fintling zu einem Entschluss kommt.

»Nein«, sagt Viktor. »Das konnte er nicht.«

»Warum nicht?«, beharrt Mona-Lisa Bäcklund.

»Darum, weil er Bäcklund hieß«, sagt Viktor.

»Ich weiß«, ruft Ivan Larsson. »Er ist runtergefallen!«

»Nein«, sagt Viktor. »Das ist er nicht.«

»Aber es können doch alle runterfallen, oder?«, fragt Kari Nylund-Bertramsson, die einen Vater hat, der Alkoholiker ist und ein Holzbein hat.

»Nein«, sagt Viktor.

»Er ist runtergeflogen!«, zwitschert Elis Pihlbom hinten aus der Ecke. »Er war nämlich eigentlich ein Kuckuck.«

Alle lachen. Sogar die Fintling verzieht das Gesicht. Es ist schließlich Allgemeine Stunde, und das hier scheint ja fast ein wenig spaßig zu werden.

»Falsch«, sagt Viktor. »Er ist nicht geflogen.«

»Ist er runtergekrochen?«, schlägt Hasse Elonsson vor.

»Nein«, sagt Viktor.

»Er ist gerutscht«, flüstert Aron Salmodin, der sich normalerweise nie traut, den Mund aufzumachen.

»Nein«, sagt Viktor, »er ist auch nicht gerutscht.«

»Gerollt?«

»Gehüpft?«

»Gesprungen?«

Nein. Nein. Nein.

Und so geht es eine ganze Weile weiter. Die Vorschläge prasseln nur so auf Viktor ein.

»Er ist mit dem Fallschirm gesprungen?«

»Nein.«

»Ist er runtergeradelt?«

»Nein.«

»Ist er auf dem Seil gegangen?«

»Nein.«

Schließlich schaut Fräulein Fintling auf die Uhr und bittet um Ruhe. Es sind nur noch drei Minuten übrig. Und es muss ja noch Zeit für den Segen sein, der ist besonders wichtig heute, weil Samstag ist und er für das ganze Wochenende reichen soll. Man weiß ja, wie es um den Besuch der Messe in dieser bunten Versammlung steht.

Also, wenn Viktor jetzt so nett wäre und des Rätsels Lösung verriete.

»In Ordnung«, sagt Viktor und streckt sich. Wartet erneut in dieser atemlosen Stille, er macht es wirklich sehr geschickt. »Ist doch klar, er hat einfach in die Hose geschissen und sich dann mit allem zusammen runtergespült.«

Es wird ein doppelter Segen und ein Brief für die Sorgeberechtigten, den Viktor an diesem Samstag mitnehmen muss. Wir fahren gemächlich auf unseren Tretschlitten nach Hause, während wir versuchen, das Phänomen Fintling richtig zu deuten.

»Sie ist ein Drecksweib«, meine ich. »Bestimmt scheißt sie sich immer in die Hose, deshalb war sie so wütend.«

»Sie ist ungerecht«, sagt Viktor. »Da war nichts verkehrt an meinem Rätsel, sie ist mir gegenüber oft gemein.«

Ich überlege.

»Ich habe immer alles richtig bei den Rechenübungen«, fährt Viktor fort, bevor ich etwas habe sagen können, »aber sie schummelt immer einen Punkt weg, nur damit diese Pups-Ethel Karlsson die Beste in der Klasse ist.«

»Pups-Ethel ist eine dumme Gans«, sage ich. »Du bist der Beste im Rechnen in der ganzen Schule, das wissen alle.«

Wir treten eine Weile schweigend weiter. Dann hält Viktor an, wir sind ungefähr an der Ecke von Petterssons Gärtnerei angekommen. Ich bleibe natürlich auch stehen. Ich sehe, dass Viktor eine Idee hat. Er hat so einen leicht verbissenen, verkniffenen Gesichtsausdruck. Und ein Glitzern in den Augen.

Dieses Glitzern mag ich.

Er zieht sich die Fausthandschuhe aus. Dann holt er Fintlings Brief aus der Jackentasche. Aus der anderen zieht er eine Schachtel Streichhölzer. Ich weiß nicht, wieso er plötzlich Streichhölzer bei sich hat, aber wir haben immer alles Mögliche in unseren Taschen, deshalb bin ich nicht direkt verwundert. Er hält den braunen Umschlag mit den Zähnen fest, während er ein Hölzchen anzündet.

Dann taucht er eine Briefecke in die Flamme, und sofort fängt das Papier Feuer. Er lässt den Brief ordentlich aufflammen, und erst als er sich fast die Finger verbrennt, lässt er ihn zu Boden fallen. Wir sehen zu, wie die Flammen das Papier verschlingen und in Asche verwandeln. Wir treten mit unseren Stiefeln darauf, es gibt schwarze Spuren in dem festgetretenen Schnee. Wir trampeln und stampfen, bis alles ein grauer Brei ist, eine Schwindel erregende Sekunde lang habe ich die Vision, es wäre die Fintling selbst, die wir von der Erdoberfläche tilgen, und als wir fertig sind, besteht nicht mehr der geringste Hinweis darauf, dass hier ein Brief verbrannt worden ist. Viktor stopft sich die Streichholzschachtel wieder in die Tasche und zieht sich die Handschuhe an.

»So«, sagt er. »Das war das.«

Langsam gleiten wir auf den Granvägen zu.

»Hast du auch eine Sache bedacht?«, frage ich nach vielleicht dreißig Metern.

»Was denn?«

»Und wenn sie jetzt irgendeine Art von Antwort auf diesen Brief erwartet?«

Viktor hält wieder an und schaut mich an, eine Augenbraue hochgezogen. Das sieht ganz flott aus, ich habe es ihn noch nie vorher machen sehen.

»Oh ja«, sagt er. »Daran habe ich schon gedacht.«

»Aber«, fahre ich fort, »dann wird sie doch todsicher bei uns zu Hause anrufen und ... und fragen, ob wir den Brief gekriegt haben.«

»Ganz richtig«, sagt Viktor. »Das wird sie tun.«

»Und was willst du dann sagen?«

Viktor legt den Kopf schief und scheint die Augenbraue noch höher auf die Stirn zu ziehen. Er ist wirklich unglaublich geschickt darin.

»Dann«, sagt er, »wenn es wirklich so kommt ... dann erkläre ich nur, dass ich auf dem Heimweg so schrecklich dringend scheißen musste, und deshalb war ich gezwungen, mich hinzuhocken und einen abzudrücken. Und das Einzige, was ich hatte, um mir den Hintern abzuwischen, das war der Fintlingbrief. Und schließlich wollte ich doch keinen Brief mit Scheiße drauf abliefern, und ... und ...«

»Und?«, wiederhole ich, während ich gleichzeitig merke, wie das Lachen in mir aufsteigt.

»Und unsere Lehrerin mag es doch nicht, wenn man sich in die Hosen scheißt.«

Ich finde das so verdammt raffiniert, dass ich mich in eine Schneewehe fallen lassen muss. Viktor wirft sich daneben, und so bleiben wir liegen und lachen um die Wette, bis wir uns fast den Arsch abfrieren.

Deine Schwester mag mich genauso wenig wie die Fintling«, erklärt Viktor eines Tages, ein paar Wochen später.

»Ach«, sage ich, »hör auf, red nicht so einen Quatsch.«

»Doch, das stimmt«, beharrt er. »Frauen sind nichts für mich. Ich werde nie heiraten, denn sobald meine Verlobte erfährt, dass mein Vater meine Mutter erschlagen hat, nimmt sie die Beine in die Hand. Die glauben doch alle, dass so etwas erblich ist.«

Ich denke nach.

»Du musst es doch nicht erzählen«, schlage ich vor.

Viktor zieht eine Augenbraue hoch und senkt sie wieder, mittlerweile trainiert er das den ganzen Tag.

»Doch«, sagt er schließlich. »Ich glaube, so etwas muss man erzählen.«

»Kann sein«, stimme ich ihm zu. »Nun ja, dann musst du wohl ohne Weiber bleiben. Das ist aber wohl nichts, weshalb man den Kopf hängen lassen müsste, oder?«

»Da kannst du Recht haben«, sagt Viktor, aber froh klingt er nicht.

Wir verfolgen dieses Thema nicht weiter, aber ich überlege immer wieder, ob er möglicherweise tatsächlich Recht hat. Kann es so verdammt ungerecht eingerichtet sein, dass man, nur weil der eigene Vater losgeht und die Mutter totschlägt, nicht nur ohne Eltern, sondern sein ganzes Leben lang auch noch ohne Frau leben muss?

Doch, denke ich, genau so ungerecht kann es tatsächlich zugehn.

Rune rülpst. »Verdammt sauer, der Wein«, sagt er. »Wo hast du den denn aufgetrieben?«

»An der Tankstelle«, sage ich. »Aber der Elch ist gut.«

»Ich hab doch gesagt, dass mein Bruder den geschossen hat«, sagt Rune. »Klar wie Kloßbrühe, dass er dann gut ist.«

»Gibt es heute Abend kein Fußballspiel im Fernschen?«, frage ich.

»Oh Scheiße, natürlich«, sagt Rune und springt hastig auf. »Jetzt habe ich die ganze erste Halbzeit verpasst.«

Ich helfe Maria beim Abwasch. Anschließend setzen wir uns mit dem Rest von dem Sauren an den Küchentisch. Es ist mir klar, dass sie darauf wartet, dass ich von meinem Besuch bei Kommissar Malander berichte. Ob ich irgendeine Art von Anhaltspunkt bekommen habe oder was sie sich da so vorstellt. Da sie klargestellt hat, dass sie Rune aus der Sache heraushalten will, haben wir während der Mahlzeit nichts angesprochen, was mit Viktor zu tun haben könnte.

Ich verstehe nicht so recht den Grund für diese Diskretion, finde aber gleichzeitig, dass es umso besser ist, je weniger Gespräche mit Rune stattfinden.

»Ich hätte diese Informationen ebenso gut von dir kriegen können«, sage ich. »Du hast ja die ganze Zeit in der ersten Reihe gesessen.«

Sie erwidert nichts darauf.

»Und ich nehme an, dass deine Meinung bombenfest steht?«

»Was meinst du damit?«

»Dass du für dich entschieden hast, wer sie umgebracht hat, natürlich.«

»Das habe ich ganz und gar nicht«, protestiert Maria, und ich stelle fest, dass sie doch tatsächlich rote Flecken am Hals bekommt. »Niemand weiß ja, wie es wirklich abgelaufen ist. Es war eine schreckliche Geschichte.«

»Aber du hast doch gesagt, dass du nicht glaubst, dass Viktor tot ist. Die meisten anderen scheinen das zu glauben. Zumindest wenn man dem Kommissar glauben will.«

Sie zeigt einen schwer zu deutenden Blick und trinkt hastig einen Schluck Wein, so hastig, dass sie ein paar Tropfen auf dem Tisch verschüttet.

»Oh, Mist«, sagt sie und wischt sie mit der Handfläche fort. »Nein, ich weiß wirklich nicht, was ich glaube. Ich merke nur, dass es mir irgendwie unangenehm ist, wenn er zurückgekommen sein sollte, das ist alles.«

»Und deshalb lockst du mich hierher?«

»Ich habe dich nicht hierher gelockt. Du hast ja wohl deine Wurzeln hier, und du bist vollkommen freiwillig gekommen.«

Das will ich gar nicht leugnen.

»Und du hast Viktor gekannt, das habe ich nie.«

»Dann hast du also Angst vor ihm?«

»Was?«

»Ich habe gefragt, ob du Angst vor ihm hast?«

»Warum sollte ich Angst haben?«

»Du hast gestern so etwas angedeutet. Und du verhältst dich, als ob du manchmal Angst hättest.«

»Nein, Angst habe ich nicht, das nehme ich zurück. Aber ich finde es unangenehm, das gebe ich zu.«

Einen Moment lang schweigen wir beide.

»Auf jeden Fall möchte ich Klarheit haben«, sagt sie. »Ich möchte wissen, ob er es war, der in Rossvagga gewesen ist.«

»Und du möchtest, dass ich das herausfinde?«

»Ja.«

»Vielleicht kommt er ja von ganz allein hierher. Wenn er überhaupt so etwas vorhat.«

»Hierher? Zu uns?«

»Ja. Er hat schließlich auch hier gewohnt. Er hat hier genauso wie wir seine Kindheit verbracht.«

»Ja, danke, das weiß ich selbst. Aber warum sollte er herkommen? Er hat doch in den letzten vier Jahren in Rossvagga gelebt. Und nie wieder seinen Fuß über die Schwelle gesetzt, nachdem er hier ausgezogen war.«

Ich sehe sie eine Weile an und versuche zu begreifen, worauf sie eigentlich hinauswill.

»Wenn er tatsächlich noch lebt, wird er doch bestimmt einen Grund dafür haben, überhaupt hierher zurückzukommen?«, frage ich.

»Der Mörder … ich meine …«

»Ja?«

»Es heißt doch immer, dass der Mörder stets an den Tatort zurückkehrt.«

Sie sagt das mit leiser Stimme, während sie auf das Wachstischtuch starrt. Es ist mir schon klar, dass sie sich schämt.

»Quatsch.«

Ich weiß nicht, warum ich es als so wichtig empfinde, in diesem Punkt ganz sicher zu sein, aber so ist es nun einmal. Mehr wird nicht gesagt. Wir trinken nur noch ein wenig Wein. Bleiben noch sitzen, die Ellbogen auf dem Küchentisch. Gegen Abend hat der Regen eingesetzt, und der Wind treibt ihn immer wieder in Kaskaden gegen das Fenster und das Fensterblech. Ein jäher Jubelschrei ertönt aus Runes Fernsehapparat, während er selbst nur einen Fluch vernehmen lässt. Dann hat er wohl auf die Mannschaft getippt, die kein Tor geschossen hat, denke ich.

Das hat Skröppel vielleicht auch, jedenfalls verlässt er das Wohnzimmer und kommt zu Maria und mir in die Küche. Maria krault ihn unter dem Kinn, bis er sich auf den Boden sinken lässt.

»Du armer Kerl«, sagt sie. »Morgen kommt der Tierarzt und sieht nach dir.«

Ich nicke und merke, wie ich mit dem alten Skröppel leide. Ich weiß, dass ich noch einmal nach Rossvagga muss, ganz gleich, ob Maria mich dazu zwingt oder nicht. Aber ich denke verdammt noch mal nicht daran, es bei diesem Wetter zu tun. Es muss bis morgen warten.

Ich bleibe noch eine Weile sitzen und versuche den Faden in unserem verwirrten Schweigen zu finden, aber plötzlich merke ich, dass es genug ist für heute. Ich trinke den letzten Schluck Wein aus und erkläre Maria, dass ich ins Bett will.

»Jetzt schon?«

»Ja, jetzt schon.«

Sie presst sich ein enttäuschtes Gute Nacht von den Lippen, und mit einem Mal tut sie mir unendlich Leid.

Ich sollte zusehen, dass sie Rune loswird, denke ich. Dann hätte sich die Reise schon gelohnt. Ihn vielleicht vergiften oder ihm mit einem Spaten den Schädel einschlagen oder etwas in der Art.

Anschließend fällt es mir schwer einzuschlafen. Ich habe Sodbrennen, weiß nicht, ob das am Elch oder am Wein liegt. Das Zimmer drängt sich mir auf, in dieser zweiten Nacht erscheinen mir die Konturen sehr viel vertrauter. Das Bett ist das gleiche, in dem ich früher gelegen habe. Sechs Jahre lang, zweitausend Nächte, die Körpererinnerung hat die Witterung eines vergessenen Schatzes aufgenommen.

Die schmutziggelben Tapeten. Die abgeblätterte Ecke der Heizung, an der man sich den Kopf stoßen kann, wenn der Schlaf zu unruhig verläuft. Das Rollo, das nicht ganz runterzuziehen ist. Es bleibt immer ein Lichtspalt übrig, durch den die Welt hereinsickern kann. Das gleiche Rollo, das seit vierzig Jahren hier hängt, ist das tatsächlich möglich?

Die Gerüche und Geräusche vom Regen, der aufs Dach prasselt. Irgendwann nach Mitternacht stehe ich auf und setze mich an den Schreibtisch. Auch er ist noch der Gleiche. Ein altes, eichenfurniertes Ungetüm mit Schubladen auf beiden Seiten. Wiegt bestimmt eine Tonne. Ich ziehe die Schubladen heraus. Auf der linken Seite sind alle leer, aber rechts liegt noch alter Kram herum, und in der untersten finde ich einen Ordner, den ich wiedererkenne. Ein dunkelblaues, abgegriffenes Ringbuch. Ich weiß sofort, was es enthält.

Die Aufsätze aus dem Gymnasium.

Mit Tinte geschrieben. Verwirrt blättre ich darin herum und erkenne die Themen wieder, die ich mir ausgesucht hatte. Durchgehend das freie Thema, immer einen der so genannten Rettungsringe zum Schluss. *Gedanken über die Zukunft. Jung sein heute. Drei Bilder, die ich nie vergessen werde.* Insgesamt handelt es sich um ungefähr zehn Werke, die Zensuren variieren zwischen 2 und 3, das ist das neue Gymnasium, die Buchstabenbewertung der Realschule ist in einer der Sackgassen der Geschichte verschwunden.

Ich lese sie nicht. Habe keine Lust, mit diesem Zu-Kurz-Gekommenen konfrontiert zu werden, und will gerade den Ordner wieder zuklappen, als ich ganz hinten einen Aufsatz aus Viktors Hand entdecke. Ich verstehe nicht, wie der hierher gekommen ist. Er hatte doch seinen eigenen Ordner? Im Gymnasium waren wir nicht mehr in der gleichen Klasse. Wir wohnten in getrennten Zimmern. Wie ist das möglich? Ich nehme vorläufig erst einmal an, dass es Maria war, die den Papierbogen irgendwo lose hat herumliegen sehen und ihn dann versehentlich in meinen Ordner gesteckt hat.

Es ist nur ein kurzer Text. Aus dem zweiten Jahrgang. Nicht einmal vier handgeschriebene Seiten. Das Thema heißt *Eine Reise.* Ich fange an zu lesen.

Ein Mann sitzt in einem Zug. Der fährt durch eine große Leere.

Eine Wüste oder eine Mondlandschaft. Der Mann ist allein im Abteil.

Er liest nicht, und er hat nichts, womit er sich beschäftigen könnte. Er hat die Hände vor sich auf dem Tisch gefaltet und schaut aus dem Fenster auf die Landschaft, die vorbeihuscht.

Sie ist unglaublich eintönig. Vereinzelte tote Bäume sind das Einzige, was die Monotonie unterbricht. Er betrachtet diese schwarzen Zeichen, wenn sie sein Fenster passieren, und nach einem gewissen Zeitraum meint er einige von ihnen wiederzuerkennen. Genau der gleiche Baum kehrt in regelmäßigem Abstand wieder.

In genau dem gleichen Abstand, es handelt sich um dreiundfünfzig Minuten, nicht mehr und nicht weniger. Nach ein paar Stunden, oder vielleicht ein paar Tagen, kann er auch die Zahl der toten Bäume mit dreiundfünfzig festlegen, und ungefähr gleichzeitig begreift er, dass man sie le-

sen kann. Jeder Baum besteht aus einem Baumstamm und einem oder mehreren Ästen in verschiedenen Figurationen. Nach wieder einer Weile weiß er, dass jeder Baum einen Buchstaben in einem unbekannten Alphabet repräsentiert.

Der Mann hat Stift und Papier in seinem Rucksack, und nach einigen Tagen oder vielleicht auch nach einigen Wochen hat er alle dreiundfünfzig Bäume abgezeichnet. Jetzt wendet er seine Konzentration von der vorbeihuschenden Landschaft ab und richtet sie auf diese Bilderzeichen. Nach ein paar Wochen oder vielleicht auch nach ein paar Monaten ist es ihm gelungen zu übersetzen, was die Bäume sagen.

Er schreibt es in unser normales Alphabet um.

Derjenige, der lange ohne Essen und Trinken reist,
trifft eines Tages seinen Erlöser.

Als der Mann diese Botschaft herausbekommen und auf seinen Block geschrieben hat, kommt der Schaffner und erklärt, dass man in wenigen Minuten die Endstation des Zuges erreichen wird.

Ich lese diese kurze Erzählung zweimal. Sie verblüfft mich. Viktor muss achtzehn gewesen sein, als er sie schrieb. Nirgends gibt es irgendwelche Verbesserungen, und am Ende steht kein Kommentar. Aber es gibt ein Lehrerkürzel, das ich als LB, vielleicht auch IB deute. Ich gehe wieder ins Bett und versuche mich daran zu erinnern, wie die Schwedischlehrer am Gymnasium eigentlich hießen, aber es gelingt mir nicht, die Initialen zu identifizieren.

Und während ich noch darüber grüble, falle ich auch schon in den Schlaf.

Es gibt zu viele Dinge auf der Welt«, sagt Bengt-Olle Farin. »Es gibt so, so viele, und ich kriege Kopfschmerzen, wenn ich die alle auseinanderhalten soll. Heute werde ich mich nur auf diesen Stein hier kontrieren.«

Kontrieren bedeutet konzentrieren. Es gibt zu viele Buchstaben in Bengt-Olle Farins Welt. Oder in der anderen Welt besser gesagt. In der Welt, die nicht Bengt-Olle Farins Welt ist.

Er kontriert sich auf den Stein. Schaut ihn von allen Seiten an, wie er im Sonnenschein auf der Fensterbank seines Zimmers liegt.

Dreht ihn.

Nimmt ihn in die rechte Hand.

In die linke.

Streicht sich mit ihm über die Wange.

Klopft mit ihm an die Stirn.

Nimmt ihn in den Mund.

Unter die Zunge.

Öffnet den Mund. Schließt ihn. Schluckt.

Das tut weh.

Ein paar Tage später tut es wieder weh. Als der Stein wieder herauskommt. Aber er begreift. Man soll den Stein nicht schlucken. Er wirft ihn weit in den See hinaus, da liegt er gut und kann niemanden mehr reinlegen.

Wenn man sich nur kontriert, kann man so manches lernen, auch in Bengt-Olle Farins Welt.

Er wurde auf dem Rossvagga-Hof am 22. April 1949 geboren. Als einziges Kind des Bauernpaares Torsten und Rigmor Farin. Rigmor kam aus dem Süden, Torsten hatte den Hof zusammen mit seinem Bruder geerbt, der schwächlich war und in den Dreißigern von der Tuberkulose dahingerafft wurde.

Als Bengt-Olle zur Welt kam, waren seine Eltern 55 beziehungsweise 49 Jahre alt, und allgemein wurde angenommen, dass das der Grund war. Man soll sich keine Kinder mehr anschaffen in diesem Alter, das kann nicht gut gehen.

Aber sie hatten zwanzig Jahre darauf gewartet, und manchmal scheint Unser Herrgott einen Streich spielen zu wollen.

In diesem Fall war es ein freundlicher, nicht bös gemeinter Streich, und er bekam seinen Namen nach dem Bruder seiner Mutter, Bengt Olof – der bereits als Teenager nach Amerika ausgewandert war und seitdem nichts mehr von sich hatte hören lassen.

Und wenn er sein Blickfeld nur ein wenig einschränken konnte – seine Sinneseindrücke und Gedanken *kontrieren* –, dann passte auch ihm das Leben. Dann bekam es sozusagen die richtige Größe.

Ein Mensch soll keine größere Welt um sich herum haben, als er beherrschen kann, das gilt für alle.

Genau ist er auch. Es gibt niemanden, der sich so lange Zeit einer Sache widmen kann wie Bengt-Olle Farin. Ein Rindenboot sechs Stunden lang zu basteln, das ist kein Kinderspiel. Eine Schneehöhle eine ganze Woche lang. In dem Jahr, als er sieben wird, kommt er wie alle normalen Menschen in die Volksschule, und Gott sei Dank gerät er unter die Fittiche von Fräulein Ribbingtoft.

Denn Kristina Ribbingtoft versteht sich auf Abweichler, vielleicht liegt es daran, dass sie eine ältere Schwester gehabt hat, die auch so war. Sie spürt sofort, dass bei dem jungen Herrn Farin etwas anders ist, man kann ihn nicht lenken und behandeln wie die anderen Kinder. Es hat nicht den geringsten Sinn, es überhaupt zu versuchen, aber mit ein wenig Mühe und ein paar Tricks kann man ihn wunderbar auf seinem Platz halten.

Wenn er sich immer nur einer Sache auf einmal widmen darf.

Am besten den ganzen Tag lang, keine verwirrenden Unterbrechungen oder Veränderungen, sonst wird er böse oder traurig.

Nie zuvor hat Fräulein Ribbingtoft einen Schüler gehabt, der arbeiten kann wie Bengt-Olle Farin. Der sechs Stunden nacheinander sitzen bleiben kann – nur mit einer kleinen Unterbrechung für ein Brot mit Spiegelei und einen halben Liter Milch zum Mittag – und das kleine l schreibt. Oder das große H. Oder die Zweier-Reihe rechnet. In gewisser Weise ist das einzigartig. Niemand kann Hallands Flüsse aufsagen wie Bengt-Olle Farin. Eines Tages im Januar beginnt er einen Wacholder zu zeichnen. Er wird fertig im März. Dreizehntausendsechshundertzweiundsechzig Nadeln, wenn jemand sich die Mühe machen möchte, sie zu zählen.

Ja, es gibt etwas Großartiges in Bengt-Olle Farin, er ist ein noch nestwarmes Ei von einem fremden Planeten, aber nach der vierten Klasse ist die Schulbehörde in der Stadt einstimmig der Meinung, dass seine schulische Ausbildung beendet ist. Dank Fräulein Ribbingtofts umsichtiger Pädagogik kann er tatsächlich ein wenig lesen, schreiben und rechnen, aber die Eltern werden langsam alt und brauchen Hilfe auf dem Hof. Sie selbst haben um Schulbefreiung gebeten.

Und Trecker fahren, das kann der Junge. Pflügen, eggen und auf dem Mähdrescher stehen. Nur eine Sache auf einmal, in aller Ruhe. Es hätte schlimmer kommen können.

Schließlich soll er ja eines Tages den Hof übernehmen.

Bengt-Olle Farin von Rossvagga.

Morgens rufe ich meinen Sohn Jens in Malmö an und gratuliere ihm zum Geburtstag. Er wird 29, und ich habe ihn seit eineinhalb Jahren nicht mehr gesehen. Es ist Kindergeschrei im Hintergrund zu hören, ich bin vor ein paar Monaten zum dritten Mal Großvater geworden. Jens ist der Vater von allen dreien, eine fleißige Persönlichkeit in vielerlei Hinsicht, das hat er von seiner Mutter. Er ist in der Computerbranche oder in damit verwandten Bereichen tätig.

»Du klingst weit entfernt«, sagt er, und das ist eine ziemlich treffende Beschreibung unserer Beziehung.

Ich erkläre ihm, dass ich in K. bin.

»Liv auch?«

»Nein, Liv nicht.«

»Grüß Maria von mir«, sagt er. »Aber lass ihren Kerl lieber aus dem Spiel.«

Ich registriere dankbar, dass wir in der Rune-Frage der gleiche Meinung sind. Ich frage ihn, wie es ihm geht.

»Was glaubst du?«, fragt er zurück. »Drei Kinder unter fünf. Ich werde ausgebrannt sein, bevor ich dreißig bin.«

»Dann rufe ich in einem Jahr wieder an und kontrolliere das«, verspreche ich ihm, und dann reden wir die zwanzig Sekunden, bis wir auflegen, noch über das Wetter.

Einen kurzen Augenblick lang sitze ich da und überlege, ob ich auch meine Tochter Sigyn anrufen sollte, die in Los Angeles lebt, aber ich sehe ein, dass es dort jetzt mitten in der Nacht sein muss, und lasse die Idee auf sich beruhen.

Ich bin mir auch nicht sicher, ob wir wirklich etwas miteinander zu reden gehabt hätten.

Rune sitzt in der Küche und versucht ein Formular auszufüllen, als ich runterkomme. Er ist gereizt und brummt etwas über Ämter und Arschleckerei. Ich stelle fest, dass Maria schon beim Arbeiten ist, und beschließe, das Frühstück lieber zu überspringen. Es ist Viertel vor neun, ich kann bestimmt bei Sveas eine Tasse Kaffee und ein Käsebrötchen bekommen.

Ich sage nicht Guten Morgen, und Rune tut es auch nicht, aber als ich draußen im Flur stehe und gerade losgehen will, ruft er hinter mir her und möchte wissen, was zum Teufel ich denn vorhabe.

»Ich will raus«, antworte ich wie ein aufsässiger Vierzehnjähriger.

»Verflucht, du könntest kurz warten und diesen Brief für mich einwerfen«, sagt Rune.

»Tut mir Leid«, erwidere ich. »Ich habe einen Termin einzuhalten.«

Von Sveas aus gehe ich den ganzen Weg hinaus nach Rossvagga. Es ist ein vollkommen weißer, windstiller Morgen. Ein paar Grad über null. So ein Tag, an dem alles zu ruhen scheint, alle Aktivitäten halten Winterschlaf, ich wandere durch die Landschaft meiner Kindheit, und die Umgebung hüllt sich in eine Vergangenheit ein. Oder in eine Verschlossenheit, ich kann mich nicht so recht zwischen den beiden Ausdrücken entscheiden. Ich komme an einigen vertrauten Punkten vorbei: Hammarbergs Koppel, wo jeden Frühling Tajkon Filipssons Vergnügungspark stattfand. Filles Kiosk, wo ich gearbeitet habe. Die Realschule, das Hochhaus im Kvarnpark, Hermans Würstchenbude und der Sportplatz.

Ich klettere in der Höhe des Wasserturms auf den Hügel hinauf, bleibe beim Volkspark stehen und rauche eine Zigarette, während ich über den See schaue. Der an einigen Stellen vierzig Meter tief ist, wie Kommissar Malander behauptet hat. Im Augenblick ist nur eine dunkle Wasseroberfläche zu sehen mit einem dünnen Nebelschleier darüber, der sich langsam von Nordwesten nach Südosten bewegt. Der Wald ist gelb gesprenkelt, der Herbst ist hier oben eine Woche früher gekommen als unten in Uppsala, das ist immer so. Es dauert sicher nicht mehr lange bis zum ersten Schnee.

Ich habe keine festen Pläne. Nicht ein einziger Satz ist vorbereitet für den Fall, dass ich plötzlich Viktor Auge in Auge gegenüberstehe. Aber ich glaube auch nicht, dass es zu so etwas kommen wird. Diese Stille in der Landschaft verheißt, dass hier nichts Dramatisches passieren kann. Nicht an so einem Tag, hier gibt es keinen Platz für Zusammenstöße und Veränderungen, das Einzige, was die Aufmerksamkeit eventuell auf sich zieht, das sind ein Fußballspiel im Fernsehen und die Schlagzeilen der Abendzeitungen, die etwas aus Stockholm oder dem Rest der Welt verkünden. Aber nichts von hier. Hier passiert nichts mehr. Nicht unter dieser weißen Wolkendecke.

Das ist ein Gedankengespinst von ziemlich beeindruckender Größe, das mich da überfällt. Mir wird klar, dass ich letzte Nacht nicht besonders gut geschlafen habe und dass der Kaffee bei Sveas ziemlich dünn gewesen ist. Ich komme an Arvid Forselius' Haus vorbei und sehe, dass es aus dem Schornstein raucht. Spiele einen Moment lang mit dem Gedanken, kurz bei ihm hineinzuschauen, lasse es dann aber bleiben. Wenn er weitere Beobachtungen gemacht haben sollte, dann wird er das sicher Maria erzählen.

Ich folge dem verschlungenen Kiesweg und biege dann nach Rossvagga ab. Bleibe am Waldrand stehen und betrachte es eine Weile, genau wie beim letzten Mal.

Kein Rauch aus dem Schornstein. Keine offenen Fenster oder Türen. Aber auch nichts wieder Zugenageltes.

Überhaupt keine Lebenszeichen. Alles sieht grau und verlassen aus. Ein vollkommen sinnloser Ort, so will mir scheinen. Niemand wird hier wieder wohnen, man sollte tun, was Forselius vorgeschlagen hat. Es abfackeln.

Ich versuche mich eine Weile zu sammeln. Denke an Vaters plötzlich einsetzenden Alzheimer, damals hieß es noch nicht so, aber es war genau diese Krankheit. Sein Gehirn verschwand in nur zehn, zwölf Monaten. Ich sage mir die Personenkennziffern meiner Kinder auf, sowohl die von Jens als auch die von Sigyn, und meine eigene Bankkontonummer. Dann bahne ich mir einen Weg durch das feuchte Gras.

Die Tür steht offen, aber das Haus ist genauso leer wie beim letzten Mal. Ich fasse auf den Herd, er ist lauwarm. Es sieht genauso aus wie gestern. Der Rucksack in der Ecke. Die Schlafunterlage und der zusammengerollte Schlafsack. Ein Haufen Zweige, um Feuer zu machen.

Ein Topf auf dem Herd, ich kann nicht sagen, ob es ein Neuzugang ist. Eine Dose Instantkaffee und ein grüner Plastikbecher auf dem Boden neben dem Schlafplatz. Ich schaue auf die Uhr. Es ist fünf Minuten nach elf, ich hätte also früher kommen sollen. Die Person, die zufällig hier haust, tut das in erster Linie des Nachts. Tagsüber hat sie anderes zu erledigen. Natürlich. Rossvagga ist eine Übernachtungsmöglichkeit, es gibt keinen Grund, hier den ganzen Tag herumzuhocken und Löcher in die Luft zu starren. Für niemanden.

Für niemanden, wiederhole ich mir wortlos, während ich überlege, was ich tun soll. Es widerstrebt mir, in dem Rucksack zu wühlen. Ich mag dieses Mal nicht einmal die Schranktür öffnen. Ich möchte mir nicht auf diese Art und Weise weitere Informationen verschaffen. Ohne das Wissen des Betreffenden. Wenn wir in nächster Zukunft miteinander sprechen sollten, würde es mir schwer fallen, ein derartiges Eindringen zu rechtfertigen.

Ich entscheide mich für einen anderen Weg. Ich war so vorausschauend, Stift und Papier mitzunehmen. Also reiße ich eine Seite aus meinem kleinen Kalender, schreibe meine Handynummer darauf und lege den Zettel auf den Herd.

Keine Aufforderung, doch von sich hören zu lassen. Nur die Nummer und mein Name, dann werden wir sehen.

Zufrieden mit diesem einfachen Schachzug verlasse ich Rossvagga zum zweiten Mal. Meine Schritte erscheinen mir federnder als bei meiner Ankunft.

Es wäre besser gewesen, wenn wir nie zur Rynne-Grube gefahren wären.

Es passiert in der vierten Klasse, jetzt gehen wir in die Hauptschule, die sich im Unterschied zur Grundschule im Hauptgebäude des Schultrakts befindet. Das bringt so einige Veränderungen mit sich, wie den Aufenthalt auf dem Schulhof der Großen während der Pausen, aufs Jungsklo zu gehen, Werken zu haben und noch so einiges mehr.

Aber das Wichtigste ist, dass wir einen neuen Lehrer bekommen haben. Es ist ein Mann in den Fünfzigern, der John Kasimir Bjellhag heißt, den wir aber nur Warze nennen, wegen einer kleinen Erhebung in seinem Gesicht. Mitten auf der Wange unter dem linken Auge, manchmal gibt es auch ein Barthaar darauf.

Warze ist ein eisenharter, aber gerechter Typ. Lieber zehnmal zu viel als einmal zu wenig strafen, das ist sein Motto. Wenn jemand bei seinem Fahrrad die Luft rausgelassen hat, dann muss die ganze Klasse nachsitzen. Nur weil Veikko Huovinen ihn am Samstagnachmittag auf dem Markt nicht gegrüßt hat, müssen wir am Montag eine ganze Stunde lang in der Turnhalle herumgehen und einem Kasten Guten Tag und einem Pferd Guten Morgen sagen.

Aber wir lernen, mit ihm klar zu kommen. Wenn man in den Nacken gekniffen wird, weil jemand in der Nähe laut gefurzt hat, dann darf man sich darüber nicht aufregen. Warze kann manchmal auch nett sein. Ab und zu verteilt er Schokoladentafeln, die von seinem Bruder Osvald stammen, der Vorarbeiter in einer Süßwarenfabrik in Norrköping ist. Auf dem Pappkarton, in dem die Tafeln liegen, steht »Zweite Wahl«. Warze erklärt, es bedeute, dass sie von besonders guter Qualität seien, aber manchmal schmecken sie etwas komisch.

Es hat ein Ende mit dem Religiösen. Gebete und Kirchenlieder müssen klein beigeben, und Religionsunterricht wird durch Mathematik oder Brennball ersetzt, jetzt, wo Warze das Ruder in der Hand hält. Die Allgemeine Stunde bekommt ebenfalls neue Inhalte. Warze übernimmt auch hier das Kommando, und jeden Samstag lauschen wir einem Hörspiel in Fortsetzungen. Er schleppt ein Tonbandgerät ins Klassenzimmer, löscht das Licht, zieht die Gardinen vor und stellt »Das Geheimnis von Wilford Hall« an, ein Kriminalhörspiel für junge Hörer in eintausendvierhundert Teilen. Man hört ungefähr eine Viertelstunde zu, dann fällt man unweigerlich in den Schlaf. Warze auch, wir werden jedes Mal von der Schulglocke geweckt, er stellt das Tonbandgerät ab und sagt uns, wir könnten uns jetzt davonmachen und sollten am Wochenende auf keine dummen Gedanken kommen.

»Ich will nicht Montag in der Zeitung lesen müssen, dass einer von euch eine Nerzfarm abgefackelt hat«, erklärt er meistens.

Wir wissen nicht genau, was eine Nerzfarm eigentlich ist, begreifen aber, dass man sich von derartigen Aktionen fernzuhalten hat.

Doch jetzt ist es Februar, und wir sollen einen Klassenausflug machen. Normale Klassen machen ihren Schulausflug im Mai in den Tierpark, aber mit Warze als Boss setzen wir uns mitten im kalten Winter in einen Bus, um zu einem Bergwerk zu fahren. Niemand weiß so recht, was der Witz daran ist, aber gegen Warze zu protestieren, das ist gleichbedeutend damit, sich einen Feind fürs Leben zu schaffen, deshalb versuchen wir uns lieber einzubilden, dass es witzig und spannend werden wird.

Geradewegs hinunter in ein schwarzes Grubenloch sollen wir. Zweihundertundfünfzig Meter tief. Wir sollen gelbe Helme auf den Kopf kriegen, und es heißt, dass die Luft da unten nur schwer zu atmen ist.

Die Busreise dauert ein paar Stunden und ist nicht schlecht. Alle Mädchen sitzen ganz vorn, ihnen ist übel. In einer Art Niemandsland von ungefähr sechs Sitzreihen sitzt Warze, und in der Höhe der hinteren Bustür und weiter hinten sitzen die Jungs. Wir essen Süßigkeiten und lesen Comics. Otto Björnsson hat zwei ganze Schuhkartons voll davon mitgenommen, seine Mutter arbeitet im Zeitungskiosk. Wir sind ziemlich still, denn Warze hat gesagt, dass derjenige, der herumschreit, grölt und sich nicht benehmen kann, unten in der Grube zurückgelassen wird.

Um elf Uhr ist Pinkelpause, wir halten auf einem großen Parkplatz mitten im Wald, und wir pinkeln den Schnee gelb, dass es dampft. Die Mädchen pinkeln hinter einem Schneewall im Schutz des Busses, und von ihnen ist nur lautes Kichern zu hören. Es ist fünfzehn Grad kalt. Der Busfahrer raucht eine Zigarette. Warze lässt uns gegen die Kälte die Arme um den Leib schlagen.

Eine Stunde später sind wir an der Rynne-Grube angekommen. Es ist ein düsterer Ort mit ein paar grauschwarzen Baracken und einem riesigen Blechschuppen mit einer Art Fahrstuhl drin. Drahtseile und große Eisenräder und Türme und jede Menge merkwürdige Dinge, die wir überhaupt nicht beschreiben können. Der Schnee ist schmutzig, und kein Mensch ist zu sehen. Der Fahrer und Warze steigen aus dem Bus, während wir anderen drinnen warten sollen.

Der Fahrer raucht wieder eine Zigarette. Warze tritt durch eine Tür in den großen Blechschuppen. Es gibt keine Fenster oder anderweitige Öffnungen, und wir drücken uns die Nasen an den Busscheiben platt und fragen uns, wie es wohl drinnen aussieht. Vielleicht ist es ja der Eingang zur Grube selbst, möglich wäre das schon.

Warze lässt auf sich warten. Einige der Jungs durchqueren das Niemandsland und mischen sich unter die Mädchen. Tauschen Comics und Butterbrote aus. Erik von Sprackman versucht Evelina Bergström einen Knutschfleck am Hals zu verpassen und bekommt eine Ohrfeige verpasst. Insgesamt wird es etwas lauter, nachdem Warze aus dem Fahrzeug ausgestiegen ist. Ein paar Mädchen wagen sich auch nach hinten. Den Fahrer scheint das nicht zu interessieren, als er fertig geraucht hat, setzt er sich auf seinen Platz, trinkt Kaffee und liest eine Zeitung, das ist alles. Er startet den Motor wieder, damit es nicht zu kalt wird.

Nach einer halben Stunde kommt Warze aus dem großen Blechschuppen. Er sieht wütend aus, und alle eilen schnell auf ihre Plätze. Warze und der Fahrer fummeln an einem Mikrophon herum, und dann ergreift Warze das Wort.

»Es gibt keinen Abstieg in die Grube«, erklärt er. »Letzte Nacht hat es eine Lawine gegeben, und jetzt wird es als zu gefährlich angesehen, euch dort hineinzulassen. Also fahren wir wieder nach Hause.«

Er setzt das Mikrophon ab und glotzt uns an. Wir sitzen mucksmäuschenstill da. Natürlich ist das irgendwie gemein, aber niemand wagt zu protestieren oder etwas zu fragen. Tatsache ist ja außerdem, dass keiner so wirklich scharf darauf gewesen ist, sich zweihundertundfünfzig Meter unter die Erde zu begeben. Es ist, wie es ist, und außerdem ist ein ganzer Schultag ausgefallen.

»Habt ihr irgendwelche Fragen?«, möchte Warze wissen.

»Gibt es auf dem Rückweg auch eine Pinkelpause?«, fragt Svante Halling.

Warze sieht aus, als wäre er im Zweifel, wie er entscheiden soll.

»Wenn der Bedarf besteht«, sagt er.

Wir verstehen nicht so recht, was das bedeutet, aber dann nickt Warze dem Fahrer zu, dass dieser den Bus wenden und wieder nach Hause fahren soll.

Dann setzt er sich in die entmilitarisierte Zone und holt ein Buch heraus.

Wir sind ungefähr eine halbe Stunde gefahren, als es passiert. Ohne dass wir auf den hinteren Bänken es richtig bemerkt haben, hat Warze sich dem Mädchenlager vorn im Bus angeschlossen, und plötzlich hören wir erneut seine Stimme im Lautsprecher.

»Es hat sich ein äußerst ernster Zwischenfall ereignet«, erklärt er, und bevor jemand fragen kann, was damit gemeint ist, berichtet er, das Ethel Karlssons Portemonnaie gestohlen wurde. Gleichzeitig beginnt die besagte Ethel laut zu weinen, und zwei, drei nahebei sitzende Freundinnen stimmen unmittelbar in das Klagelied mit ein. Warze macht eine kurze Pause und kann sie zur Ruhe bringen. Dann sagt er, dass wir weiterfahren werden, er sich wieder auf seinen Platz setzen wird, und dass er erwartet, dass der Schuldige innerhalb der nächsten zehn Minuten zu ihm kommen und seine niederträchtige Tat gestehen wird.

»Zehn Minuten!«, wiederholt er.

Sollte der Schuldige sich nicht gemeldet haben, wenn die Frist abgelaufen sei .... Er verzichte darauf, näher auszuführen, was dann passieren werde.

Er stellt das Mikrophon ab und geht auf seinen Platz zurück. Nimmt das Buch hoch und liest weiter.

Im Bus herrscht Totenstille. Es ist so leise, dass man hören kann, wie Alf Gunnarsson mit den Zähnen knirscht. So still, dass man hören kann, wie die eigene Angst im Bauch rumort. So still, dass einem schlecht wird.

Fünf Minuten.

Sechs Minuten.

Sieben Minuten.

Niemand scheint zu atmen. Keiner rührt sich. Nur der Bus brummt weiter durch die unveränderlich weiße Winterlandschaft.

Acht Minuten.

Nicht eine Seite in einem Comic wird umgeblättert.

Nicht ein Bonbon wird in einen Mund gestopft, nicht ein Finger in ein Nasenloch gebohrt.

Warze liest. Der Fahrer fährt.

Neun Minuten.

Es ist unheimlich. Jede Sekunde ist ein Todesurteil. Percy Flinkman fängt an zu weinen, und ich kann den Rücken der Mädchen da vorn ansehen, dass sie ebenfalls dasitzen und leise vor sich hinweinen.

Neun und eine halbe Minute. Ich starre auf den Sekundenzeiger meiner Armbanduhr. Warze legt sein Buch hin und starrt auf seine Armbanduhr.

Alle starren auf ihre Armbanduhren.

Neun Minuten und fünfzig Sekunden.

Neun und fünfundfünfzig.

Da steht Viktor Vinblad auf.

Mit ruhigen Schritten geht er zu Warze. Warze rutscht zur Seite und macht Viktor Platz. Viktor setzt sich.

Ich schließe die Augen. Das kann nicht wahr sein.

Das *darf* nicht wahr sein.

Wir sehen, wie Viktor etwas zu Warze sagt.

Sehen, wie Warze erstarrt. Er hebt die rechte Hand, hält aber mitten in der Bewegung inne. Viktor betrachtet ihn ruhig. Warze senkt die Hand. Macht ein Zeichen, dass Viktor zur Seite rutschen soll. Das tut Viktor, und Warze tritt auf den Gang, geht zum Fahrer. Nimmt das Mikrophon.

»In einer Minute ist ein kurzer Halt für alle, die das Bedürfnis dazu haben.«

»Was?«, fragt Kent Finell.

»Pinkelpause«, verdeutlicht Warze.

»Wie zum Teufel hast du das nur gewagt?«, frage ich Viktor, als wir draußen stehen und den Schnee gelb malen.

»Ich musste pissen«, sagt Viktor.

Als wir fertig sind, dürfen wir nicht wieder in den Bus hinein. Niemand außer Ethel und dem Fahrer. Warze stellt uns in Reih und Glied auf, die Mädchen auf die eine Seite des Platzes, die Jungen auf die andere. Dann geht er langsam von einem zum anderen, bleibt vor jedem im Abstand von einem halben Meter stehen und bohrt seinen Blick in ihn. Er schielt ein ganz klein wenig, wie man jetzt bemerken kann, wenn man es vorher noch nicht bemerkt hatte. Wenn man seinem Blick ausweicht, packt er das Kinn mit Daumen und Zeigefinger und kneift zu. Guck mir in die Augen, Junge! Er lässt fünf bis zehn Sekunden vergehen, dann fragt er mit leiser Stimme:

»Warst du es, der Ethels Portemonnaie gestohlen hat?«

Oder:

»Du hast doch Ethels Portemonnaie gemopst, oder?«

Das *Nein*, das man hochangeln muss, liegt tief unten auf dem Grund des tiefsten Bergwerks der Welt. Man zieht und angelt, müht sich schluckend ab, und zum Schluss kommt nur das jämmerlichste Piepsen aller Zeiten aus dem Mund hervor. Man klingt schuldiger als ein Massenmörder, man ist sündhafter als Nero und die Dirnen von Gomorra zusammen, boshafte Gotteslästerer, wie die, von denen Fräulein Fintling haarsträubende Geschichten erzählt hat, aber man bringt zumindest dieses Piepsen hervor. Alle Jungen bestehen die Prüfung, wir frieren, dass wir zittern, und fürchten uns mehr als die jämmerlichsten Angsthasen, aber wir schaffen es. Keiner von uns hat sich an Pups-Ethels Portemonnaie vergriffen. Nein. Wir sind unschuldig wie eine junge Braut, alle zusammen. Jawohl.

Warze geht weiter, um den Bus herum, und macht mit der Mädchenseite weiter. Wir empfinden eine wahnsinnige Erleichterung, es ist, als hätte man Wackelpudding in den Knien, Arne Lutterin flüstert seinem Nachbarn zu, dass diese bescheuerte Pups-Ethel bestimmt ihr Scheißportemonnaie in der Scheißschublade ihres Scheiß-Schreibtischs vergessen hat, und wir fangen fast an zu kichern. Wir frieren, zittern und stehen wie eine Ansammlung von Idioten da draußen vor dem

Bus und wissen nicht, wie das enden soll. Vielleicht wird Warze dem Fahrer befehlen, noch einmal zu wenden und zurück zu der gefährlichen Grube zu fahren, um uns alle dort hineinzuwerfen. Das sähe ihm ähnlich.

Wenn nicht das schuldige Mädchen gesteht. Weiß der Teufel, was noch passieren wird.

Es vergehen fünf Minuten. Dann kommt Warze mit Bettan Klangström im Schlepptau wieder auf unsere Seite. Bettan Klangström sieht aus, als hätte sie jemand durch die Mangel gedreht, aber es gibt auch etwas Scharfes, Ekliges in ihrem Blick. Diese Bettan Klangström hat etwas Gefährliches, Unberechenbares an sich, das wissen wir schon lange; mir fällt ein, dass sie in der ersten Klasse einmal Sigge Frisk gebissen hat, so dass der zur Ambulanz musste und dort eine Spritze bekam.

Warze und Bettan bleiben vor der Mitte der Jungenreihe stehen. Warze räuspert sich.

»Wir haben den Fall gelöst«, sagt er. »Wir wissen, wer der Schuldige ist. Jetzt hat der Schuldige noch eine letzte Chance, vorzutreten und seine Schuld zuzugeben. Ich wiederhole: eine … letzte … Chance! Wenn er das nicht tut, muss er die Folgen tragen und hat sich das selbst zuzuschreiben.«

Schweigen. Bettan sieht aus wie eine bösartige Dohle. Warze wippt einige Male auf den Hacken und Zehen vor und zurück. Die Hände auf dem Rücken. Ich merke, dass meine Zähne klappern und dass ich mir fast in die Hose mache, obwohl doch höchstens eine Viertelstunde vergangen ist, seitdem wir den Schnee gelb gepinkelt haben.

»In Ordnung«, sagt Warze. »Das entscheidet die Sache. Darf ich alle bitten, wieder in den Bus einzusteigen, alle außer Viktor Vinblad.«

Plötzlich kotzt Kent Bollgren los. Es kommt wie ein Schwall direkt aus seinem Mund: Schokolade und Butterbrote, halb gekaute Salami und Weingummi, Kandiszucker und Veilchenpastillen und Trocadero, und das Ganze landet nur wenige Zentimeter vor Warzes schwarzen Stiefeln.

Wenn er doch Warze direkt angekotzt hätte, denke ich. Warum konnte er seiner Kotze nicht ein bisschen mehr Druck geben, so dass es den Idioten direkt im Schritt getroffen hätte? Das wäre doch nicht mehr als recht und billig gewesen.

Ich hasse Warze. Ich hasse diese verdammte Bettan.

Ich hasse Viktor. Als wir zurück zum Bus schlurfen, merke ich, wie mir Rotz und Tränen das Gesicht hinunterlaufen, aber ich tue nichts, um das zu verhindern. Rein gar nichts. Ich habe das Gefühl, als würde das alles überhaupt keine Rolle mehr spielen, die Welt ist nur noch Scheiße und Rotz und zusammengestürzte Berggruben, und ich wünschte, ich könnte hundert Jahre schlafen und dem allen hier entgehen. Würde in einer neuen Zeit erwachen, die von ganz neuen Menschen bevölkert wäre. Einer Welt mit einem gewissen Anstand.

Während der restlichen Heimfahrt sitzt Viktor auf dem Fensterplatz neben Warze. Man hat Viktors Rucksack durchsucht, aber kein fremdes Portemonnaie gefunden. Was überhaupt nichts zu bedeuten hat. Es hat genügend Möglichkeiten gegeben, sich dessen zu entledigen. Viktor hat acht Kronen in der Tasche, einen Fünfer und drei einzelne Kronen, das ist genau die Summe, die sich in Ethels Portemonnaie befand, ich weiß nicht so recht, woher wir das wissen, aber als wir daheim in K. aus dem Bus steigen, wissen wir alle, wie der Hase läuft.

Wir trennen uns, alle gehen zu sich nach Hause. Nur Viktor folgt Warze ins Schulgebäude.

Tausend Jahre, denke ich. Es genügt nicht, hundert Jahre zu schlafen. Die Welt braucht sehr viel länger, um wieder schön zu werden und wert, in ihr zu leben. Verdammte Scheiße.

Im Monat Mai verbreitet sich das Gerücht, dass Kent Bollgren Ethels Portemonnaie unter einem Sitz gefunden und sich geschnappt hat. Aber niemand traut sich, Kent zu fragen, ob das stimmt oder nicht.

Es ist irgendwie sowieso zu spät, und das Gerücht erreicht wahrscheinlich nie Warzes gekräuselte Ohren.

Ungefähr zur gleichen Zeit läuft Viktor weg und versteckt sich fast zehn Tage lang. Meine Mutter wird während dieser Zeit zehn Jahre älter, wir erfahren nie, wo er sich in diesen Tagen aufgehalten hat, weil er sich weigert, es zu erzählen, und ich bin der einzige, dem die Wunde an seinem Unterarm auffällt.

Viktor merkt, dass ich die langen roten Striemen gesehen habe, und er ermahnt mich, den Mund zu halten.

Er sagt es nicht direkt, aber wir kennen einander so gut, dass wir über solche banalen Dinge kein Wort zu verlieren brauchen. Wir haben bald die vierte Klasse hinter uns und fangen an, so manches zu lernen.

Beispielsweise, dass der Ausflug zur Rynne-Grube eine traurige Angelegenheit war.

Dass man nie sicher ist.

Dass es darum geht, immer auf der Hut zu sein.

In der Bibliothek stoße ich eines Tages auf ein Buch, das von Voodoo handelt, wir beide, Viktor und ich, lesen es, und gemeinsam fertigen wir dann eine Puppe an, die Warze darstellen soll. Wir stechen Nadeln und alles Mögliche in sie hinein, und eines Abends während der Sommerferien stecken wir sie in einer Zementröhre draußen im Wald in Brand.

Doch es nützt nichts. Wir müssen Warze noch zwei weitere lange Jahre ertragen. Bis auf eine Periode im Frühling in der Fünften, als er von mysteriösen Darmbakterien befallen wird und fast zwei Monate im Krankenhaus liegen muss.

Dabei kann es sich jedoch nicht um eine Art verspäteter Voodooreaktion handeln, darin sind Viktor und ich uns einig. Es ist eher die Frage einer Schokoladenvergiftung. Jemand hat in der Länstidningen eine Notiz über eine Süßwarenfabrik in Norrköping gelesen, die wegen unerlaubter Zusätze zu hohen Strafen verurteilt wurde, und einige der Mädchen in unserer Klasse haben auch ein Zwicken im Bauch gehabt.

Aber wie gesagt: Sicher kann man nie sein. Gegen Ende der

Fünften wird Viktor jedenfalls langsam den Spitznamen Klauer los. Der wird auch nur dann benutzt, wenn jemand wirklich wütend auf ihn ist, denn es ist schon etwas merkwürdig, einen Jungen, der mit die besten Noten in der Klasse hat, mit so einem gemeinen Namen zu belegen.

Besonders in Anbetracht dessen, dass er ziemlich lange Mörderkind hieß.

Aber ich weiß, sie können wieder auftauchen, diese Namen. Wann immer es passt. Mörder und Diebe begräbt man nicht so einfach, bestimmte Worte und bestimmte Dinge, die man getan hat, flattern dahin wie ein Pups im Sommerwind, aber andere sind mit Ketten ans Urgestein geschmiedet.

So ist es nun einmal. So schlimm ist es bestellt.

Es ist nicht bekannt, wie es dazu kam, dass Bengt-Olle Farin sich dem Zweiergespann Persson-Vinblad anschloss.

Wir wussten es damals nicht, und wir wussten es später nicht. Aber eines Tages waren sie plötzlich zu dritt. Drei junge Männer, die bei Pomonas saßen, Kaffee tranken und Kopenhagener aßen. Oder in gemessenem Tempo über den Markt schlenderten. Oder vom Steg des Naturfreundevereins Forellen angelten.

Viktor und Nervöser Persson hatten ihren täglichen Treffpunkt in der Realschule. Dort liefen sie immer nur als Zweierteam herum, in den Pausen, während des Mittagessens, wann immer es möglich war. Aber wenn es zum Schulschluss läutete, sah man immer häufiger Bengt-Olle Farin draußen auf der Floragatan hinter dem Zaun stehen. In eine Art Konzentration versunken. *Kontration.* Einer Beschäftigung oder einem Gedanken. Es war unklar, in was, wie und warum er versunken war, er stand nur da, das war alles.

Wir hatten wie gesagt an anderes zu denken. Im Frühling 1966 wurde das erste Popkonzert in der Geschichte von K. veranstaltet. Swinging Blue Jeans im Husaren, wie um alles in der Welt sich auch immer so eine Band so weit in die Provinz hinein hatte verirren können. Hippy Hippy Shake. Good Golly Miss Molly. Das war ein All Time High in K., und es wurde zu einer Art Wasserscheide zwischen der alten und der neuen Zeit. Vor und nach SBJ. Am Montag nach dem Konzert hatte die Länstidningen auf der Titelseite das Foto eines ekstatischen, langhaarigen Publikums, und am folgenden Tag nahm Rektor Bernstein selbst die Morgenversammlung im Gemeindehaus in die Hand. Es stand Realschülern nicht an, zu derartigen Leichtsinnigkeiten zu rennen, ließ er vernehmen. Das war ein Skandal. Wir hatten die Warnung gehört und sollten uns der Folgen bewusst sein: Wenn es dem Schulleiter zur Kenntnis kommen würde, dass ein Schüler diesen Anweisungen nicht Folge leistete, konnte die Konsequenz sein, dass der Betreffende vom Unterricht ausgeschlossen werden musste.

So war es nun einmal. Worte und keine Lieder. Am nächsten Tag hatte der erste Sprayer in Ks. Annalen zugeschlagen. Auf der glatten, weißen Außenwand unter der Schuluhr hatte jemand mit blauschwarzer Farbe geschrieben:

Rektor Bernstein ist ein blöder Hammel!

Das war unerhört. Es dauerte zwei Tage, diese Schande wegzuwischen. Diese Schweinerei, wie es hieß. The times they are a-changin', so hieß es auch, so hieß es überall auf der Welt, und so war es auch in K.

Ja, natürlich gab es andere Dinge als die drei lokalen Kasper, mit denen man sich beschäftigte. Das Trio Persson-Vinblad-Farin machte kaum von sich reden, und wenn man keinen von ihnen verärgerte, so wurde man auch in Ruhe gelassen.

Doch andererseits: Sie war schon sehr merkwürdig, diese Troika. Das musste man zugeben, wenn man sich die Zeit nahm und ihnen ein paar Gedanken widmete. Sie waren eine leise, etwas bizarre Merkwürdigkeit.

Der nervös vor sich hin murmelnde, immer forschende Persson, stets in dem gleichen abgewetzten schwarzen Terylen-Anzug, den er trug, seit er das erste Mal die Realschule betreten hatte. Es war kein Wunder, dass inzwischen die Beine etwas kurz geworden waren.

Diese stumme, beobachtende Begabung, das elternlose Genie Vinblad, der Fermats großes Rätsel hatte lösen sollen, stattdessen jedoch aus dem Fenster gefallen war und sich fast umgebracht hatte.

Der arme rothaarige Bengt-Olle Farin, der sich kontrierte. Der im Gegensatz sowohl zu Viktor als auch zu Persson jeweils nur einen winzigen Bruchteil der Wirklichkeit auf einmal aufnahm. Eine Hand. Das Bild eines Comics. Wer weiß?

Und wer weiß, was die drei zusammenschweißte. Drei außen vor, die in den gleichen Hafen einsegelten und dann dort vor Anker liegen blieben? Vielleicht war es ja so einfach. Vielleicht war es ganz natürlich, wenn man alles in Betracht zog.

Jedenfalls hielten sie zusammen. Nicht nur in den Jahren 1965 und 1966 war *Das Trio* ein Begriff. Ein Begriff, der sich zwar nur am Rande des Bewusstseins der Leute befand, aber es gab ihn dort trotzdem. Man lebte sein stilles Leben. Viktor begann auf dem Gymnasium, Persson auch, aber ein Jahr später. Bengt-Olle Farin begann auf keinem Gymnasium. Wenn er überhaupt neben seinem Kontrieren mit etwas Sinnvollem beschäftigt war, dann half er daheim auf dem Hof. Papa Torsten war inzwischen siebzig, man hielt keine Tiere mehr, aber es wurde immer noch gesät, geeggt und geerntet.

Und hier auf Rossvagga fand *Das Trio* schließlich auch seinen festen Anker. Farin und Persson kamen nie zu uns nach Hause in den Granvägen, und ich kann mir nur schwer vorstellen, dass sie jemals bei Taxifahrer Persson im Ekebyvägen gewesen sind. Perssons Mutter war tot, er wohnte wie gesagt bei seinem Vater, einem großen, finsteren Kerl, der sich besser als Fahrer eines Leichenwagens gemacht hätte denn als Taxifahrer.

Im Spätherbst 1968 hatte Torsten Farin einen Herzinfarkt, und zu Weihnachten war er tot. Seine treue Ehefrau Rigmor trauerte drei Monate lang um ihn, dann war auch sie fort.

Das ging schnell, sagten die Leute. Erst er, dann sie.

So geht es mit alten Leuten, präzisierten sie. Jetzt haben sie sich wieder im Himmelreich gefunden.

Es gab so eine Art Vormund für Bengt-Olle Farin. Der Junge war plötzlich zwanzig Jahre alt und elternlos, aber kaum in der Lage, sich um sich selbst zu kümmern. Er erbte natürlich Rossvagga, das gesamte Land wurde an Hadar und Elvy Jonsson verpachtet, ein Bauernpaar in der Nachbarschaft, aber den Hof behielt Bengt-Olle selbst. Das Grundstück zum See hinunter. Das Wohnhaus und die Nebengebäude.

Dass Viktor Vinblad und Nervöser Persson nach und nach bei ihm einzogen, war eigentlich nichts anderes als eine ganz natürliche Entwicklung. Es geschah im Frühling und Sommer 1969, ich erinnere mich, dass Viktor sein Zimmer bei uns im Granvägen im August ausräumte, aber da hatte er bereits seit mehreren Monaten nicht mehr in seinem Bett geschlafen. Wir hatten im Juni Abitur gemacht, doch unsere Wege hatten sich schon früher getrennt. Sehr viel früher.

Auf jeden Fall war die so genannte Rossvagga-Wohngemeinschaft ab Spätsommer 1969 eine Tatsache, das musste auch der pingeligste Geschichtsschreiber zugeben.

Auch wenn das vierte Mitglied zu dem Zeitpunkt noch fehlte.

Ich gehe zum Markt hinunter und stelle fest, dass ich absolut keine Lust dazu habe, mich wieder in den Granvägen zu begeben. Es ist halb eins, ich sehe, dass es zwischen dem Buchladen und Ops Maklerbüro ein griechisches Restaurant gibt. Nikos Taverna und Pizzeria. Ich kaufe am Kiosk eine Dagens Nyheter und trete ein, um Mittag zu essen.

Es sieht nicht besonders griechisch aus, dennoch lasse ich mich an einem Tisch am Fenster nieder und bestelle ein Bifteki. Bevor es mir serviert werden kann, setzt sich ein Mann mir direkt gegenüber. Er ist in den Sechzigern, trägt einen blauen, abgewetzten Steppanorak, Ton in Ton mit seinen Augen. Er hängt die Jacke über die Stuhllehne, fragt nicht, ob der Platz noch frei ist, ein Geruch nach süßlichem Schnaps umweht ihn. Vielleicht ist es ja sein Stammplatz. Ich nippe an meinem

Bier und lese die Zeitung, während ich auf das Essen warte, aber ich merke, wie er mich beobachtet.

»Dich kenne ich doch«, sagt er, als ich einmal aufschaue.

Ich nicke höflich und betrachte ihn.

»Gleiches kann ich leider nicht sagen.«

»Rehnberg. Adolf Rehnberg.«

Er streckt eine knochige Hand über den Tisch. Kippt dabei fast seine und auch noch meine Bierflasche um, schafft es aber gerade noch. Ich denke kurz über seinen Vornamen nach. Aber er muss wohl lange vor Kriegsende geboren worden sein, anders wäre es gewesen, wenn er erst nach 1945 zur Welt gekommen wäre. In meinen ganzen Jahren als Lehrer habe ich nur einen einzigen Schüler gehabt, der Adolf hieß, er wurde 1964 geboren und war auch der Einzige, der sich erhängte, bevor die Schulzeit zu Ende war. Ich ergreife Adolf Rehnbergs Hand.

»David Mörtberg.«

»Mörtberg?«

»Ja.«

»Habe ich mir doch gedacht. Ich habe dich letztens hier gesehen, und da habe ich es mir gedacht.«

»Ach ja?«

»Lange her seit letztem Mal.«

Ich verstehe nicht, worauf er hinaus will, und widme mich meinem Bifteki. Es schmeckt wie eine fertige Frikadelle aus dem Supermarkt.

»Du bist ziemlich früh weg, oder?«

»Wie bitte?«

»Du hast die Stadt schon früh verlassen?«

»Nun ja ...«

»Ich selbst bin hier geblieben.«

»Ja, das kann ich mir denken.«

»Prost. Prost auf dich.«

Wir trinken beide einen Schluck Bier.

»Damals gab es noch keine griechischen Restaurants in der Stadt.«

Dem stimme ich zu. Das ist unbestreitbar.

»Du erinnerst dich wohl nicht mehr an mich?«

Ich muss zugeben, dass diese Vermutung richtig ist.

»Adolf Rehnberg, wie gesagt. Ich war derjenige, der sie gefunden hat.«

»Was?«

»Der Rossvagga-Mord. Ich war derjenige, der die Leiche gefunden hat. Es war eine schlimme Geschichte.«

Das scheint hier die allgemeine Auffassung zu sein. Eine schlimme Geschichte.

»Ich dachte ... ich dachte, es wäre eine Pfadfindergruppe gewesen.«

Es ist schon merkwürdig, dass dieser Fremde mit der gleichen alten Geschichte anfängt. Das ist doch verdammt merkwürdig, wenn ich näher darüber nachdenke. Als hätte jedes Schwein hier seit dreißig Jahren über diesen Mord nachgedacht.

Forselius. Kommissar Malander. Adolf Rehnberg.

Meine Schwester Maria?

Die müssten doch auch in dieser Provinz hier noch etwas anderes zu tun haben. Ich trinke einen Schluck Bier.

»Das stimmt«, bestätigt er. »Es war die Biberpatrouille, die den Fund gemacht hat, aber ich war der Gruppenleiter.«

»Ach ja?«

»Ein paar der Jungen haben die Leiche entdeckt, aber ich habe mich dann darum gekümmert.«

»Ich verstehe.«

»Das war wirklich schlimm.«

»Das kann ich mir vorstellen.«

»Ich habe seitdem immer wieder dran gedacht. Du warst doch der Bruder von dem Vinblad, oder?«

Ich gebe zu, dass dem so ist.

»Aber natürlich nicht sein richtiger Bruder. Schließlich war er ja eigentlich der Sohn vom Mörder.«

Er lässt das wie einen Eigennamen klingen.

»Es stimmt, dass Viktor ein paar Jahre bei uns gelebt hat, ja.«

»Und dann ist er stumm geworden, nicht?«

»Ja.«

»Verdammt, das war schon ein merkwürdiger Typ, oder? Du musst das doch wissen, du hast ihn ja gekannt.«

Ich antworte, indem ich mit den Schultern zucke. Die Kellnerin bringt ihm sein Essen. Genauso ein Supermarkt-Bifteki wie das, in dem ich herumstochere.

»Aber die anderen waren ja auch ein bisschen verdreht. Oder was meinst du?«

Es ist offensichtlich, dass er nach Zustimmung sucht. Es ist ihm wichtig, in diesen Dingen mit mir übereinzustimmen.

»Nun ja, sie waren sicher ein wenig ungewöhnlich«, sage ich. »Aber ich habe keinen Kontakt zu ihnen gehabt.«

»Hm. Das Quartett von Rossvagga! Man hätte eigentlich wissen müssen, dass früher oder später so etwas passieren würde. Das war doch ... verdammt, das war doch krank, das Ganze da!«

»Ich kann mich nicht mehr so genau daran erinnern.«

»Nein? Aber ich, weißt du.«

»Das ist mir schon klar geworden.«

»Wann bist du denn weggezogen?«

»1971. Im Herbst 1971.«

»Und wohin?«

»Nach Uppsala. Habe dort einen Job gekriegt.«

»Nach Uppsala, ach so.«

Er leert sein Bierglas und winkt der Kellnerin, ein neues zu bringen. Ich weiß nicht, ob er nur speziell etwas gegen Uppsala hat oder ob er die gesamte übrige Welt in sein Werturteil mit einschließt. Alle Orte, die nicht K. sind. Er zerteilt sein Hackstück in zwei Teile und stopft sich die eine Hälfte in den Mund. Kaut eine Weile konzentriert. Schluckt runter und kommt aufs Thema zurück.

»Das war ein schlimmer Anblick, das kann ich dir sagen.

Verflucht, wie kann man so etwas einer schönen jungen Frau antun? Ja, auf so etwas sollte Kopfgeld ausgesetzt werden, das ist schon mal sicher.«

Ich antworte nicht.

»Erst letzte Woche habe ich wieder von der nackten Leiche geträumt, bestimmte Dinge vergisst man nie, weißt du. Wie gern man das auch möchte. Einer der Jungs von der Gruppe hat es im Erwachsenenalter mit den Nerven gekriegt, das hast du nicht gewusst, nicht wahr?«

Sein Blick bekommt etwas Anklagendes.

»Nein«, bestätige ich. »Das habe ich nicht gewusst.«

»Ich will dir mal was sagen«, fährt er fort, und jetzt wedelt er mit der Gabel vor meinem Gesicht herum. »Leute, die so was machen, die wissen gar nicht, was sie den anderen damit antun. Nicht nur denen, die sie umbringen, sondern allen anderen auch. So ein Mord, der betrifft doch alle, das ist wie ein Stein, den man ins Wasser wirft. Der zieht Kreise, das ist einfach schlimm, kapierst du, was ich damit sagen will?«

Ich nicke vage.

»Ich denke schon.«

»Es entsteht so verdammt viel Kummer. Auch noch viel später. Man sollte solchen Übeltätern und Mördern schon von vornherein einen Riegel vorschieben, das würde das Leben für uns andere leichter machen, für uns … normale Menschen.«

Er rülpst und bekommt sein neues Bier. Hebt es hoch und trinkt. Ich nutze die Gelegenheit, die Kellnerin um die Rechnung zu bitten. Das ist ein Suffkopf, den ich Rune vorstellen sollte, denke ich. Die beiden würden ihre Freude aneinander haben.

Aber vielleicht kennen sie sich ja, nachfragen will ich lieber nicht.

»Das Schlimmste«, sagt er und stellt sein Glas energisch auf den Tisch, »das Schlimmste ist natürlich, dass der Mörder frei herumläuft.«

»Frei herumläuft?«, wiederhole ich. »Was meinst du damit, dass der Mörder frei herumläuft?«

Er beugt sich über den Tisch. Ein Messer fällt zu Boden.

»Du hörst doch, was ich sage«, zischt er. »Der Rossvagga-Mörder läuft frei herum. Und das tut er seit dreißig Jahren.«

Ich bezahle mein Essen und verlasse ihn.

Bei den Salmodinern ging es zäh voran.

Ein halbes Jahr, nachdem sie ins Deutsche Haus gezogen waren, gebar Gunnlög Salmodin ihr zwölftes Kind. Es war ein Junge, und er bekam den Namen Joel.

Man könnte glauben, dass der Prediger mit seiner Kinderschar zufrieden war, jetzt wo das Dutzend voll war. Zwölf Kinder, zwölf Apostel. Das sollte ja wohl reichen, wie die Leute meinten. Sich dreizehn Kinder anzuschaffen, das war zu viel. Das wäre dünkelhaft, ganz gleich, ob man nun dem »Leib Christi und der Bruderschaft von Inris Blut« angehörte oder nicht.

Aber eines in dem Dutzend war ein Mädchen. Vielleicht drückte da der Schuh.

Sara Salmodin kam in die Volksschule, als sie neun wurde, und dieses Mal ging alles gut. Sie war immer noch der gleiche bunte kleine Engel wie früher, aber in dem verflossenen Jahr hatte Vater Salmodin ihr ein wenig Schliff beigebracht. Es war möglich, sie auf der Schulbank zu halten. Sie saß still. Sie machte ihre Aufgaben, zumindest teilweise. Ab und zu waren sie sogar richtig.

Aber dass sie weiblichen Geschlechts war, das war nicht zu übersehen, und die zwölf Apostel in der Bibel waren alle Männer. Möglicherweise gingen Prediger Salmodins Gedanken in diese Richtung. Möglicherweise war er der Meinung, dass das Dutzend irgendwie nicht richtig voll war. Zwölf Jungen, das sind nun mal zwölf Jungen.

Wie immer er die Dinge auch sah, so schwängerte er jedenfalls seine Ehefrau noch einmal. Die Natur nahm ihren Lauf.

Aber Natur und Schicksal können manchmal Halbgeschwister sein. KLIBB war in keiner Weise ein Gegner der modernen Heilkunst. Wenn man krank wurde, fuhr man zu Doktor Thunberg – oder man rief nach ihm, wenn schlechtes Wetter war. Gesundheit und Krankheit lagen ebenso sehr in den Händen der Menschen wie in denen Unseres Herrn.

Was aber Leben und Tod betraf, so verhielt es sich hier ein wenig anders, und es war fast eine Selbstverständlichkeit, dass eine Frau ihre Kinder daheim gebar.

Das hatte Gunnlög Salmodin schon zwölfmal getan, aber beim dreizehnten Mal ging es schief. Der letzte Apostel war zwar wie geplant ein Junge, aber er lag falsch im Mutterleib, dann kamen noch weitere Probleme während der Wehen hinzu, und bevor er geboren wurde, war er schon tot.

Er nahm auch seine Mutter mit in den Tod – und dazu hatte er in gewisser Weise auch alles Recht, wie die Leute sagten. Denn es ist nicht leicht für ein ungeborenes, ungetauftes Kind, allein vor Petrus zu treten. Da ist es besser, die Mutter an seiner Seite zu wissen, die für einen sprechen und einem später unter den Engeln Gesellschaft leisten kann.

Theodor Salmodin blieb also allein mit zwölf Kindern zurück. Der Älteste war einundzwanzig, der Jüngste anderthalb. Es war ein harter Schlag, eine unbegreiflich scharfe Zurechtweisung von einem Gott, dessen erster Prophet und Anhänger er doch war. Eine Hiobsbotschaft von fast diabolischen Dimensionen, die Gemeinde war in ihren Grundfesten erschüttert, und schließlich mussten die Kinder ja etwas zu essen auf den Tisch bekommen. Der herrschende Zustand war gelinde gesagt problematisch.

Nachdem die ersten lähmenden Schockwellen wieder abgeebbt waren, ergriff Prediger Salmodin zwei Maßnahmen. Zum einen änderte er die Schreibweise seines Namens. Er hieß nicht mehr Salmodin, sondern Psalmodin. Das reimte sich besser auf Psalm und Psalter, eine Tatsache, die einem allsehenden Gottesauge wohl kaum entgehen konnte.

Zum anderen besorgte er sich eine Haushälterin.

Es war eine große, verwachsene Frau mit verbitterten Gesichtszügen. Sie trug einen Haarknoten und eine Hornbrille, und sie machte doppelt so lange Schritte wie jede andere Frau im Granvägen. Es hieß, sie wäre irgendwie mit dem Prediger verwandt.

Ihr Name war Signe, sie zog an einem Tag im Mai in das Deutsche Haus ein, und mit ihr zog der Trübsinn dort ein. Schnell hatte sie den Ruf, etwas gefährlich zu sein, aber mutige kleine Männchen aus dem Viertel hockten dennoch hinter Petterssons Tannenhecke und bombardierten sie mit Tannenzapfen. »Psigne ist ein Pzuckermaul!«, schrie man, um dann so schnell man konnte zu verduften.

Sie warf den Kopf in den Nacken und kümmerte sich nicht darum. Stapfte mit ihrer Karre davon, um den täglichen lebensnotwendigen Bedarf für den Propheten und seine Apostel zu besorgen.

Aber Theodor Psalmodin wurde immer trübsinniger. Er verlor die Kontrolle über seine Herde. Isak und Jakob, die beiden ältesten Jungen, kamen auf die Idee, sie wollten nach Sundsvall fahren und sich dort weltliche Arbeit suchen, und er ließ sie fahren.

Leon, Nummer drei, besorgte sich amerikanische Jeans und Turnschuhe, und Eskil, Nummer vier, wurde langhaarig. Gottesdienste wurden in immer größeren Abständen abgehalten. Der Glaube sank wie ein Stein im Sumpf der Ohnmacht, die Zeit war aus dem Takt geraten.

Innerhalb von nur achtzehn Monaten nach der Katastrophe waren weitere zwei Apostel, Ansgar und Josef, von zu Hause ausgezogen, und es war abzusehen, dass auch Psigne sich demnächst auf und davon machen würde. Wohlunterrichtete Kreise im Viertel ließen vernehmen, dass das daran lag, dass der Prediger versucht hatte, sie zu bumsen.

Vielleicht stimmte das ja; der Haardutt war in Auflösung begriffen, als sie an einem sonnigen Septembernachmittag mit ihrer Tasche das Weite suchte – und Theodor Psalmodin hatte ein Veilchen, das noch drei Wochen lang zu sehen war.

Die nächste Haushälterin zog einige Zeit später ein. Sie hieß Dagny, hatte wasserstoffsuperoxidgebleichtes Haar und rauchte Zigaretten. Mit ihrer Ankunft war die Auflösung des schwedischen Zweigs von »Christi Leib und die Bruderschaft vom Blut Inri« eine unwiderrufliche Tatsache.

Ich gehe zu Bellins im Hagendalsvägen und kaufe zwei Rosen. Es ist ein spontaner Einfall, aber nach dem Gespräch mit Adolf Rehnberg brauche ich eine Art Gegengewicht.

Auf dem Weg zur Kirche komme ich bei Schneidermanns vorbei. Der Parkplatz zwischen Büro und Fabrikgebäude ist voll mit Autos, und auf dem Fahrradständer stehen gut zwanzig Fahrräder. Ich weiß, dass Schneidermann schon seit vielen Jahren tot ist, seine Söhne schmeißen jetzt den Laden. Aber die Geschäfte gehen gut, Schnürsenkel brauchen die Leute, in guten wie in schlechten Zeiten.

Ich bleibe einen Augenblick stehen und versuche mir vorzustellen, wie es hier an diesem Tag vor fünfundvierzig Jahren aussah, als Viktors Mutter ihre letzte Mahlzeit zu sich nahm. Rojne Tott. Löne-Alma. Jupin mit seiner Ziehharmonika. Aber es ist zu lange her, selbst die große Hängebirke, an die ich mich noch so gut erinnern kann, ist dem Zahn der Zeit zum Opfer gefallen. Jetzt befindet sich dort stattdessen eine halbabstrakte Bronzeskulptur, ich nehme an, sie soll einen Schuh darstellen.

Obwohl ich genau weiß, dass all das, was ich mir ins Gedächtnis zu rufen versuche, wirklich geschehen ist, erscheint es mir wie eine Episode aus einem Buch, das ich nie gelesen habe. Die Zeit ist der Rücksichtsloseste aller Wellenbrecher, wie es bei Klimke heißt.

Und trotzdem stimmt es so nicht. Nicht ganz. Es sind nur

die Nähe und die Kontinuität, die verloren gegangen sind. Oder die wir verschleudert haben, eines Tages ist der rote Faden so verblichen, dass er reißt, und plötzlich begreifen wir unser Leben nicht mehr. So schlimm ist es wirklich um uns bestellt. Ich spüre einen brennenden Kloß, der sich in meiner Brust ausbreitet. Mensch, dein Name ist Hoffnungslosigkeit.

Ein feiner Regen weht mir ins Gesicht, als ich auf dem Friedhof angekommen bin. Die Gräber sehen trist aus. Die Kirche auch, dieser schwere Koloss aus grauem Stein aus dem späten neunzehnten Jahrhundert – die vereinzelten Ulmen, die vermooste, zusammengefallene Mauer, Barins Kapelle –, alles scheint auf dem Weg zu sein, in die Erde zu versinken. Auf dem Weg, den wir alle zu gehen haben. Warum fällt es einem so schwer, sich das vor Augen zu halten? Würde es uns nicht sogar ein wenig besser gehen, wenn uns das gelänge? Ich komme an das Grab meiner Eltern. Der Stein ist aus dunklem, poliertem Granit, ich bleibe davor stehen, schaue eine Weile auf die Namen und die Jahreszahlen. Mein Vater ist über achtzig geworden, meine Mutter nicht einmal sechzig. Im Augenblick bin ich dreiundfünfzig. Wenn die genetische Uhr in Richtung meiner Mutter tickt, dann habe ich höchstens noch sieben Jahre übrig. Wenn ich das Gehirn meines Vaters geerbt habe, dann wird es ungefähr zum gleichen Zeitpunkt erlöschen. Ich versuche mich gegenüber beiden Möglichkeiten zu wappnen. Das ist natürlich sinnlos – jede Zeitrechnung in Bezug auf den Tod ist sinnlos. Es gibt keine unterschiedlichen Handlungspläne für sieben, siebzehn oder siebenundzwanzig Jahre, zumindest bin ich nicht im Stande, welche aufzustellen. Entweder man lebt, oder man ist tot. Ich lege vorsichtig eine der beiden Rosen vor den Stein und gehe weiter.

Über die Straße, auf den neuen Friedhof. Valfrid und Olga Vinblads Grab liegt ganz hinten auf der windigen Ebene, ich muss eine Weile suchen, bis ich es finde.

Es sieht immer noch so aus, wie ich es in Erinnerung habe, nur Hoppes kleines Kreuz ist weg. Das war natürlich zu erwarten, zwei Holzstückchen halten nicht ewig. Was mich dagegen verblüfft, ist die Tatsache, dass eine Vase mit frischen Blumen in die lose Erde hineingedrückt wurde. Gelbe und rote Gerbera, fünf Stück.

Natürlich ist das ein Zeichen, ich weiß nur nicht, wie stark es ist. Sicher, es kann wer auch immer gewesen sein, es muss nicht das bedeuten, was es zu bedeuten ich mir einbilde.

Meine Rose passt nicht dazu, aber ich lege sie trotzdem schräg vor die Gerbera. Stecke die Hände in die Taschen und bleibe für eine kurze Weile stehen. Jede Menge Blödsinn fährt mir durch den Kopf, aber nichts wird deutlich. Es gibt keine Prägnanz in diesem zunehmenden Regen, in meinen zögernden, düsteren Gedanken, mit der Zeit beginne ich zu frieren, und in dem Moment, als ich dem Grab den Rücken kehre, klingelt mein Handy.

Es ist Liv. Sie hat sich entschlossen, sagt sie. Klingt viel mutiger als das letzte Mal, als wir miteinander sprachen.

Ich frage, wozu sie sich entschlossen hat, aber das will sie mir nicht sagen. »Mit bestimmten Dingen hast du nichts mehr zu tun«, erklärt sie, »du hast die deiner Meinung nach nötigen Schritte getan, jetzt mache ich die meinen.«

Mir scheint, das klingt reichlich mysteriös, und ich sage es auch. Vermutlich hätte ich es nicht getan, wenn ich in einem richtigen Zimmer irgendwo in einem Haus gesessen hätte, aber dieser Regen und die früh einsetzende Dämmerung haben etwas an sich, das die äußere Hülle perforiert. Was dazu führt, dass ich keinen Wert auf den guten Ton und feine Manieren mehr lege. Ich erinnere sie daran, dass sie ein Kind von einem anderen Mann erwartet, und bitte sie, zur Sache zu kommen.

»Sei nicht so überheblich«, erwidert sie. »Es ist nie allein die Schuld von einem, wenn eine Beziehung kaputt geht. Aber darüber will ich gar nicht diskutieren. Das ist zu spät. Jetzt geht es um das Praktische.«

Ich erkläre, dass ich mich um alles Praktische kümmern werde, sobald ich wieder zurück bin.

»Und wann wird das sein?«, fragt sie.

»Ich weiß es nicht«, muss ich zugeben. »Das kann ich im Augenblick leider noch nicht sagen. Noch ein paar Tage, vielleicht eine Woche.«

»Ich verstehe. Jedenfalls gehe ich davon aus, dass du bereit bist, auf jeden Fall hier auszuziehen.«

»Natürlich.«

»Gut. Linnea und ich werden alles, was dir gehört, ins Arbeitszimmer stellen. Dann kannst du dich darum kümmern, wenn du zurück bist. Ich wäre dir dankbar, wenn du mir vorher Bescheid sagst, wann du auftauchst. Ich möchte dir möglichst nicht begegnen, wie du dir sicher vorstellen kannst.«

Ich erkläre ihr, dass mir das alles und noch viel mehr schon lange klar ist, und verspreche ihr, sie rechtzeitig darüber zu informieren, sobald ich K. verlasse. Es entsteht eine Sekunde zögerlichen Schweigens im Telefon, wir scheinen nicht darin übereinzukommen, wer von uns jetzt zögert. Dann drückt sie auf einen Knopf und verschwindet.

Ich fühle mich verwirrt von dem Gespräch, das ist nicht zu leugnen. Eine Art Schwäche, die ich nicht akzeptieren will, ist dabei, von mir Besitz zu ergreifen. Ich beschließe, direkt zum Granvägen zurückzugehen, sowohl Maria als auch Rune aus dem Weg zu gehen und mich für eine Stunde mit meiner Whiskyflasche in meinem Zimmer einzuschließen.

Mit dem Whisky und Adolf Rehnbergs Schlusswort.

»Du hast doch gehört, was ich gesagt habe: Der Rossvagga-Mörder läuft seit dreißig Jahren frei herum.«

Ich muss versuchen zu verstehen, was das bedeutet.

»Der Teufel schläft nie, aber Gott muss man jeden Morgen wecken«, erklärt Viktor. »Das ist der Unterschied.«

Es ist ein Abend im November. Wir liegen in unseren Betten, haben das Licht ausgemacht, wir sind zwölf Jahre alt. Ich finde, das ist eine merkwürdige Behauptung. Viktor sagt zwar manchmal so merkwürdige Sachen, aber das hier erscheint doch ungewöhnlich fremd. Über den Teufel und Gott haben wir nie geredet. Ich lausche eine Weile dem Schneesturm, der um die Hausecken tobt, dann versuche ich zu verstehen, was er gesagt hat.

»Was zum Teufel meinst du damit?«, frage ich schließlich.

»Nur, dass es eben so ist«, antwortet er. »Wenn wir nichts tun, wenn wir nur auf dem Rücken liegen bleiben, die Arme an den Seiten, dann wird uns eines schönen Tages der Teufel holen.«

»Der Teufel holen?«, wiederhole ich. »Was redest du da eigentlich?«

»Eines schönen Morgens verschläft man«, fährt Viktor unerschütterlich fort, »und dann ist es zu spät. Es gibt so viel Böses auf der Welt. Und so viele fiese Typen. Denk nur an so einen wie Warze. Warum konnten wir nicht stattdessen Fräulein Humén kriegen? Begreifst du, was für ein Unterschied das gewesen wäre?«

Darin hat er zweifellos Recht. Fräulein Humén hat die andere Sechste in der Volksschule, und es gibt nicht einen Menschen in der ganzen Schule, der sie nicht liebt. Die Erwachsenen auch, obwohl auf eine andere Art und Weise und ganz heimlich, schließlich ist sie verheiratet mit einem flotten Schaffner, der fast zwei Meter lang ist – ja, das stimmt, denke ich, die Männer im Kollegium lieben sie heimlich, und wir Unmündigen können nur vage von ihr träumen und hoffen, zufällig auf einer Treppe oder einem Flur einmal auf sie zu stoßen. Sie hat rote Haare, und ihre Augen funkeln immer, den ganzen Tag über ist sie nichts als fröhlich. Selbst als Tommy Turesson eine Fensterscheibe eingeschlagen und als Elvira Bomgren sich den Arm gebrochen hat, da war sie fröhlich. Es gibt offenbar nichts, was sie erschüttert. Aber es ist ja auch nicht schwer, gut gelaunt zu sein, wenn man eine junge schöne Frau ist, denke ich und habe schon vergessen, dass wir eigentlich vom Teufel und Gott geredet haben.

Aber Viktor erinnert mich daran.

»Ich denke mir Folgendes«, sagt er. »Es sind immer die Gemeinen, die letztendlich gewinnen. Ab und zu passiert mal was Schönes, aber im Endeffekt wird doch nur alles Scheiße.«

Ich denke nach. »Unser Fußballverein ist aufgestiegen«, sage ich.

»Die werden wieder absteigen«, entgegnet Viktor. »Die haben doch nur sieben Punkte.«

»Okay«, seufze ich. »Aber ich bin mir trotzdem nicht sicher, dass es der Teufel ist, der seine Finger dabei im Spiel hat.«

Eine Weile schweigen wir.

»Das habe ich mal gelesen«, erklärt Viktor dann. »Das mit Gott und dem Teufel. Vor kurzem in diesem Buch hier. Und ich finde, es stimmt.« Er klopft mit den Knöcheln auf ein Buch auf dem Hochbett. »Denn es stimmt doch, dass man fast immer traurig ist.«

»Was?«, wundere ich mich. »Bist du oft traurig?«

»Tief im Inneren bin ich das, ja«, bestätigt Viktor. »An der Oberfläche gibt es Quatsch, Lachen und viel Blödsinn, aber im tiefsten Inneren ist es nur traurig.«

Ich finde, das klingt ziemlich trübselig, und gleichzeitig fürchte ich mich ein wenig vor dem, was er sagt. Ich will mich dagegen schützen, es darf nicht sein, dass er Recht hat, ich möchte ihm widersprechen und erklären, dass die Welt nicht so aussieht und dass er alles nur falsch verstanden hat. Aber ich finde nicht die richtigen Worte. Nicht einmal die halb richtigen.

»Ach was«, sage ich. »Dick und Doof sind jedenfalls toll, oder?«

Eine Weile ist es still auf dem Hochbett.

»Okay«, räumt Viktor schließlich ein. »Dick und Doof sind supertoll. Aber du verstehst nicht, was ich meine. Vielleicht muss man einen toten Vater und eine tote Mutter haben, um das zu verstehen. Wollen wir lieber schlafen?«

»Ja«, sage ich gähnend. »Verdammt, lass uns das tun.«

Aber ich bleibe noch ziemlich lange wach liegen und denke über das nach, was er von Gott und dem Teufel gesagt hat. Vielleicht liegt es ja an dem Unwetter draußen in der Winternacht, dass man sich so problemlos vorstellen kann, dass tatsächlich ein Kampf um die Seelen stattfindet. Der Wind, der um die Ecken heult, und noch das eine oder andere mehr.

Die Jahre auf dem Karolinska-Gymnasium gehören auch in eine andere Geschichte, auf jeden Fall fanden sie im Juni 1969 ihr Ende. Ich hatte mir schon einen Job bei Clason & Clason besorgt, wo ich am Montag nach der Prüfung anfing und bis Weihnachten desselben Jahres arbeitete. Wechselschicht in der Armierung, das war kein Traumjob, aber das hatte ich auch nicht erwartet.

Im Herbst fand ich meine erste feste Freundin, sie hieß Ulla-Britt und war ziemlich hübsch. Wir sahen uns jedes Wochenende, mal bei ihr zu Hause, aber meistens im Gamla badhuset, dem Alten Badehaus, das war zu der Zeit eine Art nicht kontrolliertes Jugendzentrum. Mit der Zeit bekamen die Gemeindebosse spitz, was vor sich ging, und ließen die Räumlichkeiten schließen. Doch ein paar Jahre lang hatten wir unseren Spaß in dem alten, nach Chlor stinkenden Ziegelschuppen. Man konnte sich hier in aller Ruhe volllaufen lassen, übers Leben und die Zukunft reden, den Doors, Jefferson Airplane und Deep Purple lauschen und sogar auf einem der Sofas pennen, wenn man das Bedürfnis verspürte. Der eine oder andere rauchte dort wohl auch ab und zu ein bisschen Haschisch.

Wir schliefen miteinander, Ulla-Britt und ich, wir gingen auf irgendwelche FNL-Demonstrationen und bildeten uns vielleicht sogar ein, dass zwischen uns etwas Längerfristiges entstehen könne und dass wir gemeinsam die Welt verändern könnten – aber als ich um Neujahr zum Militär einrücken musste, machte sie nach einer Woche Schluss. Sie hatte einen Typen aus Bräcke kennen gelernt, er hieß Bengan und hatte ein Motorrad mit Easy-Rider-Lenker. Zwar stotterte er und hatte das halbe Ohr bei einem Skiunfall verloren, aber offenbar machte das nichts. Ich litt einige Wochen lang Höllenqualen, aber auch das ging schließlich vorbei.

Wie es eigentlich um das Trio von Rossvagga stand, davon wusste ich so wenig wie alle anderen, aber ich hatte natürlich – genau wie alle anderen – die große Veränderung mitbekommen, die zu Beginn des Herbstes eintraf.

Dass Sara Psalmodin sich ihnen anschloss.

In letzter Zeit war es im Deutschen Haus nicht so gut gelaufen. 1969 war es sieben Jahre her, dass Gunnlög mit dem letzten Apostel im Wochenbett verstorben war, und das meiste war dem Verfall preisgegeben.

Der Untergang hatte natürlich just mit diesem traurigen Todesfall begonnen, der Haushalt war mühsam zusammengehalten worden, solange Psigne als Haushälterin und Ersatzmutter fungierte, aber seit Dagnys Ankunft war es schnell bergab gegangen. Nachdem er sein gesamtes erwachsenes Leben auf dem schmalsten aller Pfade gewandelt war, bog Prediger Psalmodin nunmehr direkt auf die Autobahn ab. Starke Getränke, Zigaretten und weltliche Tanzmusik aus Dagnys mitgebrachtem Transistorradio waren nun an der Tagesordnung. Der Haushalt wurde vernachlässigt, die Kinder verdreckten und verwilderten. Man sah Theodor und Dagny im Hotel der Stadt beim Tanz. Der Apostel Johannes, der auf eigene Initiative seinen Namen in Kent-Ove geändert hatte, wurde in eine Messerstecherei im Vallispark verwickelt und landete in der Erziehungsanstalt. Einer nach dem anderen zog von zu Hause aus, und zum Schluss sorgte der Prediger selbst für einen Skandal, als er an einem Samstagvormittag betrunken auf dem Wochenmarkt auftauchte. Ich habe es selbst gesehen, ich hatte etwas in der Stadt zu erledigen und kam zufällig genau zu dem Zeitpunkt dort vorbei.

Es war wirklich beeindruckend. Er stand auf dem Sockel des Barin-Denkmals, hielt Barin um den Hals und verkündete der Gemeinde mit Donnerstimme, dass er in der letzten Nacht Gesichte und Offenbarungen gehabt habe. Der Jüngste Tag und die Rückkehr des Erlösers seien nahe. Genau genommen war es nur noch eine Frage von fünf Tagen.

Aber es gebe keinen Grund zur Panik und zum Jammern, dröhnte der Prediger, ganz und gar nicht. Wenn nur das gute Volk von K. ihm zuhörte, Buße täte und Besserung verspräche, dann würden alle gemeinsam zu den Feldern der Seligen in einer goldenen Arche reisen, die am kommenden Donnerstagmorgen von der Bushaltestelle zwischen dem Rathaus und dem Systembolaget abfahren würde.

Es gab tausend Plätze, man konnte sich schon jetzt anmelden und fünf Kronen in eine einzig und allein für die heilige Sache bestimmte Spardose legen.

Nicht ein einziger Schafskopf der verlorenen Herde erhörte diesen frommen Ruf, und Theodor Psalmodin ging dazu über, ein jeden mit Hohn und Spott zu überschütten – in einer Sprache, die die Krabben auf dem nahe stehenden Fischwagen vor Scham erröten ließ. Schließlich wurde er von den kräftigen Ringerbrüdern Trulsson unter Pfiffen und Buhrufen weggeführt.

Kurze Zeit später verbrachte der gute Prediger eine kurze Probezeit im psychiatrischen Krankenhaus von Kabbingeberg, wurde aber mit einer Art Gesundschreibung wieder nach Hause geschickt. Es hieß, er wäre zu verrückt, um dort zu bleiben, den anderen Patienten ginge es allein durch seine Anwesenheit schlechter.

Kurz und gut. Mitte 1969 war nicht viel mehr als ein halbes Dutzend im Deutschen Haus übrig – mal zog einer ein, mal einer aus, wie es schien –, und da Sara Psalmodin zu diesem Zeitpunkt achtzehn Jahre alt war, schien es angebracht und sicher höchste Zeit, dass sie flügge wurde.

Das Problem war nur, dass sie so war, wie sie war.

Ein verlorener Vogel, wie man sagte. Ein Goldkehlchen. Das zwitschernde Lachen war mit der Zeit verschwunden, aber sie war von sanftem, freundlichem Wesen, plätscherte sozusagen wie ein Frühlingsbach durch das Leben und ihr Schicksal, und wenn sie nur vernünftig genug gewesen wäre, dann wäre sie ein einzigartiges Kleinod auf dem Markt der Liebe gewesen. Daran herrschte kein Zweifel. Leicht und geschmeidig wie eine Weidenrute der Körper, mit klarem, schönem Gesicht und wogendem dunkelbraunem Haar. Einem Funkeln in den Augen und einem Lächeln, das man fast als geheimnisvoll bezeichnen konnte.

Und sieben Jahre Schule hatte sie geschafft. Da der Start ja etwas verspätet ausgefallen war, war sie sechzehn, als sie die Volksschule verließ, und fast umgehend bekam sie eine Stelle in Nilssons Schuhladen in der Storgatan. Damit war sie die erste Psalmodinerin – abgesehen von dem einen und anderen Ausgezogenen, wie zu vermuten war –, die eine so genannte ehrenwerte Arbeit ausübte. Traditionsgemäß ernährten sich die Leute im Deutschen Haus vom Kindergeld sowie diversen anderen Zuwendungen von der Allgemeinheit. Dagny Psalmodin (sie und der Pastor hatten nach einigen Jahren in Unzucht das Band der Ehe geschlossen) hatte zwar eine Art Praxis für Frauen, die Interesse daran hatten, dass ihnen die Karten gelegt wurden oder ihnen aus Kristallkugel oder Kaninchenfell weisgesagt wurde (Letzteres eine Spezialität aus der Gegend um Sorsele, wo sie aufgewachsen war), aber das Geschäft hatte fast genauso wenig Erfolg wie das Goldarchenprojekt ihres Ehegatten vor einigen Jahren.

So war es nun einmal, die Leute in K. waren richtige Bauernseelen.

Bei Schuh-Nilsson begann Sara Psalmodin ihre Karriere, indem sie hinten im Lager Kartons sortierte, das war eine Tätigkeit, die sie in ihrem eigenen Rhythmus ausführen konnte und die ihr gut gefiel, aber mit der Zeit verbrachte sie immer mehr Zeit vorn im Laden. Wenn die Leute Schuhe kaufen wollen, sind sie nicht von Eile getrieben, es soll probiert, gedrückt und gebrummt werden, weshalb auch hier die langsame Freundlichkeit des Mädchens gut zupass kam. Mit der Zeit lernte sie sogar mit dem nur schwer zu bezirzenden Kassenapparat umzugehen.

Im Laufe der Jahre vor dem Rossvagga-Mord wurde Sara Psalmodin ein ziemlich bekanntes Gesicht in K. Früher oder später brauchte ja jeder einmal neue Schuhe, und Schuh-Nilsson war nun einmal Schuh-Nilsson. Auch wenn die Plastikgaloschen bei Domus ab und zu einen Zehner billiger waren, so waren es doch letztendlich die Qualität und der gute Service, die den Ausschlag gaben. Und in irgendeiner mysteriösen Art und Weise verkörperte Sara Psalmodin beides. Kein Zweifel: Sie war wirklich ein Gewinn für den Laden.

Aber ihr an die Wäsche kam niemand. Es war schon einmal vorgekommen, dass der eine oder andere Adonis versuchte, mit ihr zu flirten, schließlich war sie eine schöne junge Frau, aber sie hatte etwas an sich, das die Flammen der Kavaliere erlöschen ließ. Wobei unklar war, worum es sich dabei handelte. Vielleicht eine Art Kindlichkeit. Sie sah zwar wie eine Frau aus, ihre Brüste waren hoch und traten deutlich hervor, ihr Po war rund und schön, doch wenn sie sprach oder den Leuten ernsthaft in die Augen sah, dann war es ein Kind, das sich da zeigte.

Aber vielleicht lag es auch an etwas anderem. Auf jeden Fall entkam sie jedem weitergehenden Annäherungsversuch, und sie schien es nicht einmal weiter zu registrieren. Natürlich war sie in rein körperlicher Beziehung geschlechtsreif, das konnte jeder sogleich sehen – aber im Herzen und im Kopf sah es ganz anders aus.

Das wurde zumindest angenommen. Denn wie es sich bezüglich dieser Fragen verhielt, das wurde schnell klar, als Sara Psalmodin nach Rossvagga zog. Für diese Art von lokalen Neuigkeiten gab es reichlich Kommunikationszentralen, und ich denke auch, dass im Zusammenhang mit dieser Expansion – vom Trio zum Quartett – zum ersten Mal der Begriff »die Rossvagga-Wohngemeinschaft« benutzt wurde.

Ja, ganz bestimmt war es so.

Es ist kein besonders treffender Name. Die Wohngemeinschaft von Rossvagga war kaum eine Wohngemeinschaft im herkömmlichen Sinne – wie es sich andere ähnliche Zusammenschlüsse an anderen Stellen im Land zu der Zeit auferlegten. Junge Rotweinradikale, Hippies und Weltverbesserer aller Schattierungen – die Menschen der neuen Zeit –, die sich zusammentaten und in lärmenden, aber zielstrebigen Großfamilien, in Abrissbuden oder sonst wo hausten. Nein, die Rossvagga-Wohngemeinschaft war etwas anderes. Sie bestand – oder war im Begriff, aus genau diesen vier merkwürdigen Individuen zu bestehen, nicht mehr und nicht weniger.

Bengt-Olle Farin.

Viktor Vinblad.

Nervöser Persson. Er hatte wahrscheinlich auch einen Vornamen, aber der war schon lange in Vergessenheit geraten.

Und Sara Psalmodin. Oder Salmodin, irgendwann im Laufe der Rossvagga-Zeit griff sie auf ihren ursprünglichen Familiennamen zurück.

Drei von ihnen hatten sogar eine feste Arbeit. Viktor hatte bereits im Sommer nach der Schule eine feste Anstellung bei der Sparkasse bekommen. Ich weiß nicht genau, worin seine Tätigkeit bestand; Kundenkontakte waren ja aus nahe liegenden Gründen ausgeschlossen, aber in Anbetracht seiner mathematischen Begabung war er sicher in vielerlei Hinsicht von Nutzen. Es ging das Gerücht, dass Oberstudienrat Christoffersson bei einer oder mehreren Gelegenheiten Viktor in der Bank einen Besuch abstattete; sie sollen dort in Viktors Büro gesessen haben – er bekam fast umgehend ein eigenes – und sich über wer weiß was den Kopf zerbrochen haben. Aber es stand nie etwas in der Länstidningen oder in einer anderen Publikation darüber, dass das Fermatsche Rätsel seine Lösung gefunden hätte, wenn also der frustrierte Oberstudienrat tatsächlich in dieser Richtung Anstrengungen unternommen haben sollte, dann blieben sie jedenfalls ohne Ergebnis.

Nervöser Persson war nach zwei Jahren vom Gymnasium abgegangen – oder hatte zumindest eine Pause eingelegt – und hatte dann eine Arbeit gefunden, die ihm offensichtlich zusagte. Auch in seinem Fall kann ich nichts Genaueres über seine speziellen Arbeitsaufgaben sagen, aber er fand seinen Platz in einem Kellerraum unter der Bibliothek. Wahrscheinlich war er dort mit irgendeiner Art von Katalogisierungsjob auf Kosten der Gemeinde beschäftigt; Archivierung und Systematisierung von dem einen oder anderen, Tätigkeiten, denen er ohnehin mehr oder weniger sein ganzes Leben widmete.

Und Sara arbeitete wie gesagt bei Schuh-Nilsson. Nur Bengt-Olle Farin fand keine Arbeit. Er hatte eine Weile als Mopedkurier für ICA-Larsson gearbeitet, aber Probleme gehabt, sich zu merken, wohin er fahren sollte und warum, und auch sein Verhalten im Verkehr ließ einiges zu wünschen übrig, so dass die Sache nach ein paar Wochen beendet worden war.

Außerdem war er ja auch der Hausbesitzer, und nachdem jetzt ein ganzes Quartett in Rossvagga lebte, war es sicher keine dumme Idee, wenn einer zu Hause blieb und sich um das Haus und die laufenden Arbeiten kümmerte. Denn es musste natürlich geharkt, Holz gehackt und gekocht werden, womit nicht gesagt ist, dass Bengt-Olle wirklich für diese Tätigkeiten verantwortlich war – es gab ja niemanden, der einen Überblick darüber hatte, wie die Wohngemeinschaft eigentlich funktionierte, und auch niemanden, der besonders interessiert daran war – aber es war zumindest nicht vollkommen ausgeschlossen.

Wie dem auch sei. Wenn man den August 1969 als Startpunkt nimmt, dann sollte das Quartett also fast vier Jahre lang zusammenleben.

Drei junge Männer, eine junge Frau. Es ist nicht bekannt, wie sie zueinander fanden, ebenso wenig weiß man, was sie eigentlich zusammen trieben. Welche Bande die Gruppe und die Einzelnen miteinander verknüpften, das ist und bleibt ihr Geheimnis. Vier Jahre sind auf jeden Fall ein ansehnliches Stück Zeit; ihre Überlebensinsel hieß Rossvagga, und vielleicht war es ja eine gute Zeit.

Vielleicht lebten sie das, was man ein normales Leben nennt.

Maria weckt mich, als sie an die Tür klopft. Es ist früher Abend, ich bin für eine halbe Stunde eingenickt.

»Kannst du nicht runterkommen?«, fragt sie. »Rune ist bei Ingemar.«

Ich weiß nicht, wer Ingemar ist, und bin auch nicht daran interessiert, es herauszufinden.

»Trinkst du am helllichten Nachmittag schon Whisky?«

Sie zeigt auf die Flasche und das Glas, das auf dem Nachttisch steht.

»Ich brauchte was, um wieder warm zu werden«, rechtfertige ich mich und setze mich auf. »Ich war in der Kirche, da war es saukalt.«

»In der Kirche? Was hast du denn da gemacht?«

»Nichts Besonderes«, antworte ich.

»So, so«, sagt Maria nur.

Wir sehen uns ein paar nackte Sekunden lang an. Wir sind ein Körper, kommt mir plötzlich in den Sinn. Bruder und Schwester, mit einem Arm und einem Bein, die viel zu lang sind, besonders wenn der Rücken alt und steif wird. Es fällt uns schwer, einander zu berühren, obwohl wir doch aus demselben Fleisch und Blut sind. Das ist unleugbar. Etwas Uraltes, Starkes erwacht in mir bei diesem Gedanken, verschwindet aber wieder in Wortlosigkeit. Ich habe keinen Ausdruck dafür, es bleibt nur ein Gefühl der Hilflosigkeit.

Ich habe auch keine Worte dafür, warum ich mich hier befinde, vielleicht ist das auch nur so eine hilflose Tat. Der Whisky schwappt wie eine Welle gegen meinen Schädel, ein kurzer Schwindel, die Gedanken blättern um.

»Kommst du?«, wiederholt Maria. »Wir können etwas essen.«

Aufgebratener Grießbrei mit Moltebeermarmelade. So eine Mahlzeit habe ich seit Jahren nicht mehr gegessen. Plötzlich und endlich fühle ich mich hier zu Hause, es ist einfacher zu atmen, wenn Rune für ein paar Stunden fort ist, was nicht weiter verwunderlich ist. Es liegt mir auf der Zunge, diesen Faden aufzunehmen, aber Maria kommt mir zuvor.

»Bitte, sag jetzt nichts über Rune. Es ist nicht der richtige Zeitpunkt, darüber zu sprechen.«

»Von mir aus«, nicke ich. »Und worüber willst du dann reden?«

Sie zögert einen Moment lang.

»Ich bin heute bei Arvid Forselius gewesen«, sagt sie. »Das war … nun ja, das war mein üblicher Donnerstagsbesuch, weißt du.«

»Und?«

»Er sagt, er hätte Viktor wieder gesehen.«

»Auf Rossvagga?«

»Nein. Dieses Mal in der Stadt. Er sei mit einem Bus gekommen, behauptet Arvid.«

»Mit einem Bus?«

»Ja, offensichtlich. Gestern Abend. Arvid hat gesagt, dass Viktor in der Köpmangatan aus einem Bus ausgestiegen sei. Er hat ihn aus nur sechs Metern Entfernung gesehen und kann beschwören, dass er es war. Gegen sechs Uhr. Arvid kam gerade aus der Tür von Hagmans.«

»Dem Jagd- und Angelgeschäft?«

»Ja.«

Ich zucke mit den Achseln

»Na, dann stimmt es wohl. Ich bin heute Vormittag in Rossvagga gewesen und habe eine Nachricht hinterlassen. Vielleicht lässt er ja von sich hören.«

»Da habe ich meine Zweifel.«

Ich kann diese Zweifel nicht deuten. Ich überlege, ob ich ihr von meinem Gespräch mit Adolf Rehnberg erzählen soll, beschließe aber, es zu lassen. Da gibt es etwas, das Maria beunruhigt. Mehr, als es mich beunruhigt. Ich verstehe immer noch nicht, worauf es beruht, habe aber keine Lust, der Sache jetzt, in diesem Moment, genauer nachzugehen.

Nicht, bevor ich Viktor wirklich zu Gesicht bekommen habe. Nicht, bevor ich weiß, dass er es tatsächlich ist, der in Rossvagga übernachtet. Ich habe andere Zweifel als Maria und verwerfe erneut den Gedanken, abends einmal dorthin zu gehen. Es müssen zumindest vierundzwanzig Stunden dazwischen liegen, denke ich. Wenn er Kontakt mit mir will, braucht er nur meine Handynummer zu wählen. Diese Chance möchte ich ihm gern geben. Und wenn er immer noch stumm ist, kann er mir ja eine SMS schicken.

»Es scheint immer nur Forselius zu sein, der auf ihn stößt«, mache ich Maria aufmerksam. »Wie sieht es eigentlich mit ihm aus? Ist er einigermaßen zuverlässig in der Beziehung?«

»Ich denke schon«, erklärt Maria nach einer Denkpause. »Natürlich kann er sich das einbilden, aber warum sollte er? Ich hätte gern …«

»Ja?«

»Ich hätte gern, dass die Sache bald geklärt wird.«

»Ist es eilig?«, wundere ich mich.

»Nein.« Sie spricht mit leicht belegter Stimme. Dazwischen mal ein kurzes Lachen, mal ein Räuspern. »Das ist es natürlich nicht. Du kannst hier bleiben, solange du möchtest. Es gefällt mir, dass du hier bist.«

»Wie geht es Skröppel?«, fällt mir plötzlich ein. »Sollte er nicht heute zum Tierarzt?«

»Ist verschoben worden«, erklärt Maria. »Auf nächste Woche.«

Ich nicke zögernd. »Da gibt es etwas, das mich wundert«, sage ich. »Dieser Mord, welche Meinung haben die Leute eigentlich dazu? Was glauben sie?«

»Was sie glauben? Nichts, nehme ich an. Schließlich ist es ja dreißig Jahre her, nicht wahr?«

»Und damals?«

»Warum fragst du?«

»Nur so eine Idee«, sage ich. »Es kann doch nicht sein, dass sie glauben, der Mörder liefe noch frei herum?«

Sie erstarrt. »Was meinst du damit, dass der Mörder noch frei herumlaufen könnte?«

»Ich weiß nicht. Nur etwas, das ich gehört habe. Dass es jemand anderes als Viktor gewesen sein könnte. Das würde es doch wohl bedeuten, oder?«

Sie antwortet nicht. Bekommt nur einen stummen, schwer zu deutenden Ausdruck in ihren Blick. Gleichzeitig habe ich das Gefühl, dass sie gern darüber sprechen würde. Dass sie sich eigentlich wünscht, ich würde hartnäckiger darauf drängen. Es wäre ja auch nur mehr als logisch, wenn sie fragte, wo ich denn solche Ansichten aufgeschnappt habe, aber das tut sie nicht. Sie sitzt nur unbeweglich da und schaut über meine Schulter ins Nichts.

Ich fühle mich unschlüssig. Genau so hat unsere Beziehung immer ausgesehen. Ein einziges Missverständnis. Nicht angesprochene Verletzungen. Falsche Peilung. Ich überlege, was eigentlich aus diesem Eishockeystar geworden ist, im Augenblick komme ich nicht auf seinen Namen, aber schließlich haben sie ein paar Jahre zusammengewohnt. Aber ich verwerfe auch dieses Thema, bevor ich es zur Sprache bringen kann. Ich kann nicht sagen, warum eigentlich alles so verdammt heikel sein muss.

»Möchtest du einen kleinen Whisky?«, frage ich.

Es kommt tatsächlich eine SMS.

Um halb zwölf, ich liege in meinem Bett unter dem Dach

und lese. Runes Fernseher ist leise durch den Boden zu hören. Die Mitteilung ist kurz und bündig.

Am Vogelturm morgen um zwei?

Jetzt gibt es keinen Zweifel mehr. Das muss er sein. Ich liege bis zum Morgengrauen wach im Bett.

Im Vergleich zu Viktors Leben und dem vieler anderer möchte ich behaupten, dass meine Jugend wie geschmiert verlief. Vielleicht ist das ein idiotischer Begriff in diesem Zusammenhang, aber wenn ich zurückblicke, fällt mir kein besserer ein.

Ich schwamm immer mit dem Strom, die Bilder sind zahllos und taugen nicht dazu, sich damit zu brüsten; ich wurde im August 1969 gemustert, und am 13. Januar 1970 rückte ich als Schreibtischtäter bei LV 5 in Sundsvall ein. Zehn Monate später reichte ich meinen Abschied ein, und in der Zwischenzeit fuhr ich praktisch jedes Wochenende nach K. Meistens im Auto mit einem Typen aus Jörn, ab und zu trampte ich auch oder arbeitete mich mit Zug und Bus voran. Ich weiß nicht, warum ich nicht mehr Wochenenden in Sundsvall verbracht habe, die Stadt war ja in jeder Beziehung ein bedeutenderer Fleck auf der Landkarte als K., vielleicht lag es einfach nur daran, dass ich es verabscheute, im Regiment zu schlafen, wenn ich frei hatte.

Jedenfalls fuhr ich immer am Freitagabend nach Hause. Traf die so genannte Gang – von denen viele aus anderen Regimentern überall im Land nach Hause kamen. Wir besoffen uns mit Bier und billigem Rotwein, am liebsten mit Parador, wenn ich mich recht erinnere, hielten nach Mädchen Ausschau und holten den Schlaf nach, den wir im Laufe der Woche versäumt hatten. Es waren keine besonders bemerkenswerten Monate, weder in Sundsvall noch in K. Ich hatte nicht das Gefühl, dass wir zu Männern reiften, aber irgendeine Veränderung machten wir durch. Und gewisse Sackgassen zu vermeiden, das lernten wir auch.

Drei Herren, die nicht zum Militär mussten, waren Vinblad, Persson und Farin von Rossvagga. Soweit ich verstanden habe, wurden alle drei gleich bei der Musterung vom Dienst befreit; dass Persson und Farin den Freischein bekamen, lag auf der Hand, aber Viktor hätte sicher einen passablen Rekruten abgegeben. Als gemeines Mitglied der Truppe konnte es doch nur zum Vorteil gereichen, wenn man die Klappe hielt – ein Regiment stummer Soldaten müsste doch aus militärischen Gesichtspunkten eine ganz verlockende Idee sein.

Aber, wie gesagt, er kam davon. Vielleicht gab es ja andere Züge in seiner Persönlichkeit, die ihn disqualifizierten. Wenn ja, weiß ich nicht, welche, denn ich hatte damals keinen Kontakt mehr zu Viktor. So war es nun einmal, nach dem Sturz aus dem Realschulfenster an jenem heißen Augusttag waren alle Fäden zwischen uns zerschnitten worden, und seitdem waren noch einmal fünf Jahre vergangen. Ich hatte nie darüber nachgedacht, was eigentlich mit ihm passiert war. Das Rätsel Fermats hatte nie seine Lösung erfahren, und das Rätsel Viktor zu lösen interessierte mich nicht länger.

Ich machte mir auch keine Gedanken über die Rossvagga-Wohngemeinschaft – höchstens mal, wenn ich auf einen von ihnen stieß oder wenn sie in irgendeinem Zusammenhang zur Sprache kamen. Im Nachhinein ist mir klar, dass ich mir trotzdem so meinen Teil gedacht habe. Drei junge Männer, die mit einer einzigen jungen Frau zusammenwohnen. Das ist eine äußerst ungewöhnliche Konstellation. Schon merkwürdig, wie gesagt. Wenn es sich nicht um so spezielle Individuen gehandelt hätte, hätte das sicher irgendeine Form von Skandal nach sich gezogen. Aber dass sie so außen vor standen und so spezielle Persönlichkeiten waren, schien wie eine Art Schutz zu wirken, ich glaube wirklich, dass es so einfach war.

Und sie waren Selbstversorger. Fielen niemandem zur Last und verärgerten keinen. Was nicht gerade unwichtig war.

Ich verließ K. im August 1971 endgültig, nach einem weiteren halben Jahr Armierungsarbeit bei Clason & Clason, war aber im Jahr darauf im Sommer ein paar Wochen lang zu Hause. Und genau in diesem Zeitraum konnte ich mit eigenen Augen sehen, dass etwas passiert war.

Ich stieß auf Sara Salmodin zwischen den Regalen bei ICA-Larsson, und es war nicht zu übersehen, dass sie offensichtlich schwanger war. Wahrscheinlich noch nicht so sehr weit fortgeschritten, ich kann kaum als Experte in diesen Fragen gelten, aber der Bauch wölbte sich zumindest in der weinroten Kordhose.

Als ich nach Hause gekommen war – ich wohnte wie immer im Zimmer auf dem Dachboden im Granvägen –, erzählte ich meiner Mutter davon, und sie konnte die Tatsache natürlich nicht leugnen.

»Stimmt«, sagte sie und sah betrübt aus, als wäre es in irgendeiner Weise ihr Problem. »So ist es nun einmal, leider. Die Leute reden darüber, aber ich weiß nichts.«

»Und wer ist der Vater?«

»Hm«, sagte meine Mutter »Ja, da kann man sich ja seinen Teil denken.«

»Man kann sich seinen Teil denken?«, wiederholte ich. »Was um alles in der Welt meinst du denn damit?«

»Das heißt, dass man es nicht weiß«, sagte meine Mutter.

»Du meinst also, dass ...?«

»Ich meine gar nichts«, unterbrach mich meine Mutter mit einer gewissen Schärfe im Ton. »Es gibt zu viele Menschen in dieser Stadt, die zu allem ihre feste Meinung haben. Die Leute sollten lieber lernen, ihre Zunge besser im Zaum zu halten. Das ist Saras Sache und geht niemanden sonst etwas an.«

Ich überlegte.

»Aber sie arbeitet immer noch?«, fragte ich. »Bei Schuh-Nilsson?«

»Ja, natürlich«, nickte meine Mutter. »Warum sollte sie

nicht? Viktor und Persson arbeiten auch. In der Bank und in der Bibliothek, wie immer schon.«

»Gibt es eigentlich jemanden, der Kontakt zu ihnen hat?«, fragte ich weiter. »Oder leben sie vollkommen isoliert?«

Meine Mutter zuckte mit den Schultern.

»Soweit ich weiß, gibt es niemanden«, sagte sie. »Sie bleiben lieber für sich, und wenn sie es so wollen, dann haben sie dazu auch jedes Recht der Welt.«

Was ich natürlich nicht bestreiten konnte. Und damit war das Gespräch beendet. Ich hörte wohl während meines weiteren Aufenthalts hier und da die eine oder andere Andeutung und halb lüsterne Spekulation, aber zuverlässige Informanten waren nicht zu finden. Ich erinnere mich, dass ich mit dem Gedanken spielte, Kontakt zu Viktor aufzunehmen, doch obwohl ich ihn ein- oder zweimal auf der Straße traf, wurde nie etwas daraus. Wir nickten einander wiedererkennend zu, in der Art, wie wir es seit dem Fermatfall taten, aber das war auch alles.

Es war zu spät, ich erinnere mich, dass ich schon damals so empfand, und dass es mit einem Gefühl des Verlustes einherging.

Das nächste Mal war ich im gleichen Jahr in den Weihnachtsferien zu Hause. Also im Dezember 1972. Der Aufenthalt beschränkte sich auf ein paar Tage, ich hatte zu der Zeit eine Freundin in Uppsala – die später die Mutter meiner Kinder wurde –, und ich wollte sie nicht länger als unbedingt notwendig allein lassen.

Wir feierten Heiligabend daheim im Granvägen. Meine Mutter, mein Vater, Maria und ich, das waren alle. Nichts war mehr wie früher, mein Vater hatte seine Wanderung in die Dämmerung hinein angetreten, und es gab keinen Anlass, ihn mehr Eindrücken auszusetzen, als er ertragen konnte. Es waren überhaupt ziemlich traurige Tage. Maria hatte sich irgendwie mit ihrem Hockeyspieler überworfen, wie meine Mutter mir berichtete, und ich verbrachte den deutlich größten Teil der Zeit oben in meinem Zimmer auf dem Bett liegend und für eine Nachprüfung im Januar paukend.

Aber zumindest machten Maria und ich am Vormittag des Ersten Weihnachtstags einen Spaziergang. Es war ein strahlender Wintertag, wie ich mich erinnere, und während wir also am Seeufer entlanggingen und versuchten etwas zu finden, worüber wir uns unterhalten konnten, kam mir wieder Sara Salmodins Schwangerschaft in den Sinn. Den ganzen Herbst über hatte ich kein Wort mehr darüber gehört.

»Wie ist es gelaufen?«, fragte ich. »Haben sie inzwischen ein Kind auf Rossvagga?«

Maria schüttelte den Kopf.

»Nein. Es war wohl eine Fehlgeburt.«

»Ach?«

»Ja, ich weiß es auch nicht. Jedenfalls war eines Tages der Bauch weg. Und sie hätte noch lange bis zur Geburt gehabt, es war Anfang September, vielleicht auch Mitte ...«

»Ach so«, sagte ich. »Na, dann müssen sich die Leute wenigstens nicht mehr den Kopf darüber zerbrechen.«

Mir fällt nicht mehr ein, welchen Kommentar meine Schwester damals dazu abgab. Vermutlich gar keinen, es herrschte bereits zu der Zeit ein ziemlich beredtes Schweigen zwischen uns.

Irgendwelche anderen Kommentare hörte ich auch nicht. Was diese vermutliche Fehlgeburt betrifft, so weiß ich wahrscheinlich genauso viel – und genauso wenig – wie alle anderen.

So ist es nun einmal. So verborgen im Nebel liegt alles.

Aber ich weiß natürlich, dass Sara Salmodin zum Zeitpunkt des Weihnachtsspaziergangs von Maria und mir ziemlich genau noch ein halbes Jahr zu leben hatte. Fast auf den Tag genau sechs Monate später wurde sie ermordet, und eine Woche später wurde ihre Leiche von Adolf Rehnberg und seiner Biberpatrouille bei Dalby gefunden. Die Zeit der Unschuld war sowohl auf Rossvagga als auch in K. vorbei.

Und wenn die Leute vor dem Hintergrund dieses Mordes sich zu erklären versuchten, was die Rossvagga-Wohngemeinschaft eigentlich war, dann empfand ich es immer als ziemlich einleuchtend, dass es ihnen äußerst schwer fiel, etwas klar und deutlich zu erkennen.

Ich wache davon auf, dass Maria und Rune sich streiten. Dumpfe, aber aufgebrachte Stimmen sind durch den Boden zu hören, ich habe von einer Kneipenschlägerei geträumt, bei der ich einmal Zeuge war, und vermische wahrscheinlich einige Sekunden lang Traum und Wirklichkeit. Ich kann nicht hören, worum es da unten in der Küche geht, aber es endet damit, dass einer von beiden das Schlachtfeld verlässt und die Haustür mit einem Knall hinter sich zuschlägt. Als ich mich auf die Ellbogen stütze und aus dem Fenster schaue, kann ich sehen, dass es sich um Maria handelt.

Ausgezeichnet, denke ich. Nimm den Bus in den Süden und überlass diesen Katastrophenkerl seinem Schicksal. Ich sehe, wie meine Schwester durch die Pforte geht und nach rechts zur Stadt hin abbiegt. Sie geht mit entschlossenen Schritten, hat aber keine Tasche dabei. Sie trägt nur ihre übliche abgewetzte, graugrüne Windjacke und ihren karierten Schal; sie wird auch heute den Bus nicht nehmen. Es gibt hier in der Provinz eine Trägheit, die sowohl ihr Gutes als auch ihr Schlechtes hat.

Ich schaue auf die Uhr. Es ist Viertel vor neun, ich habe nicht einmal fünf Stunden geschlafen. Andererseits soll ich in gut fünf Stunden möglicherweise Viktor Aug in Aug gegenübertreten. Das erscheint mir unwirklich. Irgendwie nicht möglich, ich habe keine Handhabe dafür, wie ich plötzlich merke, meine Handlungskraft liegt unter null, und am liebsten würde ich das tun, was ich meiner Schwester gerade gewünscht habe. Den Bus nehmen und von hier verschwinden.

Aber das geht natürlich nicht. Mein Leben erträgt im Augenblick keine weiteren Halbheiten, und mit Liv und ihren Umzugsproblemen konfrontiert zu werden, ist auch nicht gerade etwas, wonach ich mich sehne. Überhaupt ist es um Lichtblicke schlecht bestellt; ich steige dennoch aus dem Bett, und es gelingt mir, unten ins Badezimmer zu kommen, ohne mit Rune zusammenzustoßen – immerhin. Besser als nichts, denke ich.

Aber vielleicht verabscheut er unsere gemeinsamen Morgenstunden genauso wie ich, vielleicht gibt es da trotz allem eine Art gemeinsamen Nenner. Ich stelle mich unter die Dusche und hoffe, dass das heiße Wasser zumindest fünf Minuten lang reicht.

Ich stehe da und versuche die Stunden bis zwei Uhr zu planen. Versuche mir vorzustellen, wie sich die vergangene und die kommende Zeit aufeinander zu bewegen wie zwei Wolkenbänder unter einem Tiefdruckgebiet, wie ein äußerst kompaktes Jetzt immer näher rückt. Nein, nicht eine Wolke, eine Geröllawine ist es, zumindest etwas Lawinenartiges.

Oder ein Esel, die Bilder sind wieder einmal zahllos. Mein angeschwollenes Jetzt tritt wie ein verprügelter Esel auf der Stelle zwischen dem historischen und dem zukünftigen Heubüschel. Verdammte Scheiße, denke ich, warum bin ich nicht lieber Dichter geworden, dann wäre alles irgendwie vertretbar? All die vorgeblichen Gedanken und all die verirrten Worte.

Das Wasser wird plötzlich eiskalt.

Glücklicherweise ist auch Rune weggegangen, während ich mich angezogen habe. Skröppel und ich haben das Haus für uns allein. Nach dem Frühstück mit der Länstidningen und einem Käsebrot nehme ich die Kaffeetasse mit ins Wohnzimmer, greife mir das Telefonbuch und rufe Kommissar Malander an.

»Warum wühlen Sie in der Sache herum?«, fragt er, als er begriffen hat, mit wem er spricht. »Wozu soll das gut sein?«

Das Misstrauen, das letztes Mal fehlte, zeigt sich jetzt in voller Blüte.

»Ich habe keine Lust, über Rossvagga zu reden«, weicht er aus, bevor ich mein Anliegen erklären kann.

»Ich schreibe darüber«, lüge ich.

»Schreiben?«

»Ja. Ein Buch über alte, unaufgeklärte Verbrechen. Wir sind um die zehn Autoren, die sich jeweils eines Falles annehmen. Habe ich Ihnen das nicht erzählt?«

Ich höre, wie sein Schweigen gutwilliger wird.

»Ein Buch?«

»Ja.«

»Mit Namen und allem?«

»Ja.«

Er hat sofort angebissen. Seine Eitelkeit, die Möglichkeit, seinen Namen gedruckt zu sehen, verscheucht die Wut darüber, dass ich herumschnüffle. Ich denke, dass die Menschen doch ziemlich einfach konstruierte Wesen sind, wenn man alles in allem nimmt. Einfach und jämmerlich vorhersehbar.

»Warum haben Sie das nicht gleich gesagt? Als wir uns letztes Mal gesprochen haben?«

»Ich dachte, das hätte ich.«

»Ich möchte gern lesen, was Sie schreiben, bevor es gedruckt wird. Hätten Sie etwas dagegen?«

»Ganz und gar nicht.«

»Gut. Nun, also, was wollen Sie von mir?«

Ich räuspere mich und nehme Anlauf.

»Dieser sexuelle Gesichtspunkt«, sage ich. »Ist der Rossvagga-Mord nicht als ein Sexualmord angesehen worden? Ich meine, schließlich war sie nackt, und auch wenn nicht die Rede von einer Vergewaltigung war, so muss man doch wohl ...«

»Natürlich«, unterbricht Malander mich. »Wenn sie nicht ...«

Er fängt an zu husten.

»Ja?«

»Wenn sie nicht so eine hübsche junge Frau gewesen wäre, dann hätte man sie nicht umgebracht.«

»Genau das habe ich auch gedacht«, sage ich. »Aber was mich interessiert, das ist die Situation auf Rossvagga. Vor dem Mord, meine ich.«

Zwei Sekunden Schweigen.

»Sie hat mit drei Männern zusammengelebt«, sagt er schließlich. »Ist das der Aspekt, auf den Sie hinauswollen?«

»Ja«, gebe ich zu. »Sie müssen doch … den Aspekt auch untersucht haben, oder?«

»Aber natürlich sind wir dem nachgegangen.«

»Und zu welchem Ergebnis sind Sie gekommen?«

Er macht erneut eine Pause und atmet schwer in den Hörer.

»Dass sie mit Viktor zusammen war. Aber nicht mit den anderen.«

»Ganz einfach?«

»Ja. Ganz einfach.«

»Und das … das beruht auf Angaben von Farin und Persson?«

»Größtenteils ja. Aber sie hatten getrennte Schlafzimmer, alle vier. Er hat sich wohl hin und wieder zu ihr geschlichen … wenn ihm danach war.«

Ich überlege.

»Und Farin und Persson, denen war nie danach?«

Malander hat erneut eine Hustenattacke, und ich höre, wie er etwas trinkt.

»Das kann schon sein. Aber Sie müssen wissen, dass wir ziemlich gründlich nachgefragt haben. Die Psychologen, Ärzte, die ganze Sippschaft. Und wir sind zu genau dem besagten Ergebnis gekommen. Sara Salmodin hatte eine sexuelle Beziehung zu Viktor Vinblad, zu den anderen nicht.«

»Ich kann mich daran erinnern, dass sie in dem Jahr, bevor es geschah, schwanger gewesen ist. Wie verhält es sich damit eigentlich?«

Malander zögert eine Sekunde lang.

»Weiß der Teufel«, sagt er. »Jedenfalls ist nie was dabei rausgekommen. Entweder …«

»Ja?«

»Entweder hatte sie eine Fehlgeburt, oder aber sie war nie schwanger. Nur ein bisschen dick. Frauen können ja aus verschiedenen Gründen in die Breite gehen. Männer oder Schokolade, wie es im Lied heißt …«

Ich überlege, ob dem so sein kann. Dass Sara Salmodin nur ein paar Kilo zugenommen hatte. Versuche mir das dreißig Jahre alte Bild von ICA-Larsson vor Augen zu rufen, aber es will sich nicht zeigen.

»Hat der Pathologe nicht untersucht, was los gewesen ist? Ich denke, so etwas kann man bei einer Obduktion sehen?«

Ich merke, dass ich langsam wie ein Verhörleiter klinge, aber Malander antwortet bereitwillig.

»Ja, natürlich. Sie ist einmal schwanger gewesen, aber zu welchem Zeitpunkt, das lässt sich nicht feststellen. Wenn dem so gewesen ist … ja, dann kann das ja auch früher der Fall gewesen sein.«

»Klingt in meinen Ohren nicht besonders überzeugend«, sage ich. Überlege kurz und beschließe dann, das Thema zu wechseln. »Und ihre Kleidung?«, frage ich. »Die ist doch nie gefunden worden, oder? Ich meine die, die sie getragen hat, als …?«

»Nein«, bestätigt Malander. »Kein Stück.«

»Was haben die eigentlich gemacht an dem Abend, bevor es passiert ist?«, frage ich weiter. »Das hätte ich schon aufgreifen sollen, als wir uns getroffen haben, aber ich habe es einfach vergessen.«

Wieder schweigt Malander einige Sekunden lang.

»Ja, ja«, sagt er dann. »Man vergisst, das kenne ich. Aber man vergisst die falschen Dinge, das ist das Problem. Auf jeden Fall ist ziemlich gut erforscht, was sie getan haben. Sara Salmodin kam an diesem Tag nach der Arbeit nicht nach Hause. Sie verließ Schuh-Nilsson in der Mittagspause, das war am Montag nach dem Mittsommerwochenende. Aus irgendeinem Grund wollte sie einen freien Nachmittag haben, wir haben nicht herausbekommen können, warum. Ein paar Zeugen sahen sie auf dem Weg nach Rossvagga, aber dort ist sie dann nie aufgetaucht.«

»Und Viktor?«

»Der verließ gegen halb vier die Bank. Es war schönes Wetter, also fuhr er mit dem Fahrrad nach Rossvagga, ging dort runter zum See, um zu baden.«

»Laut Farin und Persson?«

»Ja, laut den beiden. Persson hatte seinen ersten Urlaubstag. Farin war natürlich immer zu Hause.«

»Natürlich. Und wann kam Viktor vom Schwimmen zurück?«

»Er kam nie zurück. Sie hatten für sieben Uhr Essen gekocht, so war es offenbar abgesprochen, aber weder Viktor noch das Mädchen tauchten auf.«

»Und dann ...?«

»Dann setzten sich die Herren hin und aßen allein, als ob nichts passiert wäre.«

»Und so ging es eine ganze Woche?«

»Eine ganze Woche, ja. Ich sage ja, es ist wie verhext. Zwei Menschen verschwinden, und keiner kümmert sich darum. Sie hatten auf Rossvagga kein Telefon, Viktor sollte am Dienstag seinen Urlaub antreten ... mitten in der Woche aus irgendeinem merkwürdigen Grund ... und ein oder zwei Tage mehr oder weniger, das spielte offensichtlich keine besonders große Rolle. Schuh-Nilsson nahm an, dass Sara krank geworden war. Frau Schuh-Nilsson schaute sogar am Mittwoch oder Donnerstag bei denen von Rossvagga rein, als ihr Weg sie dort vorbeiführte, aber sie bekam keine vernünftige Auskunft von Farin, und er war zu dem Zeitpunkt allein an Ort und Stelle.«

»Aber sie hat nichts gemeldet?«

»Nein. Sie fand schon, dass es merkwürdig war, wie sie später behauptete. Aber das war alles. Und Farin war ja bekanntermaßen etwas merkwürdig.«

Dem stimme ich zu und denke eine Weile nach. Ich würde mir gern diese Tage vor dreißig Jahren vorstellen können. Tatsächlich sehe ich sie deutlich vor mir. Der Sommer, der in voller Blüte steht. Die Woche nach der Mittsommernacht. Die blühenden Wiesen zum See hinunter. Hummeln und hoher Himmel. Viktor, der badet. Wahrscheinlich springt er vom Steg aus ins Wasser. Sara Salmodin, die ... was tut sie? Die plötzlich ihren Mörder trifft und auf einen toten, nackten Frauenkörper reduziert wird, das muss genau an diesem Nachmittag oder Abend passiert sein. Danach liegt sie da hinten in der Gegend von Dalby und wartet darauf, entdeckt zu werden. Fliegen und Würmer und Raben ... Krähen. Ein Gefühl der Ohnmacht steigt in mir auf. Nein, ich will das alles gar nicht so deutlich sehen.

»Das ist so lange her«, sagt Malander mit müder Stimme. »So verdammt lange her. Aber ich muss zugeben, dass ich schon oft daran gedacht habe. Ich hätte ...«

»Ja?«

»Ich hätte nichts dagegen, wenn die Sache aufgeklärt würde, bevor ich dieses Jammertal verlasse. Es macht keinen Spaß mit einem Fragezeichen, wenn man sich dem Ende nähert.«

Ich finde keine passenden Worte darauf.

»Viktor ist doch sicher gesucht worden?«, frage ich stattdessen.

»Natürlich. Aber niemand hat auch nur einen Schatten von ihm entdeckt.«

»Und heute ist die Sache verjährt? Wenn also ein Täter auftauchen würde, dann würde er damit davonkommen?«

»Ja, leider«, seufzt Malander. »Das würde er. Fünfundzwanzig Jahre, da liegt die Grenze, aber ich wünsche mir die Aufklärung nicht, um jemanden hinter Schloss und Riegel zu bringen. Das ist absolut nicht der Grund ...«

»Das habe ich verstanden«, bestätige ich.

»Das Beste wäre, wenn sie beide tot wären«, stellt er fest. »Wenn Viktor der Täter gewesen wäre und sich dann selbst das Leben genommen hätte. Genau, wie ich gesagt habe. Das wäre irgendwie ...« Er sucht eine Weile nach dem richtigen Ausdruck. » ... irgendwie salomonisch. Was für ein Verlag ist das?«

»Was?«

»Der Verlag. In welchem Verlag soll das Buch herauskommen?«

»Bei Bjellhag & Co.«, antworte ich, und nachdem wir uns verabschiedet haben, bleibe ich noch eine Weile sitzen und frage mich, wie Warzes richtiger Name mit solch einem beispielhaften Timing eigentlich in meinem Kopf hat auftauchen können.

Das ist etwas rätselhaft, aber so langsam gewöhne ich mich an die rätselhaften Dinge. Dann fällt mir noch ein Detail ein, und ich wähle erneut Malanders Nummer.

»Ja?«

»Entschuldigung. Da gibt es noch etwas, das ich vergessen habe.«

»Ja. Was denn?«

»Nun ja, wenn Viktor sie tatsächlich getötet hat und dann abgehauen ist ... hat er etwas mitgenommen? Eine Tasche gepackt oder so?«

Wieder hustet Malander in den Hörer.

»Nein ... verfluchter Husten! ... jedenfalls nicht viel. Wir haben natürlich auch das untersucht, aber laut der Herren von Rossvagga fehlte aus seinem Zimmer nichts. Was natürlich darauf hindeuten kann ...«

Er macht eine Kunstpause.

» ... was darauf hindeuten kann«, ergänze ich, »dass er am gleichen Tag starb wie sie.«

»Am Montag, den 25. Juni 1973«, sagt Malander. »Ja, wie gesagt, ich hätte den Fall gern so gesehen.«

Dann beenden wir unser Gespräch ein zweites Mal.

Ich sehe auf die Uhr. Noch dreieinhalb Stunden bis zum verabredeten Treffen. Ich kontrolliere durch das Fenster die Wetterlage. Der Himmel ist wolkenverhangen, aber er ist blassgrau, und es sieht nicht nach Regen aus. Ich beschließe einen langen Spaziergang zu machen, und während ich im Flur hocke und mir die Schuhe zubinde, erscheint mir das als Sinnbild meines Lebens. Lange Spaziergänge, um die Zeit totzuschlagen.

In Erwartung des Erdbebens.

In Erwartung neuer Zeiten.

Sobald ich draußen bin, versuche ich vor meinem inneren Auge ein anderes Bild von Viktor heraufzubeschwören.

Nicht das Bild, das ich im Kopf habe. Nicht das zehn- oder fünfzehn- oder zwanzigjährige Gesicht, das ich so gut kenne, sondern ein Bild, das ich nie gesehen habe.

Das Bild eines Mannes von dreiundfünfzig Jahren.

Das Bild eines Mörders, der dreißig Jahre lang verschwunden war und sich jetzt entschlossen hat, an den Tatort zurückzukehren. Aus irgendeinem unbegreiflichen Grund.

Es fällt mir schwer zu glauben, dass es so sein könnte. Es fällt mir schwer, so einer Realität ins Auge zu sehen.

Ich balle die Hände in den Jackentaschen zu Fäusten und beschleunige meine Schritte.

Der Vogelturm, er hat den Vogelturm ausgesucht.

Aus welchem Grunde auch immer. Es waren sicher die Pfadfinder, die ihn früher einmal errichtet haben. Nehme ich an. Ein hohes, wackliges Holzskelett mit einer Plattform ganz oben, auf der man mit seinem Fernglas sitzen und die Vögel anstarren kann.

Oder andere Tiere. Oder Tannenwipfel oder was immer man für Vorlieben hegt. Ungefähr auf halbem Weg zwischen Skåleklinten und Svanhalskärren. Natürlich mit ziemlich gutem Blick. Wenn man hinauf wollte, war man gezwungen, auf der einen Seite eine Art Leiter hinaufzuklettern, eine ziemlich beschwerliche Prozedur, da zwischen den einzelnen Leitersprossen gut und gern ein halber Meter lag. Vielleicht hatte man es auch so konstruiert, damit allzu zarte Glockenblumen und Biberjungen nicht auf den Turm gelockt wurden, wo sie sonst heruntergefallen wären und sich verletzt hätten.

Ich glaube, als Viktor und ich den Turm Anfang der Sechziger entdeckten, war er nicht mehr wirklich in Gebrauch. Jedenfalls schien es nicht so. Das Holz war von der Zeit, von Wind und Wetter morsch geworden, und es schwankte bedenklich und knackte in den Brettern, wenn man oben saß. Ich kann mich nicht daran erinnern, jemals einen anderen Menschen in der Nähe gesehen zu haben.

Aber das war natürlich auch ein Teil des Reizes. Das etwas Gefährliche. Und dass er irgendwie uns gehörte. Als wir so zehn, elf Jahre alt waren, packten wir Saft, Brötchen und Mickey-Maus-Hefte ein, wenn wir uns zum Vogelturm auf den Weg machten. Ein paar Jahre später waren wir zu vier losen Zigaretten und einer Top Hat oder einer Pin Up übergegangen – die wir unter dunklen Umständen auf dem Schwarzmarkt in der Konditorei Skitiga Bullen in der Johanneskyrkogata erstanden hatten. Das war zu Beginn der Realschulzeit. Und es geschah auch während unserer Realschulkarriere, dass wir unseren ersten tiefgreifenderen Kontakt mit dem anderen Geschlecht eingingen. Sowohl Viktor als auch ich, und zwar genau hier auf dem Vogelturm.

Wie man das Ganze auch sehen mag, jedenfalls war es eine ziemlich lehrreiche Geschichte.

Oktober 1964. Schulausflug. Orientierungslauf mit Karte, Kompass und gesundem Menschenverstand. Worum es genau ging? Sich hinaus in den Wald zu begeben, acht Kontrollposten zu finden, sie in die Startkarte einstempeln zu lassen und dann den kürzesten Weg wieder zurück zu nehmen.

Start und Ziel waren an der Karnbergastugan auf der Südseite des Rossen, wir fuhren in Bengtsson & Greens blauroten, ausrangierten Bussen oder bewegten uns auf eigene Initiative auf dem Rad dorthin. Vierhundert Schüler insgesamt sowie ein paar Dutzend abkommandierte Lehrer, die dafür sorgen sollten, dass sich alle manierlich verhielten und nicht einer aus Versehen in einem der Sümpfe nach Svanhals hin versank. Es sei besonders wichtig, dass gerade dieses Mal keiner im Wald zurückbleibe, betonte der Sportlehrer Dobrowolski verschmitzt, während er im nebligen Frühmorgenlicht hoch oben auf einem Baumstamm stand, seinen Schnurrbart zwirbelte und die notwendigen Anweisungen gab – ganz besonders wichtig, weil der Beginn der jährlichen Elchjagd nur drei Tage zurück lag.

Mochte der Beste gewinnen – aber die Hauptsache war natürlich nicht der Sieg, sondern, dass man sein Bestes gab. Also, hinaus in den Wald mit euch, Schwedens Jugend, Schwedens Zukunft! Ein gesunder Geist in einem gesunden Körper!

Wir hatten absolut nicht vor zu gewinnen, Viktor und ich. Dachten kaum daran, unser Bestes zu geben. Was mich betraf, so hatte ich keine explizite Strategie dahingehend, wie man diese Orientierung auf die schmerzfreieste Art und Weise überstehen konnte ... vielleicht ein Fußweg von einer Stunde ungefähr in die richtige Richtung, ein paar Kontrollpunkte sollten schon auf die Startkarte eingestempelt werden, und dann auf dem schnellsten Weg mit einer simulierten Verstauchung zurück zum Ausgangspunkt ... ja ungefähr so etwas in der Richtung schwebte mir wahrscheinlich vor, als wir da unterhalb der Karnbergastugan leicht fröstelnd im grauen, kühlen Morgen standen.

Viktor hingegen hatte einen Plan, wie sich herausstellen sollte. Wir starteten paarweise mit jeweils einer Minute Abstand, ich registrierte etwas verschlafen, dass er einige Mühe darauf verwandte, an welcher Stelle wir unseren Platz in der Schlange einnahmen, und als mir klar wurde, dass wir dem Paar Gun-Britt Gunnarsson und Åsa Hessleman nur mit wenigen Minuten Abstand folgten, begann ich zu ahnen, woher der Wind wehte. Und ich begann eine gewisse wachsende, nicht genau zu definierende Erwartungshaltung in mir zu spüren. Dieser Teufelskerl Viktor, dachte ich vermutlich.

Wir holten sie ein, als wir in den Wald gekommen waren, und sie waren immer noch allein. Sonst war es eigentlich üblich, dass gerade diese beiden Damen die Gesellschaft anderer auf sich zogen, wie ein frischer Kuhfladen Fliegen anlockt. Wir schlossen auf, Viktor ergriff sofort die Initiative und fragte, ob sie Probleme mit dem Kompass hätten.

Oh ja, das hatten sie wirklich. Und das war kein Wunder: ein Kompass in den Händen von Åsa Hessleman und Gun-Britt Gunnarsson, das war wie ein Rechenschieber in den Händen einer Ente. Soweit die Busenfreundinnen auch eine Art Plan hegten, so lief er wohl darauf hinaus, dass sie sich zwischen die Bäume begeben, sich dort ein wenig verirren, etwas ängstlich und verwirrt sein wollten und deshalb zusähen, dass sie die Eskorte einiger zuverlässiger Kavaliere bekämen. Beispielsweise von Vinblad und Mörtberg. Keine von beiden trug Turnschuhe, aber zumindest hatten sie kein Kleid an und keine hochhackigen Pumps.

»Oh, wie schön, dass ihr kommt«, rief Åsa Hessleman, und ihr sinnliches Lispeln machte mich plötzlich hellwach. »Wir wissen gar nicht, wo wir eigentlich sind.«

Ich habe die Möglichkeiten von Orientierungsläufen unterschätzt, dachte ich. Sehr gut, Viktor.

Eine halbe Stunde später erreichten wir den Vogelturm. Soweit ich auf der Karte sehen konnte, lag er gut und gern einen Kilometer vom nächsten Kontrollpunkt entfernt, und die letzte Viertelstunde waren wir vollkommen ungestört durch Wald und Feld gewandert. Die Morgendämmerung war aufgeklart, die Sonne begann sich zu zeigen, und wir hatten Füchse und Rehe gesehen. Gun-Britt Gunnarsson hatte mehrere Male kichernd gefragt, ob wir auch wirklich wüssten, wohin wir auf dem Weg waren, wir hatten ihr eine genauso vage beruhigende Antwort gegeben, wie es die Situation verlangte, und Åsa Hessleman hatte erklärt, dass sie für ihren Teil sich einfach nicht entscheiden könnte, ob sie nun Paul McCartney oder Ringo Starr heiraten wollte.

Wenn sie denn nicht beide haben könnte.

John Lennon und George Harrison wollte sie nicht haben, wie sie verkündete. Die wirkten so unnahbar, alle beide.

Wir halfen ihnen auf den Turm hinauf, das dauerte so seine Zeit, und mir kam der Gedanke, dass es doch schade war, dass sie keine Miniröcke trugen. Åsa Hessleman wunderte sich ein wenig, ob man denn tatsächlich einen Kontrollposten an so einen schwer zugänglichen Ort gelegt hätte, und Viktor erklärte ihr daraufhin, dass wir leider ein wenig vom Weg abgekommen seien und deshalb einen besseren Überblick bräuchten.

»Haben wir uns verlaufen?«, rief Gun-Britt Gunnarsson aus

und atmete aufgeregt mit offenem Mund. »Mein Gott, wie spannend!«

»Immer mit der Ruhe, meine Damen«, ermahnte Viktor sie. »Wir haben Coca Cola und Zigaretten dabei, wir werden die nächsten Stunden überleben. Wenn wir uns nur warm halten.«

»Mein Gott«, stöhnte Åsa Hessleman und zog sich endlich über den Rand auf die Plattform hoch. »Und dabei habe ich doch kaum etwas an.«

Als wir wohlbehalten oben waren, holten wir erst einmal Luft, rauchten jeder schnell eine Zigarette und tranken ein bisschen Cola. Mir war plötzlich die ganze Situation peinlich, ich wusste nicht so recht, was ich sagen oder tun sollte. Die Plattform war kaum größer als zwei mal zwei Meter, es gab irgendwie keinen Raum, um ein wenig für sich zu sein. Sobald sie das Ziel erreicht hatten, waren die Mädchen unmittelbar in eine Art halbdebilen Zustand verfallen, sie kauten wie ums Überleben ihr Kaugummi und schienen darauf zu warten, erobert zu werden. Weder ich noch Viktor hatten genauere Vorstellungen darüber, wie so eine Prozedur eigentlich vor sich ging, ich sah Viktor an, dass er in seinem tiefsten Inneren genauso hilflos war wie ich. Wir wagten es nicht einmal, uns anzusehen.

»Oh«, sagte Åsa Hessleman. »Irgendwie ist mir ein bisschen komisch zumute. Kann das ein Schwindelanfall sein?«

»Am besten, ich halte dich fest, damit du nicht runterfällst«, brachte Viktor hervor und umarmte etwas linkisch Gun-Britt Gunnarssons zarte Oberarme.

»Aber hallo«, rief Åsa Hessleman aus. »Ich war diejenige, der schwindlig war, du!«

»Ich fühle mich auch ziemlich schwindlig«, stellte Gun-Britt Gunnarsson fest. »Wirklich.«

»Das geht wohl um«, meinte Viktor.

Aus diesem spirituellen Meinungsaustausch folgerte ich, dass Viktor bei den Mädchen bedeutend höher im Kurs stand als ich, und mein Mut sank.

»Küss mich, Viktor«, sagte Gun-Britt Gunnarsson und spuckte ihr Kaugummi aus.

Ich sah, wie Viktor – mit einer Art hochrotem, verkniffenem Gesichtsausdruck, der höchstwahrscheinlich sowohl von aufsteigender Panik als auch todesmutiger Entschlossenheit herrührte – sich langsam ihrem Mund näherte. Sie hatte die Augen geschlossen, dafür aber die Lippen ein wenig geöffnet. Plötzlich hatte er auch seinen Mund bereit, und irgendwie ... irgendwie klappte es. Sie küssten sich in einem fort, als hätten sie nie etwas anderes getan, das war wie verhext, und ich überlegte schnell, ob es möglich wäre, sich damit zu entschuldigen, dass man dringend pissen musste, um schnell hinunterzuklettern – aber bevor ich zu einem Entschluss kam, hatte ich Åsa Hessleman auf meinen Knien liegen, ganz genau in der gleichen Stellung, in der Gun-Britt Gunnarsson auf Viktors Beinen lag. Wie in Ohnmacht gefallen.

Ich schaute sie an. Auch sie hatte die Augen geschlossen, vorher aber vergessen, das Kaugummi auszuspucken. Ihre Kiefer mahlten träge vor sich hin. Sie war ziemlich hübsch, wie ich feststellte. Ich ging schnell mit mir selbst zu Rate, dann beugte ich mich vor und drückte meine Lippen auf die ihren. Jetzt oder nie, dachte ich.

Und es klappte. Nicht nur das, es war auch sensationell schön. Viel, viel besser als Zigaretten und Cola. Viel, viel besser, als ich es mir in meinen wildesten Fantasien vorgestellt hatte. Ich weiß nicht, wo das Kaugummi blieb, wahrscheinlich hatte sie es geschluckt. Jedenfalls fand ich sofort, dass das hier eine Beschäftigung war, die mit keiner anderen zu vergleichen war, die ich bisher ausgeübt hatte, und es gab absolut keinen Grund, diese Tätigkeit zu unterbrechen. Wir küssten uns, küssten uns und küssten uns. Hin und wieder jammerte sie leise und gurrte. Es prickelte in meinem ganzen Körper, und irgendwie konnte ich spüren, dass es auch in Åsa Hesslemans Körper prickelte. Gleich zu Beginn bekam ich einen Ständer wie aus Beton, aber irgendwelche Gedanken dahingehend, den nun einmal eingeschlagenen Weg weiter zu verfolgen, tauchten in meinem Kopf nicht auf. Offenbar auch nicht in den Köpfen der anderen. Weder in Åsas noch in Gun-Britts oder Viktors. Da gab es immer noch Grenzen, und es reichte vollkommen aus, hier oben auf dem Vogelturm zu sitzen, hoch über dem Lärm und Gestank der Welt, und die Mundhöhlen gegenseitig zu erforschen.

Vier junge Realschüler auf Orientierungslauf. Bereits während es noch vor sich ging, wusste ich, dass das hier die erinnerungswürdigsten Momente meines bisherigen Lebens sein würden. Ohnegleichen. Wir sagten nichts. Wir änderten unsere Haltung nicht. Wir machten nur immer weiter, bis unsere Zungen und Lippen vor Überanstrengung und Reibewunden schmerzten.

Ich weiß nicht, wie lange wir so weitermachten, und kann nicht sagen, wie viel Spucke ein Mensch produzieren und schlucken kann, aber ich weiß, dass an diesem Tag meine Verhaltensnote um zwei Stufen sank. Während des ersten Halbjahrs hatte ich ein AB gehabt, zu Weihnachten bekam ich nur ein B.

»Und was in aller Welt soll das hier bitte schön bedeuten?«

Die Worte kamen im Stakkato und bohrten sich in mein Bewusstsein wie Flöhe in einen räudigen Hund. Fräulein Martelius gehörte zu der Sorte von Lehrern, die nie lächelten. Es genügte, wenn man einen Stift zu Boden fallen ließ, damit sie ihre Brille auf die Nasenspitze vorschob, mit den Zähnen knirschte und einen eiskalt anstarrte. Im Nachhinein begreife ich nicht, wie ich überhaupt dieses AB habe bekommen können. Es hieß, die Martan mochte keine glücklichen Menschen. Liebe war das schlimmste, was sie sich vorstellen konnte, und wenn ihr in der Stadt ein untergehaktes Paar begegnete, wechselte sie sofort die Straßenseite.

»Martan?«, rief Viktor aus, der den Kopf über den Bodenrand geschoben hatte. »Verd … ich meine, guten Morgen, Fräulein Martelius.«

Das war keine gute Antwort. Wir anderen versuchten uns unsichtbar zu machen, was aber äußerst schwierig war, da es Spalten zwischen den Brettern gab und der Hochsitz in jeder Hinsicht ziemlich gut zu überblicken war. Es war vergebliche Liebesmüh mit anderen Worten – und glasklar, dass sie uns alle vier entdeckt hatte.

Und auch, womit wir uns beschäftigt hatten. Ich überdachte eilig die Lage. Kam zu dem Schluss, dass es schwer war, das Ganze als eine Situation anzusehen, in die man während eines Orientierungslaufes ohne eigenes Verschulden hineingeraten konnte. Sehr, sehr schwer, selbst für einen Menschen mit etwas mehr Fantasie und Lebenserfahrung als die Martan.

Wir hatten hoch oben auf einem blöden Vogelturm gesessen und geknutscht, statt im Wald herumzurennen und die Kontrollpunkte zu finden, die unser wunderbarer Sportlehrer für uns als Leitsterne an dem verwinkelten Pfad des Lebens angebracht hatte. So war die Lage. Es gab keine Möglichkeit, sich herauszureden. Ich schaute Viktor an und sah, dass auch er das Handtuch geworfen hatte.

»Kommt sofort herunter!«, befahl Fräulein Martelius. »Die letzte Frist, um ins Ziel zu kommen, ist vor einer halben Stunde abgelaufen. Das wird nicht besonders lustig für euch. Ganz und gar nicht lustig!«

Womit sie Recht hatte. Die folgenden Wochen nach dem Orientierungsdebakel wurden zum reinsten Spießrutenlauf für uns in der Schule. Ich kann mich nicht mehr daran erinnern, wie oft wir zu Besprechungen gerufen wurden, wie viele Eimer Vorwürfe und Ermahnungen über uns ausgekippt wurden. Viktor und ich, wir waren ein Schandfleck, und dazu noch ein doppelter Schandfleck. Unser Klassenlehrer bekam graue Haare. Schulleiter Bernstein bezeichnete uns bei der Morgenversammlung als ein warnendes Beispiel. Wir bekamen einen Brief mit nach Hause, in dem uns die Leviten gelesen, wir verspottet wurden und man uns mit Schulverweis drohte; es war die Rede davon, uns in eine Anstalt zu stecken, es war ein ohrenbetäubender Radau.

All das wäre wohl noch zu ertragen gewesen. Es gab immerhin eine Art Fair Play und eine logische Konsequenz nach dem, was sich ereignet hatte.

Was schwerer zu ertragen war, das war Åsa Hesslemans und Gun-Britt Gunnarssons Verhalten. Ihre Hundertachtziggradwendung und feige Haltung. Nachdem sie sich sowohl beim Klassenlehrer als auch bei der Schulschwester gründlich ausgeheult hatten, präsentierten sie ihre Version des Handlungsverlaufs, und danach war allen ohne den leisesten Zweifel klar, wie die wahren Sündenböcke in diesem Drama hießen.

Viktor Vinblad und David Mörtberg. Klar wie Kloßbrühe. Wir waren diejenigen gewesen, die die beiden unschuldigen Mädchen auf den Turm gelockt hatten. Wir waren diejenigen gewesen, die sie gezwungen hatten, dort oben zu bleiben. Wir waren diejenigen gewesen, die sie mit ihren liederlichen Küssen überfallen hatten, und wäre nicht Fräulein Martelius in letzter Minute wie ein rettender Engel erschienen, wer weiß, wie das Ganze geendet wäre. Oh ja.

Wir bissen in den sauren Apfel. Was hätten wir sonst machen sollen? Meine Mutter weinte. Mein Vater bekam im Laufe dieser Tage eine weitere Falte auf der Stirn, und Maria erklärte uns im Vertrauen, dass wir die ekligsten Misthaufen seien, die in ein Paar Schuhen herumliefen.

»Zwei«, widersprach Viktor. »In zwei Paar Schuhen.« Selbst in so einer Situation ließ er es nicht durchgehen, wenn jemand mit der Mathematik Schindluder trieb.

»Halt die Schnauze«, sagte meine Schwester. »Du kleiner Schmutzfink.«

Übrigens verschlechterten sich die Zensuren nicht nur im Betragen. In Gymnastik mit Spiel und Sport bekamen wir beide eine indiskutable B, und alles in allem war es eine ziemlich blöde Zeit, diese Wochen bis Weihnachten. Vielleicht hätte man erwarten können, dass wir wenigstens von unseren Partnern im Verbrechen ein heimlich zustimmendes Zwinkern einheimsten, aber nein. Sie hielten sich abseits, verhielten sich immer noch wie prüde Eselinnen in einem schweizerischen Mädchenpensionat. Viktor erzählte eines Abends, dass er nach der Schule Åsa Hessleman getroffen und zur Rede gestellt hatte. Sie gefragt hatte, was zum Teufel sie da eigentlich machten, ob sie überhaupt keinen Anstand im Leibe hätten und ob es für sie üblich wäre, mit irgendwelchen Jungs im Wald herumzulaufen, aber offenbar hatte das Fräulein Hessleman nur die Augen verdreht und verwundert gefragt: Was? Worum geht es? Ich weiß gar nicht, wovon du redest!

Ich spürte keine Sehnsucht nach Åsa Hessleman. Nach Lippen und forschenden Zungen im Allgemeinen, ja, sicher, aber nicht unbedingt nach den ihren. Es war die Tätigkeit selbst, die sich in mein Gedächtnis gebrannt hatte. Dieses angenehme Gefühl.

Bei Viktor war das anders, das weiß ich, auch wenn wir nie darüber sprachen. Er entwickelte eine Art Fixierung auf Gun-Britt Gunnarsson, ich bin überzeugt davon, dass er sie eigentlich verabscheute, aber es kommt ja vor, dass Herz und Hirn in verschiedene Richtungen streben.

Im darauf folgenden Februar kam dann aber Lena Ljung-Ljungkvist in unsere Klasse, und die Fixierung wechselte das Ziel. Überhaupt waren es ziemlich viele Jungs, die nicht gerade wenig mit diesem Neuzugang beschäftigt waren.

Alle, wenn ich mir diese Einschätzung erlauben darf.

Aber der Vogelturm war und blieb der Vogelturm, daran war nicht zu rütteln. Ich würde ihn wahrscheinlich mit verbundenen Augen finden, wenn es denn sein müsste.

Ich nehme mir nicht die Zeit für ein richtiges Mittagessen.

Kaufe mir nur zwei Bratwürste mit Brot am Kiosk des Busbahnhofs. Trinke eine Pucko, das muss die Erste seit dreißig Jahren sein. Anschließend sitze ich eine Weile bei Sveas bei einer Tasse Kaffee, über ein Aftonblad gebeugt. Noch zwei Stunden. Ich bin schon anderthalb herumgelaufen. Habe in so ziemlich jede kleine Sackgasse im Ort hineingeschaut, der launische Terror der Erinnerung liegt die ganze Zeit auf der Lauer, aber ich bleibe am Ball.

Es liegt noch etwas auf der Lauer, eine Art Selbstverachtung gärt in mir, ich habe Probleme zu begreifen, womit ich das verdient habe, aber die Scham hat natürlich ihre eigene Legitimität. Das gilt nicht nur für heute. Ich versuche erneut die Lage zu analysieren. Nicht wie sie ist, sondern wie sie war. Versuche mich zurück in die Zeit zu versetzen und zu begreifen, was in diesen Tagen im Juni 1973 wohl tatsächlich passiert ist. Ich denke dabei an das Gespräch mit Malander, denke an Sara Salmodin.

Es gibt keine Psalmodiner mehr in der Stadt, wie Maria mir berichtet hat. Sie verschwanden in den Jahren nach dem Mord, einer nach dem anderen. Papa Psalmodin mit seiner Dagny waren die Letzten, die aufbrachen. Mit den noch daheim lebenden Kindern, es waren nicht mehr so viele, gegen Ende der Siebziger, Gott weiß, wohin sie das Schicksal verschlug. Das Deutsche Haus wurde ein paar Jahre später abgerissen und durch zwei hässliche Villen in gelbem Klinker ersetzt.

Die Psalmodiner. Sie kamen wie ein Heuschreckenschwarm, sie blieben eine Weile, verloren ihren Halt und wurden in alle Winde verweht.

Ungefähr so war es wohl. Ungefähr so kann man es ausdrücken. Um mich selbst zu quälen, versuche ich mir schließlich das Bild vor Augen zu holen, wie Viktor mit einer Eisenstange dasteht und Sara zu Tode schlägt. Wie ein Wahnsinniger. Merkwürdigerweise wird das Bild ziemlich deutlich, ich wünschte, dem wäre nicht so. Ich wünschte, es würde mir viel schwerer fallen, mir diese Szene vorzustellen – dass so eine Art heftiger, natürlicher Widerstand in mir aufsteigen würde, aber so ist es leider nicht. Eher ist es ein Bild, das sich mir aufdrängt, ich weiß nicht, warum, und das erschreckt mich.

Ich trinke meinen Kaffee aus und verlasse Sveas.

Der Vogelturm liegt nicht mehr als zwanzig, fünfundzwanzig Minuten Fußweg von Rossvagga entfernt. Es wäre natürlich viel logischer gewesen, wenn wir uns auf dem Hof getroffen hätten, aber gleichzeitig wundert mich seine Wahl unseres Treffpunktes nicht. Zumindest nicht, wenn ich genauer darüber nachdenke. Mir ist klar, dass es einen Grund hat, und mir ist auch klar, dass er draußen im Wald gewesen sein muss, um zu überprüfen, ob es den Turm auch wirklich noch gibt. Er war bereits vor dreißig Jahren ziemlich morsch, aber offenbar existiert er immer noch. In welchem Zustand auch immer.

Obwohl ich mir kaum vorstellen kann, dass man immer noch hinaufklettern kann, jedenfalls nehme ich mir vor, es unter keinen Umständen zu versuchen.

Ich nehme den logischen Weg über Schneidermanns und an der Kirche vorbei. Gehe an Forselius' Haus und in einiger Entfernung auch an Rossvagga vorbei und zünde mir eine Zigarette an, als ich in den Wald komme. Die Gedanken in meinem Kopf werden spärlicher und unzusammenhängender. Sie flimmern eher wie Fragmente und Fetzen vorbei, vielleicht liegt es daran, dass ich ziemlich schnell ausschreite. Das Blut wird im Körper gebraucht, das Gehirn muss auf Sparflamme gehen.

Warum?

Was denkt er?

Kann er wirklich?

Hat er tatsächlich getötet …?

Ich bleibe stehen und binde mir einen Schnürsenkel, der aufgegangen ist. Auch die Fragen machen eine Pause, stellen sich aber sofort wieder ein, als ich mich erneut in Bewegung setze.

Glaube ich denn ernsthaft, dass er … dass er das *getan* hat?

Wie sieht er aus?

Woher weiß ich, dass es nicht jemand anderes ist, wenn ich ihm Aug in Aug …?

Was will er eigentlich mit dieser Rückkehr?

Läuft ein anderer Mörder frei herum?

Ich schüttle den Kopf. Das ist zu viel, und übrigens …

Gibt es übrigens überhaupt einen Grund, diesem … wie hieß er noch … zu glauben?

Adolf Rehnberg. Den Worten dieses Adolf Rehnberg zu glauben?

Ich weiß es nicht. Es scheint, als könnte ich weder das eine noch das andere beurteilen. Es ist jetzt nur noch eine halbe Stunde.

Er steht noch.

Dünner und wackliger, wie es mir scheint, aber dennoch ist es Viktors und mein Vogelturm. Unser altes Revier. Natürlich sind einige Bretter verloren gegangen, kein Mensch würde heute noch auf die Idee kommen, dort hinauf zu klettern, die kaputte Plattform da oben kann gerade noch Vögel tragen – und offensichtlich eine gewisse Schneedecke –, ist aber kaum in der Lage, größere Belastungen auszuhalten.

Das Skelett eines Skeletts alles in allem. Ich schaue auf die Uhr. Noch zwanzig Minuten. Ich spüre, wie nervös ich bin, und zünde mir eine Zigarette an. Gehe noch eine Runde, um mich zu beruhigen. Zu Rommers Steilufer, jedenfalls glaube ich, dass es so heißt.

Es gibt keinen Grund, sich zu fürchten, rede ich mir ein. Schließlich ist es nur Viktor. Es ist nur dieser verdammte, stumme Viktor Vinblad.

Stumm? Ich muss zugeben, dass ich diese Frage bisher noch gar nicht bedacht habe. Spricht er immer noch nicht? Aus irgendeinem Grund bin ich davon ausgegangen, dass er die Sprache wiedergefunden hat, oder nicht? Dass es möglich sein wird, mit ihm wie mit einem normalen Menschen zu sprechen, wenn wir uns nur endlich begegnen.

Aber was spricht dafür, dass dem wirklich so ist? Warum sollte sich sein Zungenband gelöst haben, nur weil …?

Ja, weshalb eigentlich?

Meine Unruhe wird durch diese Überlegungen noch verstärkt. Ein paar Minuten lang denke ich daran, mich in eine Art Hinterhalt zu legen, nicht unmittelbar zu dem Turm zu gehen, sondern mich in einem gewissen Abstand zu verstecken und ihn zunächst eine Weile zu beobachten. Mir damit selbst die Chance zu geben, mich im letzten Moment aus dem Spiel zurückzuziehen.

Ich verwerfe diese Idee. Wozu sollte es gut sein? Erneut schaue ich auf die Uhr. Fünf vor zwei, ich zucke mit den Achseln und schreite voran.

Er steht bereits da.

Mit dem Rücken zu mir, aber dennoch kann ich erkennen, dass er es ist. Sofort begreife ich, was Arvid Forselius damit meinte, dass er ihn am Rücken erkennen konnte. Es ist etwas merkwürdig, aber bereits innerhalb weniger Sekunden weiß ich, dass die Person, die dort mit hängenden Armen steht, Viktor Vinblad ist. Karierte amerikanische Sportjacke. Dunkle Hose und eine Art Wanderschuhe. Das Haar ist grau meliert und kurz geschnitten, kein Ansatz einer Glatze.

Aber etwas krumm ist er. Etwas bedrückt, kann das sein? Ich bleibe in zwanzig, dreißig Metern Entfernung stehen und betrachte ihn. Bekomme somit eine Art ersten Eindruck, während ich mich gegen einen Baumstamm lehne und spüre, wie mir das Herz in der Brust pocht. Wir stehen beide vollkommen unbeweglich da, mit dem Abstand von dreißig Jahren und dreißig Metern, es ist sonderbar, plötzlich zweifle ich daran, ob mir denn auch die richtigen Worte einfallen werden. Ist es wirklich möglich, Brücken über jede Art von Abgrund zu bauen? Ist es möglich, ein Gespräch unter welchen Bedingungen auch immer zu führen?

Ich schiebe diese Gedanken beiseite. Hole tief Luft und gehe weiter auf ihn zu. Als noch zehn, zwölf Meter zwischen uns liegen, wird er meiner gewahr und dreht sich um. Wieder bleibe ich stehen. Wir sehen einander an. Keiner von uns lächelt oder zeigt auch nur im Ansatz irgendeine Form von Begrüßungsritual. Es vergehen ein paar lange Sekunden. Ich denke, dass er älter aussieht, als ich erwartet habe, obwohl ich doch weiß, dass ich gar nichts erwartet habe.

Er sieht gezeichnet aus. Schwere Gesichtszüge. Mir wird klar, dass er so einiges durchgemacht hat. Ich kann an seinem Blick nicht erkennen, welches Bild er sich von mir gemacht hat. Vielleicht sieht er das Gleiche, dass auch ich so einiges mitgemacht habe.

Plötzlich scheint das Schweigen zu lange zu dauern. Ich trete ein paar Schritte auf ihn zu. Strecke die Hand aus. Er kommt mir entgegen und ergreift sie. Wir sehen uns jetzt aus nächster Nähe in die Augen, das erscheint mir ein wenig unangenehm, aber gleichzeitig notwendig. Dringend notwendig. Dann lockern wir den Griff, lassen uns los.

Rede, denke ich. Nun rede schon, verdammt noch mal!

JOHN SORROW

1. Hundert, ich entscheide mich für hundert. Es fällt mir schwer, dieses Projekt anzufangen, ich brauche eine Zahl, an der ich mich festhalten kann. Hundert Paragrafen – oder Abschnitte, wenn man so will – ohne Anspruch an Länge oder Systematik, vielleicht ist es ja so zu lösen. Sie hat mich gebeten, es aufzuschreiben, ich habe es ihr versprochen, und man darf sich vor Problemen nicht fürchten. Ich sitze im Flugzeug, meine erste Reise zurück in die Alte Welt, und genauso empfinde ich es auch. Als die Alte Welt.

Es sind dreißig Jahre vergangen, mehr als mein halbes Leben, es hat Perioden gegeben, in denen habe ich mir eingebildet, ich würde nie wieder zurückkommen, bräuchte mich nie wieder mit dieser Zeit zu befassen. In meiner Einsamkeit habe ich mich an diesem Gedanken festgehalten, aber seit Sarah auf der Bildfläche erschienen ist, ist es plötzlich unmöglich geworden. Sobald sie den Vorhang ein wenig gelüftet hat, wollte sie mehr wissen. Und als ich ihr nicht länger antworten konnte, als ich der Meinung war, ihr alles erzählt zu haben, da forderte sie von mir, ich sollte zurückfahren.

Nach Hause! Dein Leben ist ein Buch, wenn du die ersten Kapitel verschluderst, dann hat es keinen Sinn, die letzten zu leben!

So ist sie. So ist mein schwarzer Engel.

2. Vielleicht ähnelt sie ja meiner Mutter. Der Gedanke ist mir schon früher gekommen, sie hat etwas Vertrautes in mir geweckt, das ich nicht in Worte fassen oder einkreisen kann. Eine Art Erinnerung des Körpers oder vielleicht des Herzen. Ich war ja erst acht Jahre alt, habe nur wenige Erinnerungsstücke, immer wieder hervorgerufene Bilder von meiner Mutter, für die ich meine Hand nicht mehr ins Feuer legen würde. Ein Streicheln der Wange. Ihre kühle Hand auf meiner heißen Stirn, als ich krank war und Galle erbrach. Russische Kinderlieder, bevor ich einschlief.

Ihr toter Körper auf dem Küchenboden.

Die Einsamkeit ist mein Verbündeter gewesen. Ich habe früh gelernt, sie zu pflegen. Gezwungenermaßen, erkläre ich Sarah. Einsam ist man stark. Dann willst du also, dass ich gehe?, fragt sie sofort. Wer Einsamkeit sät, der erntet Trauer.

Nein, sage ich. Nein, bleib hier.

Du willst, dass ich hier bleibe? Du musst sagen, dass du es wirklich willst.

Ja, Sarah, ich will es wirklich.

3. Meine Mutter blieb nicht. Zu allen Merkwürdigkeiten, die Sarah umgeben, gehört die Tatsache, dass sie nur zwei Tage nach dem Tod meiner Mutter geboren wurde. In einem kleinen Dorf in South Carolina. Bidder's Creek. Ich bin kein Anhänger von Seelenwanderungslehren und derartigen Oberschlauheiten, aber es fällt schwer, nicht mit diesem Gedanken zu spielen. Eine ermordete Mutter, die auf der anderen Seite der Erdkugel wiedergeboren wird, um ihren einzigen Sohn zu erlösen, wenn die Zeit gekommen ist. Nein, das sind nur übergroße Dummheiten, Spekulationen, wie sie die Einsamkeit und zu viel Lesen gebären. Aber ich soll mir ja gewisse Freiheiten gestatten, darin waren Sarah und ich uns einig. Ich werde mir keine Restriktionen bezüglich des Schreibens auferle-

gen, die Zahl hundert wird die Form bestimmen, ansonsten gibt es keine weiteren Gesetze.

Außer dem, dass alles, was erzählt werden muss, zur Sprache kommen soll.

Und ich schreibe auf Schwedisch, es ist ja nicht schlecht, sich in der alten Sprache ein wenig zu üben. Ich habe sie seit fast vierzig Jahren nicht mehr gesprochen. Hin und wieder habe ich einmal ein Buch oder eine Zeitschrift in Schwedisch gefunden, aber dennoch erscheint sie mir äußerst fremd.

4. Ich falle.

Sinke durch einen klaren, warmen Raum von einer Welt in die andere. Von einem Leben in ein anderes, eine Transformation, die in Wirklichkeit zwei Augenblicke dauert, aber im Traum über Stunden geht.

Im Traum erlebe ich nie, wie ich endlich Boden berühre. Ich falle und falle, während Worte und Sprache mich langsam verlassen, diese ganz offensichtliche Veränderung, die in Wahrheit auch sehr viel schneller vor sich ging.

Diese starke Unruhe, Worte, die in einem nie versiegenden Strom hinter dem Kehlkopf ausgebrütet und geboren werden, darauf drängend, herauszukommen und zu Sprache zu werden. Die ganze Zeit, Sekunden, Stunden, Tage. Die Forderung zu sprechen. Etwas zu meinen, zu formulieren, zu antworten, zu bestätigen. Hier hat die Seele ihren Sitz, genau hier, wie ein zitternder Kloß hinter dem Kehlkopf, und als ich da unten auf dem Schulhof die Augen öffne und Perssons beunruhigtes Gesicht sehe, drängen die Worte darauf, herauszukommen. Etwas zu sagen, zu reden, zu schreien … ihn zu trösten, weil ich mich auf diese plumpe Art aufgedrängt habe. Aber ich halte sie zurück. Nein, sie werden von etwas anderem zurückgehalten, von etwas, das ich nicht selbst bin, so ist es. Mir geht es schlecht. Arme und Beine, Kopf und Leib tun mir weh, aber ich schweige. Die Worte müssen dort bleiben, wo sie sind, sie dürfen nicht in die Welt hinausgeworfen werden, nackt, entblößt und voller Scham. Aus dem Kochen wird ein Sieden, dann eine Ruhe. Das Nervöse legt sich wie das Eis über einen Novembersee. Ich werde nicht reden. Ich werde keine Worte über meine Lippen kommen lassen. Es ist eine Gnade.

Im Traum gibt es keine Schmerzen. Nur diesen sich lange dahinziehenden Fall und diese stumme Ruhe. Sich zu entscheiden, nicht zu sprechen, das ist ein Schritt auf den Tod zu, sagt Sarah.

Es war nicht notwendig, erkläre ich. Es war nicht meine Entscheidung, es ist über mich gekommen.

Das verstehe ich nicht, sagt Sarah.

Das braucht man auch nicht zu verstehen. Ich konnte nicht sprechen. Es war mir nicht möglich. Besser ein einziger Schritt auf den Tod zu als viele. Besser eine Treppenstufe hinuntergehen und sich am Leben halten.

Das verstehe ich nicht, wiederholt sie. Weißer Mann redet mit gespaltener Zunge.

Genau darum geht es, sage ich. Wir sehen einander an und lachen vorsichtig.

5. Mein Vater sitzt auf der Bettkante. Es ist die schlimmste aller Nächte. Er hat die Hand auf meine Brust gelegt. Ich höre an seinem keuchenden Atem, dass er einen Schrei des Schreckens in sich trägt. Es ist die schlimmste aller Nächte.

6. Ich war bereits außer Landes, als nach mir gesucht wurde. Am dritten Tag nach dem Mord ging ich auf einem Fischerboot in Trelleborg an Bord, und bis dahin hatte ich kein Wort darüber in den Zeitungen gelesen. Daraus konnte ich schließen, dass sie sie noch nicht gefunden hatten. Aber ich verstand nicht, warum ich immer noch lebte. Ich schleppte mich anderthalb Tage später in der Nähe von Kiel an Land. Ich hat-

te keinen Pass und keinen Grund, diese Qualen fortzusetzen. Nur die dunkle Ahnung, weit entfernt von allem zu sterben, in einem fremden Land, ohne eine Spur zu hinterlassen, ausgelöscht zu werden; der Gedanke an ein derartig barmherziges Ende schwappte in meinem stummen Unterbewusstsein wie ein Stück Treibholz in Erwartung des Landkontaktes. Aber von eigener Hand zu sterben, das erfordert eine gewisse Entschlossenheit, die ich nicht besaß, so trieb ich weiter in der Leere dahin.

Ich kam nach Rotterdam. In einem dreckigen Hotelzimmer trank ich eine ganze Flasche Whisky und schluckte zwanzig Schlaftabletten, doch sie brachten mich nicht um. Ein paar Tage später musterte ich auf einem Schiff an, das mit Gott weiß welcher Fracht und einem Dutzend Passagieren nach Südafrika fahren sollte. Ich wurde zusammen mit einem jungen Mann aus Tonga Tellerwäscher. Er sprach keine der bekannten Sprachen, und meine Stummheit war ihm nur recht. Eine Woche lang war ich seekrank, eines Nachts beschloss ich, mich dem Schoße des Meeres anzuvertrauen, verwarf den Gedanken aber wieder, weil ich nicht sterben wollte, solange mir so übel war. Möglicherweise war das nur eine Ausrede, möglicherweise hing ich doch an irgendeiner Form von Lebensfaden. Schon damals.

In Kapstadt wurde ich ausgeraubt und misshandelt, sobald ich an Land gegangen war. Es geschah im Schutze einiger Lagerschuppen unten im Hafen, ich verteidigte mich bis aufs Blut, ohne zu begreifen, warum. Vielleicht hätte ich dort totgeschlagen werden können, aber die Missetäter ließen mich blutend und ohnmächtig liegen, und schließlich fand mich jemand. Ich wachte in einem Krankenhaus auf, ohne dass meine Identität festgestellt worden war. Ich sprach immer noch nicht, man holte Papier und Stift, und ich gab an, ich hieße John Sorrow und wäre englischer Staatsbürger. Ich weiß nicht, ob man mir glaubte, wahrscheinlich nicht, ich verließ das Krankenhaus in der gleichen Nacht im Schutz der Dunkelheit. Ich hatte kein Gepäck, nur die Kleider, die ich am Leibe trug, und schreckliche Kopfschmerzen. Es wäre eine ausgezeichnete Nacht gewesen, um in ihr zu sterben, doch im Morgengrauen fand ich ein neues Schiff mit einem Skipper, der es nicht so genau nahm. Fracht: Obstkonserven. Destination: New York. Ich behielt meine Stummheit und meinen neuen Namen. John Sorrow. Der Koch hieß Bill Watts, er war groß und schokoladenfarben und fast genauso schweigsam wie ich, aber er brachte mir bei, wie man als illegaler Einwanderer in die Vereinigten Staaten von Amerika kommt. Die Route dauerte sechsundzwanzig Tage, wir haben uns später noch einmal getroffen und einander ein paar Postkarten geschickt, aber jetzt ist er bereits seit zehn Jahren tot.

Ich traf am 29. August 1973 in New York ein. Ich war 23 Jahre alt, und ich habe die Staaten nicht mehr verlassen, seit ich meinen Fuß auf amerikanischen Boden gesetzt habe. Bis jetzt nicht.

7. Meistens ist es mir schwer gefallen, mir vorzustellen, dass diese Zeit in K. Realität gewesen sein soll. Dass diese Menschen, diese Ereignisse und diese Gegend wirklich existieren. Dass ich meine Kindheit dort verlebt habe. Die Einsamkeit in New York ist mit keiner anderen Einsamkeit zu vergleichen. Sie ist stark und gegenwärtig, und dieses Gefühl des Gegenwärtigseins, der andauernde Kampf und das Hier und Jetzt wachsen auf Kosten aller anderen Zeitabschnitte, bis sie die Übermacht gewinnen. Das Vergangene scheint nie existiert zu haben. Die Zukunft wird nie kommen. Alles geschieht hier und jetzt.

Ich habe nichts dagegen einzuwenden; das Gefühl, ein x-beliebiger Mensch und im Prinzip in jedem Moment austauschbar zu sein, genau diese Bedingungen haben mich am Leben erhalten. Ich behielt meinen neuen Namen, John Sorrow, es war wie eine Eingebung, und ich habe nie einen Grund gesehen, mich anders zu nennen.

In K. war ich Viktor Vinblad, in New York wurde ich John Sorrow. Der Faden zwischen der einen und der anderen Identität hat sich im Laufe von dreißig Jahren gedehnt und gestreckt. Nur die Träume, diese komplizierten Nachtsegler, die hin und her fahren, die schräg durch den warmen Raum und die kalte Zeit fallen, haben dafür gesorgt, dass er nicht reißt. Perssons Zahl auch, wie mir plötzlich einfällt, wenn natürlich auch nur als Erinnerung und Kuriosität, ich werde noch darauf zurückkommen. Doch die Verletzungen sind am Leben geblieben; das quälende Fragment einer verschwundenen Existenz. Ich kann mich noch an das meiste erinnern, wenn ich mich darauf konzentriere, aber es kann auch wochen- und monatelang in Vergessenheit geraten.

Die stummen Jahre. Ich war anderthalb Jahrzehnte ohne Sprache. Von 1965 bis 1980. Acht Jahre in Schweden, sieben in New York, es ist merkwürdig, dass ich wieder angefangen habe zu sprechen, auch darauf werde ich noch zurückkommen. Jetzt möchte ich mich an das Alte erinnern, es ist das zurückliegende Verborgene, das ich erzählen muss, wie Sarah meint, sie sagt, sie müsse es nicht unbedingt lesen, ich soll um meines eigenen Seelenfriedens willen schreiben – aber ich will, dass sie es liest. Natürlich will ich das.

8. Ich weiß nur nicht, wo ich anfangen soll. Die Bilder der Erinnerung liegen weit verstreut wie ein Archipel im Nebel da. Das Zuhause in der Magasinsgatan ist eine fast unsichtbare Insel in weiter Ferne, in der äußersten Peripherie. Der Granvägen und die Familie Mörtberg haben schon deutlichere Konturen, Rossvagga ist noch schärfer. Sara – meine erste Sara ohne h – kommt immer strahlend klar zum Vorschein. Sie taucht auf und verschwindet. Nackt und lebendig. Nackt und tot. Der Weg mit ihrem Körper durch den Wald. Ihr Gewicht, ein toter Mensch wiegt so unglaublich viel mehr als ein lebendiger. Als ich die Mädchen aus dem Haus in der 89. Stra-

ße trug, erwachte die Erinnerung, es gibt Situationen und Ereignisse im Leben, die sich in einem festbohren. Überlieferte Bewegungen, der Druck auf Rücken und Schultern, Handgriffe und Gefühle, die brennen und vor Wirklichkeit und Bedeutung schreien – und die sich dann mit einer Art notwendiger Barmherzigkeit wieder verschließen. Ich habe nicht die geringste Ahnung, wie es vor sich geht, es gibt da auch einen Abgrund des Wahnsinns, über dem man eine gewisse Anzahl lebensgefährlicher Sekunden lang schweben kann, dann muss man einen Halt gefunden haben. Ich bin mir nicht sicher, ob es eigentlich einen Sinn hat, es zu beschreiben. Bin mir nicht sicher, ob es möglich ist, es verständlich und deutlich zu machen. Vielleicht muss ich konkreter werden. Vielleicht muss ich einfache Worte finden, ohne zu vereinfachen.

Der Mord, ich muss mich dem Mord annähern.

9. Aber zunächst Persson.

Er hieß Ralf Valdemar Sigurd, aber niemand, nicht einmal er selbst, nahm einen dieser Vornamen jemals in den Mund. Ich benutze das Präteritum, denn ich weiß nicht, ob er noch lebt. Ist es möglich, so lange mit einer so großen Unruhe in sich zu leben? Schlägt sich das Herz nicht eines schönen Tages selbst zu Tode? Mitten im Leben, lange vor dem Alter?

Nervöser Persson, murmelte er manchmal. Ich bin nervös, nervös, der nervöse Persson.

Manchmal gingen wir angeln. Bengt-Olle kam nie mit ins Boot. Er konnte nicht schwimmen, hatte eine Heidenangst vor tiefem Wasser. Sara leistete uns ein paar Mal Gesellschaft, aber meistens waren Persson und ich allein. Dann war es fast wie in der ersten Zeit in der Realschule. Oder wie damals, zusammen mit David, als wir noch Kinder waren. Zu zweit zu sein, das kann so einfach sein. Viel einfacher, als allein zu sein – wenn es funktioniert. Wir kannten uns erst seit ein paar Tagen, als Persson mir erzählte, dass er zweimal versucht hätte, sich das Leben zu nehmen. Ich schrieb »Ich nur einmal« auf einen Zettel und reichte es ihm. Das wurde unser erstes ernsthaftes Gespräch, und es handelte nicht vom *Warum,* sondern vom *Wie*. Ich hatte das Messer benutzt, Persson hatte es beide Male mit Tabletten versucht. Wir waren uns darin einig, dass beide Methoden jämmerlich waren, und wir wurden uns auch schnell darin einig, dass Ertrinken das Ideale wäre.

Und als wir ein paar Jahre später draußen auf dem dunklen Wasser des Rossen fuhren, war deutlich zu spüren, dass wir diese Überlegungen in uns trugen. Sie erzeugten ein äußerst starkes Gefühl der Zusammengehörigkeit, wir brauchten sie nicht einmal in Worte zu fassen. Persson war während dieser Bootsfahrten ruhiger als sonst. Es gibt eine Ruhe in der Nähe des Todes.

Er kannte Dinge, die niemand sonst kannte. Eigenartige Zusammenhänge zwischen Ereignissen, die nicht unbedingt etwas miteinander zu tun haben. Beispielsweise, dass auf die Abende, an denen die Krähen sich auf dem Dach des Buchladens niederließen statt auf dem des Rathauses, wie sie es sonst immer taten, immer eine niederschlagsreiche Nacht folgte. Oder dass zu einem bestimmten Zeitpunkt – im April 1966 – vier linkshändige Lehrer an der Realschule arbeiteten und dass alle im Zeichen der Jungfrau geboren waren. Und wenn man den Buchstaben in Bengt-Olle Farins Namen einen Ziffernwert gab, nach dem Schema A=1, B=2, C=3 usw., sie miteinander addierte und dann mit dem Geburtsdatum multiplizierte, dann bekam man das gleiche Produkt heraus wie bei Albert Einsteins Namen, wenn man den der gleichen Prozedur unterwarf, nämlich 26.370.900, was auch noch dem Erdumfang entspricht – in Metern ausgedrückt –, und zwar bei K. und anderen Orten auf dem gleichen Breitengrad.

Und das Geburtsdatum von Perssons verstorbener Mutter, 22 11 22, war identisch mit der Telefonnummer der Taxigesellschaft, bei der sein Vater arbeitete, übrigens der am intensivsten trauernde Mensch, den ich je gesehen habe.

Perssons Gehirn ruhte nie. Er bearbeitete Eindrücke, Aufgaben und Gefühle in so einer Menge und Geschwindigkeit, dass es unmöglich war, dem Prozess zu folgen. Er muss die richtige Methode gefunden haben, alle Fakten zu bearbeiten, die ihn bombardierten. Dazu hatte er wohl eine Form mit weitem Rahmen gefunden, die aber dennoch fest genug war, um alle überflüssigen Teile aus dem Informationsschwarm herauszufiltern. Die Mathematik, die reine Mathematik, war hierfür natürlich eine unabdingbare Notwendigkeit, auf der Jagd nach den großen und offensichtlichen Zusammenhängen verstanden wir uns von Anfang an. Ich hoffe, dass man im Kommunalarchiv von K. einige von Perssons vielen originellen Berechnungen aufbewahrt hat. Die durchschnittliche Lebensdauer schwedischer Gemeindemitglieder im achtzehnten und neunzehnten Jahrhundert. Geburtsorte und Haarfarbe amerikanischer Präsidentengattinnen. Rechts- respektive Linkspräferenzen bei abbiegenden Wildgänseschwärmen, in nördlicher wie in südlicher Richtung. Ich bin überzeugt davon, dass in Perssons aufgezeichneten Beobachtungen sonderbare Erkenntnisse zu finden sind. Das mögliche Wissen der Menschheit überschreitet die Summe des Wissens der einzelnen Menschen, der Lebenden wie der Toten, das ist dabei natürlich der Grundgedanke. Es gibt Korrespondenzen, für die wir noch nicht reif sind, wir haben nicht die Zeit und die Fähigkeiten, sie zu verarbeiten und die richtigen Schlüsse daraus zu ziehen, vielleicht fehlt uns auch der rechte Wille, aber wenn Perssons Gedanken vorschriftsmäßig aufbewahrt und registriert worden sind, wird die Zukunft ihm die Anerkennung zollen, die er zu Lebzeiten nie bekommen hat, dessen bin ich mir sicher.

Ich gehe zumindest davon aus, dass er sie nie bekommen hat. Wie ich ja auch ganz selbstverständlich davon ausgehe, dass er tot ist, aber eigentlich ist es nicht die Frage seines galoppierenden Herzen, das den Grund für diese Annahme ausmacht. Vielleicht bin ich geneigt zu glauben, dass er früher oder später einen dritten – und erfolgreicheren – Versuch gemacht hat, sein Leben und sein Leiden zu verkürzen. Menschen wie Persson sind nicht dazu geschaffen, weit zu kommen. Die Lieblinge der Götter sterben jung.

Aber ich kann es ja nicht wissen. Wenn wir Bananengebäck bei Pomona aßen, notierte er sich jedes Mal, wie viel Zeit wir brauchten, um es aufzuessen. Er versuchte dabei nie, es schneller oder langsamer zu machen, schrieb aber immer den Zeitpunkt des ersten und des letzten Bissen auf seinen Block. Für sich und für mich. Ohne Uhr, ohne Stift und Papier wäre es für Persson nicht möglich gewesen, sich am Leben zu erhalten.

Außer vielleicht da draußen im Kahn auf dem Rossen.

Es tut mir Leid um Persson.

Es tut mir Leid, dass ich nicht vorausschauender gewesen bin.

10. Farin war ein Kind.

Es gab eine Ähnlichkeit zwischen ihm und Persson. Beide nahmen zu viel Stimuli in sich auf. Persson war gezwungen, sie zu bearbeiten, während bei Farin alle Eindrücke in einen hohlen Raum fielen. Manchmal hatte er freie Sicht in diesen Raum, und dann bekam er Angst und wurde unruhig. Es schien, als hätte er sich selbst zu sehen bekommen. Seine unangenehme Winzigkeit im Universum, in solchen Momenten konnte er sogar aggressiv werden. Aber es war selten, dass er von einer derartig schmerzhaften Einsicht überfallen wurde, denn er wusste, wie er das große Licht löschen und stattdessen die Taschenlampe seines Bewusstseins auf nur eine Sache richten musste.

Bengt-Olle Farin, der Hausbesitzer von Rossvagga.

Ich kann nicht so viel über ihn berichten. Das mag merkwürdig erscheinen, aber im Abstand von dreißig Jahren erinnere ich mich vorwiegend an ihn als eine Hülle. Ein Mensch, der da war, fast wie ein Gegenstand, das klingt vielleicht überheblich, schließlich wohnten wir fast vier Jahre unter dem gleichen Dach, aber so ist es nun einmal. Ich habe nie begriffen, warum er sich mir und Persson anschloss, es war einzig und allein seine Initiative, aber wir protestierten nicht. Weder ich noch Persson, natürlich nicht, Bengt-Olle Farin war die harmloseste Person, die man sich denken kann. Du bist Gottes Kuckucksjunges, pflegte Persson immer zu sagen. Du bist Gottes Kuckucksjunges, Bengt-Olle, Gottes, Gottes, Gottes Kuckucksjunges.

Gottes Kuckucksjunges, ja, das bin ich, nickte Bengt-Olle, und es machte ihm immer große Freude, seine Existenz auf diese Art und Weise präzisiert zu haben. Einige wurden Astronauten, andere wurden Bahnhofsvorsteher, aber nur Bengt-Olle Farin von Rossvagga war dazu ausersehen, Gottes Kuckucksjunges zu werden.

Und auch um ihn tut es mir Leid.

Ich weiß nicht, was mit ihm nach dem Mord passiert ist, aber es kann für ihn nicht leicht gewesen sein. Viel dunkles Licht muss in den hohlen Raum hineingeströmt sein. Bengt-Olle Farin mochte es nicht, wenn sich Dinge veränderten, und an diesem 25. Juni 1973 veränderte sich alles.

Ja, es tut mir sehr, sehr Leid um Gottes Kuckucksjunges.

11.

Ich hatte von Bill Watts eine Adresse und einen Namen bekommen.

Brooklyn. 45. Straße zwischen der 5. und 6. Avenue. Harry Goodman. Es war ein Cousin von Bills Mutter, er hatte ihn nur einmal getroffen, aber er war der Einzige, den er in New York kannte. Soweit er wusste, war Harry genau das, was sein Name andeutete: ein guter Mann.

An einem warmen Spätsommerabend stand ich vor der Nummer 526 und klingelte. Die Tür wurde nach einer Minute von einem großen Mann mit der gleichen Hautfarbe wie Bill geöffnet. Er war wohl so um die fünfundfünfzig, ich reichte ihm meinen Zettel, auf dem stand, dass ich John Sorrow hieß, dass ich stumm war und dass ich William Watts kannte.

»Billy Watts?«, donnerte er. »Und wer zum Teufel ist Billy Watts? Das muss wohl einer von Deborahs Kindern sein?«

Ich nickte. Bill hatte mir erzählt, dass seine Mutter Deborah hieß. Harry Goodman schaute abwechselnd mich und den Zettel an.

»Also, stumm?«

Wieder nickte ich.

»Aber nicht taub?«

Ich schüttelte den Kopf. Reichte ihm den nächsten Zettel, auf dem ich ihn um Hilfe bat bei der Suche nach einem Dach über dem Kopf und einem Job. Harry Goodman studierte ihn lange und gründlich, wobei er abwechselnd die Stirn runzelte und sie dann wieder glättete.

»Verstehst du was von Klempnerarbeiten?«

Ich schüttelte den Kopf.

»Kannst du Zwei-Mann-Cribble spielen?«

Ich schüttelte den Kopf. Eine dicke, schwarzweiße Katze schlich zwischen Harrys Beinen hindurch.

»Bist du so einer, der einiges lernen kann?«

Ich breitete die Arme aus und versuchte es mit einem Lächeln. Er sog die Unterlippe ein und betrachtete mich kritisch von Kopf bis Fuß.

»Und es ist sicher, dass du nicht reden kannst?«

Erneutes Nicken.

»Denn ich will nichts davon hören, dass du dann eines Tages doch anfängst zu quatschen. Ich war fünf Jahre mit einem Frauenzimmer verheiratet, die mich in Grund und Boden geredet hat. Hast du Geld?«

Ich zeigte ihm meine einhundertundvierzig Dollar. Er nahm vierzig.

»Das ist die Miete für die erste Woche. Du kriegst das Zimmer hinter der Küche. Morgen fängst du als Klempnerlehrling bei mir an, und jetzt komm endlich rein, damit wir Zwei-Mann-Cribble spielen können.«

Ich nahm meine Tasche und folgte ihm in den engen Flur. Dort schaute ich mich um. Zeitungen und Zeitschriften lagen überall gestapelt, und ein sehr starker – nicht unbedingt unangenehmer – Geruch stach mir in die Nasenflügel. Etwas, das mich an Teer erinnerte, aber obwohl ich in diesem Haus fast sechs Jahre leben sollte und dieser Geruch jeden Tag im Flur hing, gelang es mir nie herauszufinden, was für ein Geruch es war oder woher er kam.

12.

Ich fand, es war eine merkwürdige Familie.

Ich war acht Jahre alt. Ich stand unter Schock. Ich war elternlos und ohne Bezugsrahmen; dennoch gelang es mir festzustellen, dass etwas an der Familie Mörtberg sonderbar war.

Ich weiß nicht, was. Und ich hatte natürlich kaum eine Vorstellung davon, wie eine Familie eigentlich zu sein hatte. Was die Mörtbergs betraf, so schien es sich hier um eine Ansammlung von Menschen unterschiedlichen Alters zu handeln, die unter dem gleichen Dach lebten. Nicht viel mehr. Vater und Mutter Mörtberg nahmen sich nie in den Arm. Sie stritten sich auch nie; es gab einen Abstand zwischen diesen vier Individuen, eine unsichtbare Grenze um jeden Einzelnen, die niemand sonst übertreten durfte. Ja, so in etwa war es wohl. Sicher, mein Vater hatte meine Mutter erschlagen, aber bevor es dazu kam, hatten sie miteinander geschmust, sich geküsst und gestritten. Beide hatten mich immer mal wieder in den Arm genommen, ich bekam zwar auch hin und wieder eine Ohrfeige versetzt, aber nur, wenn ich sie verdient hatte. Vielleicht beschönige ich die Sache ja auch, aber wenn dem so ist, denke ich, dass ich ausreichend Grund dazu habe.

Im Granvägen berührte man einander nicht gern, Mutter Mörtberg strich mir anfangs ein paar Mal über die Wange und Vater Mörtberg über den Kopf, aber damit hörten sie ziemlich bald wieder auf. Auch ich bekam meine Grenzen abgesteckt und das Recht auf mein Privatleben. Wobei das nicht gerade das war, was ich brauchte, weder damals noch später.

Maria war drei Jahre älter als David und ich, und woran ich mich bei ihr noch am besten erinnern kann: Sie war immer wütend. Oder zumindest gereizt. Auf David oder auf mich, meistens auf uns beide. Ich begriff selten, warum eigentlich, aber vielleicht lag es daran, dass sie keine Freundinnen hatte. Manchmal kam ein dickes Mädchen namens Ingegerd zu Besuch, ich glaube, sie ging mit Marie in eine Klasse, aber die beiden begannen sich regelmäßig nach einer halben Stunde zu streiten, und dann ging Ingegerd nach Hause.

David und ich, wir blieben unter uns. Wir wohnten sieben Jahre lang im gleichen Zimmer, und in dieser Zeit lernten wir einander kennen, wie man seine eigenen Körperteile kennen lernt. Eine Armbeuge, ein Knie und die Linien in unseren Handflächen. Da wir so eng aufeinander lebten, sowohl in der Schule als auch daheim im Granvägen, faktisch in den gleichen Grenzen, brauchten wir unsere Freundschaft nie zu definieren. Wir wussten, wo der andere in allen Lebenslagen zu finden war. Jetzt spreche ich von der Zeit vor meinem Verstummen; David verschwand an diesem Tag im August 1965, er wirbelte wie so vieles andere in der Menge davon.

13.

In der Volksschule war ich ein äußerst festgelegtes Individuum. Ich war für alle eindeutig einzuordnen, das Etikett war groß und deutlich und mit blutroten Versalien versehen, so dass jeder normal begabte Siebenjährige es bereits von weitem lesen konnte und nicht näher kommen musste.

MÖRDER-VIKTOR. Der schlimmste Junge der ganzen Stadt. Es gab niemanden, der auch nur annähernd so widerlich war wie ich. Viele der Mädcheneltern instruierten wahrscheinlich ihre lockigen Sprösslinge, dass sie unbedingt vermeiden sollten, in eine Situation zu geraten, in der sie mit mir allein waren.

Man konnte ja nie wissen, auf welche Idee ich so käme. »Mörderblut« stand auf einem Zettel, der eines Tages auf meinem Pult lag. »Du hast Mörderblut in dir, du Mörderteufel.« »Hast du deinem Vater geholfen, als er es gemacht hat?« stand auf einem anderen. Ich glaube, das war wohl im Herbst in der Zweiten, da war es am schlimmsten, weil alles noch so frisch war.

Obwohl – »Jetzt hat sich deine Mutter ausgebummst«, das war wohl das Gröbste, wie ich denke. Ich ging davon aus, dass es nur Benny Kollmander gewesen sein konnte, der nicht einmal bumsen richtig buchstabieren konnte, und eines Nachmittags verdrosch ich ihn auf dem Heimweg von der Schule. Er traute sich nie, das zu petzen, weshalb ich davon ausgehe, dass ich mit meiner Vermutung richtig lag.

Eine Zeit lang trug ich mich ziemlich ernsthaft mit dem Gedanken, auch die Fintling zu verprügeln. Oder sie in eine Art Foltermaschine zu zwängen, ich war auf so eine in den Illustrierten Klassikern und ähnlicher Lektüre gestoßen, die zu der Zeit sehr beliebt war. Sie hatte sich unweigerlich darum verdient gemacht. Ich brachte einige Zeichnungen zu Stande, die eine besser und ausgefeilter als die andere, aber weiter kam ich nie. Was wohl ein Glück war, und vielleicht genügte es ja auch, sich in der Fantasie zu revanchieren und es ihr heimzuzahlen. Warze, den wir in der Vierten, Fünften und Sechsten hatten, war eigentlich eine bedeutend boshaftere Gestalt als die frömmelnde Fintling, aber zu dem Zeitpunkt, nachdem ich zehn geworden war, hatte ich bereits gelernt, dass es schlauer war, fünf grade sein zu lassen. Außerdem hatte ich die Grenzen verstärkt, die Familie Mörtberg zu einer Art unsichtbarer Palisade hochgezogen hatte, und mein Gleichgewicht gefunden.

Aber natürlich ist nichts hundertprozentig.

Ich weiß nicht, wie viele der Menschen, die meine Kindheit bevölkerten, noch leben und welche gestorben sind. Ich habe keine Ahnung, wen ich möglicherweise treffen werde und wer mir verloren gegangen ist. Im Augenblick habe ich nicht das

Gefühl, besonders große Lust darauf zu haben, überhaupt mit etwas von all dem konfrontiert zu werden, aber das wird vielleicht einfacher, wenn ich an Ort und Stelle bin. Ich habe mir geschworen, diese Reise durchzuführen und diese Seiten zu schreiben, das ist alles. Ich habe Sarah kein Versprechen gegeben, und sowohl sie als auch ich, wir beide sind uns klar darüber, dass alles auch sehr wohl im Sand verlaufen kann.

Es ist der Versuch, der zählt, der gute Wille, aber es bedeutet gleichzeitig, dass ich nicht einfach beiseite schieben kann, was sich mir in den Weg stellt. Mit geschlossenen Augen zurück in die Vergangenheit zu reisen, das wäre natürlich nicht besonders sinnvoll.

Es ist Nacht über Atlanta, aber wir fliegen schnell dem Morgengrauen entgegen. Nur ein paar kurze Stunden Dunkelheit, dann sind wir da. Im hellen Tageslicht werden wir über die Küsten des alten Heimatlandes fliegen, und ich fühle, wie ich unruhig werde, wenn ich daran denke. Ich sehe mich mit den Augen der anderen. Ein Verbrecher, der zurückkehrt. Mörder-Viktor.

Ich lösche die Lampe und versuche ein paar Minuten zu schlafen.

14. Bestimmte Leben dürfen nicht weiterwachsen.

So ein Gefühl war das. Die Ereignisse haben mir die Flügel gestutzt und mich verstümmelt. Wenn ich wirklich leben soll, dann muss das unbemerkt geschehen, so dachte ich. Nicht verbunden mit anderen Menschen. Kein Kind und keine Verwandten, kein Band, das gedehnt wird und reißt. Einsam und vorsichtig habe ich mich vorgetastet. Beinahe heimlich. Ich vertraue nichts einem anderen Menschen an. Kein anderer Mensch bedeutet etwas für mich. Das ist die Grundvoraussetzung, mein Leben ist genauso lang wie der Abstand zwischen zwei Jahreszahlen auf einem Grabstein.

In dieser Form habe ich auch eine Befriedigung gefunden.

Nach Harry Goodmans Tod lebte ich ein Vierteljahrhundert unter dieser sicheren Hülle, im Großen und Ganzen mein halbes Leben lang, und ich hätte es noch bis zu meinem Tod getan, wenn nicht Sarah gekommen und sich unter die Schale gedrängt hätte. Als wir uns zum ersten Mal liebten, hatte ich das seit dreißig Jahren nicht mehr getan.

Mein Junge, sagt sie. Mein armer kleiner Junge, ich glaube, wir haben so einiges nachzuholen.

Dann lacht sie und schließt mich in ihre Arme. Ein dreiundfünfzigjähriges Kind. Ich schließe die Augen und falle wieder durch den reinen, warmen Raum. Eine andere Art von Fall. Ich wünschte, sie wäre mit mir auf dieser Reise, aber das ist natürlich unmöglich. Die Mädchen brauchen ihre Mutter. Ihr Vater, der im Krankenhaus auf dem Sterbebett liegt, auch. Und die verletzten, obdachlosen Frauen in der Klinik, in der sie arbeitet – es gibt so viele, die Sarah brauchen. Aber sie schafft es, für alle da zu sein. Wenn ich an ihre Bedeutung denke und sie gleichzeitig nicht in meiner Nähe ist, kann es vorkommen, dass mich eine Schwindel erregende Angst überfällt. Dass ich den Halt verliere, ein plötzlicher, nachhallender Wachstumsschmerz kurz vor dem Alter. Ja, etwas in der Art.

Fahr zurück, mein alter Junge, sagt sie und sieht mich dabei ernst an. Fahr nach Hause und finde heraus, wie es eigentlich war. Sag Howdoyoudo und Goodbye zu diesen Menschen. Rede mit ihnen, ich warte auf dich, du brauchst keine Angst zu haben, ich habe nicht die Angewohnheit zu verschwinden.

Heiratest du mich dann?, frage ich mit plötzlich aufflammendem Mut. Wirst du meine Frau, wenn ich zurückkomme?

Am gleichen Nachmittag, verspricht meine dunkle Sarah. Sobald du dir den Reisestaub abgeduscht und ein anständiges weißes Hemd besorgt hast.

15.

Mit meiner hellen Sara begann es so einfach.

Ich kaufte Schuhe. An diesem Tag hatte ich eine Zerrung im

Rücken, wahrscheinlich war mein schlechter Stuhl in der Bank die Ursache gewesen. Ein Paar ganz normale braune Wildlederschuhe hatte ich mir vorgestellt, ich fand auch bald ein Paar, aber auf Grund meiner Beschwerden konnte ich mich nicht bücken, um sie zuzubinden, als ich sie anprobieren wollte. Doch, den linken schon, aber nicht den rechten. Sara Psalmodin erkannte mein Problem, hockte sich hin und band mir die Schuhe zu.

Sie tat das mit so einer Zärtlichkeit. Als legte sie letzte Hand an eine Torte oder ein Blumengesteck, das sie seit mehreren Stunden beschäftigt hatte. Oder ein Bild. Ich betrachtete ihre Finger, während sie die Schleifen band, und dachte, dass es keinen Krieg mehr auf der Welt gäbe, wenn alle solche Finger hätten.

»Jetzt stell dich hin und geh mal hin und her«, sagte sie, als sie fertig war. »Du kannst die Schuhe da hinten im Spiegel angucken.«

Ich folgte ihren Instruktionen.

»Fühlen sie sich gut an? Ich finde, die stehen dir.«

Wir waren allein im Laden. Es war ein Nachmittag mitten im August.

»Ach ja, oh, du bist ja stumm. Oder?«

Ich nickte. Sie blieb ganz still stehen und sah mich mit einem Blick an, den ich nicht so recht deuten konnte. Dann fing sie an zu weinen.

Sie tat nichts, um es zu verbergen. Stand einfach nur da und weinte. Ich holte meinen Block und den Stift heraus und schrieb:

»Warum weinst du?«

Sie nahm meinen Zettel entgegen und las ihn, als enthielte er eine äußerst wichtige Mitteilung. Dann drehte sie ihn um, um nachzusehen, ob vielleicht auch noch etwas auf der Rückseite stand. Ich bemerkte, wie gerade das mich tief berührte, ohne dass ich recht verstand, warum. Sie zog ein Taschentuch heraus und putzte sich die Nase.

»Entschuldige«, sagte sie. »Aber ich weiß nicht, wie ich mich verhalten soll.«

Ich vermutete, dass es meine Stummheit war, die sie zu dieser Vertraulichkeit veranlasste, es war nicht das erste Mal, dass mir so etwas passierte. Offenbar glauben die Leute, dass die Worte, die sie mir anvertrauen, irgendwie versiegelt sind und nicht wieder herauskommen können, nur weil ich nicht spreche. Als wäre ich so eine Art Beichtvater. Das kann häufig peinlich werden, aber dieses Mal merkte ich, dass ich gern hören wollte, was sie auf dem Herzen hatte. Mit Sara war es anders, das wusste ich von Anfang an. Ganz anders.

»Willst du es mir erzählen?«, schrieb ich.

Wieder las sie auf die gleiche ernsthafte Art. Und wieder drehte sie den Zettel um. Ich erinnerte mich daran, wer sie war und dass sie vermutlich Zeit brauchte, um auch nur die einfachsten Botschaften zu entziffern.

»Ich weiß nicht«, sagte sie.

Sie sah mich mit dem unschuldigsten aller Blicke an. Wir hatten ja mehrere Jahre lang im gleichen Viertel gewohnt, ich wusste natürlich genauso viel über die Psalmodiner wie alle anderen, aber ich hatte noch nie zuvor in Saras Augen geschaut.

Was ich da sah, das waren zwei Fragen. Die gab es vermutlich nicht in ihrem Kopf formuliert, nur in diesen Augen.

Kann ich dir vertrauen?

Wirst du mir wehtun?

Ich schrieb schnell meine Antworten auf: »Du kannst mir vertrauen. Ich werde dir nicht wehtun.«

Sie las langsam und lächelte dann zögernd.

»Ich weiß«, sagte sie. »Danke.«

Dann biss sie sich auf die Lippen und schien nachzudenken.

»Es geht um Zuhause. Da ist es ... nicht sehr gut.«

Ich nickte. Ich konnte es mir ohne Schwierigkeiten vorstellen. Ich hatte von den Zuständen im Deutschen Haus gehört, das hatten alle. Natürlich nichts Genaueres, aber ich begriff, dass es nicht einfach sein konnte, dort zu wohnen, wenn man ein neunzehnjähriges Mädchen mit der Seele eines Kindes war.

Genau so war Sara Psalmodin beschrieben worden. Wahrscheinlich von einer der alten Frauen vom Granvägen.

Die Ärmste. Sie wird immer die Seele eines Kindes behalten.

»Ich weiß nicht, ob ich dort weiter wohnen bleiben will«, sagte sie. »Da ist dieser Mann, ich will nicht mehr dort bleiben, wenn er …«

Ich wartete auf eine Fortsetzung, aber es kam keine. Ich überlegte, was das wohl für ein Mann sein könnte, auf den sie da anspielte. Es war allgemein bekannt, dass verschiedene Leute im Deutschen Haus ein- und ausgingen. Seit Dagny eingezogen war, hatten die Dinge dort zweifellos eine neue Wendung genommen. Eine Wendung zum Schlechteren. Von dem einen Wahnsinn zum anderen, wie die Leute sagten. Verrückt ist verrückt, aber es gibt verschiedene Varianten.

Ein Husten war zu hören, und Nilsson kam keuchend die Treppe vom Lager herunter. Ich stellte fest, dass ich immer noch die Schuhe anhatte, und offensichtlich bemerkte Sara das auch.

»Und, wie ist es? Ich finde, sie sehen gut aus.«

Ich nickte.

»Willst du sie haben?«

Ich schrieb einen neuen Zettel: »Ich behalte sie an. Hast du gleich um sechs Feierabend?«

»Guten Abend, guten Abend«, keuchte Nilsson. »Ich glaube, langsam wird es Zeit, für heute zu schließen. Das heißt, wenn der Herr mit dem Schuhwerk zufrieden ist … aber die sitzen ja wie angegossen.«

Ich machte ihm ein Zeichen, dass ich mit den Schuhen zufrieden war. Sara ging zur Kasse. Ich holte meine Brieftasche heraus, und als ich ihr das Geld gab, nickte sie vorsichtig und sah mich wieder mit ihren unschuldigen Augen an.

»Was sollen wir mit deinen alten Schuhen machen?«

Ich gab ihr mit einer Handbewegung zu verstehen, dass man sie wegschmeißen konnte. Nilsson warf einen Blick auf sie, wie sie da auf dem Boden standen. Und mir war klar, dass das ein trauriger Anblick für einen Schuhhändler sein musste; ich hatte sie im Großen und Ganzen seit mehr als zwei Jahren täglich getragen. Im Vergleich mit meinen Neuen sahen sie aus wie eingetrocknete Eingeweide.

Ich nahm mein Wechselgeld entgegen und verließ das Geschäft. Zehn Minuten später kam Sara heraus. Ich wartete an der Ecke zur Köpmangatan auf sie. Ich möchte behaupten, dass sie übers ganze Gesicht strahlte, als sie mich erblickte.

16.

Es dauerte nicht lange, sich das Klempnerhandwerk anzueignen.

Zumindest nicht auf dem Niveau, das in dem Viertel gegenüber dem Sunset Park in Brooklyn erwartet wurde. Die Häuser waren alt und die Leitungen schlecht. Harry Goodman's Plumbing Service hatte einen Kundenkreis, der ungefähr viereinhalb Häuserblöcke abdeckte. Zwischen der 5. und der 7. Avenue, der 45. und der 47. Straße. Plus ein paar Buden unten auf der 42., wo er seit langem gut mit dem Hausbesitzer befreundet war.

Es war ein ausreichend großes Revier, so dass wir alle Tage etwas zu tun hatten, die Rohre platzten wie auf Bestellung, und Harry hatte das Prinzip, nichts für die Ewigkeit zu machen. Wenn es fünf Jahre hält, dann genügt das, meinte er. Mehr wollen die Leute gar nicht, und man muss ja nicht blöd sein. Bei näherer Betrachtung ist doch alles eine Frage von Angebot und Nachfrage, erklärte er außerdem. In dieser besten aller Welten genau wie in allen anderen.

Wir brauchten kaputte Wasserleitungen, also mussten wir zusehen, dass es welche gab. Harry hatte früher schon einmal einen Mitarbeiter gehabt, aber der war ein paar Wochen, bevor ich vor der Tür stand, mit der Tageskasse stiften gegangen. Wenn ich auch so einer wäre, der plante, die Tageskasse zu klauen, erklärte Harry, nachdem wir uns am Küchentisch niedergelassen hatten, damit ich die erste Lektion in Cribble bekam, dann wäre es das Beste, ich würde es gleich tun. Dann bräuchte er mich nicht noch unnütz anzulernen.

Ich schrieb einen Zettel und beteuerte ihm, dass ich nicht an Tageskassen interessiert wäre.

Mein Zimmer hatte die Größe eines normalen Familiengrabs. Es gab Platz für ein Bett, einen Schrank und einen kleinen Schreibtisch mit einem Stuhl, und genau diese Einrichtung befand sich bereits an Ort und Stelle, als ich einzog. Durch das Fenster hatte ich einen Blick auf den Hinterhof, auf dem ein Ahorn stand, ein paar kaputte Fahrräder und zwei abgewetzte Liegestühle. Hohe, braune Ziegelmauern schützten in drei Richtungen vor den Blicken der Nachbarn. Harry saß gern abends in einem der Liegestühle, trank Budweiser und las die Zeitung. Nach einer Weile gewöhnte ich es mir an, in dem anderen Liegestuhl Platz zu nehmen. Eigentlich war das der Platz von Coolidge, der Katze, aber mit der Zeit einigten wir uns in dieser Beziehung. Es war ein langer, warmer Herbst, mein erster in New York.

17.

Das Cribblespiel war sehr viel komplizierter als die Klempnerei. Viele Jahre später las ich in einem Buch, wie die normalen Cribbleregeln aussehen, und sie ähnelten dem Spiel, in das mich Harry Goodman langsam und methodisch einweihte, nicht viel. Wir spielten mit zwei Kartenspielen plus vier Jokern, alle Karten bis auf die Fünfer und die Neuner hatten andere Werte als ihre nominalen. Asse und Zweier konnten ihren Wert im Laufe des Spiels verändern, und wenn der Herzbube mit der Pikdame zusammenkam, gab es automatisch einen so genannten Robert-Fish-Zuschlag.

The Robert Fish Amendments.

Robert Fish war Harry Goodmans guter alter Freund, die beiden waren zusammen im gleichen Viertel in der Bronx aufgewachsen, und es waren auch diese beiden Herren, die gemeinsam das Cribblespiel zu dem jetzt erreichten Grad an Raffinesse und Fingerspitzengefühl entwickelt hatten. Robert Fish war bei einem tragischen Angelunfall, gut ein Jahr bevor ich die große Stadt erreicht hatte, im Hudson ertrunken, und seitdem hatte Harry Goodman mit allen Mitteln nach einem würdigen Spielgegner gesucht.

Es dauerte nur ein paar Wochen, dann erklärte er stolz, dass er glaubte, ihn nun gefunden zu haben.

Wir spielten immer am Küchentisch. Bevor wir zu Bett gingen, ungefähr zwei Stunden zwischen zehn und zwölf. Das Punktesystem war fast noch verzwickter als das Spiel selbst, aber bald hatte ich es so in etwa im Griff. Übrigens gab es auch noch eine ökonomische Seite bei dem Ganzen: einen halben Cent pro Punkt genauer gesagt – am Memorial Day, an Thanksgiving, Robert Fishs Geburtstag und an zwei oder drei anderen wichtigen Daten wurde auf das Doppelte erhöht; aber nach gewisser Zeit hatte ich ein Gespür für das Spiel entwickelt, das Harrys in nichts nachstand. Wenn wir am Samstag abrechneten, handelte es sich selten um mehr als eineinhalb Dollar, die den Besitzer wechselten. Mal in die eine, mal in die andere Richtung.

Das Haus selbst war ein dreigeschossiges Wohnhaus aus dunkelbraunen Ziegeln, wie alle anderen in der Straße. Dreizehn Treppenstufen führten vom Bürgersteig hinauf in die erste Etage. Hier befand sich Harrys Zimmer mit Fenster zur Straße. Küche und mein Zimmer lagen zum Hof hin, Toilette und Bad am Flur. Eine Treppe höher wohnte Fidelio Archer, ein schweigsamer Herr unbestimmten Alters, der in einem Juweliergeschäft in Manhattan arbeitete. Er schlich gegen sechs Uhr morgens die Treppe hinunter, machte sich in der Küche Frühstück und Mittagsbrote, bevor er mit der R-Linie davonfuhr – ich gewöhnte mich bald daran, von seinem leisen Treiben aufzuwachen. Normalerweise kam er gegen acht Uhr abends zurück, auch dann hörte ich ihn meistens nur, ich sah ihn fast nie. An den Wochenenden war er entweder mit seiner Briefmarkensammlung in seinem Zimmer beschäftigt, oder er besuchte die Familie seiner Schwester in Beacon.

Ganz oben wohnte ein Paar. Sie hießen Vincent und Paula Van der Knocke, sie hatten eine eigene Küche und ein eigenes Bad, und bis auf die paar Mal im Jahr, wenn sie ihren Verlobungstag (oder eine andere bedeutende Begebenheit) feierten, sich besoffen und anfingen, sich zu streiten, machten auch sie nicht besonders viel von sich reden. Ich glaube, sie arbeiteten in einer dieser Anwaltskanzleien in Brooklyn Heights, wahrscheinlich beide in der gleichen.

Ich blieb in unserem Viertel. Vom Sunset Park aus konnte man die Hafeneinfahrt und die Freiheitsstatue sehen, aber nach drei Monaten in New York hatte ich noch keinen Fuß nach Manhattan gesetzt. Ich will nicht behaupten, dass ich bewusst die Zeit benutzte, um zu vergessen, aber das Geld, das nicht für Essen und Miete draufging, gab ich fast ausschließlich für Bücher aus. Es gab ein paar Antiquariate in der 5. Avenue – unter anderem das Palinsky's, in das ich auch heute noch ein paar Mal im Jahr hineinschaue –, und derjenige, der mit dem Kopf voran in die Literatur eintaucht und in ihr zu schwimmen vermag, der hält sich wenigstens von vielen anderen Plagen fern.

Von gegenwärtigen und vergangenen Plagen, das wusste ich bereits, als ich ankam.

18. Ich rechnete gern. In der zweiten Klasse rechnete ich nach dem Buch der dritten, in der vierten war ich mit dem der sechsten durch. Ich bekam die Erlaubnis, es heimlich zu tun, denn sowohl Fintling als auch Warze fanden, es wäre das Beste, wenn alle auf dem gleichen Level wären – aber bald fand ich heraus, dass sie es damit nicht so genau nahmen.

Da war so eine Art Reinheit. Wenn ich mit einer Zahl oder später mit einer Gleichung dasaß, konnte ich alles andere um mich herum vergessen. Es gab keine Schande, keine Schuld und keine Bluttat bei diesen ganzen positiven Zahlen. Genau diesen Ausdruck liebte ich: die Ganzen Positiven Zahlen.

Aber auch an den Brüchen und Dezimalzahlen war nichts verkehrt.

Wenn man etwas in ein mathematisches Problem umwandelte, wurde es plötzlich zuverlässig. Zuverlässig und gerecht. Da gab es kein Entweder-Oder. 25 mal 24 war immer 600, die Wurzel aus 36 war ein für alle Mal plus minus 6, da konnte Benny Kollmander noch so dumm dastehen und mit seiner hässlichen Zahnklammer grinsen, wie er wollte. Nein, es spielte keine Rolle, ob man nun die Tochter des Schuhfabrikanten Runebjär oder der Sohn des Mörders Vinblad war, wenn man zwölf Punkte in der Mathearbeit richtig hatte, dann war dem so.

Vielleicht fing alles mit den Zehn-Öre-Stücken an.

Ja, wahrscheinlich war es so.

19.

Als ich fünf oder sechs Jahre alt war, bekam ich von meinem Vater eine leere Schnapsflasche und eine Handvoll Zehn-Öre-Münzen geschenkt. Gut möglich, dass es irgendeine Art von Feiertag war, mein Namenstag oder so, das weiß ich nicht mehr. Ich war so klein, dass ich noch keine rechte Vorstellung von Geld hatte, aber mein Vater erklärte mir, dass man sich für einen Zehner zwei Bonbons in Filles Kiosk kaufen konnte. Ein Dixi und ein Rival. Für fünf Zehner konnte man ein Eis erstehen. Schokolade oder Erdbeere, das war gleich.

Wahrscheinlich konnte ich trotz meines jungen Alters schon ziemlich gut rechnen, denn er setzte die Rechnung noch zwei Stufen weiter fort.

Für hundert Zehner kriegst du eine Wurst mit Kartoffelbrei, sagte er, ein Mickey-Maus-Heft und einmal Haareschneiden bei Petterssons. Alles zusammen.

Oi, sagte ich.

Und wenn du die Flasche ganz voll kriegst, sagte mein Vater und zwinkerte dabei mit einem Auge meiner Mutter zu, die am Herd stand und kochte, dann bist du reich wie ein Troll und kannst alles kaufen, was du willst.

Na, so ziemlich, was du willst, schränkte er nach einem neuen Blick zu meiner Mutter ein – ich erinnere mich, dass sie Lockenwickler im Haar hatte und einen Lippenstift in einer Farbe, die sie sonst nicht benutzte –, und dann stopften wir die Zehn-Öre-Stücke in den Flaschenhals. Eines nach dem anderen. Es waren sechsundzwanzig Stück, und sie bedeckten fast den ganzen Flaschenboden.

Das gehört dir, sagte mein Vater. Wer spart, der hat.

Ich nahm meine neue Kostbarkeit mit in mein Zimmer. Stellte die Flasche auf das kleine Regal über meinem Bett. Jeden Tag, wenn mein Vater von der Arbeit nach Hause kam, erbettelte ich ein paar Zehner von ihm, und mindestens zweimal in der Woche zählte ich mein Vermögen. Dazu drehte ich den Verschluss ab, kippte den Inhalt auf den Schreibtisch, vorsichtig, damit keine Münze auf den Boden fiel und dort verschwand, und fing dann an, sie zu stapeln. Zehn Münzen auf jeden Stapel, alle mit der Vorderseite nach oben. Genau und ordentlich, und so brachte ich mir das Rechnen bei. Drei Stapel und vier lose Münzen bedeuteten drei Kronen und vierzig Öre. Sechs Stapel und zwei lose Münzen waren sechs Kronen und zwanzig Öre. Neun Stapel und neun lose Münzen, das waren fast zehn Kronen, es fehlten nur noch zehn Öre, also neun neunzig.

Meine höchste Summe, das waren achtunddreißig Kronen und sechzig Öre. Da war ungefähr ein halbes Jahr vergangen, und das war der Zeitpunkt, an dem meine Mutter die Flasche stahl.

Zuerst wollte sie nicht zugeben, dass sie sie geklaut hatte, aber als mein Vater mit der Faust auf den Tisch schlug, gab sie klein bei. Die Haushaltskasse sei leer gewesen, erklärte sie. Nicht ein Öre, kein Wunder, wenn für den Jungen so viel Geld ausgegeben wird.

Mein Vater wurde rasend vor Wut.

Du hast das Spargeld des Jungen geklaut, du Hure!, schrie er. Was bist du für eine schreckliche Mutter?

Aber er schlug sie nicht. Zumindest kann ich mich nicht daran erinnern. Ich fragte mich, was eine Hure wohl war. Am nächsten Tag bekam ich vier zerknitterte Zehn-Kronen-Scheine von meiner Mutter.

Danke fürs Ausleihen, sagte sie.

Ich bekam auch die Schnapsflasche zurück und drückte die Zettel mit Hilfe eines Bleistifts hinein.

Was machst du dummer Junge da?, fragte meine Mutter. Wie willst du die denn wieder rauskriegen?

Indem ich dir die Flasche übern Kopf haue, antwortete ich.

Ja, wenn ich so zurückschaue, dann wird mir klar, dass ich schon sechs Jahre alt gewesen sein muss, als sich diese Episode abspielte. Es kann noch hinzugefügt werden, dass ich von meinem Vater für meine Äußerung eine Backpfeife bekam, denn so darf man nicht mit seiner Mutter reden.

20. Ich habe meiner Mutter die Schnapsflasche nie über den Kopf geschlagen. Mein Vater war derjenige, der sie erschlug. In der schlimmsten aller Nächte.

Aber ich habe Maria einmal mit einer Limonadenflasche geschlagen. Das hatte sie auch verdient, ich habe es damals nicht bereut, und es fällt mir schwer, es jetzt, vierzig Jahre später, zu bereuen.

Es gab viele, die sich darüber ärgerten, dass ich so gut in Mathematik war. Ich verstand nicht, warum. Es gab doch genug Zahlen für alle, nur weil ich 455 durch 11 teilen konnte, gab es doch nichts, was Ethel oder Benny oder Kent Finell daran hinderte, das Gleiche zu tun. Beispielsweise 553 mit 36 multiplizieren, wenn sie meinten, das wäre interessanter.

Doch ich glaube, es war Maria, die sich am meisten ärgerte. Sie war ja drei Jahre älter als ich und David, aber was das Rechnen betraf, so sah es ziemlich jämmerlich bei ihr aus. Als wir in die Sechste gingen, besuchte Maria im zweiten Jahr die Berufsschule, und manchmal hatte sie auch Rechenaufgaben zu machen. Eines Nachmittags kam ich allein aus der Schule, ich glaube, David musste nachsitzen, und da saß Maria stöhnend am Wohnzimmertisch.

»Was ist denn mit dir los?«, fragte ich.

»Das kann dir doch scheißegal sein«, sagte Maria. »Es sind diese Scheißaufgaben, die lassen sich einfach nicht lösen.«

Ziemlich viel Scheiße, die sie da von sich gibt, dachte ich.

»Soll ich dir helfen?«, fragte ich. »Wenn ich eine Krone kriege, mache ich die Hausaufgaben für dich.«

»Du kleiner Furzer«, sagte sie. »Du hast doch keine Chance, das hier überhaupt zu kapieren. Was glaubst du denn, wer du bist?«

»Ich bin Einstein«, entgegnete ich schlagfertig und setzte mich neben sie. »Okay, ich werde dir umsonst helfen, weil du mich so lieb darum gebeten hast.«

Es war nichts Besonderes. Einfach ein Schlagabtausch unter vielen. Ich löste ihre Aufgaben innerhalb von zehn Minuten. Wie üblich war ich ganz ins Rechnen vertieft, und so merkte ich nicht, dass sie immer saurer wurde, während ich dort saß und in ihr Heft kritzelte. Als ich fertig war, schaute ich auf, wahrscheinlich grinste ich dabei, und sagte:

»So, jetzt hat der kleine Furzer der großen Furzerin bei den Hausaufgaben geholfen.«

Sie hatte gerade die Limonadenflasche angesetzt, die auf dem Tisch stand, und wollte runterschlucken, aber stattdessen blies sie die Wangen auf und spuckte mir einen kräftigen Strahl direkt ins Gesicht.

Ich wurde wütend. Packte die Flasche und schlug auf sie ein.

Ich traf sie direkt über der Augenbraue, und es fing sofort wie wahnsinnig an zu bluten. Wir konnten die Blutung mit Hilfe von Unmengen an Toilettenpapier und zwei oder drei Handtüchern stillen, doch es dauerte eine ganze Weile und war ein ziemlicher Schweinkram. Unter anderem wurde auch das Rechenheft ganz fleckig, so dass man wohl sagen kann, dass die Hausaufgabenhilfe nicht besonders gelungen war.

Maria schrie dabei die ganze Zeit wie ein angestochenes Schwein, aber glücklicherweise waren wir beide allein zu Hause. Aus irgendeinem Grund erzählte sie von der ganzen Sache nie etwas ihren Eltern, das Pflaster und die Schwellung über dem Auge erklärte sie damit, dass sie gegen eine Tür gelaufen sei.

Nein, Maria schwieg über das, was an jenem Nachmittag bei den Matheaufgaben passiert war, aber ich lief lange mit dem Gefühl herum, dass sie sich eines Tages ordentlich an mir rächen würde.

21.

Ich verstecke mich, sagte Sara Psalmodin. Ich verstecke mich in einem geheimnisvollen, dunklen Raum.

Ich habe nie erfahren, woher sie diesen Ausdruck hatte. Sie sagte ihn ein paar Mal bei verschiedenen Gelegenheiten, und jedes Mal mit großem Ernst. Sara besaß keinen großen Vorrat an Worten und Metaphern, sie war gerade einmal des Lesens kundig, trotzdem beschrieb sie mit genau diesen Worten ihre Situation im Deutschen Haus.

In einem geheimnisvollen, dunklen Raum.

An diesem ersten Abend gingen wir zum Rossen hinunter. An Pampas und dem Sportplatz vorbei, ich erinnere mich, dass Fußball gespielt wurde und dass die eine Mannschaft genau in dem Moment, als wir vorbeigingen, ein Tor schoss. Ich erinnere mich, dass es warm war, ich erinnere mich an den hohen Himmel, der sich über dem Rossen erstreckte.

Sie habe diesen geheimnisvollen, dunklen Raum in ihrem

Zimmer gefunden, erklärte sie. Unter der Bettdecke abends und nachts, wenn gesoffen und Karten gespielt wurde und ein Höllenlärm im übrigen Haus herrschte. Ich fragte, ob es wirklich so schlimm war, und sie bestätigte es. Es war offenbar ein einziges Kommen und Gehen. Von Verwandten und von weit her angereisten Freunden der Stiefmutter, von Krethi und Plethi, die halt ein Dach über dem Kopf und den Kontakt mit Gleichgesinnten suchten.

Es gab so einige merkwürdige Gestalten. Komische Käuze, wie Sara sagte. Unter anderem beherbergte man einen Herrn, der behauptete, ein ungarischer Komponist zu sein, er hauste und starb in einem kleinen Raum ohne Fenster oben auf dem Dachboden. Sein ganz außergewöhnlicher Darmkrebs führte dazu, dass er nur Cognac und Lakritz vertrug, Nahrungsmittel, die er in großen Mengen konsumierte. Den Cognac stellte man aus Selbstgebranntem und Apfelmus her, der Lakritz war echt, beim Konsum gekauft. Sara lachte etwas wehmütig, als sie von ihm erzählte. Es gehörte zu ihren Aufgaben, morgens und abends die Windeln dieses Ungarn zu wechseln, sie beschrieb den Geruch im Raum wie »unter einem Pflaster«. Er hatte Geld auf der Bank, deshalb durfte er bleiben.

Vor ihrem Vater Theodor hatte Sara Angst. In den letzten Jahren hatte er sich langsam in einen neurotischen, aggressiven Trinker mit heftigen Wutausbrüchen verwandelt. Ich hatte schon vorher Leute über ihn reden hören, und Sara bestätigte diese Gerüchte. Er ging fast nie aus. Und konnte ohne jeden Grund wütend auf die Kinder werden. Das plötzliche Bedürfnis, mit Hilfe des Stocks Verstand in sie hineinzuprügeln, überkam ihn fast täglich, aber meistens ging Dagny dazwischen und beschützte sie, das wollte Sara zu ihrer Verteidigung unbedingt anführen. Sie sorgte dafür, dass der frühere Gottesmann mehr Schnaps ins Glas bekam, und mit Hilfe dieser Medizin beruhigte er sich langsam und schlief dann ein.

Aber damit waren die Gefahren nicht alle beseitigt. In den Sommermonaten hatten etliche der männlichen Besucher und

Untermieter einen Blick auf die Tochter des Hauses und auf ihre knospende weibliche Erscheinung geworfen. Besonders tief in der Nacht, wenn der Alkohol im Blut zirkulierte, verspürten sie Lust auf Lammfleisch. Genau diesen Begriff benutzten sie – Lammfleisch, sie begriff nicht, was es in diesem Zusammenhang bedeutete –, und besonders einen Kerl, den man Wolfs-Ragnar nannte, konnte sie nur mit Mühe und Not abweisen. Er war hoch gewachsen und mager und hatte helle, blassblaue Augen, wie sie berichtete. An der einen Hand hatte er nur drei Finger, sie konnte sie nicht ohne Schaudern ansehen, und trotzdem war es schwer, den Blick auf etwas anderes als ausgerechnet auf diese Hand zu richten.

Ja, in erster Linie war es Wolfs-Ragnar, vor dem Sara Psalmodin sich in ihrem geheimnisvollen, dunklen Raum verstecken musste. Dort kroch sie unter die Decke, schloss die Augen und verschwand an einen anderen Ort.

Das alles und noch mehr erzählte sie an diesem Abend, nachdem ich bei ihr Schuhe gekauft hatte. Wir spazierten ziellos mehrere Stunden herum, hinaus nach Dalby und Rossensudde. Sara redete, ich hörte zu. Ab und zu war ich mir nicht sicher, ob es sich um die Wirklichkeit oder etwas Erdachtes handelte. Vielleicht lag sie ja auch gern im Bett und träumte und fantasierte, so schien es mir jedenfalls. Sie war auffallend eifrig darum bemüht, mich in Kenntnis zu setzen, ich glaube nicht, dass sie sonst jemandem schon einmal etwas über die Situation im Deutschen Haus erzählt hatte.

Von den Händen der Männer, wenn sie nach ihrem Körper tasteten. Von Wolfs-Ragnars Versuch, ihre Tür nachts aufzubekommen. Glücklicherweise hatte sie ein solides Schloss, aber vielleicht war es nur eine Frage der Zeit, wann es ihm gelingen würde. Vielleicht würde er eines Nachts eindringen, und was dann passieren würde, daran wagte sie gar nicht zu denken.

Wir gingen immer weiter. Da war noch nichts zwischen uns, zwischen Sara und mir, absolut nichts. Sie war ein verängstigtes, unglückliches Kind, das war alles, und sie tat mir in gleicher Weise Leid, wie mir Persson und Farin Leid getan hatten. Schließlich schrieb ich einen Zettel, ich wusste mir nicht anders zu helfen.

Willst du bei uns auf Rossvagga wohnen?

Sie las meine Frage sorgfältig, auf ihrer Stirn bildete sich eine Falte. Wir blieben stehen, und sie sah mich mit ernster Miene an. Ich erinnere mich daran, dass ich genau in dem Moment auf ihre Augen achtete.

Es war, als hätte sie sie aus einer klaren, reinen Quelle hervorgeholt.

Ja, gern, sagte sie. Ja, gern, ich denke schon.

Ja, genau wie aus einer Quelle geschöpft, so waren Sara Psalmodins Augen, und in dieser einfachen Art und Weise ging es weiter.

22.

In dieser Zeit, in diesen fünfzehn Jahren, versuchte ich nie, mein Schweigen zu brechen. Ich reflektierte darüber, stellte es aber nie in Frage. Im Nachhinein kann es merkwürdig erscheinen, dass ich nie mit einem von ihnen gesprochen habe.

Nicht mit Persson. Nicht mit Farin. Nicht mit Sara.

Ich bereue es nicht. Auch wenn ich in irgendeiner Weise die Wahl gehabt hätte, so bereue ich es nicht, dass ich fünfzehn Jahre meines Lebens stumm gewesen bin.

Das Schweigen schärft die Sinne. Es ist respektvoll, und es schenkt Würde. Es lässt eine Kuppel entstehen, unter der man atmen kann. Ich benutze auch heute nicht viele Worte, es wundert mich, wie leicht mir dieser Text aus der Feder fließt, aber es besteht natürlich ein bedeutender Unterschied zwischen Sprache und Schrift. Wir sind jetzt in die Morgendämmerung geflogen. Sie ist wie eine Farbexplosion von der einen Sekunde zur anderen gekommen; es ist das erste Mal in meinem Leben, dass ich fliege, diese Absurdität an sich, sich in einem großen Blechkörper in zehntausend Meter Höhe über dieser unendlichen Wassermasse zu befinden, der Gedanke allein an diese Absurdität hält mich wach.

Und ich erinnere mich. Großes und Kleines taucht auf und begehrt Aufmerksamkeit, für meine dunkle Sarah schreibe ich, aber auch für mich selbst. Ja, natürlich schreibe ich in erster Linie für mich selbst.

Gestern, in der Nacht vor dem Morgen, an dem ich abreiste, hatte ich einen Traum, der immer wieder kommt. Er überfällt mich ein paar Mal im Jahr, und er schleudert mich jedes Mal über einen Abgrund.

23. Die Augen meines Vaters. Er sitzt auf der Bettkante in der schlimmsten aller Nächte, und ich sehe, mit welchen Gedanken er kämpft.

Er hat meine Mutter getötet, trägt noch ihren Mord an den Händen, jetzt denkt er, dass er ebenso gut dafür sorgen kann, dass der Junge ihr Gesellschaft leistet.

Ich schlage die Augen auf und nehme diesen Gedanken wahr, und genau das rettet mir das Leben. Er betrachtet mich, und das Lebendige und das Tote balancieren auf der dünnen Scheide seiner weiß glühenden Trauer. Dann streicht er mir übers Haar und verlässt mich.

Ich weiß nicht, ob es so war.

Ich weiß nicht, ob er überhaupt in dieser Nacht bei mir im Zimmer war, vielleicht ist es nur ein Traum. Ich werde es niemals in Erfahrung bringen.

Von Sara träumte ich einen ganzen Monat lang nach dem Mord, und danach nie wieder. Vielleicht ist das eine Gnade; wenn ich in wachem Zustand an sie denke, habe ich zumindest eine gewisse Kontrolle.

24. Nach ein paar Wochen wollte Harry Goodman wissen, aus welchem Land ich komme. Er dachte lange über das Wort

Sweden nach, das auf dem Zettel stand, den ich ihm gab. Offensichtlich war er sich nicht sicher, wo sich das auf dem Atlas befand, aber es schien eine Assoziation in ihm zu wecken. Er strahlte auf, als es ihm einfiel. »Ah, Albert Schweizer! The Kontiki Expedition! Good country!«

Ich korrigierte ihn nicht. Harry mochte nicht verbessert werden, das hatte ich schon gelernt. Nicht daheim und nicht bei der Arbeit. Wenn man seine eigene Firma hat, dann hat man auch das Recht, seine eigene Meinung von den Dingen zu haben.

Wir arbeiteten sieben Tage in der Woche. Zumindest im Prinzip – es stand 24 HOURS A DAY 7 DAYS A WEEK in großen roten Versalien an dem Lieferwagen, mit dem wir herumfuhren –, aber an den Wochenenden sorgten wir oft dafür, nicht so gut erreichbar zu sein. Wir schalteten den automatischen Anrufbeantworter ein, der dann mitteilte, dass wir mit einer größeren Sache beschäftigt waren und leider nicht vor Montag kommen könnten. Harry verwies auf Mister Pong's Plumb Firm, einen chinesischen Klempner in der 50. Straße, der so schlecht war, dass er uns unmöglich Kunden abspenstig machen konnte. Aber wenn er etwas am Samstag reparierte, dann hielt es meistens bis Montag.

An einem Sonntag im November erklärte Harry mir, dass er einen guten Freund besuchen wolle, der in Lower East wohnte. Er schlug vor, ich solle doch mitfahren, ich hatte inzwischen fast drei Monate in New York verbracht und immer noch nicht die Brooklyn Bridge nach Manhattan überquert. In Lower East gab es natürlich nicht viel zu sehen, aber ich konnte dann ja mit der Bahn weiter zum Times Square oder zur Grand Central Station weiterfahren. Fand jedenfalls Harry.

Und das tat ich auch. Ich stieg in der 8. Straße aus und wanderte dann den ganzen Weg zwischen den Wolkenkratzern hoch zum Central Park. Dort kaufte ich mir ein paar Donuts in der Tüte und einen Becher Kaffee und ging in den Park. Ließ mich bei Cedar Hill auf einer Bank nieder.

Ich weiß nicht so recht, was über mich kam, als ich dort saß und Männer und Frauen sonntäglich an mir vorbeiströmen sah. Kinder, Hunde und Eichhörnchen; es gibt keine Einsamkeit wie die in New York, bis zu diesem Augenblick hatte ich geglaubt, ich trüge eine Geschichte mit mir herum, die es mir letztendlich unmöglich machen würde weiterzuleben, ich hatte nicht den Ehrgeiz, etwas zu werden, keine Ambitionen, etwas auszurichten, keine Sehnsucht nach einer Frau. Ich war eins mit meiner Stummheit, aber plötzlich, während ich dasaß und meinen schlechten Kaffee schlürfte und meine trockenen Krapfen kaute, da begriff ich, dass es möglich war, mit diesem Zustand zufrieden zu sein. Der Mord an Sara, das war der Abgrund in meinem Leben, aber es war möglich, neben diesem Abgrund ein Lager aufzuschlagen. Tatsächlich. Genau hier, genau auf diese Art und Weise war es möglich zu bleiben. Nicht weiterzugehen, in welche Richtung auch immer. Kein Ehrgeiz, keine Träume. Mit seinem Nein zu leben und zu bleiben.

Das war an und für sich nichts Neues, ganz und gar nicht. Es streifte immer mal wieder meine üblichen Alltagsgedanken, aber erst an diesem warmen Novembersonntag im Central Park schlug es wirklich Wurzeln in mir. Ich versprach mir selbst, nicht mehr an einen Selbstmord als einen Ausweg zu denken, ein Plan, mit dem ich jetzt seit vier Monaten jeden Abend eingeschlafen war und den ich wie eine lästige Pflicht, die ich früher oder später zu erfüllen hatte, vor mir herschob.

Ich warf meinen Kaffeebecher und den letzten halben Donut in einen Papierkorb, dann durchstreifte ich den Park mehrere Stunden lang. Stellte fest, dass er mir im gleichen Maße gehörte wie jedem anderen lebenden Menschen.

Später aß ich ein einfaches Pastagericht in einer italienischen Bar in der 57., es gelang mir am Times Square den richtigen Zug zu finden, und so kam ich zur rechten Zeit für die abendliche Cribblepartie in Brooklyn an.

25. Anderthalb Jahre später lebte ich immer noch, und am 1. Mai 1975 ordnete Harry zum ersten und einzigen Mal eine Art gemeinsame Veranstaltung für die Bewohner des Hauses an. Der offizielle Grund dafür war, dass der Krieg in Vietnam beendet worden war, ein Abenteuer, das Harry als einen Schandfleck in der Geschichte der USA ansah. Was die anderen Mieter dazu meinten, darum kümmerte er sich nicht, entweder waren sie denkende Menschen wie er oder aber nicht.

Das Fest fand in unserem kleinen Hinterhof statt. Wir hatten einen Tisch aus dem Keller hochgeschleppt und die Liegestühle mit den drei Stühlen aus der Küche vervollständigt. Gegrillte Lammkoteletts und Würstchen unterschiedlicher Erscheinung standen auf dem Speiseplan. Bratkartoffeln, Salat und Budweiser. Van der Knockes trugen Walnusseis und Sherry dazu bei, Fidelio Archer einige Käsestücke und ein Vier-Liter-Weinfässchen aus Kalifornien, wo er einen Cousin hatte.

Wir begannen um acht Uhr abends. In den ersten Stunden war es in erster Linie Harry, der redete. Die anderen schienen genauso stumm wie ich zu sein, aber dann taten Budweiser, Wein und Sherry ihren Teil, und es wurde etwas lebhafter. Paula Van der Knocke gestand, dass sie und Vincent planten, sich in einem der beiden nächsten Jahre zu verloben, was Vincent sofort dementierte und damit konterte, sie wären bereits verlobt. Paula bat ihn, den Mund zu halten, und Harry bremste den sich heraufziehenden Krach, indem er einen Toast auf die freien Völker in Indochina ausbrachte und vorschlug, wir sollten doch ein Lied singen. Alle natürlich außer John Sorrow, aber ich dürfte gern den Takt dazu klatschen. Es dauerte eine Weile, ein Lied zu finden, von dem alle meinten, es zu kennen, aber schließlich einigte man sich auf We Shall Overcome. Es zeigte sich, dass Fidelio Archer im Besitz eines fast glockenreinen Tenors war, er sang eine Oktave höher als die anderen, und die Leute, die auf den Balkonen eine Häuserlänge von unserem kleinen Hinterhof entfernt saßen, spendeten Beifall durch Klatschen und Bravorufe.

Wir blieben ungefähr bis Mitternacht draußen sitzen. Van der Knockes schafften es, noch ein paar Mal in Streit zu geraten, aber jedes Mal setzte Harry wieder mit We Shall Overcome ein, und das genügte, um die Wogen zu glätten. Fidelio Archer las ein eigenhändig geschriebenes Gedicht vor, es hieß *O that my inner light may shine through*, und Harry erklärte, es sei verdammt noch mal das Schönste, was er gehört habe, seit Reverend Wilkinson am Grabe seiner Mutter die Rede gehalten habe. Ich weiß nicht, warum ich über diesen ersten Maiabend eigentlich schreibe, vielleicht einfach, weil er so nah an dem Tag des Unglücks lag, das Vincent Van der Knocke das Leben kostete. Es passierte nur zwei Wochen später, am 13. Mai, da geschah es, dass er sich zur falschen Zeit am falschen Ort befand und im Zusammenhang mit einem Banküberfall in Brooklyn Heights angeschossen wurde. Der Schuss traf ihn im Hinterkopf, aber er starb nicht daran. Stattdessen kapselte sich die Kugel in seinem Gehirn ein, er wurde vollkommen gelähmt und nach einigem Hin und Her in einem Krankenhaus auf Staten Island untergebracht, wo ihn seine möglicherweise Verlobte Paula anschließend jeden Sonntag besuchte, solange sie noch in Harry Goodmans Haus wohnte.

Zumindest nehme ich an, dass sie das tat; nach dem We-Shall-Overcome-Abend verkehrten die Nachbarn genauso wenig miteinander wie vorher. Ich erfuhr alles über Vincents Schicksal durch Harry, und ich hatte keinerlei Grund, ihm zu misstrauen.

Ungefähr nach einem halben Jahr, also im Winter 75/76, konnte man ab und zu einen kleinen, dünnen Herrn mit braungetönter Brille auf dem Weg die Treppen hinauf oder hinunter beobachten.

Vielleicht war er Paulas Liebhaber, vielleicht auch nicht, jedenfalls hinterließ er den Duft eines ziemlich distinguierten Herrenparfums im Treppenhaus. Ich glaube, er hieß Moreno.

Eine Frage, auf die ich nie die Antwort gesucht habe, war, wie es eigentlich kam, dass Paula und Vincent den gleichen Nachnamen hatten. Wenn sie doch höchstens miteinander verlobt waren. Ich führte dieses Problem einmal bei Harry während einer unserer Cribblepartien an, und er äußerte den Gedanken, sie könnten doch möglicherweise Geschwister sein.

Hätte ich mein Sprachvermögen damals gehabt, ich hätte ihm geantwortet, dass er nicht ganz gescheit sei.

26. Ich weiß nicht, wie viele Tage ich im Wald lebte. Sie behaupteten, neun, und dann muss es wohl stimmen.

Es war Mitte Mai, und nachts fror es nicht mehr. Wäre es einen Monat früher gewesen, so sagten sie, dann wäre ich erfroren.

Ich schnitt mir in die Arme, aber ich schnitt in der falschen Richtung. Wenn man sich wirklich das Leben nehmen will, dann muss man entlang der Adern schneiden, nicht quer rüber.

Ich aß nichts, ich trank Wasser aus dem See, und ich schlief einfach dort, wo es mir passte. Es war nicht geplant, dass ich weiterleben sollte, aber ich tat es.

Ich war elf Jahre alt. Ich kann mich nicht mehr richtig an diese Tage und Nächte erinnern, ich glaube, Hunger und Verzweiflung radierten sowohl die Erinnerung als auch die Wahrnehmung selbst aus. Wahrscheinlich war ich im medizinischen Sinne verrückt, als sie mich fanden. Wahrscheinlich gab es den einen oder anderen, der meinte, ich gehörte eingesperrt. Aber ich will nicht mehr darüber schreiben.

27. Wir haben jetzt die Sicherheitsgurte angelegt. Die Rückenlehnen aufgestellt und die Tische eingeklappt. Sind bereit zur Landung.

Aber noch nicht in Schweden. Ich muss in Heathrow umsteigen, zwei Stunden Wartezeit bis zum nächsten Flug, dann noch zwei Stunden. Die Schlaflosigkeit prickelt in mir, ich fühle eine große Unentschlossenheit dieser Reise gegenüber. Beschließe, erst einmal für eine Nacht ein Hotelzimmer in Stockholm zu nehmen, bevor ich weiter nach Norden fahre. Ich muss mich an dieses Land gewöhnen. An das Alte, das ich in Stockholm sicher nicht finden werde.

An die Sprache, die ich seit Jahren nicht mehr gesprochen habe.

Außerdem muss ich einen Plan aufstellen. Ich habe einen Fensterplatz im Flugzeug, jetzt kann ich sehen, wie sich Londons Stadtlandschaft da unten im Sonnenschein ausbreitet. Die Frau im Sitz rechts neben mir legt letzte Hand an ihr Make-up. Sie macht sich schön für jemanden, der sie abholen wird.

Mich wird niemand abholen. Nicht hier in London. Nicht in Schweden.

Wenn ich jetzt von dieser Welt verschwände, würde das keinen großen Unterschied machen. Sarah würde natürlich fragen, was mit mir passiert wäre, und im Buchladen würde man sich wundern – aber sonst würde mich niemand vermissen. Die Spuren, die es noch von mir gibt, habe ich vor mehr als dreißig Jahren gelegt, und es sind genau die Spuren, denen ich jetzt hinterherjage.

Wenn es sie überhaupt noch gibt. Selbst ein Mord verjährt nach fünfundzwanzig Jahren. Warum?, habe ich mich gefragt. Ist man nach so langer Zeit nicht mehr für seine Handlungen verantwortlich? Ist man – in gewisser Weise – nicht mehr der gleiche Mensch? Oder hält der Tod selbst nicht länger als ein Vierteljahrhundert an?

Ich weiß, dass es auf diese Fragen keine Antwort gibt, und gerade deshalb werde ich sie ja auch nicht los.

Noch eine Minute bis zur Landung, teilt der Pilot mit. Ich schaffe es nicht, weiter über meine Oberweisheiten zu spekulieren. Ich mache einen Punkt und packe meinen Schreibblock weg.

28. Am 30. August 1969 zog Sara Salmodin bei uns in Rossvagga ein. Es war ein Samstag, ich kann mich noch genau daran erinnern, weil es Perssons Geburtstag war. Bengt-Olle hatte versucht, eine Torte nach dem Kochbuch zu backen, man konnte sie essen, aber mehr auch nicht.

Das Haus auf Rossvagga war wie geschaffen für vier Personen. Ich, Persson und Sara, wir wohnten jeder in einem der drei kleinen Zimmer im Obergeschoss, Bengt-Olle in der Kammer im Erdgeschoss, wo er sein ganzes Leben lang gelebt hatte. Küche und Wohnzimmer benutzten wir gemeinsam.

»Das Haus ist voll«, sagte Bengt-Olle. »Eins, zwei, drei, vier, ein Mensch in jeder Ecke.«

Er meinte damit sicher die Himmelsrichtungen. Bengt-Olle Farin war damit sehr genau. Im Osten lag der See. Im Westen der Weg. Im Süden der Wald. Im Norden der Erdkeller und weiter weg Stensöga und Forselius' Haus. Daran war nicht zu rütteln, wir lebten im Schnittpunkt aller Himmelsrichtungen.

Persson war derjenige, der das Leben auf Rossvagga organisierte. Das heißt, das Essen. Er schrieb auf, was wir jede Woche essen wollten, wer es kochen sollte, Tag für Tag, und wer sich um den Abwasch zu kümmern hatte. Den Einkauf übernahm Bengt-Olle. Aus irgendeinem Grund hatte er das Moped mit Ladefläche behalten, das er in der kurzen Zeit gebraucht hatte, als er bei ICA-Larsson arbeitete, und mit dessen Hilfe versah er uns jeden zweiten oder dritten Tag mit Proviant aus dem Ort. Er kaufte im Konsum in der Valdemar Severinsgatan ein und brauchte sich dort nie selbst zu bemühen. Er musste nur die Liste, die Persson geschrieben hatte, und das Portemonnaie mit dem Haushaltsgeld dem Personal reichen, dann kümmerte dieses sich um alles.

Persson hatte einen Ordner mit Ernährungslehre und Kalorientabellen, ich bin überzeugt davon, dass wir in den Jahren auf Rossvagga das gesundeste Essen in ganz Schweden zu uns nahmen. Zumindest drei von uns, Bengt-Olle war dem Süßen ziemlich zugeneigt und brachte oft einen kleinen Vorrat auf eigene Kosten vom Konsum mit nach Hause. Er nahm jeden Monat einige hundert Gramm zu, wog im Frühling 1973 sicher mehr als neunzig Kilo, aber das bekümmerte weder ihn noch sonst jemanden.

29. Abgesehen von den Mahlzeiten lebten wir jeweils unser eigenes Leben. Wir hatten keine Regeln, die waren nicht nötig, aber wir wuschen zweimal in der Woche Wäsche und putzten gemeinsam jeden ersten Sonntag im Monat. Manchmal spielten wir Domino, das war ein Spiel, das auch Bengt-Olle spielen konnte, aber ansonsten stand es schlecht um gemeinsame Aktivitäten. Persson und ich hielten uns meistens in unseren Zimmern auf und lasen. Oder wir gingen im Wald spazieren, zusammen oder jeder für sich. Manchmal nahmen wir das Boot, ruderten auf den See hinaus und angelten. Bengt-Olle schaute gern Fernsehen, er konnte am Abend vier, fünf Stunden am Stück vor dem Apparat sitzen. Ab und zu leistete Sara ihm Gesellschaft, aber ihre Lieblingsbeschäftigung war es, Bilder zu malen. Sie benutzte große Pappen und normale Farbstifte und brachte damit merkwürdige Werke zu Stande, die man mit der damaligen Terminologie vielleicht als psychedelisch bezeichnen konnte und die bald alle Wände im Haus schmückten. Bengt-Olle wurde dadurch eine Zeit lang auch inspiriert zu malen, ich kann mich daran erinnern, dass er während einiger Wintermonate, das muss im Januar, Februar 1971 gewesen sein, sehr viel Kraft auf eine Geschichte verwendete, die Folgendes darstellen sollte: »Mein Magen, nachdem ich Kartoffelbrei mit Dill und Griebenwurst gegessen habe«. Nachdem es fertig war, hängten wir es über das Sofa im Wohnzimmer, wo

vorher ein altes Ölgemälde mit zwei Schwänen im Schilf seinen Platz gehabt hatte.

Wenn ich an die Zeit zurückdenke, kann ich mich nicht daran erinnern, dass wir uns jemals auf Rossvagga gestritten hätten. Zumindest nicht ernsthaft. Das klingt etwas merkwürdig, und ich will nicht beschwören, dass es wirklich so war. Ich sehe alles durch das versöhnliche Raster des Vergessens und der Zeit, das ist unvermeidlich. Natürlich muss es auch dunkle Strömungen gegeben haben. Es waren trotz allem vier ziemlich unglückliche junge Menschen, die dort wohnten.

Einsam und unglücklich.

30.

Mein Beweis für Fermats letzten Satz war vermutlich ein wenig eigenartig. Außerdem war er unvollständig, da er nur bewies, dass es für die Gleichung $x^3 + y^3 = z^3$ keine Lösung gibt. Wenn es um den allgemeineren Satz $x^n + y^n = z^n$ ging, kam ich zu keinem Ergebnis. Vor ein paar Jahren las ich Simon Singhs Buch über Andrew Wiles umfassenden und letztendlichen Beweis, und ich muss sagen, dass es mich erstaunte. Es kostete den großen Mathematikprofessor acht Jahre der Isolation, dieses Problem zu lösen, und dennoch wäre es fast schief gegangen. Jemand fand eine Lücke, die man anschließend mit großer Mühe stopfen konnte. Ich las von Taniyama-Shimuras Vermutung und von Freys elliptischer Gleichung, die also nicht-modular ist. Ich las über Eulers Hypothese.

Wiles Beweis ist offenbar einhundertunddreißig Seiten lang, ich brauchte für meinen Beweis vier Seiten in dem grünen Schreibheft. Es kostete mich drei schöne Sommernächte, ihn aufzustellen.

Das Problem ist nur, dass ich mich nicht mehr daran erinnern kann. Ich weiß nicht mehr, ob er korrekt war, aber an diesem Augusttag 1965 war ich felsenfest davon überzeugt. Etwas ging in meinem Kopf kaputt, als ich vor Perssons Füßen auf dem Asphalt landete; während ich im Krankenhaus lag, versuchte ich die ganze Zeit mich daran zu erinnern, wie es nun gewesen war, aber es gelang mir nicht, es mir wieder ins Gedächtnis zu rufen. Es hatte etwas mit dem Abstand zwischen zwei nebeneinander liegenden Dreierpotenzen und ihrer Summe zu tun, und ... ja, genau das ist es, was ich nicht mehr zu fassen bekomme.

Oberstudienrat Christofferson tut mir Leid. Genau wie er fragte ich mich lange Zeit, wo dieses Schreibheft geblieben sein mochte, und erst viele Jahre später, in einer Winternacht in den Neunzigern in New York, da träumte ich wieder einmal davon, wie ich durch diesen warmen, klaren Raum fiel, und da entdeckte ich, dass ich es tatsächlich in der Hand hielt. In meiner rechten Hand.

Und wenn dem so war, wie ich es auch annehme, dann gibt es eigentlich nur eine Antwort auf die Frage, wo es geblieben ist, nachdem ich auf dem Boden aufschlug.

Es ärgert mich, dass ich ihn nie gefragt habe, als noch die Möglichkeit bestand.

31. Ich habe immer schon Bücher gelesen. Wenn das Leben zu finster oder zu chaotisch wurde, habe ich mich in die Literatur gestürzt. In K. habe ich alles gelesen, was ich in der Bibliothek in die Finger bekam; wenn ich es mir leisten konnte, kaufte ich auch den einen oder anderen Band in Prawitz' Buchhandlung. Romane, nichts anderes. Die großen schwedischen Autoren: Strindberg, Bergman, Moberg. Eyvind Johnson und Dagerman. Besonders in Dagerman konnte ich mich gut wiedererkennen. Aber natürlich las ich auch ausländische Bücher. Hemingway und Kafka und Thomas Mann. Dostojewski und die anderen Russen. Als ich nach New York kam, war es ganz natürlich, zu den Amerikanern überzugehen. Melville, Steinbeck und Faulkner. Scott Fitzgerald. Und die Kriminalromane natürlich, Chandler, Hammett und Ross

Macdonald. Wie bereits erwähnt, fand ich schon bald ein Antiquariat, Palinsky's in der 5. Avenue, wo man fast zum gleichen Preis kaufen und verkaufen konnte, und dort schaute ich in der ersten Zeit ein paar Mal im Monat vorbei. Harry Goodman hatte nicht viel für Bücher übrig, er konnte sich zur Not einen Ellery Queen oder einen Patrick Quentin reinziehen, wenn nichts Neues in der Zeitung stand und die Baseballsaison noch nicht begonnen hatte – aber er war großmütig genug, keinen Kommentar zu meiner Lektüre abzugeben. Jeder soll nach seiner eigenen Fasson glücklich werden, das war sein Motto, und das betraf alle Gebiete mit Ausnahme der Klempnerei und dem Cribble, denn da wusste er am besten Bescheid.

32. Mit der Zeit gelang es mir, das Lesen mit dem Unterwegssein zu kombinieren. Ich lernte bald New Yorks Untergrundbahnen zu schätzen, besonders das Prinzip, dass man mit nur einem Schein so lange und so weit man will herumfahren kann. Eigentlich hatte ich ja nur während der Wochenenden die Möglichkeit herumzufahren, und Harry beschloss bald, dass wir verdammt noch mal nicht einen einzigen weiteren Sonntag auf dieser Seite des Harmageddon arbeiten sollten, also setzte ich mich einmal in der Woche in der Station an der 45. Straße in die R-Linie, ein Buch in der Hand, und fuhr davon. Meistens hatte ich bereits beschlossen, an welcher Station ich aussteigen wollte, und häufig suchte ich mir mein Ziel so weit wie möglich entfernt. Elmhurst Avenue. Far Rockaway. Pelham Bay Park. Nach einer Stunde oder nach eineinhalb stieg ich aus dem Zug, schaute mir die Umgebung an, drehte eine kurze Runde, bis ich einen Park fand, in dem ich mich mit meinem Buch auf einer Bank niederlassen konnte. Ich trank Kaffee aus meiner Thermoskanne, aß ein Butterbrot und einen Apfel und ging zurück zur U-Bahn-Station. Fuhr wieder nach Hause.

Ich pflegte mich so gegen elf Uhr vormittags auf den Weg zu

machen. Meistens war ich nicht vor sechs Uhr abends wieder zu Hause. In dieser Zeit kam mir der Gedanke, während dieser Fahrten ein Buch zu schreiben – statt die Bücher anderer Autoren zu lesen –, aber es wurde nie etwas daraus. Es kam mir auch in den Sinn, dass Persson seine Freude an dem System der New Yorker Untergrundbahnen gehabt hätte. Unter der Erde herumfahren und an irgendeiner Station aussteigen beispielsweise. Ein Foto vom Eingang machen, herausbekommen, in welchem Teil der Welt der erste Mensch, dem man begegnet, geboren wurde, und das in eine Tabelle eintragen. Beispielsweise. Früher oder später würde das immer ein Muster ergeben.

Aber das war Perssons Revier, nicht meins. Es fällt mir schwer, mich zu konzentrieren, ich muss für eine Weile den Stift hinlegen und die Augen schließen.

33.

Meine Mutter erzählte mir etwas ein paar Jahre, bevor sie starb.

Sie hatte einen Bruder.

Mein Vater hatte keine Geschwister dort oben in Finnland, das wusste ich, und auch keine Eltern, die noch am Leben waren, aber weiter weg, in Russland, da hatte ich einen Onkel. Ich weiß nicht, wie er eigentlich hieß, meine Mutter nannte ihn Kolja, aber es war mir klar, dass das nur ein Kosename war.

Wenn Kolja geheiratet und Kinder bekommen hatte, dann würde das bedeuten, dass ich Cousins und Cousinen hatte. Es kam vor, dass ich den Schulatlas hervorholte und Russland suchte. Doch es gab nichts mehr, was so hieß, ich wusste natürlich schon, dass es inzwischen Sowjetunion genannt wurde. Und es war schrecklich groß. Fast unfassbar, alles umfassend. Schweden war kein kleines Land, eines der größten in Europa, das hatte die Fintling in unsere kleinen Schädel gehämmert, doch wenn ich ein Butterbrotpapier auf die Landkarte legte und unser Land ausschnitt, dann fand es unendlich oft Platz in der Sowjetunion.

Es war nur schwer zu glauben, dass ich jemals meinen Onkel Kolja und die Cousinen treffen würde. Aber ich schrieb ihm ein paar Briefe. Ich schickte sie natürlich nie ab, da ich ja gar keine Adresse hatte, aber einen von ihnen nahm ich aus irgendeinem Grund mit, als ich mich nach dem Mord davonmachte. Ich hatte ihn in einer verborgenen Innentasche meines Rucksacks versteckt, konnte mich nicht mehr daran erinnern, ihn jemals dort reingestopft zu haben, aber er muss dort die ganze Rossvagga-Zeit gelegen haben, und aus irgendeinem Grund fand ich ihn in meinem ersten Winter in New York.

Kein Umschlag, nur ein zweimal gefaltetes Blatt. Unbeholfene, kindliche Buchstaben; er war nicht datiert, aber ich nehme an, dass ich neun oder zehn Jahre alt war, als ich ihn schrieb.

Lieber Onkel Kolja,
danke für deinen Brief. Es ist schön zu hören, dass es den Cousinen gut geht. Hier geht es auch gut, ich verstehe mich prima mit David, aber Maria ist ein richtiger Trauerkloß. Ich spare Geld, damit ich dich im Sommer besuchen kann. Ich plane, den Zug zu nehmen, ich denke, das ist bequemer als der Bus. Ist es schlimm, wenn ich ein paar Monate bleibe, damit ich die Sprache lernen kann?

Viele Grüße,
Dein Neffe Viktor

In meinem dritten – vielleicht auch vierten – Jahr in New York, jedenfalls während ich immer noch bei Harry Goodman wohnte, ereignete sich eine merkwürdige kleine Episode, über die ich später immer wieder nachdenken musste. Eines Sonntags hatte ich die Bahn bis nach Coney Island genommen, es war ein kalter, windiger Märztag und die verfallende Strandpromenade fast menschenleer. Die meisten der alten osteuropäischen Restaurants und Bars waren geschlossen, trotzdem machte ich mich auf eine lange Wanderung in Wind und Ödnis. Nach vielleicht einer halben Stunde erreichte ich eine Art Bar, die trotz des Wetters geöffnet war, und ging hinein, um etwas Warmes zu trinken. Es war noch während meiner stummen Periode, also reichte ich meinen Zettel mit »Can't speak – coffee?« dem Barkeeper. Er nickte. Es war eine ziemlich dreckige Bude, trotzdem saßen ein paar Leute an den wackligen Tischen. Meistens ältere Menschen in ihren Mänteln. Gerade als ich meinen Kaffee bekommen und bezahlt hatte, stürmten zwei Mädchen durch die Tür herein. Zwölf, dreizehn Jahre alt, soweit ich es beurteilen konnte, mit Zöpfen, Kniestrümpfen und Kleidern, und ganz atemlos, nachdem sie offensichtlich gerannt waren. Sie ließen ihren Blick im Lokal kreisen und entdeckten fast augenblicklich einen Mann, der an einem der hinteren Tische am Fenster saß.

Sie breiteten die Arme aus und schrien:

»Kolja! Kolja!«

Und dann noch etwas auf Russisch. Der Mann bemerkte sie und erstrahlte. Sie liefen zu ihm und warfen sich ihm in die Arme.

Und das konnten sie beide, denn er war groß und kräftig und lachte, dass es im ganzen Lokal dröhnte. Wie ein richtiger russischer Braunbär sah er aus, und als er sich wieder hingesetzt hatte, ein Mädchen auf jedem Knie, begegnete er meinem Blick – ich stand immer noch mitten im Raum, den Kaffee in der Hand, und ich dachte, das ist er.

Er ermahnte die Mädchen, einen Moment zu schweigen, wurde ernst und fragte in schlechtem Englisch:

»Wer bist du? Ich kenne dich, mein Freund.«

Ich zögerte eine Sekunde lang. Dann holte ich meine Brieftasche heraus und suchte nach dem Brief, den ich immer bei mir trug, seitdem ich ihn im Rucksack entdeckt hatte. Faltete ihn auseinander, gab ihm mit Zeichen zu verstehen, dass ich stumm war, und überreichte ihn ihm.

Ich ließ meinen Kaffee stehen, ging hinaus in den Wind und

spürte, wie ich zitterte. Als ich vielleicht fünfzig Meter weit gekommen war, hörte ich, wie eines der Mädchen hinter mir herrief, aber ich kümmerte mich nicht darum. Stattdessen ging ich schneller und beeilte mich, wegzukommen.

Wenn ich Kontakt zu Persson gehabt hätte, dann hätte ich ihn gebeten nachzuschauen, wie viele Koljas es auf der Welt gibt.

Nein, das stimmt nicht, genau das hätte ich nicht getan.

34. Es war nicht nur die Lösung von Fermats Rätsel, die kaputt ging, als ich auf dem Schulhof landete, es war noch etwas anderes. In vielen wichtigen Bereichen war ich ein anderer Mensch, als ich wieder aufwachte, ich weiß, dass andere das genauso empfanden, vielleicht ganz besonders David, und auch ich war der Meinung.

Ich fand mich in dieser Welt nicht mehr zurecht, es schien, als hätte ich neue Sinne bekommen und als würden gewisse andere fehlen. Dinge und Menschen hatten eine Art Aura statt Konturen bekommen, ich konnte nicht klar sehen, und gleichzeitig sah ich in gewisser Weise tiefer und deutlicher als alle anderen. Ich kann es schwer beschreiben, aber es war, als wären bestimmte Erscheinungen – oder bestimmte Dimensionen von Dingen – verschwunden.

Unter anderem vermisste ich meine Sexualität. Nein, ich vermisste sie nicht, ich registrierte nur, dass es sie nicht mehr gab. Ich war natürlich noch unschuldig, als ich fiel, das waren alle Fünfzehnjährigen zu dieser Zeit, aber nach der Landung fehlte mir außerdem noch die Lust. Ich weiß nicht, warum, und ich habe es keinem der Ärzte berichtet. Ich wurde auch nie diesbezüglich befragt, und ich glaube auch nicht, dass es mich besonders beschäftigte. Eine Sorge weniger, vielleicht dachte ich so.

Ich schreibe darüber, weil mir klar ist, dass es erklärt werden muss, nicht weil es mich bekümmerte. Wir leiden natürlich stärker unter den Trieben, die wir kennen, als unter denen, die wir nicht kennen, ich glaube, das gilt fürs Leben selbst wie für alles andere. Wenn wir nicht länger leben wollen, dann ist es auch nicht so gefährlich zu sterben. Warum schreibe ich, »ich glaube«, wenn ich es eigentlich weiß? Ohne Leidenschaft zu sein, das bedeutet auch, ohne Leiden zu sein.

So dachte ich, soweit ich überhaupt darüber nachdachte, und ich habe seitdem immer so gedacht. Das war falsch, aber vielleicht brauchte ich so eine Methode.

Besonders nach Sara brauchte ich sie.

35. Persson war nicht frei von Kümmernissen. Ganz im Gegenteil, er jagte die ganze Zeit etwas hinterher, aber ich weiß nicht, was es war. Einem Zusammenhang oder einem Code. Der Antwort auf die Frage, warum er der Mensch war, der er war. Auf Rossvagga schrieb er viel, ich durfte ab und zu seine Aufzeichnungen lesen, und manchmal glaubte ich, wie schon gesagt, dass er etwas auf der Spur war. Ein Forscher auf dem Weg, etwas Großes, Epochemachendes, zu entdecken. Auf jeden Fall größer als der Beweis für Fermats letzten Satz – vielleicht war es aber auch in Wahrheit genau anders herum, dass er das Dasein verkomplizierte, statt Abkürzungen zu finden. Er suchte eine Art goldenes Prinzip, doch alles, was er fand, war ein Wirrwarr von Zusammenhängen. Ich glaube, Perssons wahre Aufgabe wäre gewesen, eine Enzyklopädie zu schreiben, und falls er entgegen meinen Vermutungen noch lebt, hoffe ich, dass er früher oder später in so eine Situation gelangen wird.

36. Ich weiß nicht, wer Sara schwängerte. Ich war es nicht, und sie hat es nie erzählt, aber es würde mich sehr wundern, wenn es Persson oder Farin gewesen wäre. Es erscheint mir ganz einfach nicht möglich. Sara begriff auch gar nicht, wo-

rum es ging, dass sie ein Kind erwartete, ich habe sie vor der Fehlgeburt nie gefragt, und hinterher hatte ich das Gefühl, es wäre nicht in Ordnung gewesen. Obwohl sie elf Geschwister hatte, glaube ich doch, dass ihr nicht klar war, wie ein Kind entsteht. Vielleicht hatte man die Sache im KLIBB auf irgendeine göttliche, jenseitige Art und Weise erklärt, aber das weiß ich nicht. Als sie an diesem Samstag blutig aus dem Wald nach Hause kam – sie hatte Blaubeeren gepflückt, ich erinnere mich, dass es möglich war, das Blut von ihren Händen zu waschen, aber nicht die Farbe der Beeren –, ja, damals dachte ich, es würde alles für sie zusammenbrechen.

»Es ist was Blutiges aus mir rausgekommen«, jammerte sie. »Ein Klumpen mit Blut. Muss ich jetzt sterben? Ist es jetzt zu Ende? Wird es wie bei Mama kommen?«

Wir kümmerten uns so gut wir konnten um sie, Bengt-Olle und ich. Persson war zu diesem Zeitpunkt nicht zu Hause. Wir steckten sie ins Bett, wuschen sie, gaben ihr zu trinken. Bengt-Olle verstand natürlich noch weniger als Sara, worum es eigentlich ging, ich schrieb auf einen Zettel, dass keine Gefahr bestand, dass wir nur einen Arzt rufen müssten, wenn es ihr schlechter gehen würde.

»Kein Arzt«, bat sie. »Kein Arzt.«

Ich weiß nicht, welche schlechten Erfahrungen mit Ärzten in ihrem Kopf herumspukten. Ich blieb auf ihrer Bettkante sitzen und hielt ihre Hand. Ich spürte ihre ängstliche Verzweiflung, aber auch, wie diese langsam abebbte, je mehr Zeit verging. Bengt-Olle schaute ab und zu herein, und später am Abend auch Persson, sie brachten Obst und Wasser und waren beide gleich hilfsbereit, jeder auf seine Art und Weise, aber das Merkwürdige war, dass Sara nie meine Hand losließ, nicht einmal, als sie schlief. Ich versuchte mich ein- oder zweimal freizumachen, aber dann wachte sie auf, hielt mich noch fester und bat mich, sie nicht allein zu lassen. Schließlich legte ich mich neben sie aufs Bett, und so schliefen wir die ganze Nacht nebeneinander.

Etwas passierte mit mir in dieser Nacht. Ja, genau so war es. Etwas passierte. Wir hatten inzwischen Ende August 1972, und es war nicht einmal ein Jahr bis zum Mord.

37. Endlich auf dem Weg nach Stockholm. Das Flugzeug aus London war über zwei Stunden verspätet, das ist offenbar nicht außergewöhnlich, nach allem, was mein Nachbar zur Rechten erzählt. Es ist noch nicht einmal halb zwölf am Vormittag, aber ich habe das Gefühl, als wäre es Abend oder Nacht. Das hat natürlich mit dem zu tun, was man Jetlag nennt, sobald wir in Stockholm landen, muss ich mir ein Hotel suchen. Die Müdigkeit hat der Unruhe jetzt die Spitze genommen. Von Heathrow aus habe ich Sarah angerufen. Ich habe ihr gesagt, dass ich sie liebe, und sie hat mich ermahnt, auf mich aufzupassen. Sie wartet auf mich, hat sie gesagt. Und sehnt sich schon nach mir.

Tu das, was du tun musst, und dann komm zurück zu mir, hat sie gesagt.

Ich sehne mich auch. Ich weiß nicht so recht, was das ist, was ich tun muss, aber ich habe jedenfalls versprochen, es zu tun. Ich habe festgestellt, dass ich mehr als ein Drittel meiner Schreiberei geschafft habe, und dabei bin ich noch nicht einmal angekommen.

38. Eines Morgens im Februar 1979 kam Harry Goodman nicht aus dem Bett.

»Der Magen«, erklärte er. »Es ist was mit dem Magen. Ich habe gekotzt wie ein Koyote.«

Ich fragte ihn, ob ich einen Arzt rufen solle, und er erklärte, wenn ich einen Arzt rufen würde, dann würde er mich erschießen. Er habe keine Krankenversicherung, wollte ich ihn etwa ruinieren? Außerdem konnte ich doch gar nicht reden, haha, wie bitte schön hätte ich denn dieses Detail meistern wollen?

Ich erklärte, ich könnte ja Frau Palomar im Nachbarhaus bitten. Harry erwiderte, wenn ich auch nur ein Wort über die Sache diesem Teufelsweib gegenüber erwähnte, dann würde er mich noch einmal erschießen.

Ein paar Tage lang kümmerte ich mich alleine um die Klempnerei. Harry lag zu Hause im Bett und nahm die Schadensberichte per Telefon entgegen, um mir dann Order zu geben, wohin ich zu fahren hatte. Das war kein größeres Problem, abgesehen davon, dass es nicht einfach war, alles zu schaffen, wenn man allein davor stand. Ich beherrschte das Handwerk inzwischen so gut wie Harry, und meine Stummheit war nicht direkt ein Hindernis. Die Leute in dem Viertel um die 47. herum wussten, dass ich nicht reden konnte, aber man fragte natürlich immer wieder, was denn mit Harry los war.

Außerdem war es schwer, letztendlich unmöglich, sich mit jemandem lautstark zu streiten, der nie antwortete – und die Leute liebten den hitzigen Streit. Harry hatte auch das immer wieder betont. Der Klempnerberuf besteht aus zwei Momenten, sagte er. Rohre verlegen und sich streiten.

Nach einer Woche ging es ihm immer noch nicht besser. Wir waren gezwungen, das Cribblespiel einzustellen. Die Magenprobleme wollten sich nicht legen, er hatte Probleme, das Wenige, was er in sich hineinstopfte, bei sich zu behalten, es roch in seinem Zimmer nach Verwesung, und sowohl Fidelio Archer als auch ich ermahnten ihn eindringlich, doch endlich zur Vernunft zu kommen und sich damit einverstanden zu erklären, einen Arzt aufzusuchen.

»Nie im Leben«, donnerte Harry von seinem Krankenlager aus. »Lieber sterbe ich als ehrlicher Mensch, als mich freiwillig unters Messer zu legen.«

39. Und so kam es dann auch. Als ich eines Morgens Ende Februar nach Harry schaute, ging es ihm plötzlich schlechter. Er hatte hohes Fieber, und ihm war schwindlig. Es war nicht

möglich, richtig zu ihm durchzudringen, und als Paula van der Knocke gegen Mittag von der Arbeit nach Hause kam, bat ich sie, einen Krankenwagen zu rufen.

Harry wurde eine halbe Stunde später abgeholt, er hatte inzwischen unglaubliche Schmerzen, und ich glaube nicht, dass er noch mitbekam, was vor sich ging. Er wurde ins Lutheran Medical Centre unten in der 2. Avenue gebracht, ich fuhr mit ihm im Krankenwagen und saß dann die ersten beiden Tage bei ihm am Bett.

Pankreatitis, erklärte der Arzt, ein kleiner, freundlicher Inder mit kahlem Kopf und großer Brille, warum wir denn nicht früher gekommen seien? Jetzt hatte der Patient akutes Organversagen, und die Nieren hatten aufgehört zu arbeiten. Ob ich ein Angehöriger sei?

Ich schrieb, dass Harry keine nahen Angehörigen hätte, dass ich aber derjenige war, der ihm am nächsten stand. Doktor Vitnapushdim wiederholte, dass es betrüblich sei, dass wir die Sache nicht ernster genommen hätten, denn jetzt sah es äußerst kritisch aus.

Am dritten Tag fuhr ich nach Hause, um zu duschen und Coolidge zu füttern, und während ich weg war, nutzte Harry die Gelegenheit, um zu sterben. Ich schrieb einen Brief an Billy Watts c/o Deborah in Alabama, aber ich weiß nicht, ob er jemals ankam. Gemeinsam sorgten ich, Fidelio Archer und Paula van der Knocke dafür, dass Harry auf dem Greenwood Cemetery begraben wurde, und eine Woche später bekamen wir Besuch von einem Bankangestellten in einem Anzug mit Kreidestrichkaro, der uns erklärte, dass wir auszuziehen hätten, wenn wir nicht innerhalb eines Monats vierundneunzigtausend Dollar bezahlten, was den Hypothekenkosten entsprach. Paula verpasste ihm eine saubere Rechte direkt über der Nase, so dass diese sofort zu bluten anfing. Das verbesserte unsere Lage in keiner Weise, und am 2. April 1979 verließ ich das Haus in der 45. Straße.

Als ich auf dem Bürgersteig stand und mich in dem anhaltenden Regen auf den Weg zur U-Bahn-Station machte, stellte ich plötzlich fest, dass ich die gleiche Kleidung trug, die ich vor fünfeinhalb Jahren getragen hatte, als ich zum ersten Mal an dieser Tür geklingelt hatte.

Ich hatte auch den gleichen Rucksack und ungefähr genau so viel Geld in der Tasche. Etwa einhundertvierzig Dollar.

40.

Sie lag in Fötusstellung und ich auf dem Rücken, die ganze Nacht blieben wir so liegen. Ab und zu jammerte sie etwas unruhig im Schlaf, ich selbst schlief höchstens eine Stunde. Ich hielt ihre Hand, die Stunden kamen und gingen, eine Minute folgte der nächsten, und während ich so dalag, passierte etwas mit mir. Etwas in mir erwachte langsam. Etwas, das vom Fermatfall betäubt worden war, begann zu bitzeln, gibt es so ein Wort, bitzeln? – ich kann mich nicht mehr erinnern; jedenfalls geschah es behutsam und vorsichtig, als ob ein ganz kleines Tier nach einem langen Winterschlaf zum Leben erwacht, das bilde ich mir zumindest ein; vielleicht durchfloss ich während dieser durchscheinenden Augenblicke zwischen Schlaf und Wachsein eine andere Art von Raum, einen Raum, in dem ich nicht unendlich lange fiel, sondern mich ruhig halten und ausruhen konnte. Saras geheimnisvoller Raum? Ich bin mir nicht sicher, es lässt sich nicht beschreiben, es sei denn, man kleidet alles in Hunderte von beliebigen Bildern; sie wachte irgendwann im Morgengrauen auf, es war noch mehr Blut im Bett, wir standen auf, machten sauber, wechselten das Bettlaken und füllten eine Waschmaschine in der Waschküche. Sie war traurig und reserviert, aber die Angst selbst war verflogen, sie wusch sich im Badezimmer, es war ein Sonntagmorgen, keiner von uns musste zur Arbeit, Persson und Farin schliefen noch, und plötzlich hatten wir auf eine neue, unerwartete Weise Kontakt zueinander, Sara und ich. Sie versuchte nicht, es in Worte zu fassen, und ich auch nicht, wir liefen in der Stille des Morgens umher, und nachdem wir alles fertig hatten, sagte sie, dass sie wieder ins Bett gehen wollte. Sie schien immer noch nicht zu begreifen, was eigentlich mit ihr passiert war, aber sie war müde, und plötzlich stand ich vollkommen unvorbereitet vor der Frage, ob ich mich nun in meinem eigenen Zimmer hinlegen oder ob ich wieder Sara Gesellschaft leisten sollte. Ich kann mich daran erinnern, dass ich dachte, dass wir eigentlich in einem Theaterstück mitwirkten und die Regieanweisungen vergessen hatten. Genau das dachte ich, es war noch nicht einmal halb sieben Uhr morgens, die Sonne ging langsam über dem Rossen auf, und Sara schien von der gleichen Unschlüssigkeit befallen zu sein wie ich. Aber schließlich nahm sie doch meine Hand und sagte: »Schlaf noch eine Weile bei mir, bitte.«

Und das tat ich dann auch.

41. Ich wache um Viertel nach drei in der Nacht auf und kann nicht wieder einschlafen. Das Hotel heißt Terminus, es liegt gegenüber vom Hauptbahnhof. Ich spähe durch die Gardine und schaue auf die Vasagatan, auf der die Taxis in tiefem Nachtschlaf versunken stehen. Ein betrunkener Mann pinkelt gegen einen Papierkorb. Es ist die toteste Stunde des Tages; ich versuche zu begreifen, dass ich in Schweden bin. Ich war bisher erst einmal in meinem Leben in Stockholm, im zweiten Jahr auf dem Gymnasium stand eine Museums- und Theaterreise in die königliche Hauptstadt auf dem Programm. Das Naturhistorische und das Technische Museum, meine ich mich zu erinnern, und eine englische Verwechslungskomödie.

Ich kann auf keinen Fall wieder einschlafen, überlege, ob ich hinausgehen und eine Stunde herumspazieren soll, setze mich dann aber stattdessen in den kleinen Ledersessel am Fenster und lese. Gedichte von Doris Nesbith, seit ich Sarah kennen gelernt habe, lese ich einiges an Poesie. Bestimmte Passagen beißen sich zu so einer Tages- bzw. Nachtzeit unweigerlich in einem fest.

I must be on my way, says he
There's a funeral downtown where they need
my presence badly
Why did you stop to love me in the first place?
says I

Ich schreibe diese Zeilen nieder, stehe auf und blicke eine Weile zum Bahnhof hinüber. Morgen – heute, es ist fast vier – werde ich mir einen Zug nach Norden suchen. Es liegt eine Ruhe unter der Unruhe, das kann ich deutlich spüren, eine Art verbissener Entschlossenheit. Als Erstes werde ich auf den Friedhof gehen.

42.

Es gibt keine Einsamkeit wie die in New York.

Nachdem ich Harry Goodmans Haus in Brooklyn verlassen hatte, nahm ich die R-Linie nach Manhattan. Ich hatte keinerlei Pläne in meinem Kopf. Kaum einen Gedanken. Schließlich stieg ich am Columbus Circle aus und ging in den Central Park. Den ganzen Tag wanderte ich dort umher und legte mich schließlich in North Meadow in einem Gebüsch schlafen.

Am nächsten Morgen wachte ich früh davon auf, dass ich fror. Ich nahm einen Zug nach Hampton Bays am Ende von Long Island. Dort strich ich ein wenig herum, schaute ein paar Stunden einigen älteren Männern zu, die von einer Brücke aus angelten. Ich teilte ein paar Bagels mit einem herumstreunenden Hund, und am Abend fuhr ich zurück in die Stadt. In einem Ramschladen auf der 75. Straße kaufte ich mir eine Militärdecke und einen Regenmantel, fand ein neues Gebüsch im Park und richtete mir wieder mein Nachtlager ein.

Auf diese Art und Weise machte ich weiter. Nach gut einer Woche waren meine einhundertundvierzig Dollar weg, und ich fing an zu betteln. Ich schrieb mir ein Schild, auf dem stand: »I'm lost in the world and without a tongue«; und wenn ich fünf, sechs Stunden mit meiner Blechdose am Union

Square oder vorm Moma gesessen hatte, dann hatte ich meistens ein paar Dollar zusammen. Alles ging fürs Essen drauf, ich fuhr viel mit der Metro, vergeudete aber kein Geld mehr für einen Fahrschein. Ab und zu wurde ich von der Polizei geschnappt, aber wenn sie feststellten, dass ich nicht reden konnte und dass ich nicht unter Drogen stand, ließen sie mich immer wieder laufen. Ich hatte keine Papiere, manchmal gab ich an, ich hieße John Sorrow, manchmal nicht einmal das.

43. Erst weit in den Achtzigern las ich vom Asperger-Syndrom. War es das, unter dem ich gelitten hatte? Kann man davon getroffen werden, wenn man durch ein Fenster im zweiten Stock fällt und auf dem Asphalt aufprallt?

Oder hatte ich es schon von Anfang an? Bereits seit Kindesbeinen, als ich die Psalmen rückwärts sang?

Und Persson, war es mit ihm das Gleiche?

Ich weiß es nicht. Ich weiß nur, dass man unter gewissen Lebensbedingungen die Zusammenhänge im Blick behalten muss, welche auch immer es sind. Man muss sich an die Ordnung, die man findet, halten, nicht an das Chaos. An die Grundfeste, an das, was sich nicht ändert. Ein Stein, eine Ziffer, ein Schweigen.

Und Asperger? Nein, ich zweifle dran. Kann aber gut damit leben, die Frage offen zu lassen.

44. Es war mir für sieben, acht Monate möglich, ohne Heim und ohne Dach über dem Kopf zu leben. Der Frühling kam früh, der Sommer war lang und heiß, der Herbst ebenso. Aber gegen Ende November kamen die kalten Nächte, ich war gezwungen, Plätze aufzusuchen, an denen die anderen Obdachlosen hausten, Tunnel und Lüftungsschächte, in denen warme Luft aus dem Untergrund aufstieg. Derartige Überlebensnischen fand ich in erster Linie in Lower East, in China-

town und in Soho. Eine Woche lang trieb ich mich in den Katakomben unter einem Krankenhaus in Guttenberg in New Jersey herum – und wurde schließlich hinausgeschmissen, als man mich schlafend in einer Kleiderkammer fand. Langsam verließen mich die Kräfte. Ich hatte kein Ziel. Ich suchte keinerlei Kontakt, und ich fand auch keinen. Unter all diesen haltlosen Existenzen, auf die ich stieß, war ich ein Fremdling. Ich war in jeder Beziehung unerwünscht – denn ich war kein Junkie, und ich sprach nicht. Es gibt keine Einsamkeit wie die in New York.

Ich hatte in dieser Zeit auch den einen oder anderen Gelegenheitsjob, aber meistens wurde ich abgelehnt, wenn ich von der Straße aus hereinspazierte und auf das Schild im Fenster wies. Doch einige akzeptierten mich für einen kürzeren Zeitraum. Eine Tankstelle in der Nähe des Madison Square Garden, eine Expresspizzeria auf der 45., eine Wäscherei in der Nähe. Zwei Wochen im Dezember übernachtete ich bei einer puertoricanischen Hure in Chinatown, aber zwischen Weihnachten und Neujahr wurde ich von ihrem Zuhälter rausgeschmissen. Bekam dabei einen Messerstich in den Arm, verbrachte drei oder vier Tage unter der Erde, wurde von der Polizei aufgegriffen und unten beim Battery Park ans Tageslicht gezerrt. Dieses Mal nahm man mich mit und verhörte mich, aber abgesehen davon, dass ich John Sorrow hieß und amerikanischer Staatsbürger war, gab ich nichts an. Ich glaube, man plante, mich in irgendeiner Art von Institution unterzubringen, aber nach zwei Nächten gelang es mir abzuhauen.

45.

Es war früh am Morgen. Ein eisiger Wind wehte vom Hudson herauf, ich hatte von einer Hure in Chinatown ein Paar neue Jeans und eine gefütterte Jacke bekommen, aber das half nur wenig. Ich hatte zwei Dollar und fünfundachtzig Cent in der Tasche, und ich dachte, dass es jetzt höchste Zeit war, diesem sinnlosen Leben ein Ende zu setzen. Allerhöchste

Zeit. Langsam wanderte ich die Hudson Street und die 9. Avenue Richtung Norden entlang; ich beschloss, mein letztes Geld dafür zu nutzen, eine Kette oder ein Seil zu kaufen, ein Fahrrad oder ein anderes schweres Metallteil an meinen Körper zu binden und von einem der Piers ins Wasser zu springen. Ich erinnerte mich an meine Gespräche mit Persson und freute mich, dass meine Pläne ganz auf der Linie lagen, die wir damals aufgestellt hatten.

Ich war am Ende des Wegs angekommen. Es war der 6. Januar 1980, ich war neunundzwanzigeinhalb Jahre alt.

46.

Du solltest dankbar sein, sagte Maria mir einmal, dass wir uns um dich gekümmert haben. Wenn wir das nicht getan hätten, dann wärst du jetzt ein verlaustes Waisenhauskind von Brattenfors.

Brattenfors war das nächstgelegene und berüchtigtste Kinderheim für uns, die wir in K. wohnten. Es wurde als sicheres Eingangstor zu Suff, Kriminalität und allgemeinem Elend angesehen. Vor tausend Jahren war einmal ein Junge von dort – mit Namen Kent oder vielleicht auch Kenneth, es gab darüber unterschiedliche Informationen – zur Probe für eine Woche auf unsere Volksschule gegangen, und es war ihm in diesem Zeitraum gelungen, in die Pultschublade zu pinkeln und im Werkraum Feuer zu legen.

Na, du warst es ja wohl nicht, die auf Knien darum gebeten hat, dass ich zu euch komme, oder?, gab ich Maria zur Antwort.

Vollkommen richtig erfasst, bestätigte Maria, ich hatte mit der Sache nichts zu tun.

Ungefähr im gleichen Sinne wie Maria drückte sich Frau Lindblom aus, als David und ich Hammerwerfen auf dem Granvägen übten. Wir hatten mit Hilfe eines dicken Seils und einer Schornsteinfegerkugel ein anständiges Gerät zu Stande gebracht, und es gelang mir, so weit zu werfen, dass es ihren Blumenkasten am Balkon traf.

Sie brüllte, ich sei ein durchtriebener Drecksbengel und gehöre in eine Besserungsanstalt. War das der Dank dafür, dass Familie Mörtberg sich um mich kümmerte?, wollte sie wissen. Es half kaum, dass David versuchte, das Ganze ins Lächerliche zu ziehen, und erklärte, wir würden für die Olympiade in Mexico City üben, die kurz bevorstand, und intuitiv begriff ich, dass sowohl Frau Lindblom als auch Maria sich zum Sprachrohr der allgemeinen Meinung gemacht hatten.

Was ich auch anfasste, wohin auf der Welt ich mich auch wandte, ich musste zumindest den Anstand haben, eine gewisse Dankbarkeit zu zeigen.

Aus irgendeinem Grund, den ich damals selbst nicht so recht verstand, wurde ich auf beide wütend. Auf Maria und die Lindblomsche. Und auf alle anderen, die dieser Ansicht waren. Aber ich zeigte es nicht. Ich biss nur die Zähne zusammen und dachte, dass sie es ja wohl waren, die dankbar sein sollten. Sie, die ihr sicheres Leben mit ihren blöden Pelargonien und Verwandten und Wellensittichen führten und keine Ahnung davon hatten, was es hieß, ein Mörderkind zu sein. Wenn es etwas gibt, was man als Mörderkind auf keinen Fall empfindet, dann ist es Dankbarkeit. Das sollte ja wohl jeder verstehen können.

Ich trage einen Hass in mir, ja, tief in mir trage ich einen Hass auf viele dieser Menschen. Ich gebe es zu, und ich denke nicht daran, etwas daran zu ändern. Solange man seine Gefühle nicht auslebt, hat man jedes Recht, sie zu pflegen, behaupte ich. In welcher Tonart auch immer.

47.

Ich ging die ersten Jahre oft auf den Friedhof. Es war ein schöner Ort, zum einen, weil man hier seine Ruhe haben konnte, zum anderen, weil man ein wenig mit seinen Eltern reden konnte. Ich hatte ein System dafür, wie ich mit ihnen kommunizierte, anfangs war es ziemlich kompliziert, weil es von Vögeln ausging, die wegflogen oder nicht wegflogen,

Autos, die aus der einen oder anderen Richtung auf der Straße entlang fuhren und Ähnlichem, aber mit der Zeit ging ich dazu über, stattdessen ein Kartenspiel zu benutzen.

Ich stellte meiner Mutter und meinem Vater einfache Fragen, möglichst nur einem von beiden, weil ich aus Erfahrung wusste, dass sie meist unterschiedlicher Meinung waren. Schon bevor ich am Grab angekommen war, konnte ich die Frage stellen: «Seid ihr da?«, und dann zog ich zwei Karten aus dem Spiel, die eine für Papa und die andere für Mama. Rot bedeutete »zu Hause«, schwarz »im Augenblick nicht zu Hause«. Es war etwas schwierig, sich vorzustellen, wo man sich genau aufhielt, wenn man als Toter nicht zu Hause war, aber ich lernte, dieses Detail einfach zu ignorieren.

Wenn sich herausstellte, dass keiner von beiden da war, musste ich eine Runde um die Kirche gehen und mich ein wenig gedulden, bis ich wieder fragte, aber früher oder später zeigten sich natürlich eine oder zwei rote Karten, und ich konnte mich vor den kleinen grauen Stein hocken und anfangen, mit ihnen zu reden. Es wurden natürlich meistens Ja- und Nein-Fragen. »Seid ihr heute noch wütend aufeinander?« »Meinst du, ich sollte Pilot werden?« »Ist der Himmel ein schöner Ort?« »Findest du nicht auch, dass Kent Bollgren ein Stinkstiefel ist?«

Mit der Zeit, als ich ein paar Jahre älter geworden war, begann ich das System weiterzuentwickeln, besonders wenn ich um Rat fragen wollte. Ich konnte mir drei oder vier Alternativen ausdenken, und dann ließ ich beispielsweise die Karten vom As bis zum Buben der Alternative eins entsprechen, von zehn bis sieben der Alternative zwei und die niedrigeren Karten Nummer drei. Man konnte das Ganze natürlich so ausgefeilt wie nur irgendwie machen, und wenn ich außerdem einen Rat sowohl von meiner Mutter als auch von meinem Vater haben wollte – nachdem ich so oft um die Kirche gegangen war, bis sie wirklich beide zu Hause waren und zuhörten –, konnte es sich fast zu einem richtigen Gespräch entwickeln. Natürlich war es schwierig, Situationen in meinem Leben zu finden, in die eine so verzwickte Entscheidung als ein natürlicher Bestandteil passte. Manchmal wünschte ich mir, die Umstände wären etwas interessanter, dass ich täglich vor schweren Entscheidungen stünde – wie ein General in einem Krieg oder etwas in der Art, wo sehr viel, das Leben der Menschen oder ihr Wohl und Wehe davon abhing, dass ich die richtige Entscheidung traf. So verhielt es sich natürlich nicht, aber wenn ich beispielsweise zu meinem Geburtstag dreißig Kronen bekam, entwarf ich gern verschiedene Alternativen, wofür ich das Geld verwenden sollte, und ließ dann meine Eltern mit Hilfe des Kartenspiels entscheiden.

Plan A: Ein Buch, ein Comic, Süßigkeiten, fünf Kronen sparen.
Plan B: Drei Comics, Brause, Kino, ein Vierfarbkugelschreiber.
Plan C: Ein Vierfarbkugelschreiber, vierundzwanzig Kronen sparen.
Plan D: Ein Buch, Süßigkeiten, ein Jojo, vier Kronen sparen.
Plan E: Süßigkeiten, Eis, Popcorn, fünfundzwanzig Kronen sparen.

Und so weiter. Es konnte eine Stunde dauern, bis ich es geschafft hatte. Und wenn es nicht so eintraf, wie man es sich gedacht hatte, konnte man immer noch eine neue Frage stellen: »Bist du dir da auch ganz sicher, Papa?« Früher oder später wurde er in seiner Entscheidung etwas unsicher, und wenn wir uns trennten, waren wir normalerweise ziemlich zufrieden mit dem Ergebnis des Gesprächs, wir alle drei.

Viele Jahre später las ich Luke Rhineharts Buch über Würfelspieler, und da fiel mir auf, dass ich mich als Zehnjähriger genauso verhalten hatte. In einem ganz anderen Teil der Welt.

Und aus ganz anderen Gründen. Dass ich so oft mit dem Kartenspiel zum Friedhof in K. ging, lag weniger daran, dass ich meinte, ich bräuchte eine Anleitung im Leben. Es war mir vielmehr wichtig, eine Weile mit meinen Eltern zu sprechen, und das klappte auf diese Art und Weise ganz gut. Ich besuchte sie oft, bis ich ungefähr zwölf, dreizehn war, dann wurde es weniger. Aber es hörte nie ganz auf. Nachdem ich nach New York gekommen war, kam es noch lange Zeit vor, dass ich mit einem Kartenspiel auf einer Parkbank saß – oder auf einem Friedhof – und mit ihnen sprach. Mit einem von ihnen oder mit beiden.

Zeitweise bildete ich mir ich, ich hätte besseren Kontakt zu meiner Mutter und meinem Vater als zu den meisten anderen Menschen.

Und gegenüber meiner neuen Familie, den Mörtbergs, hatte ich Schwierigkeiten, die richtige Dankbarkeit zu empfinden, wie gesagt. Zumindest damals, das ist traurig, aber ich kann es nicht leugnen.

48. Es dauerte mehr als einen Monat, bis Sara und ich das nächste Mal wieder in einem Bett schliefen. In der Zwischenzeit erwähnten wir nie, was passiert war, weder was das Blutige, das aus ihr herausgekommen war, gewesen sein könnte, noch, dass wir in ihrem Zimmer Hand in Hand geschlafen hatten. Aber ich versuchte, so vorsichtig es mir möglich war herauszufinden, wie es sein konnte, dass sie schwanger geworden war. Dass Persson und Farin unschuldig waren, davon ging ich aus. Vielleicht war das ein wenig übereilt – ich bekam ja nie eine Antwort –, aber gerade damals konnte ich mir so eine Lösung einfach nicht vorstellen.

Ich hatte natürlich keine Kontrolle darüber, was Sara tat, wenn sie nicht auf Rossvagga war. Es hatte mich auch nie interessiert, eine derartige Kontrolle zu haben, aber jetzt war es plötzlich anders. Etwas war mit mir in dieser Nacht geschehen, etwas in mir war berührt und zum Leben erweckt worden, und der Gedanke, dass Sara mit einem Mann geschlafen haben musste, verblüffte mich. Lasst uns bei diesem Wort innehalten. Verblüffte.

Wer?

Wo?

Und wann? natürlich.

Wann? war das Einfachste. Zumindest wenn man nicht nach letztendlicher Präzision strebte. Sie hatte trotz allem ein kleines Bäuchlein gehabt, ich hatte ja in praktischer Hinsicht keinerlei Einsicht in derartige Dinge, aber wenn man drei Monate vom 26. August, als die Fehlgeburt sich ereignete, zurückrechnete, dann kam man auf Ende Mai und einige Zeit davor natürlich. Der Monat Mai, zu dem Schluss gelangte ich, war vermutlich eine Schätzung, mit der ich nicht schlecht lag.

Wo? Ich schloss sofort Rossvagga aus. Anschließend schloss ich Schuh-Nilsson aus, sowohl ihn selbst als auch den Laden, und nach diesen Einschränkungen blieb, soweit ich sehen konnte, nur eine deutlich zu Tage tretende Alternative übrig.

49. Das Deutsche Haus.

So konnte es gewesen sein, dachte ich. Sara hat ja den einen oder anderen Besuch dort abgestattet. Sie hatte das auch noch getan, nachdem sie zu uns nach Rossvagga gezogen war, häufig schaute sie nach der Arbeit für ein paar Stunden dort vorbei oder ging sonntags dorthin. Es kam auch vor, dass sie dort übernachtete, aber es war selten, und nie mehr als eine Nacht. Sie erzählte auch nie etwas über diese Besuche, erwähnte höchstens, dass sie dort gewesen war. Ich glaube, es war eine Art Gewissensfrage. Sie hatte ein schlechtes Gewissen, dass sie von zu Hause ausgezogen war – es war offenbar gegen den Willen ihres Vaters passiert, und diese Schuld bezahlte sie ab, indem sie hin und wieder einen Besuch abstattete. Komplizierter war die Sache vermutlich nicht.

Rossvagga, Schuh-Nilsson, das Deutsche Haus. Eine viel größere Welt hatte Sara Salmodin nicht. Natürlich bewegte sie sich auch in K., und vielleicht hatte sie irgendwo ganz zufällig einen Mann getroffen.

Oder vielleicht erst im Schuhladen und später irgendwo anders? Ja, das war natürlich auch eine Möglichkeit.

Aber mir erschien dennoch das Deutsche Haus als die wahrscheinlichste Variante, vor allem bei dem Gedanken daran, welche Klientel dort ein- und ausging. Einem zielstrebigen Mann mit ein wenig schauspielerischem Talent musste Sara als leichte Beute erscheinen, und ich spürte, zum ersten Mal seit vielen Jahren, wie sich die Worte hinter meinem Kehlkopf drängten, als ich daran dachte.

Aber sehr viel weiter kam ich nicht, was Saras Schwangerschaft betraf. Was jedoch wichtig war – wie schon gesagt: Es war etwas in mir geweckt worden. Im Guten wie im Bösen.

Gut ein Monat verstrich. Dann schrieben wir ein neues Kapitel.

50.

Es war ein Abend Anfang Oktober. Wir hatten Meerrettichhecht mit zerlassener Butter und Kartoffeln nach Perssons Rezept gegessen. Sara hatte den Abwasch gemacht, und ich war in der Küche geblieben und hatte ihr geholfen. Ich kann mich noch ganz genau an diesen Abend erinnern. Ich erinnere mich, dass das Transistorradio lief und dass es vom Kochen warm in der Küche war; dadurch schwitzte sie ein wenig, und ihr Körpergeruch vermischte sich mit dem noch zurückgebliebenen Essensgeruch. Wir hatten Kerzen auf dem Tisch angezündet, draußen war der erste Schnee im Jahr gefallen.

Sie trug ein rotes Kleid und Wollsocken an den Füßen. Ich wusste plötzlich nicht, wie mehr als drei Jahre so hatten vergehen können. Wusste nicht, wie ich die nächsten zehn Minuten überstehen sollte, wenn ich sie nicht berühren durfte.

Schließlich ergriff ich ihre Hand.

Sie sah mich etwas überrascht an, zog aber ihre Hand nicht zurück.

»Wie schön«, sagte sie stattdessen. »Was für ein schönes Gefühl, wenn du meine Hand hältst. Findest du nicht auch?«

Ich nickte. Mir wurde schwindlig. Ich fühlte mich wie eine offene Wunde.

51. Halbzeit. Die Zeit schrumpft zusammen. Erst jetzt, während ich hier im Zug sitze und auf die Landschaft, den Wald draußen starre, fühle ich, wie ich durch die Jahre falle. Es ist unbegreiflich, dass dreißig davon vergangen sind, so unbegreiflich, dass es mir sinnlos erscheint, fast wie eine Art von Schimpf und Schande, sich vorzustellen, dass die Zeit linear verläuft.

Monate, Jahre, Vergänglichkeit. Für mich gibt es nur eine Zeit in diesem Teil der Welt, und diese Zeit heißt nicht *jetzt.* Sie heißt *damals* und *früher* – und plötzlich, während ich diese finsteren Tannen betrachte, die vorbeirauschen, diese einsamen Höfe und überraschenden Lichtungen im Wald, fällt mir ein Aufsatz ein, den ich einmal im Gymnasium geschrieben habe. Er handelte von einem Mann, der in einem Zug saß und durch ein symbolisches Leben fuhr, oder zumindest versuchte ich damals etwas in der Art zu gestalten, und ich meine mich daran zu erinnern, dass sich alles durch eine Botschaft in der Landschaft selbst auflöste und durch die Begegnung mit einer Art Erlöser. Natürlich liegt es nahe, meine Reise zurück nach K. durch eine ähnliche Brille zu betrachten. Wie sollte man sie anders betrachten können?

Wie?

52. Ich schlafe für ein paar Minuten ein und wache wieder auf. Denke erneut an diesen alten Aufsatz, an den Nadelwald und daran, wie unveränderlich alles eigentlich ist. Eine Fliege landet auf einem Küchentisch, sie spaziert eine Weile zwischen den Essensresten herum und fliegt dann davon. So um-

fassend ist unser Leben. Solche Spuren hinterlassen wir. Wenn ich am Bahnhofskiosk eine Zeitung kaufe, sobald wir heute Nachmittag ankommen, und es steht September 1973 drauf statt September 2003, würde es mich nicht wundern. In keiner Weise.

53. Mein Plan, ein Seil oder eine Kette zu kaufen, wurde von einer Tatsache durchkreuzt, die mir nicht bewusst gewesen war. Es war Sonntag. Alle Geschäfte hatten geschlossen. Ich ging weiter die 9. Avenue entlang und dachte, dass so eine Bagatelle mich natürlich nicht an meinem Vorsatz hindern sollte. Vielleicht genügte es ja, in das eiskalte Wasser des Hudson zu springen, vielleicht waren gar keine Gewichte notwendig.

Oder ich konnte vielleicht etwas auf dem Weg finden. Ich kam zur 59. Straße und bog am Roosevelt Hospital links zum Fluss hinunter ab. Hoffte, ein Tauende oder etwas Ähnliches in irgendeiner Ecke zu finden, und im Müllcontainer vor der Notaufnahme entdeckte ich tatsächlich ein dickes Nylonseil, ein paar Meter lang, das zuverlässig erschien. Die Sache war geritzt, sicher würde ich unten bei den Piers etwas Passendes auftreiben, das ich mir dann um den Leib binden konnte. Irgendein Stück Alteisen. Oder wie gesagt, ein Fahrrad, das sollte genügen. Ich ging die 59. weiter Richtung Westen. Überquerte die 10. Avenue, konnte jetzt schon das Wasser und den Fähranleger erahnen. So langsam spürte ich, wie mich ein Gefühl guter Laune erfasste. Ich hatte das Ziel meiner Reise vor Augen. Es war in Reichweite. Nur noch ein Tunnel unter dem Miller Highway, dann lag der Fluss da und wartete auf mich. Der kalte Wind, der von unten heraufzog, erschien wie ein Vorbote, ein verlockender Vorgeschmack. Ich verlangsamte meine Schritte, um es auszukosten, gönnte es mir, meinen letzten Augenblick voll und ganz zu empfinden. Ich dachte an Camus' Buch *Ein glücklicher Tod,* das ich vor ein paar Jahren gelesen hatte. Ich fror, spürte es aber nicht.

Oder genauer gesagt, ich kümmerte mich nicht darum. In einer Viertelstunde ist es vorbei, dachte ich. In fünfzehn Minuten hat dieser dreißigjährige Todesmarsch endlich ein Ende. Diese qualvolle Reise zwischen Wiege und Grab.

Ich empfand keine Angst, nur das Gefühl einer leisen Erwartung. Bilder meines Vaters und meiner Mutter tauchten vor meinem inneren Auge auf. Von Sara. Sie waren beieinander, und alle drei standen da und betrachteten mich. Ich blieb stehen, schloss die Augen und lehnte mich gegen eine Hauswand. Ich konnte sie ganz deutlich sehen, vor dem Hintergrund eines graubleichen Himmels standen sie in einem spärlichen Gehölz beisammen und betrachteten mich, sie trugen lange weiße Kleider und hielten eine Art Efeugirlande in den Händen, sie verlief zwischen ihnen, sie hielten sie in allen ihren sechs Händen, und ich sah, dass Saras Lippen sich bewegten. Sie wollte mir offenbar etwas sagen, ich strengte mich an, um zu hören, was sie sagte, konnte aber nichts verstehen. Ich konnte überhaupt keine Geräusche wahrnehmen. Es wurde mir klar, dass ich zu dem Ort gelangen musste, an dem sie waren, das war es, was sie mir sagen wollte. Komm. Komm zu uns, Viktor. Wir warten auf dich und sind bereit, dich aufzunehmen!

Oder etwas Ähnliches in der Art. Dann verschwand das Bild, es löste sich auf und wurde von einer absoluten weißen Leere ersetzt. Nichts. Ein unendlicher Raum und ein Gefühl der Ergriffenheit. Ich blieb eine ganze Weile dort stehen, wo ich stand, mit dem Rücken an die raue Ziegelwand gelehnt und erlebte es. Diese ungeheure Ergriffenheit. Dann öffnete ich die Augen und war bereit weiterzumachen. Den letzten Schritt zum Wasser hinunter zu gehen.

54. »Holy fucking cow!«

Ein groß gewachsener farbiger Mann in dunkler Lederkleidung kam aus einem Tor gesprungen und trat gegen eine leere

Coca-Cola-Dose, dass diese quer über die Straße schoss. Sie blieb direkt vor meinen Füßen im Rinnstein liegen.

»Shit, shit, shit!«

Er entdeckte mich.

»Hey, Mann, kannst du putzen?«

Für drei Sekunden schloss ich erneut die Augen. Das gleiche Weiß, aber die Ergriffenheit war gewichen.

»Putzen?«, formten meine Lippen.

Er zuckte mit den Schultern.

»Dieser verdammte Ire ist nicht gekommen, wahrscheinlich hat er sich heute Nacht in irgendeiner fucking Paddybar den Schädel kaputtgesoffen! Und in drei Stunden haben wir audition, holy cow!«

Er guckte auf seine Armbanduhr und verdrehte die Augen.

»In zwei Stunden und fünfundfünfzig Minuten. Du siehst aus, als könntest du einen Job gebrauchen. Mein Gott, das ganze Studio sieht aus wie ein Umkleideraum für schwule Baseballspieler!«

Jetzt entdeckte ich das Schild über seinem Kopf.

Leonard's Dance School
Classic – Jazz – Contemporary
Best in Town since 1963

Einen Augenblick lang dachte ich nach. Gab ihm durch Zeichen zu verstehen, dass ich nicht sprechen konnte; es dauerte ein paar Sekunden, bis er es verstand, dann nickte er.

»Stumm? Perfekt! It's fucking perfect, Mann!«

Ich merkte, dass ich ein Nylonseil in der Hand hatte, und ließ es auf den Bürgersteig fallen.

»I'm Leonard. Dann fangen wir jetzt an. In drei Stunden muss das Studio wie ein verdammter Diamant blitzen, kapiert?«

Ich nickte. Dachte, dass ich ihm ruhig zur Hand gehen konnte, bevor ich mir das Leben nahm.

55. Ja, in dieser Nacht schliefen wir zusammen in Saras Bett, aber wir schliefen nicht miteinander. Und dennoch würde ich, wenn ich eine Nacht in meinem Leben noch einmal erleben könnte, genau diese auswählen. Ich war zweiundzwanzig Jahre alt und hatte noch nie bei einer Frau gelegen. Sara war offenbar nicht mehr unschuldig, aber was immer sie erlebt hatte, sie erwähnte nichts davon. Wir berührten einander mit einer … mit einer Zärtlichkeit und Vorsicht, wie man sie nur beim allerersten Mal hat, wie ich annehme. Voller Dankbarkeit und Erstaunen darüber, welche Möglichkeiten das Leben in sich birgt, eine Art Heiligkeit, so ein Gefühl war es, eine Ehrfurcht vor diesen Türen, die sich plötzlich öffnen können, und diesem Abgrund von Nähe und Gegenwart, der sich zwischen Mann und Frau befinden kann, ja, Worte und Ausdrücke misslingen, wenn ich versuche, mich dem zu nähern, ich spüre es selbst, und so muss es auch sein. Das alles gehört an einen Ort hinter den Grenzen des Schweigens, dorthin, wo ich so vieles andere auch hin verbannt habe. Die Erinnerung an diese Nacht ist wortlos, sie ruht in mir wie eine bestimmte Art von Spur. Die Ablagerung von Gefühlen, die ich jetzt plötzlich wieder neu empfinden kann. Auf der Haut und beim Atmen und in der rein körperlichen Wahrnehmung. In der Art, wie man einander betrachtet. Es ist Sarah, meine dunkle Sarah, die den Kreis schließt, die mich wieder in den Hafen geführt hat, und ich denke, dass es allein für die Möglichkeit, dorthin zu kommen, wert ist zu leben, dass es eine Gnade ist, dass man nicht aufgeben darf, und dass alles erst hier sein wahres Gewicht und seine wahre Bedeutung bekommt.

Und dass ich natürlich gar keine richtige Vorstellung davon habe, was es wirklich ist, das ich hier zu formulieren versuche.

56. Eine Woche später liebten wir uns wirklich. Und ich blieb die ganze Nacht bei ihr. Sie kommentierte nicht großar-

tig, was wir taten, weder während es vor sich ging noch hinterher. Es war fast, als wollte sie meine Stummheit teilen – aber vom folgenden Tag an hielt sie ganz offen meine Hand, so dass Persson und Bengt-Olle es sehen konnten.

Bengt-Olle fand daran sicher nichts Merkwürdiges, das meiste ging einfach so an ihm vorbei, während Persson natürlich die Lage registrierte. Sicher ahnte er, was vorher im Haus auf der Tagesordnung gestanden hatte, und im weiteren Verlauf konnte er sich problemlos ausrechnen, wie Sara und ich zueinander standen. Sein Zimmer lag direkt neben Saras, ab Mitte November schliefen wir zwei-, manchmal dreimal in der Woche miteinander, natürlich wusste er, was da vor sich ging.

Aber wir sprachen nicht darüber. Nicht mit einem Wort, gesprochen oder geschrieben, deuteten wir auch nur an, dass Sara und ich ein Liebespaar waren. Ich zog daraus den Schluss, dass es für Persson keine Bedeutung hatte, dass es ihn nicht interessierte. Das war ein voreiliger und falscher Schluss.

57. Ich bin zurück in K.

Vor ein paar Stunden stieg ich unten am Markt aus dem Bus. Es ist der 2. September, im Aftonbladet steht, dass es das Jahr 2003 ist, aber das kann ich nur schwer glauben. Die Uhr zeigt halb sieben am Abend. Ich sitze mit Kaffee und einer Zimtschnecke in Sveas Konditorei. Sie schließen in einer halben Stunde, es ist genau wie früher. Pomonas gibt es nicht mehr. Aber den Granvägen, die Volksschule und die Realschule gibt es noch. Und das Barin-Denkmal und die Bank. Nur heißt sie inzwischen Föreningssparbanken.

Und die Kirche und den Friedhof; ich hatte gefürchtet, dass das Grab meiner Eltern verkommen oder verschwunden sein könnte, doch offensichtlich hat es jemand gepflegt. Ich nehme an, dass es die Friedhofsverwaltung war, die ungebeten die Verantwortung für die Pflege übernommen hat. Dafür bin ich dankbar. Ich wünschte, ich hätte daran gedacht, ein Kartenspiel mitzunehmen, aber ich kann mir natürlich auch an einem anderen Tag ein Gespräch gönnen. Sie haben Zeit, sie können auf mich warten. Ich habe eine Weile nach einem Stein mit Saras Namen gesucht, aber keinen gefunden. Ich weiß nicht, wo sie liegt, ob in K. oder irgendwo anders. Ich hoffe, dass es möglich sein wird, das irgendwie herauszufinden.

Das meiste im Ort erkenne ich wieder, aber mich erkennt niemand wieder. Ich bin zwei Stunden herumspaziert, nichts erscheint mir richtig wirklich. Oder überwirklich, irgendwie surreal. Die Kellnerin, die mir den Kaffee serviert hat, kann gut und gern Gunnel Fallander sein, der Name fiel mir sofort ein, als ich sie sah, die Mechanismen der Erinnerung sind wirklich geheimnisvoll. Sie war damals wohl dreißig Jahre alt, dann müsste sie jetzt also doppelt so alt sein.

Aber ich wage es nicht, der Sache nachzugehen. Ich will gar nicht erst anfangen, Fragen zu stellen und meine Identität preiszugeben, ich habe ein wenig das Gefühl, als beträte ich vermintes – oder zumindest verbotenes – Gelände, und es gibt sicher Gründe genug, nicht sofort ins Rampenlicht zu treten. Ich muss mich erst ein paar Tage akklimatisieren. Ich habe beschlossen, im Schutz der Dämmerung nach Rossvagga zu wandern, ich weiß nicht, wo ich heute Nacht schlafen soll, aber der Abend ist überraschend warm. Vielleicht kann ich ganz einfach im Schlafsack im Wald schlafen. Ich muss natürlich mit der Zeit eine Art Plan entwerfen – muss Menschen finden, mit denen ich sprechen kann –, aber das kann bis morgen warten. Im Augenblick habe ich genug damit zu tun, die Eindrücke zu sammeln und zu begreifen versuchen, dass ich mich tatsächlich hier befinde.

58. Gerade als ich aus der Tür der Konditorei trete, fällt mir ein Gespräch zwischen Persson und Bengt-Olle ein, dem ich einmal gelauscht habe.

Zuerst Bengt-Olle: *Wenn ich gestern und heute und*

morgen ganz genau die gleiche Sache mache, woher soll ich dann wissen, ob es gestern oder heute oder morgen ist, wenn ich es mache?

Persson: *Es ist immer jetzt, wenn du etwas machst, Bengt-Olle.*

Bengt-Olle: *Ist es immer jetzt?*

Persson: *Ja.*

Bengt-Olle: *Und es ist nie gestern oder morgen?*

Persson: *Nein, jetzt kann nur heute sein. Und man kann tatsächlich nicht, man kann wirklich nicht zweimal in den gleichen See gehen.*

Bengt-Olle: *Kann man nicht zweimal in den Rossen gehen? Ich glaube, da bist du auf dem falschen Dampfer, Persson.*

Ja, ich kann sie fast vor mir sehen, an einem Sommertag, wir pflücken oben bei Rossvagga Stachelbeeren. Die Sonne scheint, kurze Hosen und Sandalen, Schmetterlinge und Hummeln. Sara lacht sie an, und sie scheinen zurückzulachen. Sogar Persson. Ich weiß nicht, warum ausgerechnet diese Erinnerung in dieser Sekunde auftaucht, ich weiß nicht, ob ich daraus irgendwelche Schlüsse ziehen soll. Ich schiebe meinen Rucksack zurecht, merke, dass ich Tränen in den Augen habe, und nehme Kurs auf Rossvagga.

59. Sonntag, der 6. Januar 1980, war der letzte suizidale Tag in meinem Leben. Nach diesem Datum habe ich nie wieder ernsthaft über die Möglichkeit nachgedacht, mir das Leben zu nehmen. Ich bekam Arbeit als Putzmann bei Leonard. Er hatte vier Studios, die zwölf Stunden am Tag mit jungen Tänzern aus allen Ecken der Welt gefüllt waren. Die ersten Klassen fingen um zehn Uhr morgens an, die letzten endeten um zehn Uhr am Abend. Die übrigen zwölf Stunden standen mir zur Verfügung; vier Studios und vier Umkleideräume (plus ein kleiner Büroteil) mussten sauber gemacht werden.

Staubgesaugt und gewischt. Die Spiegel mussten geputzt werden. Manchmal putzte ich morgens, aber normalerweise erledigte ich alles abends zwischen zehn und ungefähr ein Uhr, legte mich dann in ein Feldbett in einer kleinen Abseite in einem der Umkleideräume und schlief bis neun Uhr am nächsten Morgen. Dann trank ich Kaffee mit Leonard und noch einigen der Tanzlehrer, es waren ganz unterschiedliche Gestalten und Charaktere; ehrgeizig, wortkarg, russische Damen, feurige Brasilianerinnen, schwarze Straßenkings. Alle Männer waren homosexuell, alle Frauen waren dünn wie eine Gerte. Alle waren körperfixiert und hatten Essstörungen. Alle rauchten, um nicht den Hunger zu spüren.

Ich verließ meistens die Schule ungefähr dann, wenn die ersten Klassen anfingen, und kehrte normalerweise nicht vor dem Abend zurück. Ich verbrachte die Tage in der Metro, in der Bibliothek oder in Buchläden – vor allem bei Barnes & Noble am Astor Place, dort war es erlaubt, zu sitzen, zu lesen und Kaffee zu trinken, so lange man wollte, und dort verkehrten mindestens jeden zweiten Tag Dichter. Ich bekam fünfzig Dollar die Woche von Leonard für meinen Putzjob und bezahlte nichts für mein Feldbett, also litt ich keine Not. Ab April, als es langsam wärmer wurde, verbrachte ich immer mehr Zeit in den Parks. Ich las in diesem Frühling Historisches. Bücher über den Ersten und den Zweiten Weltkrieg, und über amerikanische Geschichte. Churchills Memoiren und alles, was ich über den Vietnamkrieg fand. Ich versuchte auch selbst zu schreiben, Novellen und kurze Betrachtungen, aber ich war nie mit dem Ergebnis zufrieden und habe nichts aufbewahrt.

60.

Anfang Juni wurde ich dreißig. Es war ein heißer Tag, ich fuhr hinunter nach Coney Island und lag mehrere Stunden am Strand, trank in einer Bar ein Bier – das erste, seit ich Harry Goodmans Haus verlassen hatte – und dachte über mein Leben nach.

Ich dachte auch darüber nach, was ich im Sommer machen sollte. Die Tanzschule war im Juli und August geschlossen, also würde ich in dieser Zeit ohne Arbeit, Lohn und Dach über dem Kopf sein. Die Räume sollten ein wenig renoviert werden, und Leonard wollte nach Europa reisen. Er hatte mir ab September wieder Arbeit versprochen, wenn ich Lust hatte.

Ich war mir nicht sicher, ob ich Lust hatte. Ich weiß nicht, ob das etwas mit meinem dreißigsten Geburtstag zu tun hatte, aber zum ersten Mal seit langem, vielleicht überhaupt zum ersten Mal, begann ich mich nach geordneten Bahnen zu sehnen. Ich erinnere mich daran, dass es mir richtig Spaß machte, so zu denken, soweit ich es begriff, bedeutete das doch, dass ich ernsthaft beschlossen hatte, am Leben zu bleiben. Dass es trotz allem einen Sinn geben konnte. Wie genau diese geordneten Bahnen aussehen sollten, davon hatte ich keine Ahnung, und ich hatte auch keinerlei Pläne, etwas Spezielles mit meinem Leben anzufangen. Aber zumindest eine Art von zu Hause wollte ich haben, einen Platz, an dem ich meine Kleider und ein paar Bücher verwahren konnte und wo ich das Recht hatte, an einem freien Tag einfach im Bett liegen zu bleiben, wenn mir danach war.

Aber keine Menschen. Ich hatte immer noch keinerlei Bedürfnis nach Kontakt oder Nähe zu einem anderen Menschen. So bin ich nun einmal, dachte ich. So bin ich durch die Geschehnisse geworden. Und meine Einsamkeit passt in diese Stadt wie eine Hand in einen Handschuh.

Nur drei Tage nach diesen Überlegungen an dem heißen Strand von Coney Island sollte sich mein Dasein radikal verändern.

61.

Abgesehen von der Whiskyflasche in Rotterdam – und vielleicht von dem Erste-Mai-Abend in Harry Goodmans Hinterhof – habe ich mich nie betrunken. Das ist vermutlich eine bedeutungsvolle Tatsache in meinem Leben. Hätte ich Alkohol oder Narkotika benutzt, um eine Versöhnung mit einem elenden Dasein zu suchen, wäre ich mit größter Wahrscheinlichkeit untergegangen. Ich habe nicht einmal geraucht, wenn ich ein halbes Jahr heimliches Paffen auf der Realschule vor dem Fermat-Fall nicht mitrechne.

Mir ist in den Kopf gekommen, dass diese stete Nüchternheit ein Zeichen dafür sein kann, dass ich etwas vermisse. Ein Streben oder eine Sehnsucht, die ein wichtiger Bestandteil im Leben anderer Menschen sind. Oder ein Fluchtwunsch. Sich aus einem unerträglichen Jetzt herauszuziehen, sich einmal um sich selbst zu drehen und für ein paar Stunden eine Art rudimentärer Segnung zu empfangen.

Aber das erfordert wahrscheinlich ein gewisses Vorstellungsvermögen, in dessen Besitz ich nicht gewesen bin.

62. Nachdem wir ein paar Monate ein Liebespaar waren, schrieb ich an einem Abend Mitte Januar 1973 einen Zettel für Sara, auf dem ich sie fragte, ob sie denn wüsste, dass sie schwanger werden könnte, wenn wir zusammen schliefen. Wir benutzten nie irgendwelchen Schutz, im Nachhinein kann ich nur schwer akzeptieren, dass ich mich so verantwortungslos verhalten habe – andererseits wäre ich sicher zur Stelle gewesen und ein guter Vater geworden, wenn unsere Liebe Früchte getragen hätte. Aber Saras Menstruation kam, wie sie kommen sollte, sowohl im Dezember als auch im Januar, ich glaube, meine Frage war ein Versuch, auf das Thema Prävention zu kommen – ein kleiner Ansatz von Pflichtgefühl also, aber ich bin mir in dieser Beziehung absolut nicht sicher, Motive und Beweggründe pflegen sich im Lauf der Zeit zu verändern.

»Ich weiß es«, antwortete Sara. »Ich weiß, dass wir ein Baby kriegen können, wenn wir so zusammen sind, wie wir es sind.«

Dass man nicht sprechen kann, hat auch Vorteile. Man schafft es immer, sich vorher zu überlegen, was man sagen will, bevor man etwas sagt. Hätte ich von meiner Zunge Gebrauch machen können, dann hätte ich sie sicher in dem Moment gefragt, ob sie denn nicht wisse, dass das, was da im August aus ihrem Schoß gekommen war, auch der Ansatz zu einem Baby gewesen war, dass sie also irgendwann im Frühling oder im Frühsommer schon einmal mit einem anderen Mann »so zusammen gewesen sein musste, wie wir es waren«. Ja, ganz bestimmt hätte ich sie mit diesen Tatsachen konfrontiert.

Aber jetzt zögerte ich. War es wirklich nötig für sie, das zu wissen?, dachte ich. Gab es keine wichtigeren Fragen, die gestellt werden sollten? Doch, die gab es.

»Möchtest du denn, dass es so kommt?«, schrieb ich.

Sie drückte lachend meine Hand.

»Das entscheiden doch nicht wir«, sagte sie. »So läuft das nicht.«

Ich runzelte die Stirn, um ihr zu zeigen, dass ich das nicht verstand. Manchmal musste ich nicht einmal etwas aufschreiben.

»Wenn ein Baby kommt, dann kommt halt ein Baby«, erklärte Sara. »So ist es nun einmal.«

Es gab nicht den geringsten Zweifel oder auch nur einen Ansatz von Unruhe in ihrer Antwort. Nur eine ruhige Zuversicht und einen Hauch von Feierlichkeit.

Wenn ein Baby kommt, dann kommt halt ein Baby.

Hätte ich sprechen können, hätte ich nun vielleicht gefragt, ob sie es passend fände, dass sie und ich Eltern eines Babys würden. Oder ob sie wusste, dass es Methoden gab, die verhinderten, dass Babys geboren wurden. Aber auch dieses Thema griff ich nicht auf. Was passiert, passiert halt, dachte ich, und ein fremdes Gefühl, von dem ich annehme, dass es Vertrauen heißt, erwachte in mir. Ich schrieb keine weiteren Fragen mehr auf. Stattdessen legte ich den Arm um sie und bohrte mein Gesicht in ihren Nacken und ihr Haar, es roch nach Rhabarber, ich begriff nicht, wieso, aber vielleicht lag es nur an einem neuen Shampoo, und dann schliefen wir ein.

Ja, es handelte sich offensichtlich wirklich um Vertrauen, diese taktvolle Einsicht, dass das Alltägliche einfach Teil von etwas ist, das so viel größer und reicher ist, und dass dieses Ganze seine Bestandteile veredelt. Ich muss anfangen, von dem Mord zu berichten, aber ich scheue davor zurück. Lieber möchte ich bei dem schönen halben Jahr verweilen, das ihm vorausging, vielleicht ist »schön« nicht der richtige Ausdruck, aber ich erinnere mich daran, dass ich zum ersten Mal in der Rossvagga-Zeit eine Art Erwartung in mir trug. Ich hatte dreieinhalb Jahre hier gelebt und ungefähr genauso lange bei der Sparbanken gearbeitet. Bis Sara und ich unsere Beziehung miteinander eingingen, war mein Dasein statisch gewesen, mein Bewusstsein und meine Gefühle waren seit langer Zeit bereits statisch gewesen, aber im Frühling 1973 spürte ich, dass etwas dabei war, sich zu verändern. Dass der Jetztzustand nicht für immer so bleiben sollte. Was genau dieses neue Empfinden mit sich bringen würde, konnte ich nicht sagen – ob es darin mündete, dass Sara tatsächlich schwanger wurde, oder in etwas ganz anderem. Aber ich brauchte auch gar nicht darüber zu spekulieren, es genügte zu denken: »In einem Jahr sieht mein Leben nicht mehr so aus, wie es jetzt aussieht.«

Es war eine hundertprozentig korrekte Vorhersage.

63. Doch Saras Tod konnte ich weder vorhersagen, noch mir vorstellen. Wenn es dafür Anzeichen gab, vermochte ich sie nicht zu deuten. Wenn es Vorboten gab, waren sie zu schwach.

So habe ich mich dreißig Jahre lang herausgeredet, aber jetzt kann ich diese einfachen Behauptungen nicht formulieren, ohne mich gleichzeitig zu fragen, ob ich nicht die Unwahrheit sage. Natürlich muss ich es gesehen haben. Natürlich muss ich es geahnt haben.

»Er hat mich heute umarmt«, sagte Sara eines Abends im Mai.

»Wer?«, gab ich durch Zeichen zu verstehen.

»Persson«, sagte Sara lachend. »Er kam in die Küche und hat mich in die Arme genommen.«

Ich dachte nicht weiter darüber nach. Ich möchte behaupten, dass ich nicht weiter darüber nachdachte.

»Persson hat mich heute wieder in den Arm genommen«, sagte sie ein paar Wochen später. Das war im Juni.

»Von hinten und ganz lange«, fügte sie hinzu, und dieses Mal lachte sie nicht.

64. Der 23. Juni 1973. Der Tag vor der Mittsommernacht. Es ist strahlend schönes Wetter. Am Nachmittag essen wir draußen in der Laube. Bengt-Olle hat Anfang der Woche von Persson eine Mundharmonika geschenkt bekommen, er hat viel geübt, und jetzt spielt er den Psalm »Blott en dag ett ögonblick i sänder«. Er trifft ungefähr jeden zweiten Ton, ganz automatisch fallen mir die Rückwärtspsalmen aus der Fintling-Zeit ein. Aber wir applaudieren ihm lautstark, und Gottes Kuckucksjunges strahlt vor Zufriedenheit.

Abends geht Sara zum See hinunter, um zu baden. Sie legt ihr Kleid und ihren Slip auf den Anleger und schwimmt nackt in Rossens stillem Wasser. Währenddessen waschen Bengt-Olle und ich in der Küche ab. Als wir fertig sind, spaziere ich ohne besonderes Ziel hinunter zum See, ich gehe nicht direkt zum Anleger, biege stattdessen nach rechts ab, wandere durch das Himbeergestrüpp und hinter dem alten Erdkeller entlang. Ich bin gut hundert Meter vom Haus entfernt, als ich zwei Dinge sehe. Zum einen sehe ich Sara, die auf dem Rücken liegt und sich vom Wasser tragen lässt, ganz nahe an der Brücke. Zum anderen sehe ich Persson, der fünfzehn Meter von mir entfernt steht und im Schutz einiger Büsche onaniert.

Es ist ein schlechter Schutz. Ich sehe sowohl ihn als auch sein Vorhaben ganz deutlich.

Aber ich bewege mich nicht. Ich bleibe still stehen und sehe nur zu, und tausend Gedanken fahren mir durch den Kopf.

65. An diesem Abend tat Persson mir Leid. Ein paar Stunden später sind wir eine Runde spazieren gegangen, nur er und ich, aber ich sprach nichts davon an, weder was Sara mir erzählt, noch was ich gesehen hatte.

Er war jedoch unruhig. Unruhiger hatte ich ihn seit der Realschule kaum gesehen, er gestikulierte und sprang von einem Gesprächsthema zum anderen … wir sollten Reusen bauen und sie im See auslegen … wir sollten den Führerschein machen … sein Chef hatte ihm vorgeschlagen, zu einem neuen Katalogisierungssystem überzugehen, Persson sah es als seine Aufgabe an, sich dem mit Zähnen und Klauen und allen zur Verfügung stehenden Mitteln zu widersetzen … was ich von dem Feuer in Gahns Fabriken hielt? Ob es Brandstiftung war oder nicht? Warum gab es zu Mittsommer so wenige Kartoffeln?

Du beobachtest heimlich Sara und onanierst dabei, dachte ich. Solltest du nicht diese Tatsache auch ein wenig überdenken?

Aber ich kleidete es nicht in Worte. Hätte es vielleicht gereicht, wenn ich es an diesem Abend zur Sprache gebracht hätte?

Ich weiß es nicht. Zwei Tage später geschah es.

66. Auf dem Weg hinaus nach Rossvagga begegne ich einigen Menschen, aber sie grüßen mich nicht. Der nächste Nachbar heißt Forselius, Arvid Forselius, ich kann mich noch gut an ihn erinnern. Der Hof heißt Stensöga, und er hat Hunde gezüchtet. Meistens Dobermänner, wie ich mich zu erinnern meine. Ich gehe an seinem Haus vorbei, frage mich, ob er wohl noch lebt und dort wohnt, aber drinnen ist niemand zu sehen.

Es sieht jedoch ordentlich aus, der Rasen ist gemäht, und die alten Obstbäume sind geschnitten. Ich gehe weiter und gelange nach Rossvagga. Dort biege ich vom Weg ab und folge dem schmalen Pfad, der kaum mit Auto oder Traktor zu befahren ist. Das Herz in meiner Brust pocht heftig, ich versuche an gar nichts zu denken.

Als ich oben am Waldrand stehe, kann ich sofort sehen, dass es leer steht. Und dass es das schon eine ganze Weile tut. Der Vorhof ist von hohem Gras und Unkraut überwuchert. Das Wohnhaus ist vernagelt und verfallen, grobe Latten sind vor die Fenster genagelt worden. Ich bekomme einen Kloß in den Hals, als ich es sehe. Am liebsten möchte ich anfangen zu heulen. Ich bin voller Gefühle, die so heftig und so voller guter Gründe sind, dass sie mich wie eine Art Vibration durchlaufen. Es fühlt sich wie ein elektrischer Schock an, und ich kann nicht verhindern, dass ich in dem hohen Gras auf die Knie sinke und mir die Tränen aus den Augen stürzen.

Wo seid ihr?, denke ich. Spreche es auch aus. »Wo seid ihr, Sara und Persson und Bengt-Olle?«, flüstere ich. »Warum kommt ihr nicht raus und empfangt mich? Ich bin es, Viktor Vinblad, ich bin zurückgekommen, und jetzt kann ich reden.«

Ich bleibe eine Weile auf den Knien und warte ab, dass ich ruhiger werde. Fühle mich etwas pathetisch. Dann stehe ich auf. Ich gehe zur Tür, drücke die Klinke. Es ist abgeschlossen, aber ich finde den Schlüssel dort, wo er immer lag, auf einem der Verandabalken, ein ungemein alter, verrosteter Schlüssel, ist es möglich, dass er dort gelegen hat, seit …? Ich weiß es nicht, es erscheint mir trotz allem unwahrscheinlich. Ich schließe auf und trete ein. Es ist leer und verfallen. Ein Geruch nach Feuchtigkeit und Abgestandenheit. Es tut weh. Ich muss zugeben, dass ich insgeheim darauf gehofft habe, dass Farin und Persson in dem Haus geblieben sind. Ein verspäteter, verzweifelter Wunsch, ihnen die Hand reichen zu können, dass wir uns ganz einfach in die Küche hätten setzen und reden können.

Aber es gibt auch einen fremden Geruch von Verlassenheit. Davon, dass ganz andere Menschen hier drinnen gewesen sind. Es aufgegeben haben und weggegangen sind. Ich wandere von Zimmer zu Zimmer. Die Treppe hinauf, sie knarrt und jammert. Abgesehen von ein paar einfachen Holzstühlen, ein paar Tapetenrollen in einem Schrank und einem Pappkarton mit alten, eingetrockneten Farbdosen und Pinseln ist alles leer. Ja, hier haben nach Persson und Farin andere Menschen gelebt, das kann ich sofort sehen. Ich kenne die Tapeten und Farben nicht wieder, Trauer steigt in mir auf, während ich in diesen verlorenen Winkeln herumgehe. Als ich die Tür zu Saras Zimmer öffne, breche ich erneut in Tränen aus. Ich bleibe in der Türöffnung stehen, und hinter geschlossenen Augenlidern sehe ich, wie wir Hand in Hand in ihrem Bett unter dem Fenster liegen. Ich sehe ihre kunterbunten Bilder an den Wänden, ich sehe ihren nackten Nacken, sie hat ihr Haar zu einem Dutt hochgesteckt.

Und ich spüre ihren warmen Rücken an meinem Bauch.

Und alles, was ich im Laufe dieser dreißig Jahre aufgebaut habe, fällt innerhalb von Bruchteilen von Sekunden in sich zusammen.

67.

Wenn ein Baby kommt, dann kommt halt ein Baby.

Wie schrecklich anders doch alles gekommen ist.

Hier bog mein Leben um eine Ecke, hier wurde es entschieden.

Warum muss uns ständig alles genommen werden?

Ich gehe zurück ins Erdgeschoss. Beschließe, dass ich hier bleiben will. Vielleicht habe ich hier den einen oder anderen schönen Traum. Vielleicht wird etwas in mir wieder ganz. Ich stelle den Rucksack in die Küche. Rolle den Schlafsack aus. Dann gehe ich hinaus und löse mit Hilfe eines Kuhfußes, den ich im Vorratsschuppen gefunden habe, ein paar Bretter von einem der Fenster. Ich kontrolliere, ob die Ofenklappe funktioniert, und eine halbe Stunde später habe ich im Herd ein Feuer angezündet.

Es ist erst neun Uhr, aber ich lege mich auf den Boden, um zu schlafen.

Ich bin zurückgekommen, denke ich. Ich bin wieder hier. Sara und Sarah, könnt ihr mich sehen und hören? Könnt ihr mir auf dem Weg durch das hier helfen?

68. Als Leonard mich fragt, wie ich den Sommer verbringen will, erzähle ich ihm, dass ich eine Tante in Montana habe, die Hilfe bei ihrem Haus braucht. Beim Dachdecken, Streichen und so.

Er liest den Zettel, den ich ihm reiche, und betrachtet mich kritisch.

»Du hast also eine Tante in Montana?«

Ich nicke.

»Und ich bin die Geliebte des Papstes«, sagt Leonard, und danach reden wir nicht mehr darüber.

69. Der 18. Juni war ein Mittwoch. Ich hatte den Zug hinaus nach Forest Hill genommen, den ganzen Tag im Park gesessen und John Cowper Powys *Wolf Silent* gelesen, ein Buch, das ich mir selbst zum dreißigsten Geburtstag geschenkt hatte. Gegen fünf nahm ich die Bahn zurück nach Manhattan, aber als ich mich dem Columbus Circle näherte, war es erst Viertel nach sechs. Ich hatte keine Lust, so früh zur Tanzschule zurückzukommen, das Buch gefiel mir, ich war tief ins Lesen versunken, also beschloss ich, eine halbe Stunde durch die Bronx weiterzufahren, irgendwo auszusteigen und dann den ersten Zug zurückzunehmen. Aber fünf Stationen weiter, an der 96. Straße, blieben wir stehen, und schließlich wurde durch die Lautsprecher mitgeteilt, dass ein kleinerer Unfall geschehen war und wir deshalb nicht weiterfahren konnten.

Aus irgendeinem Grund war es auch nicht möglich, in eine andere Richtung zu fahren, aber oberirdisch gab es genügend Busse.

Trotz meiner zahllosen Fahrten mit der New Yorker Untergrundbahn war ich nie an der 96. ausgestiegen. Es war jetzt fast sieben, und ich fand, dass ich nun ebenso gut zu Fuß zur 59. gehen, dabei vielleicht noch in einem Café auf dem Weg einkehren und eine halbe Stunde lesen konnte.

Ich erinnere mich, dass es ein warmer Abend war. Es hatte einen Regenschauer gegeben, und der Asphalt dampfte. Ich überquerte den Broadway und die Zehnte und ging die Columbus Avenue weiter Richtung Süden, und ich weiß nicht, warum ich nach links in die 89. Straße einbog. Aber ich tat es. Ein ganz normales Viertel, das auf den Central Park West mündete, keine Geschäfte, keine Cafés, keine Restaurants. Nur vier, fünf Stockwerke hohe Wohnhäuser und Bürogebäude. Auf dem Bürgersteig lagen die Müllsäcke für die Müllabfuhr bereit.

Ich weiß nicht, ob ich zuerst den Schrei hörte oder zuerst den Rauch roch. Vielleicht nahm ich auch beide Sinneseindrücke genau im gleichen Moment wahr. Zwischen zwei der großen Gebäude gab es eine Öffnung, nicht mehr als drei, vier Meter breit, aber ausreichend, um ein Auto aufzunehmen, und durch diese enge Passage drangen die Eindrücke auf mich ein. Ich blieb stehen. Schnupperte in der Luft und stellte fest, dass es nach Feuer roch. Ich eilte durch das Portal und kam auf einen Innenhof mit einem etwas niedrigeren Wohnhaus. Nur drei Stockwerke hoch, zwei Eingänge, und aus einem der Fenster im ersten Stock, von mir aus gesehen ganz rechts, quoll dicker schwarzer Rauch.

Und in einem Fenster schräg darüber standen zwei Mädchen und schrien um Hilfe. Es war ziemlich dunkel im Hof, ich konnte sie in dem erleuchteten Fenster nur als Silhouetten erkennen und registrierte außerdem, dass in keiner der anderen Wohnungen Licht brannte, außer in der, in der die Mädchen sich befanden. Es gibt keine Einsamkeit wie die in New York, jetzt sah ich auch noch aus einem Fenster neben den Mädchen Rauch dringen.

Ich blieb tatsächlich stehen und machte diese Beobachtungen, bevor ich handelte. Die Mädchen riefen erneut, und eine Sekunde später wurden sie von einer dicken Rauchwolke verdeckt. Ihre Stimmen klangen schrill und hysterisch. Acht, zehn Jahre waren sie alt, schätzte ich, kaum mehr. Ich lief schräg über den Hof zu ihnen. Der Rauch wurde für einen Moment wieder dünner, ich sah, dass sie mich entdeckt hatten.

»Helfen Sie uns!«, schrie die eine.

»Wir kommen nicht raus!«, rief die andere. »Das Treppenhaus ist voller Rauch!«

»Es brennt!«, schrie die Erste. »Im Wohnzimmer ist auch Rauch. Sie müssen uns helfen!«

Ich rannte zur Tür und rüttelte am Griff. Verschlossen. Natürlich war sie verschlossen. Ich suchte nach einer Tafel mit Klingeln. Es gab keine. Ich lief ein paar Schritte zurück und versuchte mir einen Überblick zu verschaffen. Es war ungefähr zehn Meter bis zu den Mädchen hinauf. Ich konnte keine Feuerleiter sehen, was natürlich merkwürdig in dieser Stadt der Feuerleitern war, aber vielleicht befand sie sich auf der anderen Seite des Hauses. Vielleicht konnten sie dort nicht hinkommen. Der grauschwarze Rauch, der jetzt durch drei Fenster quoll, musste auf jeden Fall von einem Feuerherd in der Wohnung unter den Mädchen stammen, vielleicht brannte es auch im Treppenhaus selbst. Und wenn letzteres stimmte, dann war es vermutlich unmöglich, über die Treppe nach oben zu gelangen, aber wenn es nur Rauch war – und kein Feuer –, dann konnte es nur eine Frage von nicht mehr als vier, fünf Metern sein. Eine Treppe zwischen zwei Treppenabsätzen, es erschien mir nicht unmöglich, das zu schaffen.

Ich weiß natürlich nicht, ob ich wirklich in diesen panikartigen Sekunden da unten in dem dunklen Hof dieses Kalkül aufgestellt habe, aber Gedanken in dieser Richtung müssen mir durch den Kopf geschossen sein. Ich muss durch die Tür kommen, dachte ich, und in der nächsten Sekunde brach ich mein fünfzehnjähriges Schweigen.

»Ein Schlüssel!«, rief ich. »Werft mir einen Schlüssel runter, damit ich ins Haus komme!«

70. Meine Stimme trug. In dem Moment hatte ich natürlich keine Zeit, darüber nachzudenken, aber später tat ich es. Meine Stimme trug, und ich erkannte sie nicht wieder. Es war, als riefe ein Fremder aus meinem Mund. Eine kräftige, fremde Stimme.

»Warten Sie!«, schrie das eine Mädchen. Die andere verschwand, und gleichzeitig schlugen die ersten Flammen aus einem der Fenster darunter.

Das Mädchen tauchte wieder auf, und ohne zu zögern warf sie den Schlüssel zu mir hinunter. Glücklicherweise landete er nur einen Meter vor mir, so dass ich ihn sofort fand.

»Ich komme rauf!«, rief diese fremde Stimme in mir.

Während ich die Tür aufschloss, hörte ich, dass hinter mir andere Menschen in den Hof kamen. Eine scharfe Frauenstimme befahl jemandem, der Jimmy hieß, die Feuerwehr zu rufen, und eine andere Frauenstimme schrie: »Mein Gott, das sind ja Helen und Patricia, sie sind ganz allein da oben!«

Ich gelangte ohne Probleme in den ersten Stock. Hier brannte es. Dicker, schwarzer Rauch quoll aus einer Wohnungstür, die einen Spalt offen stand. Er füllte das Treppenhaus bis ganz nach oben.

Ich dachte nicht nach. Schloss die Augen, hielt mir die Hände vor Mund und Nase und eilte nach oben. Es dauerte sicher nicht mehr als vier, fünf Sekunden, zur Tür der Mädchen zu gelangen, doch ich weiß, dass ich nie dem Tod näher war als in diesem kurzen Moment. Wenn ich nicht sofort die richtige Tür gefunden hätte, die Klinke erwischt und hineingehuscht wäre, dann hätte ich es nicht geschafft. Es war eine Frage von Sekunden oder den Bruchteilen von Sekunden. Ich taumelte auf den Flur und hatte aus unerklärlichen Gründen genug Geistesgegenwart, die Tür hinter mir wieder zuzuziehen.

Ich kroch weiter in die Küche. Dort fand ich den Wasserhahn und ließ Wasser über meine Hände und meinen Kopf rinnen. Die Mädchen kamen hereingestürmt, sie blieben mitten im Raum stehen und schauten mich mit erschrockenen Augen an. Als ich wieder einigermaßen normal atmen konnte, sah ich sie mir genauer an. Zwei blasse, dünne kleine Mädchen, die eine rothaarig, die andere dunkel, und beide mit Todesangst in den Augen.

»Bitte!«, piepste die Rothaarige.

Ich kam auf die Füße. Entdeckte einige Handtücher, die über einer Stuhllehne hingen. Eilig hielt ich sie unter das fließende Wasser und gab jedem Mädchen eins.

»Haltet die Handtücher vor Mund und Nase, macht die Augen zu und haltet den Atem an!«

Anschließend drapierte ich das dritte Handtuch um meinen eigenen Kopf, nahm ein Mädchen auf jeden Arm und eilte wieder durch das Treppenhaus nach unten.

Wir fielen hin, sobald wir es durch den Rauch geschafft hatten, und die Mädchen schrien unentwegt, auch auf der letzten Treppe und draußen auf dem Hof. Ich meinerseits hatte kaum noch die Kraft, mich nach draußen zu schleppen, im Hof fiel ich erneut hin und bekam nur noch halb mit, dass Hände mich packten. Ich wurde zu dem Durchgang zur Straße hin geschleppt. Dort lehnte man mich an die Hauswand, Feuerwehrleute kamen mit Schläuchen und Leitern angelaufen, ich hob meinen Blick gerade noch rechtzeitig, um zu sehen und zu hören, wie es eine heftige Explosion in der vom Feuer zerstörten Wohnung gab und wie plötzlich der gesamte äußere Teil des Wohnhauses in Flammen stand.

Ich weiß nicht, wer sich um die Mädchen kümmerte, aber

ein Mann in hellem Anzug beugte sich über mich und legte mir die Hand auf die Schulter.

»Jesus Christ«, sagte er. »Sie haben ihnen das Leben gerettet. Wenn Sie nicht diese Entschlossenheit gezeigt hätten, dann wären sie …«

Ich hörte nie das Ende dieses Satzes, weil ich in Ohnmacht fiel. Aber als ich in der Notaufnahme aufwachte, gab ich – auf eine direkte Frage einer der Krankenschwestern – sofort an, dass ich John Sorrow hieß.

Meine stummen Jahre waren vorbei.

71. Meine Träume wiederholen sich oft.

Während eines Zeitraums Mitte August 1965 träumte ich beispielsweise neun Nächte hintereinander von Lena Ljung-Ljungkvist. Ich weiß, dass es genau neun waren, denn in diesem Sommer führte ich Tagebuch, es war der erste, in dem David und ich kein Zimmer mehr teilten, und ich schrieb alles auf, was sich in meiner Traumwelt abspielte.

Es waren die Wochen vor dem Fermatfall, und es gab einen Grund, warum sie mich ausgerechnet zu dieser Zeit so oft heimsuchte. Diesen Grund gab es bereits seit Anfang des Monats, und ich verwendete auch im Wachzustand einige Zeit und Kraft darauf, diesen zu deuten und über ihn zu spekulieren.

Die Minigolfbahnen unten bei Sommarro. Ich war mit David und Elon »Elvis« Pettersson hingegangen, und noch jemand war dabei, an den ich mich aber nicht mehr erinnere, vielleicht irgendein Verwandter von Elvis, aber das spielt natürlich keine Rolle. Jedenfalls liefen an diesem besagten Abend ziemlich viele Leute herum und hantierten mit Schläger und Ball, wahrscheinlich war schönes Wetter, aber auch das weiß ich nicht mehr.

Woran ich mich dagegen noch ganz genau erinnere, ist die Tatsache, dass Lena Ljung-Ljungkvist dort war. In Gesellschaft von Gullmaj Granhult, genauer gesagt, einem der unattraktivsten Mädchen der ganzen Realschule. Es war fast typisch für Lena Ljung-Ljungkvist, sich mit jungen Damen zu zeigen, die nach außen nicht viel zu bieten hatten; vielleicht tat sie das, damit sie selbst umso heller strahlte. Was absolut unnötig war. Lena Ljung-Ljungkvist war die schärfste Braut an der Schule, daran gab es keinen Zweifel, vermutlich war sie die Schönste in ganz Schweden, wir hatten schon darüber diskutiert und waren zu dem Schluss gekommen, dass es einfach nicht möglich sein konnte, dass jemand besser aussah als sie. Ich würde zu gerne wissen, was aus ihr geworden ist, ja, während ich dies hinschreibe, ruft gerade diese Frage nach einer Antwort. Was um alles in der Welt ist aus Lena Ljung-Ljungkvist geworden?

Aber das kann warten. Zumindest im Augenblick; wir waren also vier Jungs in unserer Gruppe, die an diesem Abend Minigolf spielten, und gleich nachdem wir auf der ersten Bahn angefangen hatten, fingen auch L-L-L und G-G an. Es gab Leute, die ihre Namen so abkürzten. L-L-L stand natürlich für Love-Love-Love und G-G für Glückliche Gans, wenn ich mich recht erinnere. Oder vielleicht auch für Gemeine Gans, denn sie war nicht besonders freundlich. Aber es ist ja auch gleich, schließlich war es L-L-L, die wichtig war, nicht G-G.

Wir waren wie gesagt vier Jungs, und auch wenn wir natürlich eine Nummer besser beim Minigolf waren als die beiden Mädchen, so waren wir schließlich doppelt so viele, und es war unvermeidbar, dass wir etwas länger brauchten, um unsere Bälle ins Loch zu kriegen.

Das Natürliche wäre gewesen, wenn L-L-L und G-G uns überholt hätten, statt bei jedem Loch zu warten, dass wir fertig werden. Einfach die Bahn überspringen, auf der wir waren, und sie sich für später aufbewahren, so machte man das. Aber sie nicht. Brav und geduldig warteten sie auf uns, Bahn für Bahn, und obwohl diese beiden Gruppen – ihr kleines Duo und unser Quartett – sich die ganze Zeit nahe beieinander aufhielten, dauerte es bis zur siebten Bahn, bevor wir endlich ein wenig ins Gespräch kamen. Beim Briefkasten also. Eine heikle Bahn. Wir waren keine Leuchten, was die Konversation mit Damen aus K. und Umgebung betraf, aber Minigolf spielen, das konnten wir.

»Hört mal«, sagte Elvis, als er den ersten glatten Treffer des Abends gelandet hatte. »Wie steht's? Ihr könnt uns überholen, wenn ihr wollt. Das wird noch ein bisschen dauern hier, denn sicher landen nicht alle gleich beim ersten Schuss einen Treffer.«

Vielleicht sagte er auch etwas ganz anderes, das Einzige, woran ich mich noch erinnere: Er versuchte einen etwas spaßigen Ton an den Tag zu legen.

Aber was L-L-L darauf erwiderte, daran erinnere ich mich noch Wort für Wort.

»Euch überholen? Nein, wir denken gar nicht daran, euch zu überholen. Wir sind gern in eurer Nähe, wisst ihr.«

Gerade als sie das sagte, war David an der Reihe, und er schmetterte den Ball direkt in den Briefkasten, so dass es dröhnte. Keinem von uns gelang es, etwas auf L-L-Ls überraschend verwegene Äußerung zu entgegnen. Erst drei Bahnen später, als ich das Glück hatte, ihr ganz nahe zu kommen, nachdem sie ihren Ball weit aus der Bahn geschossen hatte.

»Gibt es einen Bestimmten, in dessen Nähe du gern sein möchtest?«, fragte ich so leise, dass es niemand sonst hören konnte.

»Ja, dich«, antwortete sie ebenso leise.

Und dann tat sie etwas, das mir das Herz stehen bleiben ließ. Sie nahm einen Zeigefinger in ihren Mund, ließ ihn dort eine Weile, und dann strich sie mit ihm über meinen Hals.

Und sah mich dabei mit einem Paar grüner Augen an, die zwei Löcher in meine Seele brannten. Im Nachhinein, auch nach fast vierzig Jahren, finde ich es in keiner Weise verwunderlich, dass ich neun Nächte nacheinander von ihr geträumt habe.

72. Und dann, nur zwei Wochen später, saß sie da mit Bert-Åke Bertilssons Hand in ihrer. Es erschreckt mich, dass Frauen die Macht hatten, so tiefe Spuren in mir zu hinterlassen. Dass Frauen überhaupt Macht über Männer haben. Ich glaube, auf die Dauer ist das nicht gut.

73. Der 25. Juni 1973.

Es ist der Montag nach dem Mittsommerwochenende. Eigentlich hätte ich meinen Urlaub antreten sollen, aber mein Chef, der Bankdirektor Hagströmmer, will, dass ich noch zwei, drei Tage länger dableibe, um ein Geschäft mit dem Kreditinstitut Lagerwall & Partners abzuschließen. Am Montag arbeite ich eine Stunde länger und bekomme alle Papiere fertig, lege alles auf Hagströmmers Schreibtisch, bevor ich gehe, und denke, dass ich eigentlich ebenso gut gleich den Urlaub antreten kann, aber es ist ja abgemacht, dass ich mindestens noch einen Tag komme.

Es ist heiß und schönes Wetter. Auf der Uhr sind es ein paar Minuten nach halb vier. Ich nehme mein Fahrrad und radle wie immer nach Hause nach Rossvagga. Bengt-Olle liegt auf einer Decke unter dem Kastanienbaum und liest Fantomas, er begrüßt mich mit einer Mundharmonikafanfare. Persson kann ich nirgends sehen, ich weiß, dass heute sein erster Urlaubstag ist. Sara hat noch eine Woche vor sich bei Schuh-Nilsson, dann schließen sie für den ganzen Juli. So wie jedes Jahr.

Ich gehe ins Haus und hole Badehose und Handtuch. Zeige Bengt-Olle, dass ich zum See gehen und ein Bad nehmen will. Bengt-Olle erklärt, er habe keine Lust zu baden, er hat das Wasser probiert, und es ist kalt wie Himbeersaft mit Eiswürfeln drin.

Ich beschließe, heute nicht zum Badesteg zu gehen. Stattdessen schlage ich den Weg zu dem kleinen Felsen ein, von ihm kann man ins Wasser springen, und dort ist das Wasser nicht so trüb. Es sind auch nur zehn Minuten Fußweg vom Haus.

Ich tauche und schwimme auf den See hinaus. Es ist überhaupt nicht kalt, wie Bengt-Olle behauptet hat. Er ist verfroren und geht am liebsten nur ins Wasser, wenn es dreißig Grad hat.

Ich schwimme eine Weile. Dann lege ich mich hin und lasse mich von der Sonne trocknen. Als die Wolken anfangen, über den Felsen zu ziehen, nehme ich mein Handtuch und gehe zurück nach Rossvagga.

74. Und jetzt sind wir da.

Ich bin noch keine hundert Meter gegangen, als ich Persson erblicke. Er steht auf dem Pfad, den Rücken mir zugewandt, und er scheint auf etwas zu starren, das am Seeufer liegt. Gerade hier gibt es eine kleine Einbuchtung, Persson hält etwas in der einen Hand, es sieht aus wie ein Eisenrohr. Ich stehe zwanzig Meter hinter ihm, und plötzlich weiß ich, dass etwas passiert ist. Es vergehen einige Sekunden, dann wirft Persson das Rohr von sich und läuft davon.

Ich gehe zu der Stelle, an der er gestanden hat. Sofort entdecke ich sie, und ich weiß in der Sekunde, als ich sie sehe, dass sie tot ist. Kein lebendiger Mensch liegt so da. Ins Schilf geworfen. Nackt. Arme und Beine merkwürdig abgewinkelt. Ich spüre ein heftiges Schwindelgefühl wie eine Wolke in meinem Kopf, ich schließe die Augen und stütze mich mit der Hand an einem Kiefernstamm ab. Spüre, wie ich durch einen kahlen Raum falle und falle, und als ich die Augen wieder öffne, liegt sie immer noch da. Ich sinke auf die Knie, einen barmherzigen Augenblick lang überdeckt der körperliche Schmerz den der Seele, ein spitz aufragender Stein schneidet einen tiefen Schnitt in meine rechte Kniescheibe, noch dreißig Jahre später habe ich eine Narbe davon.

75. Nur ein Zentimeter langer Halbmond, wie vom kleinen Finger abgeschnitten. Ich hocke auf dem Felsen und betrachte ihn. Ich bin einmal kurz ins Wasser gesprungen, es ist natürlich kalt, man badet im September nicht mehr im Rossen. Aber die Luft ist immer noch auffallend warm; es ist Vormittag, ich habe eine Nacht im Haus geschlafen. Hatte Probleme einzuschlafen, das Vergangene schmerzt und sperrt sich in mir, aber zumindest habe ich gewisse Pläne gemacht. Ich muss herausfinden, was mit Farin und Persson passiert ist, das ist das Erste. Außerdem muss ich herausfinden, wo Saras Grab liegt, und warum niemand mehr auf Rossvagga lebt.

Vielleicht sollte ich mich auch der Familie Mörtberg nähern, aber das erscheint mir nicht so wichtig. Es scheint mir besser, meine Identität nicht preiszugeben, es ist schwer zu sagen, welche Meinung die Leute hier im Ort von mir haben. Sicher, es ist lange her, aber man vergisst nicht. Jedenfalls wird die Bevölkerung von K. Viktor Vinblad nicht vergessen, solange er lebt, davon bin ich fest überzeugt.

76. Aber zu allererst werde ich den Weg der Schmerzen gehen. Ich werde durch den Wald nach Dalby gehen, zu der Stelle, an der ich ihren Körper plötzlich nicht mehr tragen konnte. Das ist kein Bußgang, es ist eine Frage anderer Mechanismen, aber ich weiß nicht genau, welcher. Rituale müssen bereits da sein, bevor ich ihren Sinn verstehe, wahrscheinlich handelt es sich um etwas in der Art. Das Sein geht dem Bewusstsein voraus, wie Sartre schreibt, mein Gott, wie viele Bücher habe ich in meinem Leben gelesen, und wie wenig habe ich verstanden. In dieser Beziehung bin ich wahrscheinlich in guter Gesellschaft, aber was soll derjenige, der einmal den toten Körper seiner Geliebten durch einen Wald getragen hat, noch mit seinem Leben machen?

Ein verspäteter Schmetterling kommt angeflogen und lässt

sich auf meinem Knie nieder, genau auf der blassen Mondsichel. Ich bleibe eine Weile sitzen und nehme ihm das Licht, bevor er zu anderen Zielen aufbricht.

77. Das Mädchen, das in der Wohnung in der 89. Straße lebte, hieß Patricia Dillerman. Ihr Großvater war demokratisches Mitglied des Senats. Seine Tochter Susan war sein einziges Kind, und Patricia sein einziges Enkelkind. Wir trafen uns in Lionardas Restaurant in East Village, wo er mich zum Mittagessen einlud und fragte, was er tun könnte, um mir seine Dankbarkeit zu erweisen.

Ich sagte, dass das nicht nötig sei. Er erkundigte sich nach meinen Lebensumständen, und als herauskam, dass mir sowohl die amerikanische Staatsbürgerschaft als auch eine Greencard fehlte, fragte er – ohne in irgendeiner Weise aufdringlich zu sein –, ob ich denn überhaupt irgendwelche Papiere hätte.

Ich erklärte, dass dem leider nicht so wäre, dass jedoch John Sorrow eine Identität sei, an die ich mich gehalten hätte, seit ich vor sieben Jahren nach New York gekommen war. Senator Dillerman schaute bekümmert drein, er dachte eine ganze Weile nach, während er die Zigarre rauchte, die er sich zum Kaffee gönnte, soweit waren wir bereits gekommen, und schließlich wollte er wissen, ob ich daran interessiert sei, ein wenig mehr Ordnung in mein Dasein zu bekommen. Ich verstand nicht so recht, worauf er mit dieser Frage hinauswollte, aber als ich ihn das fragte, lächelte er nur väterlich, legte mir seine Hand auf den Arm und erklärte, dass er damit kurz und gut Staatsbürgerschaft, eine Sozialversicherungsnummer und außerdem die Möglichkeit meinte, mir eine Zukunft zu schaffen. Derartige Dinge ließen sich regeln, fügte er noch hinzu. Wenn man nur wusste, an welche Türen man klopfen musste.

Ich stimmte augenblicklich zu, und er hielt sein Versprechen. Einen guten Monat später, am 30. Juli 1980, waren meine amerikanische Staatsbürgerschaft und meine Identität als John Sorrow – geboren und aufgewachsen in Kapstadt, das war der einfachste Weg, aus Gründen, die ich nie verstand – eine unumstößliche Tatsache.

78. »Wie weit kann man zählen?«, fragt Bengt-Olle.

Es ist ein Sonntagabend, 1969 oder 1970. Wir essen Mittag in der Küche, nur Persson, Bengt-Olle und ich. Sara ist zu Besuch im Deutschen Haus. Gekochtes Dillfleisch mit Kartoffeln und Karotten.

»Man kann doch unendlich weit zählen, Bengt-Olle«, erklärt Persson.

Bengt-Olle sitzt eine Weile schweigend da und denkt nach.

»Das glaube ich nicht«, sagt er. »Früher oder später stirbt man, und dann muss man aufhören.«

Persson sagt zunächst nichts dazu, aber ich sehe, dass Bengt-Olles Feststellung ihn beunruhigt hat. Er hört auf zu essen und trommelt mit den Fingern auf den Tisch. Bengt-Olle kaut weiter und versucht nicht zu zeigen, wie zufrieden er ist. Er führt Persson ab und zu gern mal aufs Glatteis.

»Ich werde es heute Abend ausrechnen«, erklärt Persson schließlich.

Und das tut er auch. Nach dem Essen verbringt er eine halbe Stunde in seinem Zimmer und kommt anschließend mit seinem Collegeblock heraus und erklärt:

»Man kann bis vierhundertsechzig Millionen fünfhunderteinundneunzigtausendzweihundert zählen.«

Bengt-Olle stellt den Fernseher aus und bittet Persson, das auf einen Zettel zu schreiben. Das hat er natürlich bereits getan, Bengt-Olle nimmt die Information entgegen und betrachtet die Ziffern eine Weile.

»Vier sechs null fünf neun eins zwei null null«, sagt er langsam. »Und danach gibt es keine Zahlen mehr?«

Persson sieht leicht irritiert aus.

»Natürlich gibt es die. Aber wenn man vom Anfang her anfängt, dann kann man nicht weiter kommen. Wenn man alle Zahlen zählen will, das wolltest du doch wissen, oder?«

»Ja, doch«, nickt Bengt-Olle. »Und wie spricht man diese Zahl aus?«

»Vierhundertsechzig Millionen fünfhunderteinundneunzigtausendzweihundert«, wiederholt Persson.

Dann bleibt es still. Persson wartet darauf, dass Bengt-Olle ihn fragt, wie er auf diese Zahl gekommen ist, aber das tut er nicht. Bengt-Olle hat keine Probleme, Tatsachen zu akzeptieren. Eher hat er Probleme, sie in Frage zu stellen.

»Soll ich dir erzählen, wie ich das ausgerechnet habe?«, fragt Persson schließlich.

Bengt-Olle nickt.

»Gut«, sagt Persson. »Nehmen wir einmal an, du fängst an zu zählen, wenn du fünf Jahre alt bist. Und du stirbst, wenn du hundertelf bist.«

»Uih«, sagt Bengt-Olle.

»Du zählst die ganze Zeit, zwölf Stunden am Tag. Die anderen zwölf musst du essen, schlafen und so.«

»Das muss ich, ja«, stimmt Bengt-Olle zu.

»Im Durchschnitt schaffst du siebzehn Zahlen in der Minute«, fährt Persson fort. »Manchmal geht es etwas schneller ... eins, zwei, drei, vier und so weiter ... aber wenn du bei eine Million zweihundertsechsundfünfzigtausendsiebenhundertundelf, eine Million zweihundertsechsundfünfzigtausendsiebenhundertundzwölf angekommen bist, ja, da dauert es länger ... aber im Schnitt sind es also siebzehn in der Minute. Kommst du noch mit?«

Bengt-Olle nickt vorsichtig.

»In einer Stunde werden es bei der Geschwindigkeit dann eintausendzwanzig Zahlen. Zwölf Stunden am Tag, das macht zwölftausendzweihundertundvierzig, und sagen wir mal, du tust das dreihundertfünfundfünfzig Tage im Jahr.«

»Wie viele Tage im Jahr gibt es?«, will Bengt-Olle wissen.

»Dreihundertfünfundsechzig«, antwortet Persson geduldig. »Manchmal auch dreihundertsechsundsechzig. Aber wir müssen wohl annehmen, dass du zehn oder elf Tage lang noch etwas anderes zu tun hast.«

»Essen und einkaufen und Fernsehen gucken und so«, nickt Bengt-Olle.

»Zum Beispiel«, bestätigt Persson. »Auf jeden Fall schaffst du es in einem Jahr bis vier Millionen dreihundertfünfundvierzigtausendzweihundert zu zählen. Sagen wir mal, du lebst, bis du hundertelf Jahre alt wirst, es gibt keinen Menschen hier im Land, der älter geworden ist. Das bedeutet, dass du einhundertsechsmal bis vier Millionen dreihundertfünfundvierzigtausendzweihundert gezählt hast, wenn du mit fünf angefangen hast. Und das macht vierhundertsechzig Millionen fünfhunderteinundneunzigtausendzweihundert.«

Bengt-Olle sieht ein wenig fassungslos aus. »Sag das noch einmal«, bittet er.

»Vierhundertsechzig Millionen fünfhunderteinundneunzigtausendzweihundert«, sagt Persson. »Bist du jetzt zufrieden?«

»Vierhundertsechzig Millionen fünfhunderteinundneunzigtausendzweihundert«, spricht Bengt-Olle langsam mit, als läse er die Ziffern vom Papier ab. »Ja, danke, ich bin zufrieden, vielen, vielen Dank, Persson, obwohl ...«

»Ja?«

»Obwohl – wenn man so weit kommen will, dann muss man also anfangen, wenn man fünf ist?«

»Stimmt«, bestätigt Persson. »Und du musst dabei bleiben, bis du hundertelf bist.«

»Dann lass ich das«, sagt Bengt-Olle und stellt den Fernseher wieder an. »Das ist zu spät für mich.«

79. Ich habe Perssons Zahl nie vergessen. Wir haben es einmal diskutiert und haben es »Ein Persson« genannt, »die

höchste Zahl, bis zu der man zählen kann«. Es war irgendwann in den Anfangszeiten von Rossvagga, dass er sie herausfand, und es war ungefähr zehn Jahre später – und ungefähr zehn Tage, nachdem ich die Mädchen aus der brennenden Wohnung in der 89. Straße gerettet hatte –, als ich in einem Café in der Nähe des Washington Square wieder auf sie stieß.

Es war noch früher Abend, und ich war hineingehuscht, um einem Regenschauer zu entgehen, und während ich dasaß und die Regentropfen betrachtete, die an dem Fenster zur Straße hinunterliefen, entdeckte ich, dass jemand sie mit Kugelschreiber auf die vollgekritzelte Tischplatte geschrieben hatte.

046 059 1200, stand da, einmal unterstrichen.

Perssons Zahl, daran gab es keinen Zweifel. Ich starrte sie eine Weile an. Derjenige, der sie aufgeschrieben hatte, hatte zwar eine Null vorangesetzt, aber das veränderte ja nicht die Zahl. Direkt neben mir an der Wand hing ein Telefonapparat, ich suchte ein Zehn-Cent-Stück aus der Jackentasche und wählte aus einer Eingebung heraus die Nummer.

Null Chance zu tausend, dachte ich.

Es erklang ein Freizeichen.

Eine Chance zu tausend, dachte ich. Die Wassertropfen bildeten immer neue Muster auf der Fensterscheibe. Eine Frau in einer roten Regenjacke betrat das Café. Dann meldete sich eine Männerstimme.

»University of Ohio. Mathematical Department.«

Ich legte den Hörer auf und trank meinen Kaffee aus. Ein Bein hatte angefangen zu zittern.

Ich weiß zu schätzen, dass es solche Verbindungen im Leben gibt, das tue ich wirklich. Dünne Fäden, die sich unsichtbar über die größten Entfernungen spannen – durch Zeit und Raum – und uns die Größe des Lebens bewusst machen. Als ich wieder auf dem Bürgersteig stand, schwor ich mir, Persson von dieser Episode in der 8. Straße zu erzählen, wenn ich ihn jemals wiedersehen sollte.

Und für einen Augenblick wurde ich von der sicheren Überzeugung erschüttert, dass wir uns garantiert nicht zum letzten Mal gesehen hatten.

80. Patricia Dillermans Freundin hieß Helen Kluge und war die Tochter eines gewissen Andreas Kluge, dem eine kleine Kette von Qualitätsbuchläden in New York, Washington und Boston gehörte. Helen war seine einzige Tochter, und er war der einzige Sorgeberechtigte, seit die Mutter vor drei Jahren bei einem Flugzeugunglück ums Leben gekommen war.

Andreas Kluge lud mich zum Mittagessen in sein Heim in Queens ein und fragte, ob er etwas für mich tun könnte. Ich antwortete, dass ich nichts dagegen hätte, in einem Buchladen zu arbeiten, und zwei Wochen später trat ich meine neue Stellung als Verkäufer bei Kluge & Kooner Books an der Ecke Greene und Broome an, wo ich fast zehn Jahre arbeiten sollte.

Außerdem fand ich eine kleine Wohnung in der Berry Street in Williamsburg, in der ich immer noch wohne, und als ich dort zum ersten Mal zu Bett ging, es war der 3. Juli 1980 – mit anderen Worten am Abend vor dem Unabhängigkeitstag –, da lag ich lange wach und dachte nach. Ich war der Meinung, dazu auch allen Grund zu haben. Diese Verkettung von Ereignissen, die dazu geführt hatte, dass ich mich gerade an diesem Ort gerade an diesem Abend meines Lebens befand, erschien mir – insbesondere was den letzten Monat betraf – so schwach ausgeprägt und sonderbar verknüpft, dass ich die Anwesenheit einer Art von Regisseur zu spüren meinte. Oder die eines Choreografen.

Es war ein äußerst vorsichtiger Gedanke, eine Gleichung, sehr viel schwerer zu fassen als Fermats letzter Satz, und ich hatte auch gar nicht das Bedürfnis, ihn zu vertiefen. Dennoch schenkte er mir ein gewisses Maß an Zuversicht, wofür ich äußerst dankbar war.

Von ganzem Herzen dankbar.

81. Ja, ich trug ihren Körper an einen anderen Ort, aber zunächst stand ich bei ihr und wartete. Sie war immer noch warm, ich hatte nicht mehr als eine Stunde mit meinem Baden und Sonnentrocknen auf dem Felsen verbracht – während dieser Stunde war es passiert. Vielleicht war auch sie auf dem Weg zum Schwimmen gewesen. Sie badete immer nackt, vielleicht hatte sie nur ein dünnes Kleid angehabt. Das hatte er mitgenommen, aber es war mir nicht aufgefallen, als er davonlief. Das verblüffte mich, doch diese vergeblichen Gedanken, um ... um das Unbegreifliche und Schreckliche zu strukturieren, diese Gedanken schwebten nur wie aufgescheuchte Vögel über dem Abgrund des Schreckens und der Panik. Natürlich war es so. Ich brauchte gar nichts zu verstehen, ich brauchte mir gar keine Vorstellung vom Mord zu machen – ich musste nur die Impulse überwinden, mich einfach neben sie zu legen und zu sterben.

Aber so einfach geht es nicht, sich hinzulegen und zu sterben, wie gern man es auch möchte. Das Leben ist von Natur aus zäh, man wird es nur schwer los, ich war schon so oft gefallen, war durch so viele kahle Räume geschwebt, dass es nicht möglich war, etwas davon in dem hier wiederzuerkennen. Es ist, als hätte man mir die Flügel gestutzt, formten sich die Worte irgendwo in mir. Das geschieht mit mir.

Schließlich hob ich sie hoch und trug sie fort. Ich ging nach Süden durch den Wald, weg von Rossvagga, zweimal legte ich ihren Körper ab und ruhte mich eine Weile aus, es ist grotesk, ich kann heute nicht begreifen, wie es mir gelungen ist, es auszuführen, und es will mir kaum gelingen, diese Zeilen zu schreiben, aber beim dritten Mal, als ich die Gegend von Dalby erreicht hatte, konnte ich plötzlich nicht mehr.

Hier musst du bleiben, Sara, dachte ich. Ich schaffe es nicht weiter.

Und ich platzierte ihren Körper, wie ich fand, auf eine würdige, schöne Art neben einem umgestürzten Baumstamm. Sie zu begraben, auf diese Idee kam ich nicht, ich besaß keine Kräfte für so einen Gedanken und so eine Handlung, und ich verbarg auch nicht ihre Nacktheit. Aber hinter dem Baumstamm lag sie trotzdem geschützt, wie mir schien, und ich blieb bei ihr, bis es dunkel wurde. Eine dünne, durchsichtige Mittsommerdunkelheit war es wohl, der Wald war wach und lebendig, doch Sara war kalt und Vergangenheit, als ich sie ein letztes Mal küsste und dann von ihr ging.

Auf dem Rückweg dachte ich auch an Persson. Er tat mir mehr Leid als je zuvor, aber es war mir klar, dass ich auch ihn schützte, indem ich Sara vor den Augen der Welt ein Stück weit von Rossvagga verborgen hatte. Was geschehen war, war geschehen, der Teufel schläft nie, doch Gott muss man jeden Morgen wecken, beide, Persson wie Farin taten mir schrecklich Leid, und ich wusste, dass ich sie verlassen musste.

Ich würde die beiden und Rossvagga verlassen müssen, mich aufmachen und irgendwo weit entfernt sterben, wo niemand wissen sollte, wer ich war, und wo man mich in ein Grab ohne Namen legen sollte.

82.

Es war schon nach zwölf Uhr, und im Haus brannte kein Licht mehr. Ich schlich in mein Zimmer, holte meinen kleinen Rucksack, eine Flasche Wasser, einen Apfel und das Geld, das ich zu Hause hatte. Gut tausend Kronen, damit würde ich ein Stück weit in die Welt kommen, dachte ich, und dann ging ich wieder hinaus in die Sommernacht.

Ich ging durch K. hindurch und verließ K. Ich wanderte die ganze Nacht, erst gegen sechs Uhr morgens wurde ich von einem dänischen Lastwagenfahrer mitgenommen. Ich gab ihm durch Zeichen zu verstehen, dass ich stumm war und dass ich in den Süden wollte. Er erklärte, dass er eigentlich Tramper mitnahm, um auf der Fahrt ein wenig Unterhaltung zu haben, aber bereit sei, bei mir einmal eine Ausnahme zu machen.

Er nahm mich bis Helsingborg mit, nie zuvor in meinem Leben war ich so weit von zu Hause entfernt gewesen, nie zuvor so weit entfernt von mir selbst.

Ja, so war es, so trug es sich zu.

83. Der 7. September. Habe Hunde-Arvid heute Morgen oben am Weg getroffen. Ich habe ihn sofort wiedererkannt, er hat sich nicht viel verändert. Fast hätten wir uns gegrüßt, und ich bin der Meinung, er hat eine Sekunde zu lange seinen Blick auf meinem Gesicht ruhen lassen. Vielleicht kommt er ja nach Rossvagga, um dort die Lage zu prüfen, ich kann mich erinnern, dass er zu der neugierigen Sorte von Menschen gehörte.

Dann wird er alles entdecken und feststellen, dass jemand im Haus übernachtet hat, aber ich habe beschlossen, mich nicht darum zu kümmern. Die Leute hier oben reagieren langsam, sie haben es mit allem nicht so eilig. Ich störe niemanden. Sicher kann ich auf Rossvagga ein oder zwei Wochen wohnen, bevor jemand auf den Gedanken kommt, mich zu verjagen. Ich habe das Gefühl, es ist richtig, dass ich dort bin, irgendwie hat es mich beruhigt, in der Dunkelheit dort auf dem Küchenboden zu liegen, die Gedanken kamen und gingen, wie sie wollten, und als ich schließlich eingeschlafen bin, haben mich keine bösen Träume gejagt.

Nach meiner Begegnung mit Hunde-Arvid bin ich in den Ort gegangen, zur Bibliothek. Sie ist neu gebaut, hell und modern, liegt aber noch an der gleichen Stelle hinter dem Gemeindehaus. Mir kam der flüchtige Gedanke, doch einfach an der Information zu fragen, was mit Ralf Valdemar Sigurd Persson passiert ist, der Anfang der Siebziger hier arbeitete, aber als ich durch das Entrée hineinging, bekam ich kalte Füße. Trotz allem war es ja möglich, dass man mir antwortete: »Meinen Sie den, der Sara Salmodin ermordet hat? Ach der, der hat sich im Gefängnis das Leben genommen.« – und ich bin nicht bereit für so eine brutale Information.

Es könnte ja auch sein, dass man mich wiedererkennt, und um bei der Wahrheit zu bleiben, ich bin auch dazu noch nicht bereit.

Also nahm ich den Weg übers Telefon. Ich rief von meinem Handy aus an, gab mich als Ahnenforscher aus und konnte schließlich mit einer Anna Margareta Johansson sprechen – ein Name, der eine kleine Glocke läuten ließ, sie muss es früher schon gegeben haben. Sie konnte mir mitteilen, dass Persson seine Stelle in der Bibliothek 1976 aufgegeben hat, als er nach Sundsvall zog. Mehr wusste sie nicht, aber sie war der Meinung, dass er dort eine ähnliche Arbeit gesucht und auch gefunden hat. Wie war noch mal mein Name?

Åke Hultgren aus Vänersborg, erklärte ich, eine plötzlich auftauchende Identität, von der ich keine Ahnung habe, woher sie mit einem Mal kam. Anschließend rief ich unter dem gleichen Namen beim Finanzamt an und bat um Informationen über meinen entfernten Verwandten Bengt-Olle Farin. Das dauerte eine Weile, doch schließlich erfuhr ich, dass Bengt-Olle im April 1976 gestorben ist.

Es traf mich härter, als ich erwartet hatte, als mir klar wurde, dass es Bengt-Olle Farin nicht mehr gab. Dass Gottes Kuckucksjunges vor mehr als fünfundzwanzig Jahren gegangen war. Ein starkes Bedürfnis zu weinen stieg in mir auf, während ich in einer abgeschiedenen Ecke bei Sveas saß. Warum war er so früh gestorben? Krankheit? Ein Unfall?

Und im gleichen Jahr, in dem Persson nach Sundsvall gezogen war. Lag darin eine Logik? Hatten sie also bis dahin weiter zusammen auf Rossvagga gelebt? Drei Jahre nach dem Mord.

Das Bedürfnis zu weinen wurde von einem noch stärkeren Bedürfnis überlagert, nämlich Persson zu fassen zu kriegen. Ich bestellte mehr Kaffee und rief das Finanzamt von Sundsvall an. Zum dritten Mal benutzte ich die Ahnenforschergeschichte, und bald erfuhr ich, dass es einen Ralf Valdemar Sigurd Persson wohnhaft in Sundsvall gab. Er war dort seit Juni

1976 gemeldet. Ich fragte nach seiner Adresse und Telefonnummer und bekam sie.

Er lebt, dachte ich. Persson lebt, es gibt ihn. Auch dieses Wissen erschütterte mich mit einer Wucht, die ich nicht erwartet hatte. Als ob mir erst jetzt klar wurde, dass alles tatsächlich Wirklichkeit war. Überwirklich, wie gesagt, das, was vor dreißig Jahren geschehen war, verband sich nun mit dem Hier und Jetzt in einem Handstreich. Farin war tot. Persson wohnte in Sundsvall.

Und Viktor Vinblad saß hier in K. in Sveas Konditorei, nachdem er sich seit dem Mord an Sara Salmodin in einem anderen Universum versteckt hatte. Einst hatte es alle vier gegeben, jetzt waren noch zwei von uns übrig, ich kann nicht erklären, warum diese einfache Tatsache mich so hart traf, aber es war nun einmal so. Ich trank meinen Kaffee aus und spürte, dass ich am ganzen Körper zitterte. Ich war gezwungen, noch eine Weile sitzen zu bleiben, bevor ich es wagte, aufzustehen und die Konditorei zu verlassen.

Persson anzurufen, das war natürlich der nächste logische Schritt. Aber noch nicht. Ich musste erst einmal Kräfte sammeln. Ich hatte nie mit ihm gesprochen. Er hatte meine geliebte Sara ermordet, doch eine Zeit unseres Lebens hatten wir einander so nahe gestanden, dass wir uns gegenseitig vom Selbstmord abhalten konnten.

Das waren keine neuen Erkenntnisse, aber ich hatte sie auf Abstand gehalten, seit ich New York verlassen hatte. Jetzt musste ich mich ihnen stellen, das war ganz offensichtlich. Und die neue Erkenntnis, dass Persson nach allem zu urteilen offenbar nicht wegen Mordes verurteilt worden war, vielleicht nie überhaupt nur unter Verdacht stand, diese Erkenntnis ließ mir ebenfalls keine Ruhe. Hatte man Saras Leiche überhaupt gefunden? Das musste man doch wohl, oder? Was war geschehen, nachdem ich am Morgen des 26. Juni 1973 von allem weggelaufen war?

Und erst jetzt, wo ich weiß, dass Persson unbehelligt davonkam, begreife ich voll und ganz, wie man die Sache aufgefasst hat. Wen die Leute von K. mit dem Mord in Verbindung brachten, als sie keinen Mörder fanden. Denn wen hätten sie denn sonst finden sollen?

Mein Vater tötete die Frau, die er liebte, im Zorn. Was wäre da natürlicher, als dass sein Sohn das Gleiche tat?

Ich überquerte den Marktplatz und ging zur Bushaltestelle. Plötzlich hatte ich das Gefühl, als brannten sich die Blicke der Leute in mir ein. Mich nach Sundsvall zu begeben, das war die jetzt alles überschattende Aufgabe.

84. Es ist Abend. Später Abend. Ich habe den letzten Abschnitt im Schein zweier Kerzen in der Küche geschrieben. Vorher stand ich unten am Steg und sah, wie die Dämmerung über Rossen niedersank. Dabei entstanden in mir fast die gleichen Gefühle wie an jenem Sonntag im Central Park, die Nervosität verlor sich, und ich wurde von einer Ruhe und einem merkwürdigen Gefühl der Sicherheit erfüllt.

Und dieses Gefühl habe ich immer noch. Morgen werde ich nach Sundsvall fahren, der Bus geht um sieben, ich muss früh aufstehen.

85. Während einer Zeit in meiner frühen Kindheit – ich denke, dass ich damals wohl nicht älter als vier oder fünf war – gefiel es mir sehr, rückwärts zu gehen. Ich weiß nicht, warum, aber eine meiner frühesten klaren Erinnerungen überhaupt ist, wie mein Vater und ich zum Marktplatz von K. gehen. Er geht vorwärts, ich gehe rückwärts, wir halten uns an der Hand, und dieses Bild wird von einer Aura der Wärme und Selbstverständlichkeit umhüllt. God's in his heaven, All's right with the world.

Ich erinnere mich nicht daran, was wir auf dem Markt wollten, aber ich weiß noch, dass ich auch auf dem Heimweg rückwärts gehen wollte, aber da hob er mich hoch und trug mich den ganzen Weg bis zur Magasinsgatan auf den Schultern. Was auch nicht schlecht war. Vater und ich; ich habe meinen Vater geliebt – meine Mutter natürlich auch, aber ich weiß, dass ich manchmal dachte, wenn ich gezwungen wäre, mich für einen von beiden zu entscheiden, dann würde ich ihn wählen. Meinen Vater, er hatte so große, warme Hände.

Aber daraus wurde ja nichts, ich habe sie beide verloren, vielleicht war das eine Art Quittung für den Hochmut, ein Elternteil über den anderen zu stellen.

Doch das Rückwärtsdenken, das verlor ich nicht. Es war kein Zufall, dass ich auf die Idee kam, in der Allgemeinen Stunde Psalmen rückwärts zu singen. Ich lernte die Namen aller Klassenkameraden von hinten auswendig, und auch alle europäischen Hauptstädte. Mor, Sirap, Olso, Dirdam, Garp und so weiter. Es schien, als gäbe es einen heimlichen Code in der Welt – den Rückwärtscode –, und wenn es einem gelang, die Sachen ihm gemäß aufzufassen, dann bekam alles eine neue, spannende Bedeutung.

Es gab viel, was man rückwärts machen konnte, auch wenn es schwierig war und Übung erforderte. Lesen, schreiben und rechnen, wie gesagt. Singen. Mensch ärgere dich nicht spielen. Schwimmen. Ich konnte rückwärts Rad fahren, saß auf dem Lenker und trat mit dem Rücken zur Fahrtrichtung – und die wenigen Male, die ich während meiner Zeit in Schweden mit dem Zug fuhr, achtete ich jedes Mal darauf, mich entsprechend hinzusetzen.

Es hatte etwas damit zu tun, das zu sehen, was bereits geschehen war, statt das sehen zu müssen, was noch in der Zukunft lag. Was bereits geschehen ist, das kann nicht mehr verändert werden. Es existiert ein für alle Mal, keine unangenehmen Überraschungen können etwas zerstören, was klar und beschlossen ist. Während all meiner Fahrten mit der New Yorker Untergrundbahn war es ebenso, und es ist ein- oder zweimal vorgekommen, dass ich genau aus diesem Grund verpasst habe, an der richtigen Station auszusteigen. Weil ich nicht nach vorn geschaut habe.

Erst in den Neunzigern entdeckte ich, dass noch jemand in den gleichen Rückwärtsbahnen dachte wie ich – und außerdem dabei sehr viel weiter gekommen war –, und zwar als mir ein kleines Buch des englischen Autors Martin Amis in die Hände fiel, *The Time's Arrow.* Das ganze Buch ist eine Rückwärtserzählung, die damit beginnt, dass die Hauptperson stirbt, und damit endet, dass er wieder in den Mutterleib eintritt. Der Gedanke dabei ist, dass genau auf diese Art und Weise Gott die Zeit und das Leben auffasst. Oder zumindest dass Begriffe wie Anfang und Ende in der Perspektive der Ewigkeit keine so große Bedeutung haben. In vielerlei Hinsicht ist es natürlich Schwindel erregend, wenn Ursache und Wirkung die Plätze tauschen; Handlungen werden zu Konsequenzen ihrer Resultate, und es ist natürlich nicht möglich, durchgängig auf diese Art und Weise zu leben oder zu denken. Aber da wir ja nun einmal ein für alle Mal Sklaven der Zeit sind, ist es doch schön, dass es trotz allem eine Methode gibt, zu entkommen, dass man – zumindest für kurze Momente und theoretisch – alles von einem radikal anderen Ausgangspunkt auffassen kann, alle schrecklichen Geschehnisse, alle Versäumnisse und traurigen Niederlagen. Heute ist heute, darum kommen wir nicht herum, aber auf der anderen Seite der Nacht wartet das Gestern, und der Grund für meine vorsichtige Hoffnung, die ich hege, als ich im Bus nach Sundsvall sitze, liegt im Morgen.

Ich bin mir nicht sicher, ob ich mich verständlich gemacht habe.

86. Maria war auch rückwärts, aber auf eine andere Art und Weise, und das Leben im Granvägen wurde zweifellos einfacher im Juni 1965, als sie mit ihrem Eishockeystar zusammenzog. David und ich bekamen jeder ein eigenes Zimmer, es war höchste Zeit, wir waren fünfzehn, und in dem Al-

ter hat man das Bedürfnis, eine eigene Tür zu haben, die man hinter sich zumachen kann. Ich glaube, ich habe Stig-Lennart nur zwei- oder dreimal ganz kurz getroffen, aber bevor Maria mit ihm zusammenkam, hatte sie knapp ein halbes Jahr lang eine lose Beziehung zu einem Jungen, der Arne hieß. Das war wahrscheinlich 1963 oder 1964. Er kam ziemlich oft ins Haus, war ungewöhnlich nett und viel zu gut für Maria, da waren David und ich einer Meinung. Wir spielten ein paar Mal Schach miteinander, Arne und ich, und dann wurde Maria natürlich eifersüchtig, weil er nicht ihr seine ganze Aufmerksamkeit widmete. Ich erinnere mich, dass sie einmal ganz dicht an uns vorbeiging, so dass sie es schaffte, ein Kissen aufs Spielbrett fallen zu lassen, und alle Figuren umkippten.

»Verdammt, was machst du?«, schimpfte Arne.

»Oh, hoppla«, sagte Maria. »Das wollte ich nicht. Aber richtige Schachspieler wissen doch wohl noch, wo ihre Figuren standen?«

»Darauf kannst du Gift nehmen«, erwiderte ich, und schnell stellten wir die Partie wieder auf.

Nachdem wir fertig gespielt hatten – ich glaube, Arne gewann, das tat er meistens –, ging er zu Maria, und dann konnte ich hören, wie sie sich stundenlang stritten, bis es Zeit für Arne war, nach Hause zu gehen. Ich stieß im Flur mit ihm zusammen, und es sah tatsächlich so aus, als hätte er geweint.

Auf jeden Fall war es das letzte Mal, dass wir Schach miteinander spielten.

87. Er ertrank in diesem Sommer – 1965 – Arne. Im Rossen, es war eine Gruppe, die irgendetwas feierte, er war leicht betrunken und ruderte mit einem Boot hinaus, vielleicht schreibe ich nur deshalb ein paar Zeilen über ihn. Ich habe nur noch vierzehn Paragrafen übrig; genau wie ich gedacht hatte, wird es kein rundes Ganzes, mein Schreiben. Menschen und Geschehnisse tauchen in meinem Kopf auf und fordern

ihren Auftritt, es fällt mir schwer, etwas auszusortieren. Es fällt mir schwer, Wichtiges von Unwichtigem zu trennen, aber vielleicht bedeutet bereits die Tatsache, dass ich an etwas denke, dass es auch in irgendeiner Weise von Bedeutung ist.

Wenn nicht, bitte ich meine höchst hypothetischen Leser um Vergebung.

88. Bei Kluge & Kooner Books in Greene waren wir vier Angestellte. Ein dünner, hinkender Herr in den Fünfzigern (als ich anfing) mit dicken Brillengläsern wie Flaschenböden und einem Charlie-Chaplin-Bart war der Chef des Ladens. Er hieß Benjamin Bloomguard. Ihm zur Seite standen die schweigsamen Schwestern Anderson, Thelma und Joan, 25 und 23 (als ich anfing) – und ich, wie gesagt, John Sorrow, dreißig Jahre alt, frisch gebackener amerikanischer Staatsbürger und Held mit einer finsteren Vergangenheit. Nachdem ich fast mein halbes Leben damit verbracht hatte, Bücher zu lesen, war das hier eine Arbeit, die mir ausgezeichnet gefiel, und ich merkte fast sofort, dass ich von meinen Arbeitskollegen geschätzt wurde, sowohl von Benjamin als auch von Thelma und Joan.

Aber an meiner sorgsam eingerichteten Einsamkeit änderten sie nichts – und machten auch keinen ernsthaften Versuch, in sie einzudringen. Benjamin war selbst ein ausgeprägter Junggeselle und Bücherwurm. Kann sein, dass er homosexuell war, darüber flüsterten jedenfalls die Schwestern ab und zu in der Kaffeepause, aber wenn, dann war es ein Trieb, den er mit äußerster Diskretion zufrieden stellte. Thelma war mit einem Juristen und Bodybuilder namens Crawley verlobt, sie heirateten fünf Jahre, nachdem ich meine Stelle angetreten hatte, und kurz darauf bekamen sie Zwillinge und zogen nach Cleveland, wo der größere Teil von Crawleys Familie lebte. An Thelmas Stelle kam ein junger Ire, Ian McFairlane, der innerhalb nur eines Monats eine Beziehung zu Joan anknüpfte, und innerhalb eines Jahres waren die beiden verheiratet. Doch solange ich in Greene arbeitete, bekamen sie keine Kinder, und sowohl Joan als auch Ian behielten ihren Job.

1991 eröffnete Kluge & Kooner seinen ersten New Yorker Buchladen außerhalb von Manhattan – in Williamsburg in Brooklyn –, und da ich zu diesem Zeitpunkt meine Arbeit seit zehn Jahren tadellos gemacht hatte und außerdem in Gehnähe zu dem Laden wohnte, fand Andreas Kluge, dass ich wie geschaffen dazu wäre, Leiter des neuen Ladens zu werden. Ich nahm das Angebot an, und jetzt im November trage ich die Verantwortung für K & K, wie es inzwischen abgekürzt wird, in der Bedford Avenue seit zwölf Jahren.

89. Mein Leben veränderte sich radikal im Juni 1980, daran gibt es keinen Zweifel, aber nicht alles veränderte sich.

Ich begann wieder zu sprechen und lebte von nun an in geordneteren Verhältnissen. Ich bekam die Staatsbürgerschaft, einen festen Job, eine Wohnung und eine Sozialversicherungsnummer. Aber meine Einsamkeit blieb bestehen. Ich hatte zu keinem meiner Kollegen in Greene näheren Kontakt und habe das auch in Williamsburg nie gehabt. Zwei sind seit Anfang an dabei – Dolores Fitzsimmons und Krystyna Ponderecka, beides solide Frauen mit Mann und Kindern –, seit 1995 haben wir noch einen vierten angestellt, und auf dieser Stelle haben wir eine lange Reihe junger, viel versprechender Männer kommen und gehen sehen. Dennoch habe ich die Hoffnung, dass Arnold Dillon, der jetzt seit Weihnachten bei uns ist, auf Dauer bei uns bleiben wird.

Und ich habe auch keine anderen Kontakte gehabt. Ich habe mich entschieden, mein Leben nach diesem Muster zu leben. Wie gesagt: Ich habe nie die Gedanken und Einsichten von jenem Sonntag im Central Park vergessen. Dahingehend, dass ich keinen Anspruch und kein Recht auf das Leben anderer Menschen habe. Dass ich keinen zu großen Platz einnehmen darf, mich nicht in weitläufige dramatische Zusammenhänge verstricken darf. Aber ich bin kein autistischer Kauz. Ich jogge regelmäßig, ich nehme von meinem Stimmrecht Gebrauch, ich lese den halben Sonntag die New York Times. Ich unterhalte mich ab und zu mit Leuten, wenn ich zum Basketball oder Baseball gehe.

Und ich lese natürlich Bücher. Die Vorsicht war mein Leitstern, und ich will nicht behaupten, dass ich unglücklich gewesen bin, zumindest will ich nicht behaupten, dass ich etwas vermisst habe bis zu dem Tag, an dem Sarah in mein Leben getreten ist.

Inzwischen weiß ich, dass man auch das vermissen kann, was man bereits hat. Vielleicht ist es gerade am schwierigsten, mit dieser Sehnsucht zurechtzukommen, und das ist sicher eine ebenso schmerzhafte wie notwendige Erfahrung, die man machen muss.

Nein, das Leben lässt sich nicht zwingen, wie man es gerade möchte. Und sollte es einem doch gelingen, dann bedeutet das natürlich nichts anderes als ein weiteres Misslingen.

90.

Persson wohnt in einem Haus in Kubikenborg. Ich habe seine Stimme am Telefon nicht wiedererkannt, und ich erkannte ihn auch nicht wieder, als er mir die Tür öffnete und mich bat, doch einzutreten. Vielleicht hätte ich ihn ja identifizieren können, wenn man eine Fotoserie von ihm gemacht und sie mir gezeigt hätte. Natürlich hat er seine äußeren Charakterzüge behalten; das lang gestreckte Pferdegesicht mit den weit auseinander stehenden Augen, die etwas krumme und vorgebeugte Körperhaltung, die großen Ohren, die jetzt bei seinem kurz geschnittenen Haar markanter als früher hervorstehen – aber wenn es um die Person als Ganzes ging, so war das ein anderer Mensch, der da vor mir stand.

Nervöser Persson war nicht mehr nervös. Er lächelte ein sanftes, leicht selbstironisches Lächeln und nahm mich bei der Hand.

»Viktor, es ist so unglaublich schön, dich wiederzusehen.«

»Das finde ich auch.«

Er begnügte sich nicht mit dem Handschlag, er umarmte mich auch noch. Dann tauchten seine Frau und seine beiden Teenagerkinder auf und stellten sich vor. Eine ziemlich kleine, kräftige Frau um die fünfundvierzig mit Namen Eva. Ein Junge, Johan, und ein Mädchen, Jenny.

Mein Gott, dachte ich ungewollt. Persson ist ein ganz normaler Vater und Familienversorger geworden. Wie ist das möglich?

91. Es dauerte bis zum Kaffee, dann wurden wir endlich allein gelassen, Persson und ich. Wir hatten zwei Stunden am Esstisch gesessen und ganz gewöhnliche Gesprächsthemen behandelt. Persson und ich waren alte Jugendfreunde, so hatten wir es erklärt, ich war Anfang der Siebziger in die USA emigriert, daran war nichts Besonderes. Wir hatten auch über Rossvagga gesprochen und darüber, dass ich damals stumm gewesen war – aber nach einigen Jahren in New York das Sprachvermögen wiedererlangt hatte. Wir hatten unsere jeweiligen Berufe diskutiert, Persson wie auch seine Frau arbeiteten beide in der Versicherungsbranche, aber bei verschiedenen Gesellschaften. Die Kinder hatten unterschiedliche Ziele, Johan wollte Pilot werden, Jenny konnte sich eine Zukunft in der Medienbranche vorstellen.

Endlich jedoch zogen sich Eva und die Kinder zurück, und es entstand ein Augenblick gespannten Schweigens. Dann sagte Persson:

»Ich nehme an, dass du dich wunderst.«

»Ein wenig«, gab ich zu.

»Es geht nur darum, den fünfundzwanzigsten Geburtstag zu erreichen«, sagte er. »Danach wird es einfacher.«

»Den dreißigsten bei mir«, sagte ich.

»Und schließlich gibt es ja auch Ärzte«, fügte er mit einem

kurzen Lächeln hinzu. »Man soll die medizinischen Künste nicht verachten.«

»Wann bist du von Rossvagga weggezogen?«, fragte ich.

Persson wurde ernst. Es sah fast so aus, als müsste er nachdenken, um die richtige Antwort zu finden.

»1976«, sagte er. »Bengt-Olle starb. Ich weiß nicht, ob du das schon weißt?«

»Ich weiß gar nichts«, erklärte ich. »Rein gar nichts.«

Persson nahm ein After Eight aus dem Karton, der auf dem Tisch stand, und aß es langsam auf. Ich wartete.

»Er hatte einen Tumor im Kopf. Es ging schnell, dauerte nicht einmal ein Jahr. Mir war schon klar, wie es enden würde, er bekam die übliche Bestrahlung und diverse Zellgifte, aber man konnte nicht operieren. Der Tumor saß offensichtlich zu unglücklich. Ich hatte mir schon eine Wohnung hier in Sundsvall besorgt, als er starb. Und bin dann eine Woche nach der Beerdigung weggezogen.«

Ich nickte. Wen die Götter lieben, den lassen sie früh sterben, dachte ich, und natürlich bezog ich auch Sara in diesen Gedanken mit ein. Ich wusste nicht so recht, wie ich es anstellen sollte, das Gespräch auf den Mord zu lenken – schließlich war er ja das Epizentrum in unserem Leben, zu dem wir zurückgehen mussten. Deshalb saßen wir hier, aber Persson schien zu zögern, diese Reise anzutreten.

Möchte wissen, warum, dachte ich. Er ist doch davongekommen. Er muss die ganze Zeit geglaubt haben, dass ich ihn damals beschuldigt habe. Die ganzen dreißig Jahre. Er hat meine geliebte Sara ermordet, vielleicht bildet er sich ja ein, dass ich gekommen bin, um eine Art Rache zu üben?

»Der Mord«, setzte ich vorsichtig an. »Hast du etwas dagegen, wenn wir über den Mord an Sara reden?«

»Danke«, antwortete Persson überraschenderweise. »Danke, dass du das ansprichst. Ich wusste nicht, ob ich es wagen konnte.«

92. Obwohl ich diese Zeilen nicht einmal vierundzwanzig Stunden nach unserem Gespräch aufschreibe, bin ich unsicher, welche Worte genau zwischen Persson und mir fielen. Aber nach einigen zögerlichen Ansätzen von beiden Seiten stellte er die Frage, die alles veränderte.

»Warum?«, fragte er. »Warum hast du es gemacht? Das habe ich nie begriffen.«

»Was?«, fragte ich zurück. »Was gemacht?«

»Na, sie getötet. Warum?«

Ich saß sicher eine halbe Minute lang sprachlos da. Persson trank ein wenig Kaffee, nahm noch eine Pfefferminzschokolade, ließ mich aber nicht aus den Augen. Er sah vollkommen ruhig und gefasst aus, vielleicht ein wenig rot um die Augen, aber das konnte auch an dem Wein liegen, den wir zum Essen getrunken hatten.

»Was sagst du da?«, gab ich schließlich die Frage zurück, und ich merkte, dass meine Stimme brüchig klang. »Sei bitte so gut und sag mir verdammt noch mal, was du damit meinst!«

Und das tat er. Genau und umständlich, fast auf die alte Perssonart, nur langsamer, erzählte er mir seine Version vom Mord an Sara Salmodin. Anfangs fiel es mir schwer, mich gegen den Gedanken zu wehren, er säße nur da und löge, er hätte dreißig Jahre lang eine Geschichte zusammengestoppelt, um sich selbst gegen die Gefühle der Reue, der Schuld und der Scham zu wehren – aber mit der Zeit musste ich einsehen, dass er die Wahrheit sagte. Dass er alles ganz genau so beschrieb, wie er es erlebt hatte – in den späten Nachmittagsstunden unten am Seeufer, als es gerade erst passiert war, und in der Zeit danach –, und die Gefühle, die mich bei dieser Erkenntnis durchfuhren, sind nur schwer zu beschreiben.

Persson war also nach Rossvagga zurückgekommen, und von Farin hatte er erfahren, dass ich schwimmen gegangen war. Persson hatte seine Badehose genommen und war hinunter zum See gegangen, um mir Gesellschaft zu leisten. Aber er sah sofort, dass ich nicht am Steg war, und ging weiter zu dem flachen Felsen.

Und als er zu der kleinen Einbuchtung kommt, findet er sie. Saras toten Körper und ein Eisenrohr, das auf dem Badesteg liegt.

Seine Reaktion beruht natürlich auf der gleichen Mischung aus Schock und Panik wie meine kurze Zeit später. Er hebt das Rohr auf und bleibt dann wie paralysiert stehen. Wie lange, das weiß er nicht. Was er denkt, daran kann er sich nicht erinnern. Er wagt nicht, sie zu berühren. Er steht einfach nur da, wie festgenagelt. Anschließend wirft er das Rohr weg und läuft zurück nach Rossvagga.

Und da sah ich ihn. Während der letzten fünf, zehn Sekunden. Persson hat mich nie gesehen, aber ich sah ihn. Wie er mit dem Rohr in der Hand dastand, schräg von mir abgewandt, nur in Badehose und T-Shirt – und wie er dann davonlief.

Er schloss sich eine halbe Stunde lang in seinem Zimmer ein, wie er erzählte, und während dieser dreißig Minuten kämpfte er mit seiner Panik und zog sein Schlüsse. Ich kann ihn wohl kaum dafür kritisieren, zu welchen Schlüssen er kam, sie waren mehr oder weniger eine Kopie meiner eigenen, was ihn betraf. Das erklärte ich ihm. Ziemlich lange schwiegen wir.

»Du willst damit sagen, dass du geglaubt hast, ich wäre es gewesen?«, fragte Persson schließlich.

»Ja«, antwortete ich. »Was hätte ich denn glauben sollen? Und du ... du hast geglaubt, ich wäre es gewesen?«

Wir starrten einander an. Persson schüttelte den Kopf. »Vielleicht ... vielleicht hätte ich andere Schlüsse gezogen, wenn ich nicht so geschockt gewesen wäre«, sagte er nachdenklich. »Aber als du danach einfach verschwunden bist ... ja, das hat meine Überlegungen natürlich nur bekräftigt.«

»Das habe ich gemacht, um dich zu schützen«, sagte ich.

»Und was mich betrifft, so habe ich kein Wort zur Polizei gesagt«, sagte Persson. »Um dich zu schützen ...«

Er unterbrach sich und brach in ein nervöses Lachen aus. Ich hatte Mühe, nicht mit einzufallen.

»Verdammt, das ist doch nicht ganz gescheit«, sagte Persson. »Da sind wir dreißig Jahre herumgelaufen, und ...«

»Stimmt«, bestätigte ich. »Ich bin ... ich bin so verdammt froh, dass ich mich geirrt habe.«

Persson hörte auf zu lachen. Ich sah, dass der Gedanke gleichzeitig in unseren Köpfen auftauchte.

»Dann war es also jemand anderes«, sagte Persson.

»Stimmt«, nickte ich. »Es war jemand anderes, der Sara ermordet hat.«

In der nun folgenden Pause war deutlich zu spüren, dass wir beide die Möglichkeit abwogen, ob dieser andere Bengt-Olle Farin gewesen sein konnte – und ebenso deutlich, dass wir beide diesen Gedanken verwarfen. Wir brauchten ihn nicht einmal in Worte zu fassen.

»Das ist doch verrückt«, sagte Persson schließlich.

»Genau«, sagte ich. »Was sollen wir tun?«

93. Als ich aus dem Bus aus Sundsvall steige, laufe ich Arvid Forselius fast in die Arme. Er kommt aus Hambergs Jagd- und Angelgeschäft, und ich habe das Gefühl, dass er mich auch dieses Mal eine Sekunde zu lange anstarrt.

Aber das interessiert mich nicht. Das Wiedersehen mit Persson war so überwältigend gewesen, hat alle meine Annahmen derart gründlich ausradiert, dass es nicht mehr besonders wichtig erscheint, weiterhin inkognito zu bleiben. Wir haben noch die halbe Nacht miteinander geredet, ich habe wirklich das Gefühl, dass wir uns gegenseitig gründlich in die Mangel genommen haben, wir haben alles aus allen denkbaren Perspektiven und Aspekten durchleuchtet – aber zu irgendwelchen konkreten Aktionsplänen hat uns das nicht geführt.

Und wir griffen auch das Schwerste auf: wie wir – jeder für

sich – nur bereit sein konnten, dem anderen so einen Wahnsinn zuzutrauen. So eine Tat. Schließlich waren wir doch Freunde.

Aber, wie Persson es ausdrückte: Es gab ja nur dich und mich und sie. Und sie war umgebracht worden.

Nur dich und mich und sie.

Ich brachte die Episode, als Sara badete und ich ihn sah, wie er onanierte, nie zur Sprache. Ich wollte ihn nicht in Verlegenheit bringen, und soweit ich es beurteilen konnte, fehlte dafür die Relevanz. Beim Frühstück – nachdem Frau Persson und die Kinder zur Arbeit und zur Schule gegangen waren – verabredeten wir jedenfalls, uns noch einmal zu treffen, bevor ich nach New York zurückfuhr. Dann in K. Persson versprach, sich nächste Woche freizunehmen und mit dem Auto zu kommen – aber was wir dann machen wollen, und was ich tun soll, solange ich auf dieses Treffen warte, das muss sich noch zeigen. Trotz allem läuft ein Mörder frei herum, wie es in der Kriminalliteratur zu heißen pflegt, und ich denke, ich habe keine Lust, es dabei zu belassen.

94. Der 4. Februar dieses Jahres war ein ganz normaler Dienstag, bis ein paar Minuten nach vier am Nachmittag. Ich war allein im Laden, das kommt selten vor, aber Arnold Dillon war gerade losgegangen, um bei der Post irgendwelche Pakete abzuholen, und Dolores war mittags nach Hause gegangen, nachdem ihr morgens ein Weisheitszahn gezogen worden war. Krystyna hatte ihren freien Tag. Zwei Kunden, ein Mann und eine Frau in den Dreißigern, blätterten hinten in den Kochbüchern und schienen sich nicht entscheiden zu können. Die Türglocke klingelte, und eine farbige Frau mit einem weinenden Mädchen an der Hand kam herein. Das Mädchen wiederum trug in der anderen Hand ein rotes Paket mit einer gelben Schnur.

»I'm sorry. This is an emergency.«

Ihr breites Lächeln ließ gar nicht erst den Gedanken aufkommen, es könnte sich um etwas Ernstes handeln.

»Zu Ihren Diensten«, sagte ich.

»Wir sind auf dem Weg zu Daisy Clouds Geburtstagsfeier«, sagte die Frau. »Sie fängt um vier an, wir sind also schon zu spät. Und jetzt ist die kleine Felicity auch noch draußen auf dem Bürgersteig hingefallen und hat sich am Knie verletzt.«

Felicity hörte auf zu schluchzen und zeigte demonstrativ auf ihr Knie, an dem eine kleine rote Schramme und ein paar Blutstropfen zu sehen waren.

»Sie weigert sich, auf die Feier zu gehen, wenn sie nicht ein hübsches Pflaster kriegt statt dieser hässlichen Wunde. Ich weiß, dass das hier ein Buchladen ist, aber …«

Ich verstand endlich, worum es ging. »Kommen Sie mit«, nickte ich und zeigte ihr den Weg zum Büro. Dort gelang es mir, einen Verbandskasten in dem Schrank über der Kaffeemaschine zu finden, wir bemühten uns beide, die Schramme ein wenig sauber zu machen, und dann schnitten wir ein passend großes Pflaster ab. Das dann hübsch sauber auf Felicitys Knie geklebt wurde. Das Mädchen sah überaus zufrieden aus und zeigte auf sein anderes Knie. Doch die Mutter schüttelte lachend den Kopf.

»Das brauchst du gar nicht zu versuchen, junge Dame. Erst Wunde, dann Pflaster, that's the rule. Vielen, vielen Dank, Herr …?«

»Sorrow. John Sorrow.«

«Das ist aber ein düsterer Name. Ich selbst heiße Sarah. Sarah Bliss.«

Sie streckte die Hand vor, ich ergriff sie, und plötzlich geschah etwas. Innerhalb einer Sekunde blieb die Zeit stehen, und ich fiel. Vielleicht lief die Zeit auch plötzlich rückwärts. Ich sank durch einen klaren, warmen Raum, glitt widerstandslos durch die Oberfläche und erreichte den Boden. Es war banal wie Zuckerwatte, ich konnte mein eigenes inneres ironisches Lachen hören, ich biss mir in die Wange und kehrte in den Alltag zurück.

Aber als die beiden den Laden verlassen hatten, spürte ich eine merkwürdige Leere im Zwerchfell. Ein Gefühl, so neu und überraschend wie auch uralt und trivial; ich hatte seit dreißig Jahren keine Frau mehr gehabt, ich hatte beschlossen, dass mein Leben so sein sollte, und die wenigen Male in dieser Zeit, in denen ich irgendeine Form sexueller Anziehung verspürt hatte, hatte ich sie verdrängt und mit einer Handbewegung beiseite geschoben. So war das. Ich merke selbst, dass es merkwürdig klingt, wenn ich es mit so trockenen Worten beschreibe, aber wenn ein Mensch etwas vermag, dann sich zu wiederholen. So, wie ich einen Tag noch einmal erleben kann, so kann ich auch eine Woche noch einmal erleben. Einen Monat oder fünf Jahre. Und dreißig. Gewohnheiten und Routinen halten uns von Veränderungen und dem Abgrund fern.

Bis plötzlich eines Tages eine farbige fünfundvierzigjährige Frau mit einer unglücklichen neunjährigen Tochter an der Hand den Buchladen betritt.

95. Zuerst begreife ich nicht, warum ich dieses schmutzigbraune Mietshaus und die beiden Fenster mit den heruntergelassenen Rollos wiedererkenne. Aber ich halte inne in meinem Schritt, eine Erinnerung drängt hoch, und nach ein paar Sekunden weiß ich es.

Das ist die Wohnung. Irgendwann danach – wahrscheinlich schon im gleichen Sommer oder dem darauf folgenden Herbst – zeigte sie mir jemand. Er zeigte hoch zum Fenster und sagte, dass dort Rojne Tott gewohnt hätte.

Dort hatte meine Mutter am Abend vor Pfingsten 1958 ein paar Stunden verbracht.

Hier hatte alles angefangen.

Plötzlich habe ich einen metallenen Geschmack im Mund, und meine Eingeweide ziehen sich zusammen. Es ist ein rein physisches, vollkommen wortloses Erlebnis, und es dauert eine Weile, bis ich weitergehen kann.

Aber alles, denke ich mir, einfach alles muss einen Startpunkt haben, allem muss ein Platz in der Geographie und in der Wirklichkeit zugeschrieben sein, an dem wir hinterher stehen bleiben, zeigen und sagen können, hier ist es. Hier war es. Ist es nicht so?

Also hier.

96. Arnold Dillon kam mit einem Bücherpaket von der Post zurück. Das junge Kochbuchpaar verließ unverrichteter Dinge den Laden. Ein einbeiniger Stammkunde mit Namen Friggott schaute herein und kaufte einen Kriminalroman von James Crumley. Die sonderbare Leere in meinem Bauch verging nicht.

Dann kam Sarah Bliss zurück.

»So«, sagte sie. »Das Fest ist in vollem Gange. Ich würde Sie gern als Dank für Ihre Hilfe zu einer Tasse Kaffee und Blaubeermuffins einladen.«

»Ich weiß nicht …«, sagte ich.

»Es gibt nicht viele, die zu Sarah Bliss' Blaubeermuffins Nein sagen. Und die bereuen es dann ihr Leben lang.«

Ich schaute auf die Uhr.

»Ich muss um sechs zurück sein und den Laden schließen.«

»Kein Problem. Wir wohnen nur fünf Minuten von hier. Also?«

Arnold Dillon hatte unser kurzes Gespräch mit angehört.

»Gehen Sie nur, Mr. Sorrow«, sagte er. »Ich werde den Laden schon für 'ne Stunde schmeißen.«

Einen Moment lang tat ich noch so, als zögere ich. Länger wagte ich es nicht. Dann sagte ich: »Okay. Ich möchte natürlich nicht für den Rest meines Lebens wegen eines Blaubeermuffins unglücklich sein.«

97. Zu meinem fünften Geburtstag bekam ich meine erste Apfelsine.

Das ist ein Wunderwerk, mein Sohn, sagte mein Vater. Das ist eine Apfelsine. In einer Apfelsine stecken die Geheimnisse der ganzen Welt.

Ich aß sie auf, Stück für Stück, in ganz, ganz kleinen Happen, ich hatte noch nie in meinem Leben etwas so Gutes und Süßes gegessen. Und so etwas Vielversprechendes. Ich nahm die ganze Welt in mir auf. Meine Mutter und mein Vater standen Arm in Arm lächelnd vor mir und schauten mir zu.

An meinem fünfundzwanzigsten Geburtstag fiel mir das plötzlich wieder ein. Ich saß in meinem Zimmer bei Harry Goodman in Brooklyn, und ich hatte tatsächlich eine Apfelsine vor mir auf meinem kleinen Schreibtisch liegen. Wahrscheinlich hatte ich sie schon vor ein paar Tagen essen wollen, aber sie war liegen geblieben. Es regnete, es muss ein Sonntagnachmittag gewesen sein, ein paar Stunden vor der abendlichen Cribblepartie höchstwahrscheinlich.

Ich betrachtete die Apfelsine und dachte zurück, saß eine ganze Weile da und ließ alles Mögliche in der Erinnerung aufsteigen.

Dann schälte ich sie und aß sie auf. Schnitz für Schnitz. Sie war trocken und ohne Geschmack.

98. Ich hatte – vollkommen unbewusst – eine gewisse Befürchtung vor Sarahs »wir« gehabt. Sie hatte gesagt »wir wohnen nur fünf Minuten von hier«, aber glücklicherweise stellte sich heraus, dass sie sich damit nur auf sich selbst und ihre drei Töchter bezogen hatte.

Felicity, 9, hatte ich bereits gesehen. Grace, 14, und Dorothy, 16, waren beide mit verschiedenen Nachmittagsaktivitäten beschäftigt, sie lernte ich erst später kennen.

Wir tranken Kaffee und aßen Muffins, die tatsächlich so gut

waren, wie Sarah prophezeit hatte, und … wie soll ich die richtigen Worte finden? Sie verschwendete nicht viel Zeit mit Unwesentlichem, so kann man es wohl ausdrücken. »Das Leben ist kurz, Mr. Sorrow«, sagte sie. »Wenn wir uns übers Wetter oder den Hund des Präsidenten unterhalten wollen, dann haben wir selbst Schuld. Liege ich richtig, wenn ich annehme, dass Sie allein wohnen?«

»John«, erinnerte ich sie.

»Sarah. Ja, natürlich. Nun?«

»Ja, ich wohne allein. Keine Kinder. Nie verheiratet gewesen.«

»Heilige Mutter Gottes! Bist du schwul?«

»Nicht im Geringsten.«

»Und hast keine Freundin?«

»Nein.«

»Und wie kriegt man dann so die Abende rum? Bowling? Porzellanmalen?«

Und so fuhren wir fort. Oder besser gesagt, so fuhr Sarah fort. Mit guter Laune und einer beharrlichen Vitalität kehrte sie bei mir das Innere nach außen, und ich fand mich ohne Vorbehalt darein. Während dieser Stunde in ihrer senfgelben Küche erzählte ich ihr Teile aus meiner Lebensgeschichte – hauptsächlich aus der Zeit, bevor ich nach New York gekommen war, vieles ließ ich aus, und vieles bezog sich natürlich nur auf Äußerlichkeiten – und dennoch. Es war das erste Mal. Als es zehn vor sechs war, stellte ich fest, dass ich zurück in den Laden musste. Sarah runzelte die Stirn.

»Kann dein Mitarbeiter das nicht machen? Ich muss Felicity erst um sieben abholen.«

»Wenn er die Schlüssel hätte, schon. Nein, ich muss leider gehen.«

»Okay«, sagte Sarah. »Dann kommst du Samstag zum Mittagessen, da wirst du die ganze Familie kennen lernen. Ich glaube, wir haben einander einiges zu geben.«

Es gibt keine Einsamkeit wie die in New York, dachte ich,

als ich an diesem Abend ins Bett ging. Nach dreißig Jahren ist sie immer noch zerbrechlich wie eine Eierschale.

99. Ich habe bewusst ein paar Tage mit dem Schreiben gewartet. Ich habe viel an Persson und an den Mord gedacht. Es scheint mir, als trüge ich ihn in jedem Atemzug und jedem Schritt mit mir herum. Immer mehr komme ich außerdem zu der Einsicht, dass es sich hier um eine Frage der Pflicht handelt – und der Verantwortung, die ich offensichtlich habe –, aber es fällt mir schwer, es auf den Punkt zu bringen oder einzukreisen.

Es fällt mir außerdem schwer, das Gesicht eines Mörders zu finden.

Man entdeckte Saras Leiche erst eine ganze Woche später, berichtete Persson. Die ganze Zeit fragte Bengt-Olle, wo ich und Sara geblieben seien, und Persson war gezwungen zu behaupten, er wüsste es nicht. Das müssen schreckliche Tage für ihn gewesen sein. In gewisser Weise ist es unbegreiflich, dass es ihm gelungen ist, das durchzustehen. Ich habe ihn danach gefragt, und er antwortete mit einem schiefen Grinsen, dass er es gewohnt war, unruhig und nervös zu sein.

Ist es möglich, dass wirklich unruhige Menschen eine plötzliche Krisensituation besser meistern als die ruhigen und scheinbar sicheren Typen?

Ich habe natürlich auch an Sara und an Bengt-Olle gedacht, und an die Jahre hier auf Rossvagga.

An meine Stummheit. Daran, wie wir es miteinander hatten, an alles aus dieser Zeit. Es ist so sonderbar nahe, jetzt, wo ich wieder hier übernachte. Es sind zehn Nächte vergangen, seit ich gekommen bin, ich halte mich die ganze Zeit in der Küche auf. Es ist kein Problem, im Herd Feuer zu machen und es warm zu kriegen; wenn ich abends genug Holz nachlege, hält es sich bis zum nächsten Morgen.

Besonders in der Dunkelheit erscheint mir das Vergangene

fast zum Greifen nahe, und dennoch gibt es eine undurchdringliche Haut, die ich nicht zerreißen kann. Eines Nachts wachte ich davon auf, dass Bengt-Olle mich mit lauter, klarer Stimme »Viktor« rief, ganz dicht neben mir, aber als ich die Augen aufschlug, war da natürlich nichts.

Doch das machte mir keine Angst. Nichts würde mich mehr freuen als ein Gespräch mit Bengt-Olle, auch wenn es nicht wirklich wäre.

Doch, eines mit Sara, das würde mich noch mehr freuen.

Es sind auch in der Realität Dinge passiert. Persson hat angerufen und gesagt, dass er am Montag nächster Woche nach K. kommt. Heute ist Freitag. Wir haben nicht lange miteinander geredet, möglicherweise spürten wir beide eine gewisse Verlegenheit nach unserem gelinde gesagt entlarvenden Gespräch in Sundsvall. Auf jeden Fall kommt er, das ist die Hauptsache. Ich weiß nicht, warum das die Hauptsache ist, aber wir müssen uns zumindest zusammensetzen und gemeinsam überlegen, wie wir weiter vorgehen wollen. *Wenn* wir denn weiter vorgehen wollen, vielleicht kommen wir auch zu dem Schluss, dass wir alles auf sich beruhen lassen; ich bin mir in der Beziehung sehr unsicher. Ich will meine Erinnerung an Sara nicht wieder hervorholen, will sie nicht schmerzlicher machen, als sie bereits ist, aber vielleicht gibt es, wie gesagt, eine Art Pflicht. Sara gegenüber und gegenüber einer Form von Gerechtigkeit, die letztendlich über Begriffen wie Vergessen und Verjähren steht. Ich hoffe zumindest, dass es so eine Gerechtigkeit gibt.

Und ich hoffe, dass auch Persson eine gewisse Verantwortung fühlt, worauf ja einiges hindeutet.

100. Der letzte Paragraf. Dann sind mein Schreiben und mein Herantasten zu Ende. Meine Anwesenheit hier in K. wird langsam bekannt. Gestern bekam ich eine Mitteilung von David, David Mörtberg. Er möchte mich sehen; er hat einen Zettel auf der Küchenanrichte hinterlassen. Ich habe ihm eine SMS geschickt – er hatte mir seine Handynummer aufgeschrieben – und vorgeschlagen, dass wir uns heute Nachmittag am Vogelturm treffen. Ich bin zufällig auf den Hochsitz gestoßen, als ich letztens hier im Wald herumgewandert bin, er hat gewisse lustige Erinnerungen geweckt, und ich bin sicher, dass auch David sich daran erinnern wird. Wir hätten uns natürlich auch ebenso gut hier treffen können, aber David hatte nie etwas mit Rossvagga zu tun – und sich mit ihm bei Sveas reinzusetzen, das widerstrebte mir aus irgendeinem Grund ganz gewaltig.

Den ganzen Vormittag habe ich eine zunehmende Spannung wegen dieses Treffens empfunden. Einen großen Teil unserer Kindheit lang standen David und ich uns nahe wie Brüder, vielleicht werden wir wieder eine derartige Nähe finden. Vielleicht aber auch nicht. Vielleicht werden wir in fruchtbarer Form über den Mord sprechen können, das wäre am besten.

Ziemlich viele »vielleicht« in dem letzten Paragrafen, was mich nicht verwundert. Wenn meine Rückkehr zum Ziel hatte, Fragezeichen zu klären, so ist nichts daraus geworden. Stattdessen haben sie sich nur noch gehäuft; ich sehne mich nach Sarah, nach meiner dunklen Sarah – heute Morgen habe ich ein paar Minuten lang am Telefon mit ihr gesprochen, es ist schön zu wissen, dass sie auf der anderen Seite des Meeres auf mich wartet.

Aber jetzt ist es halb zwei. Es ist höchste Zeit, zum Vogelturm aufzubrechen; auf jeden Fall muss ich einsehen, dass nicht alles von meiner Entscheidung abhängt. Etwas ist in Bewegung geraten, seit ich hergekommen bin, auch ohne mein Wissen und außerhalb meiner Reichweite. Vermutlich werden die Dinge den Weg gehen, den sie gehen müssen, ganz gleich, wie ich agiere, das ist jedenfalls meine Hoffnung.

Ich schaue aus dem Fenster. Kein Niederschlag zu erwarten. Dann mache ich mich auf den Weg.

ICH WERDE SIE NICHT SEHEN
DIE SCHATTEN

ICH WERDE IHN NICHT SPÜREN
DEN REGEN

Heute habe ich mich entschieden.

Wenn ich versuche, auf mein Leben zurückzublicken, so überfällt mich jedes Mal eine Art Juckreiz im Brustkorb. Jedes Mal passiert das, und auch wenn ich dazu übergehe, an etwas anderes zu denken, bleibt es dabei. Besonders wenn ich still sitze oder liege. Ich muss mich regelrecht in Bewegung setzen, damit es wieder verschwindet. Hinausgehen und wandern oder irgendeine Art von körperlicher Tätigkeit ausüben.

Trotzdem habe ich mich in der letzten Zeit dazu gezwungen. Über mein Leben nachzudenken, meine ich. Zumindest seitdem ich den Bescheid vom Krankenhaus bekommen habe, das ist wahrscheinlich normal in so einer Situation – worauf sonst soll man seine Gedanken richten?

Noch zwei, drei Jahre höchstens, hat Doktor Strandell erklärt, wahrscheinlich ohne größere Beeinträchtigungen. Zumindest wenn man es mit anderen Krebsformen vergleicht und zumindest nicht in der ersten Zeit. Nichts ist schlimmer als Erschöpfung und Gebrechlichkeit, was daraus entstehen kann, habe ich oft genug gesehen.

Ich habe es niemandem erzählt. Rune nicht, und David auch nicht. Nicht, weil es mir widerstrebt, es ihnen zu sagen, sondern ganz einfach, weil ich den Gedanken nicht ertragen kann, ihren Reaktionen begegnen zu müssen. Wie immer die auch ausfallen mögen. Davids Gerede, ich solle Rune doch verlassen und von hier fortgehen, erscheint mir so unglaublich naiv. Wieso bildet er sich ein, dass mein Leben irgendwo anders besser sein wird? Warum merkt er es nicht, wenn Dinge gewisse Grenzen überschritten haben?

Ich möchte im Nirgendwo sein. Im Nirgendwo mit großem N, nur dort werde ich meine Ruhe und meinen Frieden finden können.

Vielleicht hätte ich die letzten Jahre ertragen können, wenn es nicht so gekommen wäre, wie es gekommen ist. Viktors Rückkehr – dass er überhaupt noch am Leben ist und die Schlussfolgerungen, die sich unmittelbar daraus ergeben, hat nicht genau das das Zünglein an der Waage ausgemacht? Dreißig Jahre lang war der Keim eines Verdachts im Vergessen und in meiner eigenen Dummheit begraben, er ist vor ein paar Wochen zum Leben erwacht, an dem Tag, als Arvid Forselius mir von seinen Beobachtungen erzählte, und seitdem ist er in mir gewachsen. Erinnerungsbilder von diesem Mittsommerwochenende kommen und gehen, kommen und gehen, ohne dass eines wirklich deutlich wird. Vielleicht hätte ich David nicht schreiben sollen, aber etwas musste ich ja tun, und ich habe das Gefühl, dass es gut ist, ihn hier zu haben. Vielleicht ist es sogar gut, dass Viktor an Ort und Stelle ist – selbst wenn es nicht die Frage irgendwelcher Kreise ist, die sich schließen, so scheint sich doch etwas zu erfüllen. Das Dasein erscheint dichter als je zuvor in den letzten Jahren, selbst das Jucken im Brustkorb hat eine andere Qualität angenommen.

Überhaupt wird alles viel einfacher, wenn man sich entschieden hat.

Ich hatte in den ersten zwei Jahren meines Lebens kein eigenes Bett. Ich weiß nicht, ob ich mich wirklich daran erinnern kann, aber soweit ich verstanden habe, war es tatsächlich so. Ich kann mich nicht daran erinnern, dass es mir jemand erzählt hat.

Ich schlief zwischen meiner Mutter und meinem Vater in

ihrem Doppelbett. Es war altmodisch, braun gebeizt, mit Giebeln auf beiden Seiten, es ist das gleiche Bett, in dem Rune und ich schliefen, solange wir noch ein gemeinsames Bett hatten, das gleiche Bett, in dem Rune immer noch schläft, aber inzwischen ist es cremefarben, und die Matratze ist natürlich gegen eine modernere Variante ausgetauscht worden.

Während ich »modernere« schreibe, stelle ich fest, dass ich damit auf einen Einkauf anspiele, der sich vor inzwischen fünfundzwanzig Jahren abgespielt hat.

Ich bekam mein eigenes Bett und mein eigenes Zimmer, als meine Mutter wieder schwanger wurde. Es wurde für sie mit ihrem dicken Bauch zu beschwerlich, wenn alle in einem Bett schliefen. Ich verabscheute es, allein in der Dunkelheit zu liegen, ich glaube, ich habe ziemlich geschrien und gejammert, aber mit der Zeit lernten meine Eltern, dem zu widerstehen. Ich musste liegen bleiben und mich elend fühlen, bis ich einschlief.

Mein Bruder David wurde geboren, als ich drei war. Genau wie ich durfte er die ersten Jahre zwischen meiner Mutter und meinem Vater verbringen. Ich mochte ihn nicht.

Und ich mochte auch Viktor Vinblad nicht, als er plötzlich in unserem Haus im Granvägen auftauchte. David war zumindest noch mein Bruder, aber Viktor war ein Fremder. Er hatte einen eigenen Geruch und jede Menge Angewohnheiten, die nicht zu uns passten. Allein seine Art, kerzengerade auf dem Stuhl zu sitzen und sozusagen ganz von sich selbst erfüllt zu sein, irritierte mich. Es machte mich richtig wütend, manchmal musste ich direkt den Raum verlassen.

Anette, eine meiner Klassenkameradinnen, sagte einmal, dass Viktor sicher giftiges Blut habe, bei diesen Eltern – das sei jetzt noch nicht zu merken, aber früher oder später werde es herauskommen. Dann würde sein Kopf ganz durcheinander kommen oder so. Ich glaubte Anette, ihr Vater war Schrotthändler und hatte im Gefängnis gesessen, aber ich glaubte ihr trotzdem.

Ich erinnere mich an einen Albtraum, den ich hatte, als ich elf Jahre alt war. Es war während der Weihnachtsferien, ich hatte überlegt, für ein paar Tage von zu Hause wegzulaufen, weil alles so trübsinnig war. Nur um zu zeigen, dass ich es nicht ertragen konnte, dass man mich so behandelte. Viktor hatte einen Hamster getötet, den wir zu Weihnachten geschenkt bekommen hatten, und meine Mutter hatte sich auf seine Seite geschlagen, als ich ihn deshalb beschimpft hatte. Ich fand es so schrecklich ungerecht, dass man ihm einfach alles verzieh – sowohl ihm als auch David übrigens –, sie brauchten nie die Verantwortung für etwas zu übernehmen, und ich hatte das Gefühl, dass ich es einfach nicht länger ertragen konnte, in diesem Haus zu bleiben. Ich plante ein paar Tage lang, wie ich es anstellen sollte, wegzukommen, es war natürlich ziemlich kindisch und wenig durchdacht, aber in der Nacht, als ich aufbrechen wollte – ich hatte geplant, gegen fünf Uhr morgens zu verschwinden, hatte mir die Uhr gestellt und alles –, da überfiel mich ein Traum, der keinem meiner früheren Träume glich und der dazu führte, dass ich so eine Angst bekam, dass ich sofort alle Ideen wegzulaufen verwarf.

Es war Nacht, und wir befanden uns in einem Haus, ich, mein Vater und meine Mutter, David und Viktor. Alle schliefen, ich glaube, aus irgendeinem Grund lagen wir alle in einem Zimmer, aber in verschiedenen Betten. Dann wachte ich davon auf, dass es so heiß war, und als ich die Augen öffnete, sah ich, dass es in dem benachbarten Zimmer brannte. Ich begriff sofort, dass wir raus mussten, wenn wir nicht verbrennen wollten. Es gab kein Fenster in dem Raum, in dem wir lagen, aber eine Tür, ich wusste, dass meine Mutter die Tür verschlossen hatte, als wir ins Bett gegangen waren, und – das Wichtigste – ich wusste, wo der Schlüssel war.

Ich hatte ihn nämlich unter meinem Kopfkissen liegen, ich tastete mit der Hand nach ihm und fühlte sogleich das kalte, sichere Metall in meiner Handfläche. Ich schloss die Finger um den Schlüssel und genoss das Wissen, dass ich ihn hatte. Im gleichen Moment wachte der Rest der Familie auf, einer in größerer Panik als der andere. David und Viktor schrien und weinten, mein Vater fluchte und versuchte in den Raum zu gelangen, in dem es brannte, wurde aber von der Hitze zurückgedrängt, meine Mutter rannte auf der Suche nach dem Schlüssel wie eine Wahnsinnige herum. Nur ich lag ruhig in meinem Bett, die Hand unter dem Kopfkissen, und beobachtete ihre wachsende Panik.

»Wo habe ich den Schlüssel hingelegt?«, schrie meine Mutter am Rande eines hysterischen Zusammenbruchs. »Wenn wir ihn nicht finden, müssen wir verbrennen!«

Ach, wie sehr es mir doch gefiel, mit der Rettung in der Hand dazuliegen. Ach, wie schön es war, ihre Ängste zu betrachten, sich diesen Extramoment zu gönnen, bevor ich schließlich – nachdem sie fast keine Luft mehr bekamen und alle Hoffnung aufgegeben hatten, also in allerletzter Sekunde, aber dennoch ruhig, würdevoll und ohne Hast – beschloss, aus dem Bett zu steigen, die Tür aufzuschließen und sie rauszulassen. Ich ließ es tatsächlich so weit kommen, dass mir selbst bereits ganz schwindlig vom Rauch und von der Hitze war, bevor ich den entscheidenden Schritt machte. Ohne dass einer von ihnen es merkte, stand ich auf, ging zur Tür, und in dem Augenblick, als ich den Schlüssel ins Schloss steckte, sagte ich, ohne meine Stimme auch nur im Geringsten zu heben:

»Was ist denn los mit euch? Warum habt ihr mich nicht geweckt? Bitte, geht raus an die frische Luft.«

Und plötzlich sah ich die Erleichterung in ihren Blicken. Alle vier weinten und sahen mich mit Augen voller Zärtlichkeit, der Bitte um Verzeihung und Respekt an. Ich verstand, was in jedem einzelnen dieser Köpfe vor sich ging, wie jeder für sich versuchte, Worte der Dankbarkeit zu finden, die sie mir gegenüber empfanden, aber sie fanden keine Worte, die groß genug waren. Mein Vater strich mir übers Haar.

»Danke, Maria«, sagte meine Mutter schließlich. »Verzeih

uns alles, Maria, was wir dir angetan haben. Jetzt fängt eine neue Zeit an.«

Und dann drehte ich den Schlüssel um.

Er bleibt auf halbem Weg stecken. Er ist viel zu groß. Er passt nicht einmal ins Schlüsselloch, und im nächsten Moment ist alles verändert. Meine Familie ist vor meinen Füßen zu Boden gesunken. Einer nach dem anderen stirbt. Zuerst Viktor, dann David, dann mein Vater und zum Schluss meine Mutter. Bevor sie den letzten Atemzug macht, sieht sie mich mit großen Augen an, voller Verzweiflung und Trauer, ihre Lippen bewegen sich leicht, aber sie ist zu schwach, um noch etwas sagen zu können.

Ich stehe da und betrachte die toten Körper, ich halte immer noch den Schlüssel in der Hand, und plötzlich spüre ich, dass er sich ganz leicht im Schloss drehen lässt. Die Tür gleitet auf, ich trete hinaus in kühle, frische Morgenluft, laufe über eine etwas abschüssige Grasfläche und gelange fast unmittelbar auf einen Friedhof.

Und der Traum geht weiter. Es ist fast wie in einem Spielfilm. Jetzt ist es eine Beerdigung, und natürlich ist es meine Familie, die da beerdigt wird, ich stehe ganz allein für mich und schaue aus einem gewissen Abstand der Beisetzung zu. Alle anderen Trauergäste wissen, dass es mein Fehler war, dass ich die Schuld daran trage, dass sie in dem brennenden Haus starben, und keiner will mit mir etwas zu tun haben. Ich bin der einsamste Mensch auf der Welt.

Als Letztes tritt ein vier-, fünfjähriger, mir unbekannter Junge auf mich zu und bewirft mich mit einer Hand voll Kies. Er spuckt mir vor die Füße, und ich höre, wie die Menschen am Grab ihm aufmunternde, zustimmende Worte zurufen.

Nach dieser Nacht und diesem Traum denke ich nie wieder daran, von zu Hause wegzulaufen, dafür beginne ich ungefähr in diesem Abschnitt meines Lebens mich danach zu sehnen, alt genug zu sein, um auszuziehen und etwas Eigenes anzufangen.

Ich gehöre nicht in den Granvägen, wenn ich von dort wegkomme, wird sich alles von allein ergeben.

Aus allen denkbaren Perspektiven betrachtet, war mein Leben vertan. Ich habe keine Kinder, ich habe nichts von Bedeutung geschaffen und nichts von Wert gelernt. Ich beneide den Pfarrer nicht, der mir eine Gedenkrede halten soll, ich nehme an, es wird Bergman sein – und wenn jemand auf die absurde Idee kommen sollte, einen Nachruf für mich in die Zeitung setzen zu wollen, dann genügen drei Zeilen:

Maria Rundkvist, geb. Mörtberg, wurde 56 Jahre alt.
Sie lebte in K. und war mit Rune Rundkvist verheiratet.
Sie arbeitete als häusliche Altenpflegerin.

Natürlich hatte auch ich in jungen Jahren Träume und Visionen, aber nichts, was mein Leben über diese Dreckszeitschriften und Mädchenmagazine hinaushob, die ich als Teenager las. Ich wollte zusammen mit Stig-Lennart in einer schönen Villa wohnen, hübsch aussehen, schöne Kleider und reichlich Geld haben. Wir würden reisen, in Restaurants und zum Tanzen gehen, und alle würden uns bewundern. Da kommen Maria und Stig-Lennart, würden die Leute sagen, das hübscheste Paar der Stadt.

Dass er mich mehr oder weniger vergewaltigte, als ich sechzehn war, das zählte irgendwie nicht. Das verdrängte ich. Er behauptete, er müsste mir beibringen, besser zu bumsen, und ich fand, dass da etwas dran war. Er hatte Erfahrung, ich hatte keine Erfahrung. Als ich zwölfeinhalb war und meine erste Menstruation bekam, hatte meine Mutter mit mir darüber gesprochen, aber was das Zusammenleben zwischen Mann und Frau betraf, darüber hatte sie kein Wort verloren. Das Orakel, an das ich mich bezüglich sexueller Fragen wenden konnte, war Maj-Britt, sie war zwei Jahre älter als ich und mit einem anderen Eishockeyspieler zusammen, mit Stig-Lennarts Kumpel Hasse.

Schmier dich mit Vaseline ein und lass sie machen, wie sie denken, sagte sie. Stöhn ein bisschen und tu so, als ob du es schön findest, das mögen sie. Wenn sie gelernt haben, sich ein wenig zurückzuhalten, dann kann es wirklich ganz schön sein. Und du musst ihnen sagen, dass sie fantastisch sind.

Ich fand nie, dass es fantastisch oder überhaupt nur gut war, aber ich dachte, das wird schon noch kommen, und sobald sich die Gelegenheit bot, zog ich mit Stig-Lennart zusammen. Er war zwanzig, ich war siebzehn. Das war 1965, wir konnten eine Zwei-Zimmer-Wohnung in Prästgårdsskogen mieten, und dort blieben wir dann acht Jahre lang wohnen. Bis es in höchster Panik zu Ende ging.

Wenn ich damals, ein paar Wochen, nachdem ich ihn verlassen hatte, auf diese Zeit zurückblickte, konnte ich nicht begreifen, wie es dazu hatte kommen können. Dass es so lange Zeit gehen konnte, dass die Dinge immer noch zusammenhängen konnten, obwohl jeglicher Kleister und Kitt seit Jahren ausgetrocknet und mürbe geworden war.

Nach achtundzwanzig Jahren mit Rune weiß ich, dass das Leben nun einmal so aussieht. So, wie du einen Tag lang lebst, so kannst du auch tausend Tage lang leben. Zumindest war es in meinem Fall so, ich las einmal ein Gedicht über einen Mann, der sein Leben als eine belagerte Stadt beschrieb, aus der keine Wege hinausführten und in die die Welt auf Grund der hohen Stadtmauern von außen keinen Einblick hatte – und ich dachte, dass es so, genau so auch um mein Leben stand.

Ich las tatsächlich während eines halben Jahres meines Lebens einiges an Gedichten. Das war, als ich vierzig geworden war und einsehen musste, dass Rune und ich nie ein Kind kriegen würden. Es lag nicht an mir, ich hatte alle möglichen Tests im Krankenhaus machen lassen, aber Rune weigerte sich natürlich, das auch zu tun. Mit mir ist alles in Ordnung, sagte er, meine Eltern haben gesunde Kinder gekriegt, Ture und mich, und kann es nicht sein, dass du einfach ein bisschen zu alt bist?

Ich meldete mich für einen Kurs an, den ich im Katalog der Volkshochschule fand. Englische Sprache und Literatur, so hieß er, und er richtete sich an Leute, die Englischkenntnisse aus ihrer Schulzeit auffrischen wollten sowie ein Interesse für Bücher und Literatur hatten. Letzteres traf natürlich nicht direkt auf mich zu, aber ausnahmsweise nahm ich einmal all meinen Mut zusammen. Ich schickte die Unterlagen ein und wurde sofort angenommen. Mit dem Bus fuhr ich nach Sundsvall und zurück, kaufte mir ein Wörterbuch und ein paar neue Kleider, änderte meine Frisur, so dass ein paar Wellen hineinkamen, und legte los.

Wir waren zu fünft inklusive Lehrer, ein zierlicher, fast distinguierter Herr, der eigentlich ein krankgeschriebener Lehrer aus Jutterbäcken war. Er hieß Holger Nikodemus Lundblad. Die anderen drei Schüler waren Frauen in meinem Alter, alle mit neuen Frisuren und etwas zu jugendlicher Kleidung. Ich kannte sie alle drei, wusste, wie sie hießen und mit wem sie verheiratet waren, bevor sie sich auf Englisch vorstellten und es verrieten.

Holger Nikodemus Lundblad mochte Poesie, und zu jeder Stunde mussten wir ein Gedicht lesen und darüber nachdenken. Meistens nur zehn, fünfzehn Zeilen, aber ich brauchte meistens eine Stunde mit dem Wörterbuch, bevor ich mir den Inhalt so einigermaßen erklären konnte. Da Rune nichts für Weiber übrig hatte, die in Kurse rannten und meinten, sie wären etwas Besseres, stahl ich mir meist die Zeit für diese Poesieübungen, wenn er nicht zu Hause war – oder vertiefte mich spätabends eine Stunde darin, nachdem er ins Bett gegangen war.

Es gefiel mir sehr. Es war irgendwie sonderbar, dass ich an einem regnerischen Herbstabend in einem nordländischen Kaff in den achtziger Jahren des zwanzigsten Jahrhunderts sitzen und einige Zeilen lesen und durchdenken konnte, die ein englischer Dichter mehr als hundert Jahre zuvor zu Papier gebracht hatte. Lehrer Lundblad war besonders den älteren Werken zugetan, sowohl was die Poesie als auch was die Prosa betraf; manchmal kam es einem fast ein wenig magisch vor – als erstreckte sich das Leben selbst über seine natürlichen Grenzen hinaus –, ich glaube nicht, dass eine der anderen drei Frauen das ebenso stark wie ich empfand, und ich habe Lundblad auch nie erzählt, wie sehr mich gerade die Gedichte erfreuten. Wahrscheinlich begriff ich selbst gar nicht so recht, was sie in mir erweckten – aber ein paar Jahre später ging ich mit einer Freundin ins Kino, ich glaube sogar, dass es das letzte Mal war, dass ich ins Kino ging, und sah einen Film mit dem Titel: Der Club der toten Dichter. Ich heulte Rotz und Wasser, es müssen ähnliche Gefühle gewesen sein, die mich bei diesem Film überwältigten.

Die Ahnung, dass es so viel gab, was man versäumte.

Eine Zeile, eine einzige Zeile ist seit diesem Herbstseminar in mir haften geblieben, sie wird natürlich nicht auf meinem Grabstein stehen, aber einbilden darf man es sich doch, nicht wahr?

I shall not see the shadows, I shall not feel the rain

Die Autorin heißt Christina Rossetti, ich weiß nichts über sie, aber der Gedanke gefällt mir, dass sie mich in irgendeinem Himmel hört, während ich diese Worte in meinem holprigen Englisch vor mich hin murmle. Was ich wirklich ab und zu tue.

Wer das Gedicht über die belagerte Stadt geschrieben hat, das weiß ich hingegen nicht, aber vermutlich ist es ebenfalls Holger Nikodemus Lundblad zu verdanken, dass ich überhaupt damit in Kontakt gekommen bin.

Als ich Stig-Lennart verließ, packte ich meine Sachen und zog zurück in den Granvägen. Sicher ging ich davon aus, dass es sich nur um eine Art temporäre Lösung handelte, aber dem war nicht so. Die Demenz meines Vaters verschlechterte sich, er hatte im Frühjahr aufgehört, bei Cedergrens zu arbeiten, und sehr schnell merkte ich, dass meine Mutter es kaum schaffte, ihn allein zu pflegen. Sie hatte immer noch ihren Job bei Schneidermanns, ich arbeitete bei der Post, und wenn wir ein wenig mit unseren Arbeitszeiten tricksten, konnten wir es so einrichten, dass er nur wenige Stunden täglich allein zu Hause sein musste.

Anfangs klappte das, aber ab dem Sommer 1974 wurde es schlimmer. Er vergaß alles, was man ihm sagte, erkannte kaum noch einen Menschen und hatte keinerlei Orientierung mehr, sobald er das Haus verließ. Zweimal verschwand er, beide Male fanden wir ihn im Wald, weinend und vollkommen verzweifelt. Den ganzen Herbst über versuchte ich meine Mutter zu überreden, ihn doch in ein Heim zu geben, er hatte inzwischen auch die Kontrolle über seine Ausscheidungen verloren, aber meine Mutter wollte es nicht. Sie ging auf Teilzeit, und ich konnte meine Arbeitsstunden so anpassen, dass wir ihn ständig unter Kontrolle hatten. Es war eine schwere Zeit, seit November erkannte mein Vater mich nicht mehr, es gab lichte Momente, in denen man fast ein Gespräch mit ihm führen konnte, aber meistens verstand er nicht, worüber man sprach, und er verzweifelte an jeder Kleinigkeit. Weinte, jammerte und wünschte, er wäre tot.

Aber es war meine Mutter, die starb. Und zwar im April 1975, ganz plötzlich fiel sie im Büro um und war tot, bevor der Notarzt kam. Infarkt, wie es hieß. Sie wurde neunundfünfzig Jahre alt.

Bei der Beerdigung war mein Vater überzeugt davon, dass er derjenige war, der unter die Erde sollte, was einige Komplikationen mit sich brachte. Ich konnte ihn ein paar Wochen später im Pflegeheim Solkällan in Jutterbäcken unterbringen, und dort lebte er noch bis 1990 in seinem verdunkelten Zustand.

Was mich betraf, so war ich danach allein im Haus am Granvägen. Ich sollte achtundzwanzig werden, und es waren seit dem Mord an Sara Salmodin noch keine zwei Jahre vergangen.

Wo bist du in der ganzen Zeit gewesen, David, mein Bruder? Wo?

In meinen Klienten kann ich mich spiegeln.

Wenn man meinem Lebensweg noch zwei Zeilen hinzufügen will, dann müsste man schreiben:

In jüngeren Jahren arbeitete sie bei der Post und war mit dem Eishockeyspieler Stig-Lennart Borgström verlobt.

Ich bin sicher davon ausgegangen, dass ich den Rest meines Lebens bei der Post arbeiten würde, aber im Zusammenhang mit der Rationalisierungswelle Anfang der Neunziger wurde ich überflüssig. Ich war ein halbes Jahr lang arbeitslos, dann bekam ich eine Stelle beim häuslichen Pflegedienst, wo ich seitdem bin. Seit zwölf Jahren jetzt.

Ich habe die EINSAMKEIT gesehen. Genau so möchte ich sie schreiben, in Großbuchstaben. Ich bin auf sie in allen Formen und Verkleidungen gestoßen. Wenn ich an der Tür von Frau Andersson klingele und eingelassen werde, dann weiß ich, dass sie mit keinem Menschen gesprochen hat, seit ich vor drei Tagen bei ihr gewesen bin. Weil ihr Sohn nicht aus Stockholm angerufen hat, wie er es versprochen hat. Und sie hat ihn nicht stören wollen. Die haben doch so viel zu tun jetzt mit dem neuen Haus und allem.

Und ich weiß, dass Herr Bergman sich mit seiner Katze über die Preise des Weihnachtsschinkens unterhalten hat, denn ich habe eine Weile vor der Tür gestanden und zugehört – während das alte Fräulein Lundgren im gleichen Treppenaufgang es nicht geschafft hat, aus dem Bett aufzustehen, sie hat den ganzen Vormittag dagelegen und geweint, weil ihr das Bein so wehtut, und ist ganz überrascht, als ich komme. Sie hat die Tage durcheinander gebracht.

Es gibt ja nichts mehr, was sie voneinander unterscheidet, wie sie sagt. Und diese Tabletten helfen überhaupt nicht gegen ihre Schmerzen.

Aber mach doch den Staubsauger an, dann ist wenigstens ein bisschen Leben in der Bude.

Oh ja, ich habe die Tapferen gesehen. Die nichts erwarten und die ihre Tage mit Kaffee, Kreuzworträtsel und kleinen, verlogenen Routinen füllen. Ein Fernsehprogramm ist eine Unterhaltung. Ein Regenschauer ist ein Ereignis. Fischstäbchen mit Kartoffelpüree aus der Tüte sind ein Entschluss.

Ich begreife nicht, warum das Leben so sein muss. Wann ist es schief gelaufen? Ist unser jetziger Zustand das Ergebnis einer falschen Entscheidung, die wir irgendwann im Laufe unserer Reise getroffen haben? War es wirklich geplant, dass so schwere Vögel wie wir uns in die Luft erheben? Ich kann es nicht glauben. Warum sind wir dann nicht wenigstens mit einer längeren Startbahn und stärkeren Motoren ausgerüstet?

Es gibt auch welche, die zufrieden sind, sicher. Es gibt welche, die darauf warten, einen dahingeschiedenen Ehemann im Himmel wiederzusehen, es gibt welche, die im Glauben leben. Wir haben auch welche, die lachen und fluchen und der Meinung sind, dass sie selbst und das ganze Jammertal von Anfang bis Ende nichts als ein einziger Witz sind. Der alte Schornsteinfegermeister Brattinger schlägt jedes Mal vor, wir sollen doch erst eine Runde durch die Betten machen, bevor ich mich dem Abwasch widme, aber ich weiß nicht, was er tun würde, wenn ich mich wirklich nackt auszöge. Vielleicht würde er damit sogar zurechtkommen, aber ebenso gut kann ich mir vorstellen, dass er aufs Höchste beleidigt wäre.

Doch die meisten, die allermeisten, denen ich begegne, tragen ihr Leiden mit einer Geduld und einer Demut, die ich nicht begreifen kann. Bewundern, aber nicht begreifen. Wenn wir eine Sekunde zu lange im Blick unseres Gegenübers verharren, wird das deutlich. So dünn und so durchscheinend ist die Illusion, dass eine Hand auf einem Arm in einem unbewachten Moment genügt. Eine unerwartete Berührung, ein paar Worte, die eine Bedeutung bekommen, obwohl es gar nicht geplant war.

Ich habe immer wieder versucht, diesen Blick bei Rune zu finden, es muss ihn auch bei ihm geben, aber er zeigt ihn nicht. Vielleicht könnte ich ihn mir nachts stehlen, wenn alle Fernsehprogramme und alle Fußballspiele zu Ende sind und ich weiß, dass er im Bett liegt und nicht schlafen kann. Vielleicht sollte ich mich in so einem Moment einmal zu ihm hinüberschleichen.

Ich habe es nie gewagt. Bisher habe ich noch den Hund gehabt, der war mir ein großer Trost.

Aber das Leben? Nein, damit bin ich nie zurechtgekommen. Warum wurde mein Vater gezwungen, wie ein Möbelstück fünfzehn Jahre weiter dahinzuvegetieren, während meine Mutter ohne jede Vorwarnung aus dem Leben gerissen wurde?

Hat sie das nur einem paradoxen Gott zu verdanken, der ihr den Hauptgewinn gab?

Oder was sonst?

Maj-Britt hat einmal etwas gesagt.

Wenn ein Mann keine Power hat, wenn er fünfundzwanzig ist, wie viel Power willst du dann von ihm erwarten, wenn er fünfzig ist?

Rune war achtundzwanzig – genauso alt wie ich –, als er in mein Leben trat, aber es war keine Power, nach der ich mich sehnte. Vielleicht sehnte ich mich nach gar nichts Besonderem, wahrscheinlich war das schon der Fehler.

Wenn man keinerlei Sehnsucht hat, dann soll man nichts Neues anfangen.

Schließlich wusste ich ja, wer er war. Rune und Ture Rundkvist waren zwei Brüder, die noch daheim bei ihrer Mutter in der Björkgatan lebten. Der Vater war im Wald gestorben. Ture war ein paar Jahre älter und bekannt, weil er einmal beim Fußballtoto fast eine halbe Million gewonnen hatte. Er brachte das gesamte Geld auf die Bank, und als die alte Frau Rundkvist Mitte der Achtziger starb – und das kleine Erbe zwischen ihm und Rune aufgeteilt worden war –, da kaufte er sich dieses windschiefe Haus auf der anderen Seite des Rossen und ließ sich dort nieder. Da er geizig wie ein Blutegel war und nur von Elchen und Fischen lebte, die er selbst tötete, hat er nie arbeiten müssen.

Es war ein Tag in der Woche vor Weihnachten 1975, als Rune ins Postamt kam, um das Paket von Tante Alfhild in Vilhelmina abzuholen. Es waren nur die üblichen gehäkelten Weihnachtsgeschenke für die Schwester und die Neffen, aber wir konnten das Paket nicht finden. Ich durchsuchte das ganze Postamt, während Rune vor dem Schalter von einem Fuß auf den anderen trat.

»Tut mir Leid«, sagte ich, als ich alles durchgesehen hatte. »Da muss etwas schief gegangen sein.«

Wahrscheinlich hatte Rune das Gefühl, dadurch eine Art Oberhand gewonnen zu haben, und sah seine Chance gekommen, jedenfalls sagte er:

»Ach, dieses Häkelzeug ist mir doch scheißegal. Wenn du mit mir Silvester ins Prisma kommst, dann verzeihe ich dir!«

Ihm hing eine Haarlocke in die Stirn, aber das ist keine Entschuldigung. Bis heute kann ich nicht erklären, was damals in mich gefahren ist, dass ich zusagte.

Ein halbes Jahr später hielt er um meine Hand an. »Ich bin ja nicht so einer wie Stig-Lennart«, sagte er damals. »Aber du sollst nicht länger in dem großen Haus ganz allein wohnen. Oder was meinst du?«

Ich kann mich noch genau daran erinnern, was ich gedacht habe. »Na, das kommt wohl auf das Gleiche hinaus.«

Es gab Leute, die behaupteten, Stig-Lennart hätte in der Nationalmannschaft spielen sollen. Ich wusste nicht, was ich davon halten sollte, er schoss ja viele Tore, aber ein Frauenzimmer wie ich hatte natürlich keine große Ahnung vom Eishockey. Wenn ich ehrlich bin, dann waren es in erster Linie seine Kumpels aus der Mannschaft, die behaupteten, dass Stig-Lennart in die Nationalmannschaft gehörte – und das besonders lautstark, wenn sie nach einem Spiel zusammensaßen und soffen. Hasse und Lillis und Allan Ivarsson.

Ich denke, ihm fehlte der richtige Charakter, der nötig ist, damit man der Beste wird. Was noch wichtiger ist als das Talent. In der Saison 1971/72 ging er zu Edsbyn und spielte für die. Aber es lief nicht sonderlich gut, er zog sich einige leichtere Verletzungen zu, war den ganzen Winter über gereizt wie eine Hornisse, und der Vertrag wurde nicht wie versprochen verlängert. Er hatte ein Zimmer in Edsbyn gehabt, im März kam er dann aber mit Schlittschuhen, Schläger und allem wieder zurück. Ich wollte es nicht zugeben, nicht einmal vor mir selbst, dass ich die einsamen Nächte vermisste, an denen er nicht in unserem Schlafzimmer in der Prästgårdskogen schlief.

Er arbeitete weiter in der Kartonagenfabrik, und er spielte auch noch einige Saisons lang Eishockey, aber nach 1972 war er ein auslaufendes Modell. Er begann sich auch unter der Woche volllaufen zu lassen, verkehrte mit Leuten, mit denen wir bisher nichts zu tun gehabt hatten, und ich konnte richtig Angst vor ihm bekommen. Ich wollte es mir natürlich nicht eingestehen, doch einmal schlug er mich so zusammen, dass ich mich eine ganze Woche lang krankschreiben lassen musste. Hinterher bereute er es, kaufte Rosen und versicherte, es würde nie wieder vorkommen.

Das tat es auch wirklich nicht, aber ich spürte, dass er eine schreckliche Wut in sich trug. Er konnte aus dem geringsten Anlass Sachen an die Wand werfen, und bald gab es Nächte, in denen er gar nicht nach Hause kam. Ich fragte ihn, wo er gewesen wäre, aber die wenigen Male, die ich überhaupt eine Antwort bekam, sagte er nur, dass er Karten gespielt und dann dort übernachtet hätte, weil es schon so spät geworden war.

Ein Mal, nur ein einziges Mal, erklärte er, dass er im Deutschen Haus gewesen sei.

Ich lernte, mich nicht darum zu kümmern. Er wurde nicht so wütend, wenn ich nicht fragte, und Tatsache war, dass es an den Tagen nach seinen aushäusigen Nächten am friedlichsten war. Dann blieb er abends zu Hause, wir konnten auf dem Sofa liegen und Fernsehen gucken und bemühten uns richtig umeinander. Ich dachte, dass sich schon alles regeln würde und dass irgendwann einmal alle Abende so aussehen würden.

Ich weiß nicht, ob ich den Verdacht hatte, dass er mit anderen Frauen schlief, aber ich weiß natürlich, dass ich ihn hätte haben sollen, vermutlich verbot ich mir derartige Gedanken. In der Beziehung war ich sehr tüchtig – das zu vermeiden, was ich nicht sehen wollte.

Im Nachhinein verstehe ich das. Im Nachhinein verstehe ich so viel.

Jetzt ist mir beispielsweise auch klar, dass es nicht nur am Schnaps lag. Dass auch Drogen verschiedener Art im Spiel waren und dass das Deutsche Haus eine Art Zentrale für diese Sorte von Drogen war. Im Rückblick muss ich außerdem zugeben, dass er mir ein paar Mal Amphetamine untergeschoben hat. Er sagte, er würde mir einen Liebes- und Sextrank geben, der alles sehr viel sexier machen würde, und das stimmte auch, aber ich weiß noch, dass ich hinterher große Ängste hatte, weil ich das Gefühl hatte, jegliche Kontrolle verloren zu haben.

Auch jetzt, wo ich begriffen habe, wie es gewesen ist, habe ich Angst. Sie war schwanger, dieses Mädchen, Sara Salmodin, die jeder zu allem Möglichen hatte überreden können. Mir dreht sich der Magen um, wenn ich daran denke. Es war kein Geheimnis, dass sie im Sommer 1972 schwanger war, sogar David fragte danach – aber da ahnte ich natürlich noch nichts. Ich kam gar nicht auf den Gedanken, dass Stig-Lennart der Vater des Kindes sein könnte, und dann hatte sie ja offensichtlich eine Fehlgeburt. Nein, wie sollte ich denn so etwas bemerken, wo ich doch meinen Kopf gut und sicher in den Sand gesteckt hatte?

Und ich weiß auch nicht, welche Drogen Stig-Lennart und Hasse an diesem Mittsommerwochenende 1973 genommen hatten, aber es müssen ziemlich harte Sachen gewesen sein. Wir waren eine Gruppe von vier, fünf Paaren und ein paar Einzelgängern, die an der Långviken zelteten, und wir feierten am Freitag und Samstag ziemlich heftig. Ich gebe ohne Umschweife zu, dass ich selbst alles andere als nüchtern war, aber am Sonntagmorgen hatte ich das Gefühl, dass ich genug davon hatte.

Das hatten die meisten. Das Zeltlager sah aus wie ein Schweinestall, aber wir hatten Glück mit dem Wetter. Nicht ein Regentropfen war gefallen, und nach einem vormittäglichen Bad im See fühlte man sich zumindest wieder als Mensch. Doch zwei der Paare hatten sich gestritten und die Partner getauscht, es herrschte etwas gedämpfte Stimmung, und ich glaube, alle waren froh, zusammenpacken und aufbrechen zu können.

Zumindest glaubte ich das. Da erklärte Stig-Lennart mir, dass wir beide doch noch bleiben und ein wenig allein weiterfeiern sollten. Er hatte noch einiges übrig, und was sollten wir verdammt noch mal in der Stadt anfangen, schließlich war es Sonntag und Superbumswetter!

Er sagte es so laut, dass alle es hörten, und dann schob er sich grinsend die Hand in die Unterhose.

Ich entschied mich innerhalb einer Sekunde. Ich weiß nicht, woher ich die Kraft nahm, vielleicht lag es einfach nur daran, dass ich einen Kater hatte und das alles so verdammt leid war.

»Es ist Schluss, Stig-Lennart«, sagte ich. »Du kannst hierbleiben und so viel saufen, wie du willst, und dann kannst du dir in den Büschen einen runterholen oder dich auf ein Biberweibchen hocken.«

Das war sicher die gediegenste Antwort, die ich je in meinem Leben zu Stande gebracht habe. Ich kann mich erinnern, dass Maj-Britt lachte, bis ihr die Tränen kamen, und wenn wir nicht so viele gewesen wären, er hätte mich sicher totgeschlagen.

So aber blieb er allein in der Långviken, und auf diese Art bereitete ich den Boden für die Katastrophe.

Ich weiß nicht, wie es zuging.

Niemand weiß es, ich glaube, nicht einmal Stig-Lennarts kaputtgefixtes Gehirn. Und ich hatte ihn nicht in Verdacht. Viktor war in den folgenden Wochen in aller Munde. Hätte man sie sofort gefunden, dann wäre es vielleicht anders gewesen. Dann hätte ich vermutlich zwei plus zwei zusammenzählen können – aber es verging ja eine ganze Woche.

Ich war mit Stig-Lennart am Montagabend und am Dienstag zusammengetroffen, wir hatten uns mit bösem Blick angesehen, und ich hatte begonnen, meine Sachen wieder in den Granvägen zu schaffen. Er hatte gefragt: »Dann ist es also aus?« Und ich hatte geantwortet: »Ja, es ist aus.« Ich hatte weder Lust noch Anlass gehabt, ihn zu fragen, was er am Sonntag und Montag getrieben hatte. Warum hätte ich mich darum kümmern sollen?

Nein, ich hatte nicht den geringsten Verdacht, und auch das leichte Sommerkleid und der Slip, diese Dinge, von denen ich nie wusste, woher sie kamen, und die ich erst im September im Granvägen auspackte ... nein, ich verstand das alles nicht. Aber warum um alles in der Welt nahm er ihre Kleider mit nach Hause? Und warum stopfte er sie dann in meinen Schrank?

Es gibt da so eine dunkle, schiefe Logik, dass ich nicht wage, weiter darüber nachzudenken.

Aber an all das andere muss ich denken. Und das tue ich jetzt seit vierzehn Tagen. Seit mir Arvid Forselius von seinen Beobachtungen erzählt hat.

Und ich habe mich, wie gesagt, entschieden. Ich habe David einen Brief geschrieben, in dem ich alles erkläre. Vielleicht sollte ich noch ein wenig warten und eine Art Versöhnung arrangieren, sowohl mit ihm als auch mit Viktor, aber ich glaube nicht, dass es funktioniert. Vielleicht können sie mich – und alles, was geschehen ist – danach in einem sanfteren Licht sehen.

Das ist zumindest meine Hoffnung, aber ich habe kein Bedürfnis, es wirklich zu wissen.

Ich habe überhaupt keine Bedürfnisse mehr.

Nicht einmal den Juckreiz vermag ich mehr zu spüren.

DAVID

Wir sind ein Dutzend bei der Beerdigung meiner Schwester – wenn man den Pfarrer und Lindgren vom Beerdigungsinstitut mitzählt.

Rune, Viktor und ich. Runes Bruder Ture. Arvid Forselius sowie fünf Arbeitskolleginnen von der Altenpflege.

Pastor Bergman richtet die Zeremonie aus. In der Kirche und draußen am Grab. Niemand sonst sagt etwas. Rune hat rote Augen und sieht übernächtigt aus, er trägt einen abgewetzten Anzug, dessen Jacke so viele Nummern zu klein ist, dass zehn Zentimeter zwischen Knopf und Knopfloch fehlen.

Seit es passiert ist, habe ich im Hotel gewohnt und so gut wie gar nicht mit ihm gesprochen. Aber ich habe nicht das Gefühl, als würde er irgendeinen Groll gegen mich hegen, wir waren einfach beide wie vor den Kopf geschlagen, und es erscheint nur richtig, dass wir unsere Trauer jeder für sich alleine bearbeiten.

Während der Beisetzung trage ich Marias Brief in der Innentasche bei mir. Er ist vier Seiten lang, gestern Abend habe ich versucht, ein paar Zeilen zu finden, die ich hätte zitieren können, ich bin auf ein paar Stellen gestoßen, aber jetzt, wo ich am Sarg stehe, bringe ich es nicht über mich.

Vielleicht wäre es auch nicht passend. Das meiste handelt von ihrer Krankheit und von dem Mord an Sara, und ganz undramatisch erklärt sie darin, dass sie die Gelegenheit nutzt, von uns zu gehen, während ich noch in der Stadt bin – so muss ich nicht noch einmal kommen.

Ich bin froh, dass Rune sie gefunden hat und nicht ich. Sowohl sie wie auch Skröppel waren ziemlich schlimm zugerichtet, ein Elchstutzen ist für größeres Wild auf weite Entfernung gedacht. Nicht für eine Frau und einen Hund aus nächster Nähe.

Aber sie schreibt, dass es schnell gehen sollte, dass sie Angst hatte, doch noch weich zu werden, und bittet um Entschuldigung für die Mühe, die sie bereitet. Unter anderen Umständen hätte sie eine andere Methode gewählt, wie sie behauptet, ich weiß nicht, auf welche Umstände sie damit abzielt.

Anschließend trinken wir im Gemeindehaus Kaffee. Das gehört mit zum Service des Beerdigungsinstituts. Arvid Forselius hat eine kleine Flasche selbst gebrannten Moosbeerenlikör mitgebracht und bietet eine Runde an. Wir stoßen auf Maria an und danken Bergman für seine erbaulichen Worte.

Dann stehen Rune und ich in der Tür und geben uns die Hand, wie wir es schon in der Kirche getan haben. Ich sehe, dass ihm Tränen aus den Augen laufen.

Dann ist es vorbei.

Viktor hat in den letzten Tagen auch im Hotel gewohnt. Wir haben über vieles miteinander gesprochen, aber bei weitem nicht über alles. Er hat während der ganzen Zeit in New York gelebt, und darüber hat er mir ausführlich berichtet. Er hat keine Familie, aber offensichtlich gibt es dort eine Frau, die auf ihn wartet.

Das freut mich. Viktor hat kein einfaches Leben gehabt, und die Rückkehr nach hier hat vieles aufgerissen. Wahrscheinlich mehr als bei mir. Es freut mich natürlich auch, dass er nicht an dem Mord schuld ist; anfangs fiel es uns schwer, miteinander zu sprechen, aber nach Marias Selbstmord und nach ihrem Brief – als wir plötzlich begriffen, wie es gewesen war – schien es, als hätte sich etwas geöffnet. Zwei Tage vor der Beerdigung fuhren wir gemeinsam mit dem Bus nach Majsele, es geschah auf Viktors Initiative hin, und es hinterließ ein sonderbares Gefühl der Sprachlosigkeit in mir.

Stig-Lennart sitzt dort jetzt seit neun Jahren. Seit dem Herbst 1994, als man ihn nackt und halb tot unter den Tribünen des Sportplatzes fand. Er hat gravierende, durch Drogen verursachte Hirnschäden und ist kaum ansprechbar. Dass er noch irgendeine Erinnerung an Geschehnisse haben sollte, die sich vor dreißig Jahren ereignet haben, ist ein absurder Gedanke. Er kann nicht sprechen, nicht lesen, nicht Fernsehen schauen. Er saß auf einem Stuhl in einem Zimmer und starrte seine Hände an, als wir kamen. Sein Mund war halb geöffnet, ein klebriger Speichelfaden tropfte zu Boden. Viktor und ich blieben stehen und starrten ihn eine Weile an; dann versuchte Viktor etwas zu sagen – aber es gab kein Anzeichen dafür, dass er unsere Anwesenheit überhaupt bemerkte, und wir verließen ihn bereits nach nicht einmal zehn Minuten.

Ja, genau, ein Gefühl der *Sprachlosigkeit.* Dieser sabbernde, debile Mörder, so kommt mir in den Sinn, könnte das Sinnbild von etwas anderem sein, etwas, das ich nicht genau präzisieren kann. Aber vielleicht ist es auch nur ein eitler Gedanke.

Ein eitler Gedanke in unserem Streben, in den Dingen ein Muster zu finden, einen Sinn. Das Vergangene in den Griff zu bekommen, es zu verstehen.

Ich weiß es nicht. Nervöser Persson verschaffte mir jedenfalls genau das gegenteilige Erlebnis. Viktor und er verbrachten einen ganzen Tag miteinander und klärten irgendwelche alten Missverständnisse; ich traf ihn nur ganz kurz und hatte Schwierigkeiten zu begreifen, dass es sich tatsächlich um ein und denselben Menschen handeln sollte, dass er wirklich der unglückliche, unruhige Jüngling gewesen sein soll, der in den sechziger Jahren mit seinem großen Schreibblock unterm Arm herumlief.

Aber Maria ist natürlich diejenige, die meine Gedanken am meisten in Anspruch nimmt. In der Nacht nach der Beerdigung schlafe ich das erste Mal, seit es passiert ist, länger als zwei Stunden am Stück. Ich hätte das nicht von ihr erwartet, aber ich wage es nicht, meine Verwunderung näher zu analysieren. Dieser Mangel und die Leere, die ich spüre, sie enthalten mehr Ingredienzien, als sie enthalten sollten, und ich kann nicht einmal sagen, ob ich ihre Handlung verdamme oder nicht.

Besser gesagt: Ich *will* es nicht sagen. Denn wenn ich keinen Abstand mehr dazu bewahre, zieht das nicht gewisse unangenehme Konsequenzen nach sich?

Ich zögere, gebe ja zu, dass ich in den letzten Nächten außerdem zu viel Whisky getrunken habe; Viktor ist nicht gerade versessen auf so etwas, deshalb musste ich ihn leider allein in meiner Einsamkeit trinken.

Während einer dieser schrägen, viel zu frühen Morgenstunden wache ich also auf und suche nach meinem Namen. Mehrere Sekunden lang finde ich ihn nicht. In diesem herumwirbelnden, sinkenden Augenblick weiß ich, dass ich ein Mörder bin. Ich habe jemanden ermordet, wahrscheinlich ein junges Mädchen, ich weiß nicht wen, aber ich trage eine Schuld, die mich vernichten wird; ich habe mich so lange fern gehalten, ohne die Verantwortung auf mich zu nehmen, und jetzt ist das arme Mädchen zurückgekommen, um mich zur Rechenschaft zu ziehen. Durch seine nackte, tote Anwesenheit – die ich aus irgendeinem Grunde deutlich in den Fußsohlen, den Handflächen und den Achselhöhlen spüre – saugt sie allen Sauerstoff aus dem unbekannten Raum, in dem ich in meinem kalten Schweiß liege; sie wird mich ersticken, meine Kehle schnürt sich zusammen, ich habe einen Geschmack von Schimmel und Rost auf der Zunge, die Welt gerät aus den Fugen, und ich weiß, dass mein letztes Stündlein geschlagen hat.

Da taucht mein Name auf, ich öffne andere Sinne als den Wahnsinn, gehe zur Toilette und übergebe mich.

Wir verabschieden uns früh am Morgen nach der Beerdigung, Viktor und ich. Sogar noch vor dem Morgengrauen; er wird in vierundzwanzig Stunden wieder in New York sein, und wir werden uns nie wieder sehen. Wir wissen beide, dass dem so ist, auch wenn wir uns vage Versprechen geben.

»Dieser Hamster damals«, sagt er, kurz bevor wir uns trennen, »den hast du doch mit Schokolade voll gestopft, oder?«

»Nur mit ein paar kleinen Stückchen«, antworte ich.

»Ich wusste es«, sagt er.

Aber er erwähnt nichts von Ethel Karlssons Portemonnaie. Wir lächeln nur kurz und finden es beide gut, dass wir uns so voneinander verabschieden.

Eine Stunde später frühstücke ich im Hotel zusammen mit Kommissar Malander. Seine Frau ist auch mitgekommen, sie hat sich an einen anderen Tisch gesetzt, damit wir ungestört reden können.

»Das mit Ihrer Schwester tut mir Leid«, sagt Malander.

»Ja«, sage ich.

»Aber wir wollten ja nicht über sie reden.«

»Das ist mir klar«, sage ich.

»Sie behaupten also, dass jetzt geklärt ist, wie es zugegangen ist?«

»Ja.«

»Stig-Lennart Borgström?«

»Ja.«

Er justiert den Rollstuhl so, dass er mir etwas näher ist.

»Ich bin bereit, das zu schlucken, aber es gibt noch ein paar Fragezeichen.«

»Ja? Natürlich, ich wundere mich auch über einiges.«

Wir haben in den letzten Tagen zweimal miteinander telefoniert, aber Malander hat darauf bestanden, dass wir uns noch einmal treffen. Er möchte dem, mit dem er spricht, in die Augen sehen, wie er behauptet. Zumindest wenn es um wichtige

Dinge geht, das ist der alte Verhörfuchs, der noch in ihm herumspukt.

Falls es sich denn um wichtige Dinge handelt.

»Eindeutige Beweise«, sagt er.

»Gibt es nicht mehr«, sage ich. »Aber es hat sie vermutlich gegeben.«

»Und was hätte das sein sollen?«

»Ich weiß es nicht. Ihre Kleidung? Ist jemals nach ihr gefahndet worden?«

Er seufzt. »Wir haben nie herausgefunden, was sie eigentlich getragen hat. Die Herren von Rossvagga waren ja etwas sonderbar. Nein, ich glaube, wir hätten auch dann nichts herausbekommen, wenn ... obwohl, wenn das Kleid im Schrank Ihrer Schwester hing und wir es wirklich dort entdeckt hätten, dann ...«

»Ein Verdacht hätte sicher genügt«, sage ich. »Vielleicht hätte er gestanden, sobald Sie ihn verhört hätten.«

»Man kann nicht jeden Menschen verhören«, erwidert er. »Verdammt noch mal, man hätte ja sogar Zeugen finden können, wenn wir den Scheinwerfer nur in die richtige Richtung gedreht hätten.«

»Schon möglich«, stimme ich zu. »Wann hat sie den Schuhladen an dem Tag verlassen?«

»Nach dem Mittagessen. Sie bat um einen freien Nachmittag, und Nilsson hat ihn ihr natürlich bewilligt.«

»Warum wollte sie frei haben?«

»Schuh-Nilsson ist tot.«

»Ich weiß, dass er tot ist, aber ihr müsst das doch schon während der Ermittlungen gefragt haben?«

»Natürlich. Er wusste es nicht. Sie hat nicht gesagt, warum.«

»Ist das nicht etwas merkwürdig?«

»Nun ja, merkwürdig oder nicht. Erinnern Sie sich noch an Schuh-Nilsson?«

Ich nicke. Malander reibt sich seine große poröse Nase mit Daumen und Zeigefinger.

»Dann kann er also vormittags bei ihr gewesen sein?«, fragt er verärgert. »Und etwas mit ihr verabredet haben? Wollen Sie darauf hinaus?«

Ich zucke mit den Schultern. »Gut möglich«, sage ich. »Wenn er unter Verdacht gestanden hätte, dann hätten Sie auch dafür Zeugen finden können. Haben Sie nicht überprüft, wer an dem Tag im Geschäft gewesen ist?«

Malander schaut resigniert auf. »Wir haben alle, die dort gewesen sind, gebeten, sich zu melden. Wir haben mit fast vierzig Personen gesprochen. Es war Sommerschlussverkauf für irgendwelche verdammten Plastiksandalen.«

»Aber der Mörder hat sich nicht gemeldet?«

Die Ironie prallt an ihm ab. Er sitzt schweigend da.

»Und was trug sie am Vormittag im Laden?«

»Ihre übliche Arbeitskleidung. Schuh-Nilsson achtete nie darauf, was sie trug, wenn sie morgens kam. Oder wenn sie ging.«

Ich beschließe, es dabei zu belassen. »Aber Persson hat es also geschafft, Sie zu täuschen?«, greife ich stattdessen auf. »Schließlich hat er ja so einiges gewusst.«

»Kannten Sie Persson?«

»Nein, aber …«

»Und Sie dürfen nicht vergessen, dass er eine Woche Zeit hatte. Das sage ich doch die ganze Zeit, wenn wir sie nur sofort gefunden hätten, dann wäre es nicht so gekommen. Verdammt noch mal.«

Der neuerliche Fluch wird von Frau Malander, die vier Tische weiter sitzt, aufgefangen, und sie wirft einen Blick in unsere Richtung. Der Kommissar stützt den Kopf in die Hände und starrt in seine Kaffeetasse.

»Es gab nichts … ich wiederhole, *nichts*, was in seine Richtung deutete. Sein Name existierte in Sara Salmodins Umkreis gar nicht. Es gab keine Möglichkeit, den Fall zu lösen.«

Ich nicke und sage, dass ich ihm darin zustimme. Wir sitzen noch eine Weile zusammen und reden über das eine oder andere in dieser Beziehung, und zum Schluss sagt Malander, dass er dennoch dankbar dafür ist, dass es jetzt vorbei ist.

Aber er strahlt nicht besonders viel Dankbarkeit aus, und im gleichen Moment, als ich das denke, kommt ein Mann in den Sechzigern zu uns an den Tisch. Malander schaut auf.

»Ach ja, natürlich ... David Mörtberg, das hier ist Jakob Salberg.«

Er streckt die Hand aus, und wir begrüßen uns. Ich warte auf eine Erklärung. Jakob Salberg räuspert sich etwas nervös. Er ist lang und schlaksig, trägt einen dunklen Anzug, einen dünnen Mantel und eine Krawatte.

»Ich habe vor langer Zeit meinen Namen geändert«, erklärt er, während er sich auf einen der freien Stühle setzt. »Mehrere von uns Brüdern haben das gemacht ...«

»Salmodin«, erklärt Malander.

»Ich weiß nicht, ob Sie mich wiedererkennen, ich denke, ich bin inzwischen ein paar Jahre älter geworden.«

Ich erkenne ihn natürlich nicht wieder, bringe ein zu nichts verpflichtendes Kopfschütteln zu Stande.

»Soweit ich verstanden habe, ist der Mord an Sara dank Ihrer Hilfe aufgeklärt worden?«

»Nicht direkt«, erkläre ich. »Es ist mir nur gelungen, einige Umstände in Erfahrung zu bringen.«

»Aber Kommissar Malander hier behauptet ...«

»Na, das spielt ja wohl keine Rolle«, unterbricht Malander gereizt. »Die Hauptsache ist doch, dass es jetzt vorbei ist.«

»Ja, natürlich«, murmelt Jakob Salberg verlegen. »Auf jeden Fall möchte ich meine Dankbarkeit ausdrücken. Schließlich ist man ja doch die ganzen Jahre herumgelaufen und hat gegrübelt ...«

Der Rest bleibt in der Luft hängen. Malander sieht plötzlich erschöpft und müde aus und wirft seiner Ehefrau einen Blick zu. Es ist offensichtlich, dass Jakob noch etwas zur Sprache bringen will, aber er fühlt sich unwohl in der Situation.

»Ich wohne eigentlich in Umeå«, sagt er. »Aber ich wollte heute einmal zu Saras Grab schauen. Haben Sie nicht Lust mitzukommen? Ich weiß ja das mit Ihrer Schwester, aber ich hab gedacht ...«

Ich denke kurz nach.

»Eigentlich sollte Viktor an meiner Stelle sein«, erwidere ich. »Doch der ist heute Morgen nach New York zurückgeflogen. Aber ich weiß, dass er schon dort war und sie besucht hat.«

Jakob Salberg versucht es mit einem Lächeln.

»Ich dachte nur, falls Sie mögen ... aber vielleicht haben Sie ja auch gar keine Zeit?«

Ich schüttle den Kopf.

»Das ist kein Problem«, sage ich. »Ich will erst den Bus heute Nachmittag nehmen. Danke, ich komme gern mit zum Grab. Dann kann ich Maria auch noch ein letztes Mal Lebewohl sagen.«

Frau Malander ist nähergetreten und hat ihrem Mann eine Hand auf die Schulter gelegt.

»Das mit dem Buch, das war nur eine Ausrede, oder?«, fragt Malander.

»Ich muss mich dafür entschuldigen«, bestätige ich seine Vermutung.

»Quatsch. Hauptsache ist doch, dass jetzt alles in Ordnung und geklärt ist.«

In Ordnung und geklärt?, denke ich. Kann man die Sache so betrachten? Ist das die Summe von allem?

Wir verabschieden uns voneinander, und ich folge Jakob Salberg hinaus auf die Straße.

Auch heute ist es Lindberg-Landborg, der den Bus fährt. Es ist der 30. September, es sind nicht einmal vierzehn Tage vergangen.

Aber nachts hat der Frost eingesetzt, zumindest in diesen Breitengraden. Und jetzt, in der Dämmerung, kriecht die Kälte schnell heran. Wir sind acht Fahrgäste im Bus, als wir K. verlassen, doch nach Jutterbäcken und Kilsfors sind nur noch zwei übrig. Ich und ein Mann um die fünfunddreißig, der aussieht, als käme er aus einem deutlich südlicher gelegenen Land als dem unseren. Vielleicht aus der Türkei oder aus dem Irak. Er trägt eine rote Pudelmütze, sitzt drei Reihen vor mir und schläft.

Ungefähr fünfzehn Kilometer nach Kilsfors erleiden wir Schiffbruch. Der Busmotor verstummt ohne jede Vorwarnung, und trotz mehrfacher Versuche gelingt es Lindborg-Lundberg nicht, ihn wieder in Gang zu bringen. Wir stehen am Straßenrand, der Nadelwald zu beiden Seiten ist dunkel und dicht, ein feiner Regen läuft die Fensterscheiben hinunter, und der Einwanderer vor mir schläft ruhig weiter. Wahrscheinlich handelt es sich um irgendeinen elektrischen Defekt, auch die Beleuchtung im Bus ist ausgegangen, und bald ist es zappenduster, obwohl die Uhr erst Viertel vor sechs zeigt. Nachdem er eine Weile draußen am Motor herumgefummelt hat, steigt Lindman-Lundbäck wieder in den Bus und erklärt, dass er den Fehler nicht beheben kann. Wir müssen unsere Fahrt mit dem Taxi fortsetzen, er hat bereits eins gerufen.

Das Taxi lässt auf sich warten. Ich sitze zusammengekauert hinten im Bus und warte und denke, dass ich niemals wieder nach K. fahren werde. Es wird keinen Grund mehr dafür geben. In Anbetracht dieser einfachen Tatsache überfällt mich eine schwer zu deutende Wehmut, und außerdem spüre ich ein wenig Neid auf Viktor, der wenigstens eine Frau auf der anderen Seite des Atlantiks hat, die auf ihn wartet. Ich meinerseits habe die Landschaft meiner Kindheit zum letzen Mal verlassen und werde jetzt in Richtung der Tangente direkt ins Leere befördert. Ich habe keine Arbeit und keine Familie, zu der ich zurückkehren könnte. Ich bin dreiundfünfzig Jahre alt, und wenn es in meinem Leben einen Sinn geben sollte, dann muss ich ihn in den Jahren schaffen, die mir noch übrig bleiben.

Es ist ein sowohl beklemmender als auch undurchführbarer Gedanke, und während ich hier so sitze, fällt es mir nicht schwer, Marias Motive für ihre Entscheidung zu verstehen. Ich habe Liv mitgeteilt, dass ich auf dem Heimweg bin, sie hat erklärt, ich könnte ein paar Tage im Arbeitszimmer wohnen, wenn ich wollte – bis ich die Wohnungsfrage geklärt hätte –, und ich hoffe wirklich, dass es mir gelingt, so viel Energie zusammenzukratzen, wie ich brauche.

Was während der letzten vierzehn Tage passiert ist, scheint auch eine Belastung für mich zu sein. Ich kann mich erinnern, dass ich Uppsala in einem Zustand leichter Aufbruchseuphorie verlassen habe, aber jetzt hat das Blatt sich gewendet. Offenbar hat K. immer einen Platz in mir gehabt – mit seinen nicht aufgearbeiteten Ereignissen und Verhältnissen, die ich aus angenehmer Entfernung heraus drehen und wenden und nach Bedarf interpretieren konnte, wie ich wollte. Jetzt habe ich nicht länger eine Beziehung zu irgendetwas dort oben, alles ist abgeklärt, die Mythen sind entzaubert und lassen mich in einer Art Schwebezustand zurück, trister als eine Tundrenlandschaft. Ein Schluck Whisky oder zwei könnten vielleicht eine Art Verhaltensmuster wiederherstellen – ein notdürftiger modus vivendi –, aber ich habe gestern Abend die letzten Tropfen ausgetrunken und die leere Flasche in den Papierkorb im Hotelzimmer geworfen.

Ich denke auch über die Rossvagga-Wohngemeinschaft nach, und natürlich über Viktors Rückkehr. Über die Kraft oder die Frau, die hinter seiner Reise stecken muss – und darüber, wie kleine, boshafte Drecksteile unerbittlich unser Leben zu lenken vermögen, sobald wir die Zügel nur etwas locker lassen. Oder sobald jemand anderes es tut.

Und dass das, was dann kommt, für immer bleibt. Forever and ever, der Teufel schläft nie, es ist so traurig, dass man weinen möchte.

Einen Moment lang spiele ich mit dem Gedanken, hinaus in den Wald zu gehen und im Laufe der Nacht zu erfrieren oder aber stattdessen nach vorn zu gehen und eine Art von Konversation mit Lindbäck-Lundback anzufangen, verwerfe aber beides. Ich schließe die Augen und gehe eine Reihe von Goldmedaillen der Olympiade von Rom durch. Ich versuche mir auch das ganze 1500-Meter-Finale im Kopf aufzusagen, es geht besser als gedacht, aber an Herb Elliott ist natürlich nicht zu rütteln, wie üblich. Es lässt sich auch nichts ändern daran. 3.35,6 ist ein Rekord, der seit sieben Jahren steht. Ich wache davon auf, dass mein Mitpassagier mir auf dic Schulter klopft und sagt, dass das Taxi gekommen ist.

Das Debakel mit dem Bus hat zur Folge, dass mein Anschlusszug in Y. schon abgefahren ist. Es ist zwanzig Minuten nach sieben Uhr abends, als ich mit meiner Tasche am Bahnhof stehe, der nächste Zug fährt erst am nächsten Morgen. Hassan mit der roten Mütze hat sich verabschiedet und ist in einem alten wartenden Volvo verschwunden. Ich schaue mich um und finde, es sieht noch verlassener aus als vor fünfzehn Tagen. Dann gehe ich zum H-TE-.

An der Rezeption steht die gleiche Frau wie letztes Mal. Sie erkennt mich wieder.

»Wie schön, dass Sie wiederkommen«, sagt sie. »Und welche Nummer möchten Sie dieses Mal?«

»Nummer acht«, versuche ich es, »und ich würde vorschlagen, dass wir uns duzen.«

»Bravo«, sagt sie. »Dieses Mal hast du gewonnen, obwohl nur noch drei Zimmer frei sind.«

»Nur drei?«

»Ja, wirklich.«

Sie lächelt mir zu und drapiert eine Haarlocke hinterm Ohr. Auch heute liegt ein dickes Buch vor ihr. Ich stelle fest, dass sie doch etwas älter sein muss, als ich letztes Mal angenommen hatte. Wohl so zwischen fünfunddreißig und vierzig, es sind Lachfältchen in ihrem Gesicht zu finden und einiges andere mehr.

»Das liegt daran, dass wir im Augenblick eine Aktion laufen haben«, erklärt sie. »Wenn du zwei Nächte bleibst, zahlst du für die zweite nur den halben Preis.«

Ich zögere. Eine Frau in einer roten Regenjacke kommt durch die Tür herein.

»Und morgen ist Tanz im Restaurant.«

»In Ordnung«, sage ich. »Ich bleibe zwei Nächte. Ich habe es nicht eilig.«